in.fin.ito
+
um.

AMY HARMON

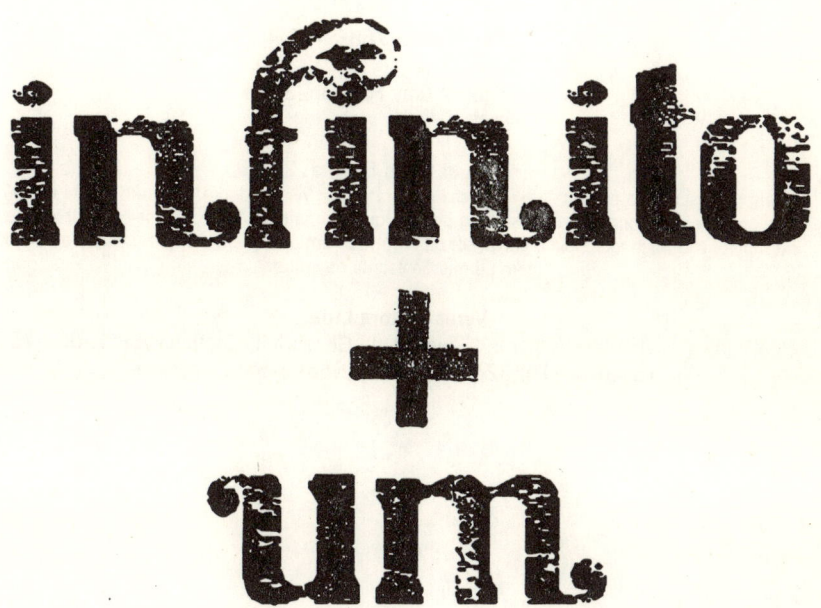

infinito + um

Tradução
Monique D'Orazio

1ª edição
Rio de Janeiro-RJ / Campinas-SP, 2015

VERUS
EDITORA

Editora
Raïssa Castro

Coordenadora editorial
Ana Paula Gomes

Copidesque
Lígia Alves

Revisão
Cleide Salme

Capa, projeto gráfico e diagramação
André S. Tavares da Silva

Foto da capa
© Benedict Scheuer/Arcangel Images

Título original
Infinity + One

ISBN: 978-85-7686-442-4

Copyright © Amy Harmon, 2014
Todos os direitos reservados.

Tradução © Verus Editora, 2015
Direitos reservados em língua portuguesa, no Brasil, por Verus Editora. Nenhuma parte desta obra pode ser reproduzida ou transmitida por qualquer forma e/ou quaisquer meios (eletrônico ou mecânico, incluindo fotocópia e gravação) ou arquivada em qualquer sistema ou banco de dados sem permissão escrita da editora.

Verus Editora Ltda.
Rua Benedicto Aristides Ribeiro, 41, Jd. Santa Genebra II, Campinas/SP, 13084-753
Fone/Fax: (19) 3249-0001 | www.veruseditora.com.br

CIP-BRASIL. CATALOGAÇÃO NA FONTE
SINDICATO NACIONAL DOS EDITORES DE LIVROS, RJ

H251i

Harmon, Amy, 1968-
Infinito + um / Amy Harmon ; tradução Monique D'Orazio. - 1. ed. - Campinas, SP : Verus, 2015.
23 cm.

Tradução de: Infinity + One
ISBN 978-85-7686-442-4

1. Romance americano. I. D'Orazio, Monique. II. Título.

15-26312   CDD: 813
                                CDU: 821.111(73)-3

Revisado conforme o novo acordo ortográfico

Para minha mãe, a matemática:
brilhante, linda e loira

PRÓLOGO
a origem

A TELEVISÃO ESTAVA LIGADA. O SOM ALTÍSSIMO. SINTONIZADA em algum canal de notícias de entretenimento, com a apresentadora sentada atrás de uma mesa, como se isso a fizesse parecer mais inteligente e desse mais credibilidade ao programa; porém seu bronzeado artificial e os cílios postiços neutralizavam tanto a mesa quanto a expressão séria, e ele estendeu o braço para desligar. Então viu o próprio rosto aparecer na tela, e sua mão caiu frouxamente ao lado do corpo. Fixou o olhar numa imagem de si mesmo, olhando para baixo, sorrindo para ela, que estava com o rosto voltado para cima. Seu braço a envolvia pela cintura. Ela repousava uma das mãos no peito dele e retribuía o sorriso. A imagem então se transformou numa foto antiga em preto e branco, e ele prestou atenção, paralisado, sem reação, quando a apresentadora do programa de entretenimento começou a falar:

Bonnie Parker conheceu Clyde Barrow no Texas, em janeiro de 1930. Era o auge da Grande Depressão, e as pessoas estavam sem dinheiro, aflitas e sem esperança. Bonnie Parker e Clyde Barrow não foram exceção. Clyde tinha vinte anos; Bonnie, dezenove, e, embora nenhum dos dois tivesse muito a oferecer ao outro — Bonnie já era casada, mas o marido havia partido há tempos, e Clyde não tinha nada além de uma ficha suja na polícia e a capacidade de sobreviver —, eles se tornaram inseparáveis. Ao longo dos quatro anos seguintes, entre passagens pela prisão e uma vida em fuga, eles abriram caminho pelo sul empoeirado, roubando bancos, lojas de conveniência e postos de gasolina, matando policiais e um punhado de civis, nunca parando em algum lugar por muito tempo. Um rolo de filme e uma coleção de poesias escritas por Bonnie, encontrados num esconderijo em Joplin, Missouri, trouxeram o romance dos jovens bandidos à vida e consolidaram seu lugar no panorama da história americana e na imaginação do público em todo o mundo. Eram jovens, loucos e estavam apaixonados, com pouca consideração pelo que não fosse um ao outro. Fugiam da lei, sabendo que a morte era inevitável, e, em maio de 1934, encontram seu destino. Sofreram uma emboscada numa estrada solitária da Louisiana, e cento e trinta tiros atingiram o carro do casal; eles tombaram juntos, o corpo crivado de balas; duas jovens vidas e uma onda de crimes trazidas ao fim. Eles partiram, mas não foram esquecidos.

Então a história se repetiu? Temos nossa própria versão moderna de Bonnie e Clyde? Dois amantes em fuga, deixando o caos por onde passam? Embora não sejam idênticas, as duas histórias têm semelhanças notáveis. E é de se perguntar se a fama e a fortuna em tão tenra idade não são parcialmente culpadas de tudo isso. Em vez da pobreza, que foi o pano de fundo para Bonnie e Clyde da década de 30, temos o extremo oposto. De qualquer forma, em ambos os casos, temos jovens que cresceram rápido demais, foram expostos à dura realidade muito cedo e, no fim das contas, se rebelaram contra o sistema.

Vemos algo assim de tempos em tempos: uma carreira promissora, um talento impressionante. E somos então deixados com a seguinte pergunta: O que exatamente aconteceu com Bonnie Rae Shelby?

1
ângulo de depressão

ONZE DIAS ANTES

— Ouvi que todo mundo grita quando cai... mesmo os que pulam.

A voz veio do nada, me fazendo levar um susto, fazendo meu estômago estremecer e despencar na barriga, como se eu realmente tivesse me soltado e estivesse em queda livre através do nevoeiro. Eu não conseguia ver ninguém. A bruma era grossa, a oportunidade perfeita para eu me deixar levar pelo branco aveludado sem ninguém saber. A espessura enganava, a densidade me embalava numa falsa sensação de segurança, me envolvendo como se fosse me agarrar, como se eu pudesse me esconder nela por um tempo. Num sussurro úmido, ela dizia que me entregar seria fácil, indolor, que eu seria simplesmente envolta em uma nuvem, que não cairia. No entanto, parte de mim queria cair. Era por isso que eu estava ali. E não conseguia tirar aquela música da cabeça.

Oh, my darling Minnie Mae, up in heaven, so they say
And they'll never take you from me, anymore

> *I'm coming, coming, coming, as the angels clear the way*
> *So farewell to the old Kentucky shore.**

— Desce daí. — A voz veio novamente. Sem corpo. Eu não conseguia nem dizer de que direção vinha. Era grave, áspera. Voz de homem.

Se eu tivesse que dar um palpite de acordo com o timbre, seria um homem mais velho, talvez da idade do meu pai. Papai teria tentado convencer alguém a descer de uma ponte. Talvez convencer essa pessoa cantando. Sorri um pouco com isso. A voz dele dominava minhas primeiras lembranças. Rica e familiar, com o sotaque anasalado e cantado que se tornou minha assinatura sonora. No início eu sempre levava a melodia, meu pai assumia o tom de tenor e minha avó entrava com as harmonias agudas. Cantávamos durante horas. Era o que a gente fazia. Era nisso que a gente era bom. Era por isso que a gente vivia. Mas eu não queria mais viver por aquilo.

— Se você não descer, eu vou subir. — Tive outro sobressalto. Tinha esquecido que ele estava ali. Rápido assim, eu tinha esquecido que ele estava ali. Meu cérebro estava tão nebuloso quanto o ar à minha volta, como se eu tivesse respirado a bruma. Ele comia os Rs e prolongava as vogais, como se estivesse dizendo "descê". Não consegui identificar o sotaque. Minha mente falhou por um instante com a confusão. Boston. Era isso. Eu estava em Boston. Tinha estado em Nova York na noite anterior e na Filadélfia duas noites antes. Tinha sido Detroit na última segunda-feira? Tentei me lembrar de todas as paradas, de todas as cidades, mas tudo estava misturado num borrão. Eu raramente via muito das cidades onde me encontrava. Um lugar apenas se fundia no outro.

De repente ele estava ao meu lado, equilibrando-se na grade, com os braços apoiados nas treliças, sua postura imitando a minha. Ele era alto. Notei seu tamanho depressa, olhando ao redor dos meus próprios

---

* "Ah, minha querida Minnie Mae, lá no céu, é o que dizem/ E nunca mais vão tirar você de mim/ Eu estou indo, indo, indo, com a ajuda dos anjos logo chegarei/ Por isso, da costa do velho Kentucky me despedirei."

braços erguidos e agarrados à viga de suporte acima da minha cabeça. Meu coração afundou no peito e aterrissou com um baque nauseante no fundo da barriga. Bateu e pulou. Minha barriga estava vazia, mas isso não era novidade. Fiquei me perguntando se o homem era um estuprador ou um assassino em série. Dei de ombros, cansada. Se estivesse preocupada em ser estuprada ou morta, poderia simplesmente me soltar. Problema resolvido.

— Seus pais sabem onde você está?

Lá estava novamente. As vogais longas, comendo o final das palavras. No fim das contas, não era como a voz do meu pai. Papai nasceu e foi criado nas colinas do Tennessee. No Tennessee nós não engolimos os Rs. Deixamos a língua se enrolar em torno dos Rs como uma gota de limão antes de soltá-los.

— Posso telefonar para alguém por você? — ele tentou de novo quando não respondi.

Neguei com a cabeça, mas ainda sem olhar para ele. Mantive o rosto voltado para a frente, mirando o nevoeiro. Eu gostava do nada branco. Aquilo me acalmava. Eu queria ficar mais perto. Era por isso que tinha escalado a grade.

— Olha, menino. Não posso simplesmente te deixar aqui. — Sem R no final, mais uma vez. Eu estava fascinada com o sotaque, mas ainda queria que ele desistisse e fosse embora.

— Não sou um menino, então você *pode* me deixar aqui — falei pela primeira vez, notando como meu R ecoava de maneira desafiadora, assim como minhas palavras.

Senti os olhos dele no meu rosto. Virei e olhei para ele. Realmente olhei para ele. Ele usava um gorro enterrado na testa e por cima das orelhas, como eu. Estava frio ali fora. Eu tinha roubado o meu da equipe de segurança que me acompanhava, assim como um moletom enorme com capuz que alguém deixou no meu camarim. O gorro dele ficava natural. Não era roubado, eu tinha certeza. Cabelos loiros desgrenhados escapavam por baixo do gorro, mas as sobrancelhas eram grossas e quase tão escuras como a lã — cílios pretos sobre olhos de uma cor indecifrável. Na escuridão nevoenta, tudo parecia apenas ter diferentes tons de cinza. O olhar dele era firme, e sua boca estava ligeiramente franzida, como se eu o tivesse surpreendido. Parecia que nós dois estávamos errados. Eu não era um menino, e ele não era um homem mais velho. Talvez fosse alguns anos mais velho que eu, se muito.

— Não, acho que você não é — disse ele, o olhar assustado fixando-se no meu peito, como se para verificar se eu era, de fato, do sexo feminino.

Arqueei uma sobrancelha e levantei o queixo, exigindo que ele também erguesse o olhar. Ele o fez, quase imediatamente, e voltou a falar. Sua voz era comedida; seu tom, suave.

— A questão é a seguinte: se cair, você morre. Cair pode parecer gostoso, mas aterrissar não é. Aterrissar vai ser uma merda. E, se você não morrer, vai gostar de ter morrido e vai desejar nunca ter se soltado, para começo de conversa. E vai gritar por socorro, mas vai ser tarde demais, porque eu não vou pular atrás de você, Texas.

— Não me lembro de ter pedido, Boston — respondi, cansada, não o corrigindo a respeito das minhas origens. Pelo jeito, todo mundo que fala arrastado deve ser do Texas.

O olhar dele pousou brevemente sobre minhas botas e depois deslizou até meus olhos, calculando.

— Nós dois sabemos que você não vai fazer isso. Corta o drama e desce. Eu te levo aonde você quiser.

Ele disse a coisa errada. Senti a fúria encher minhas entranhas vazias e subir rugindo pela minha garganta, como chamas num poço de elevador. As lágrimas começaram a escorrer pelo meu rosto, naturais, protetoras, em resposta ao incêndio que queimava feroz no meu peito. Eu estava exausta. Completamente exaurida. Emocional e fisicamente acabada. Estava cansada das pessoas me dizendo o que fazer, quando fazer, como fazer e com quem fazer. Estava cansada de nunca tomar nenhuma decisão por mim mesma. Então, ali mesmo, dei um show. As palavras dele consolidaram minha determinação. Vi o momento em que ele entendeu. Sua boca se moveu em torno de um palavrão silencioso e seus olhos se arregalaram.

Eu me inclinei para o nevoeiro e me soltei.

Quando minha irmã gêmea morreu, a morte se tornou muito real. Era algo em que eu pensava quase o tempo todo. E porque ela estava lá, onde quer que as pessoas mortas ficavam, e porque eu a amava mais do que amei qualquer pessoa na face da Terra, parte de mim também queria estar lá. Foi assim que comecei a considerar minha própria morte, a contemplá-la, a me questionar. Não quis apenas morrer de repente. Isso não é algo que acontece de repente. Começa como um pensamento que cintila nos recessos mais sombrios do nosso cérebro por um instante, como uma vela de aniversário pouco antes de ser apagada. Só que a morte é uma vela traiçoeira. Do tipo que a gente atiça outra vez só para vê-la se inflamar de novo. E de novo. Cada vez que ela pisca de volta à vida, demora um pouco mais e brilha um pouco mais forte. A luz parece quase cálida. Amigável. Não parece algo que vai nos queimar.

Chega um momento em que a ideia bruxuleante se torna uma opção, e a opção se torna detalhada e precisa, com um plano A e um plano B. E às vezes com um C e um D. E, antes que a gente perceba, começa a dizer adeus de pequenas formas. "Talvez seja a minha última xícara de café. A última vez que vou amarrar estes sapatos, a última vez que vou brincar com meu gato. A última vez que vou cantar essa canção." E há um alívio com cada "última vez", como eliminar tarefas de uma longa e custosa lista. Depois, as pequenas velas em nossa cabeça se tornam pontes em chamas. As pessoas que querem morrer queimam pontes a torto e a direito. Queimam pontes e depois se jogam delas.

Naquela noite, eu tinha expulsado todo mundo do camarim que designaram para mim. Mandei todo mundo sair. Sorri e falei baixinho. Não gritei, não chorei, não tive um momento diva. Nunca fiz isso. Esse era o trabalho da minha avó. Só pedi alguns instantes para mim mesma. Era a última noite da turnê e todo mundo ia querer comemorar. Eu tinha cantado no Madison Square Garden na noite anterior, e minha avó estava delirando de felicidade. Naquela noite, estávamos em outra arena "Garden"; chamavam-na de TD Gardens. Eu sabia que devia estar extasiada, mas não estava. Sentia-me oca como uma grande melancia vazia. Meu pai costumava cortar o topo e comer a melancia como sorvete, de colher, até que ela se tornasse apenas uma casca vazia. Depois, ele recolocava a parte de cima para que parecesse novinha. Mais de uma vez minha mãe o xingou quando descobriu que o interior tinha sido inteirinho raspado.

Todos tinham saído — meu estilista, Jerry, minha maquiadora, Shantel, e alguns outros: esposas e namoradas da equipe de estrada que queriam estar presentes na última noite da turnê. O show acabou, finalmente. Bem, quase. Deixei o palco antes da última música, e as bandas de abertura estavam, com a minha, finalizando o medley que sempre faziam em conjunto para fechar a apresentação.

Eu disse que estava enjoada, mas, antes de deixar o palco, me apresentei exatamente como tinha sido treinada para fazer. Cantei as músicas do meu último álbum, além das mais famosas dos três anteriores. Com quatro discos no currículo, sem contar o lançamento apressado de todas as músicas que cantei no *Nashville Forever* um mês depois da minha grande vitória, eu estava consagrada no mercado, atração principal, vencedora do Grammy, e meu último álbum, *Come Undone*, era disco de platina.

Eu tinha cumprido minhas obrigações, e ninguém poderia dizer que eu não tinha feito jus. Cantei com o coração, cantei cada nota enquanto saltitava pelo palco com o traje cuidadosamente escolhido — jeans colado ao corpo, rasgado artisticamente, blusa preta de seda e botas country vermelhas —, caminhando sobre a linha entre "princesa pop" e "cantora country", para maximizar meu apelo de mercado.

As luzes do palco eram quentes, mas minha maquiagem ainda estava no lugar. Cílios postiços, sombra e delineador aplicados de forma habilidosa faziam meus olhos castanho-escuros ficarem profundos e intensos, grandes olhos de cachorrinho pidão emoldurados por cachos soltos e dourados. Os cachos longos e loiros de Bonnie Rae Shelby, que haviam se tornado o estilo que meninas em toda parte tentavam copiar. Eu poderia ter dito a elas que era fácil. Os meus eram comprados em lojas. Todas as meninas poderiam comprá-los também. Claro, agora custavam caro, mas não eram assim no começo.

Quando o cabelo da Minnie começou a cair por causa da quimioterapia, decidimos raspar a cabeça juntas, cabelo castanho-claro caindo no chão em pilhas macias. Éramos gêmeas. Gêmeas idênticas. Gêmeas espelhadas. Se Minnie ia ser careca, eu tinha de ser careca também. Mas vovó disse que eu não poderia ser careca no palco, de modo que, no dia em que fiz o teste para *Nashville Forever*, ela pegou nosso dinheiro do ônibus (e nosso dinheiro para comida) e me comprou uma peruca com longos cachos loiro-acinzentados.

— A Dolly Parton sempre usa peruca, Bonnie — vovó tinha dito, animada, puxando a peruca sobre minha cabeça lisa. — Olhe só! O cabelo loiro combina com você, Bonnie Rae. Faz você parecer um anjinho. Que bom. É isso que queremos. Cabelo de anjo para combinar com a sua voz angelical.

Eu tinha cabelo de anjo desde então, só que agora não usava uma peruca da Dolly Parton. Tinha apliques, fazia tinturas profissionais e tinha um cabeleireiro viajando comigo aonde quer que eu fosse. Um cabeleireiro, uma maquiadora, um estilista e uma equipe de guarda-costas. Também tinha uma pessoa de marketing, um agente e um advogado disponível a qualquer momento. E vovó. Minha avó era um pouco de tudo. Mas, principalmente, era minha empresária.

Ela não queria que eu fosse para o camarim sem ela. Minha avó era inteligente. E durona. E, às vezes, um pouco cruel e assustadora. Ela farejou algo estranho. Farejou as pontes queimando. Apenas não conseguiu ver a fumaça.

— Me dá um segundo, vovó. Tenho vinte e um anos. Posso ficar sozinha por meia hora sem que o mundo desabe. — Minha voz era calma, mas por dentro eu estava me encolhendo de medo. Eu era uma grande mentirosa. O mundo dela ia desabar naquela noite. Que ironia. Ela assentiu uma vez e depois se virou para cuidar dos negócios.

Agora eu estava sozinha.

Olhei-me no espelho grande na minha frente. Havia espelhos em todos os lugares. Passei a mão pelos cachos e pisquei algumas vezes.

Depois peguei a tesoura que eu tinha tirado da bolsinha de truques do Jerry. Comecei a cortar. *Pic, pic, pic.* E o cabelo de anjo começou a cair em volta dos meus pés, exatamente como tinha caído seis anos antes. Alguns fios pousaram nos meus ombros e no colo. Uma mecha caiu na frente da minha blusa, e eu comecei a rir. O cabelo espreitava do meu decote como se eu fosse um homem com peitos. Ri mais conforme fui cortando. E então havia apenas um pouco de cabelo sobrando. Eu estava em pé com tufos curtos na cabeça e em torno das orelhas, irregulares e desnivelados. Estava ainda mais curto que o de Damon. Damon era o baterista da turnê Come Undone. Eu o achava bonito, mas vovó o mantinha longe porque ficou sabendo que ele tinha herpes. Eu tinha certeza de que era porque ele tinha pênis. Minha avó fazia o seu melhor para manter todos os caras longe.

Os soluços do riso se tornaram algo mais próximo de lágrimas quando olhei para o que restava do meu cabelo, sabendo que agora não havia como voltar atrás, sabendo que Minnie não estava ali para ficar careca comigo. Esmaguei o arrependimento e tirei os cílios postiços, estremecendo quando as pernas de aranha resistiram ao ser arrancadas. Limpei a maquiagem com um punhado de lenços umedecidos e coloquei um gorro sobre o que restava dos meus cachos de anjo. O gorro tinha o perfume do Urso — era dele —, então senti a dor de novo, a dor que era mais difícil de aplacar que o arrependimento. Eu sentiria falta do Urso. Ele sentiria falta de mim.

As botas vermelhas e o jeans teriam de ficar. Eu não tinha mais nada para vestir ou tempo para me trocar. O moletom enorme da turnê veio em seguida, datas de shows de 2013-2014 estampadas nas costas em longas fileiras. Fiquei cansada só de olhar. Puxei o capuz sobre o gorro, protegendo o rosto como uma aspirante a gangster. Eu precisava me apressar. Não limpei o cabelo. Deixei tudo espalhado em uma confusão desleixada sobre a penteadeira e pelo chão. Eu realmente não sabia por que queria que minha avó visse aquilo. Mas queria.

Dei uma guinada na direção da porta e parei bruscamente. Como ia pegar um táxi ou um ônibus? Não tinha dinheiro. Não estava com minha bolsa nem com meus cartões de crédito. Eu nunca carregava nenhuma dessas coisas. Nunca foi necessário. Quando precisava de alguma coisa, minha avó ou alguém se certificava de que eu conseguisse. Entrei em pânico por dez segundos inteiros, até que meus olhos recaíram sobre a bolsa da vovó, em cima da penteadeira. Eu não podia acreditar que ela havia deixado a bolsa ali.

Minha avó tinha sido pobre por muito mais tempo do que tinha sido rica, e nós, pobres, gostávamos de manter nosso dinheiro por perto. Enfiávamos debaixo de colchões e em sutiãs e cavávamos buracos nas paredes para guardar nossos tesouros. Minha avó tinha mentalidade de pobre, e teria até o dia em que morresse, por isso se mantinha cheia de dinheiro em todos os momentos. Eu supunha que ela tinha muito mais que o necessário para o táxi, mas estava ficando nervosa, com certeza meu tempo estava acabando; por isso, peguei a bolsa, sem gastar tempo para vasculhar dentro dela.

Se eu conhecia vovó, ela tinha pelo menos cem mil no cofre do meu ônibus de turnê. E podia fazer bom proveito do dinheiro. Pendurei a bolsa de grife sobre o ombro, baixei a cabeça e abri a porta do camarim.

Então, saí andando. Ninguém estava esperando do lado de fora da porta e, até onde eu sei, ninguém me olhou duas vezes. Tive o cuidado de não andar rápido demais.

Quando a sedução da fuga começou a cintilar para mim, várias semanas antes, comecei a prestar atenção nas saídas onde quer que eu me apresentasse. Andava pelo perímetro, pelos corredores de concreto, pelos vastos bastidores e labirintos industriais dos estádios e arenas, com o Urso nos meus calcanhares, usando a desculpa de que eu precisava esticar as pernas, fazer um pouco de exercício. Tornou-se um jogo. Um jogo de "e se?". Onde quer que eu fosse, tramava uma fuga louca. Sonhava com ela. Fantasiava sobre ela. E agora eu estava ali, indo embora de uma arena que simbolizava o superestrelato. E não olhei para trás.

Assim que soltei a treliça metálica, estava arrependida. Naquele instante, me perguntei se todos se sentiam daquele jeito no final. Nenhuma vida passando diante dos olhos, nenhuma sequência de um filme silencioso. Apenas uma breve, embora perfeita, consciência do fim, e a linha de chegada era cruzada. Inclinei-me para a frente, num lento movimento de mergulho de cisne, com os pés ainda agarrados à grade de metal. Senti o estranho ao meu lado se impulsionar na minha direção. Sua mão agarrou a parte de trás da minha blusa roubada e a puxou, mudando minha trajetória, e meus pés perderam contato com a grade. Minhas pernas sumiram debaixo de mim, e, em vez de cair para a frente, eu estava caindo para trás, e o lado esquerdo do meu corpo bateu na grade de metal na qual estávamos. O esforço dele também deve tê-lo feito perder o equilíbrio, porque senti seu peso passar de raspão no meu ombro. Caí esparramada dolorosamente, metade em cima do estranho, metade no concreto molhado que se projetava até a proteção da grade, e imediatamente tentei me levantar e me afastar dos braços que me agarravam, furiosa e esperneando, mais uma vez impedida de escolher.

— Para com isso! — ele reclamou, com falta de ar por causa do meu cotovelo apertando suas costelas, e eu apertei mais, tentando ficar em pé. — Você é louca?

— Não sou louca! — gritei. — Quem é você, afinal? Vá embora! Não pedi sua ajuda!

Meu gorro tinha caído no meio da confusão. Apalpei o chão procurando por ele, mas não consegui encontrar. Senti mais a perda do gorro do Urso do que a experiência de quase morte. Passei os braços em volta da minha cabeça, encostada à grade, e apertei as pernas contra o peito, respirando com dificuldade, piscando para conter as lágrimas. Talvez elas não tivessem vindo por causa do gorro. Talvez fosse alívio ou talvez medo, ou talvez ainda fosse o peso de eu não saber o que viria a seguir. Eu não tinha pensado além da ponte. Sabia que não poderia escalar a grade de novo e sabia que não haveria mais queda no nevoeiro. Eu estava curada da sedução cintilante. Pelo menos por enquanto.

— Eu também ia chorar muito se o meu cabelo estivesse assim — disse o estranho, em voz baixa, e se agachou ao meu lado. E me entregou o gorro. Peguei-o da mão que estendeu para mim e o enterrei ferozmente sobre os tufos devastados de cabelo. — Sou o Clyde. — Ele deixou a mão estendida, como se estivesse esperando que eu fosse apertá-la em cumprimento. Olhei para ele, entorpecida. Suas mãos eram grandes, como o resto do corpo. Mas ele não era grande como o Urso. O Urso era corpulento e musculoso, como uma barricada, o que realmente era, na essência. Clyde era esguio e comprido, de ombros largos, e suas mãos pareciam capazes e fortes, se isso fizesse algum sentido.

— Clyde — repeti, inerte. Não era uma pergunta. Eu estava testando. Na verdade, o nome não se adequava. Ele não parecia um Clyde. Clyde era o nome do cara que cuidava do posto de gasolina de uma bomba só em Grassley, Tennessee, ao pé da colina onde eu vivi por dezesseis anos, até minha avó convencer meus pais de que poderíamos ser ricos se eles a deixassem me levar para Nashville. O Clyde de Grassley, Tennessee, só tinha dois dentes e gostava de dedilhar seu banjo, que só tinha duas cordas. Dois dentes, duas cordas. Eu não tinha feito essa ligação antes. Talvez dois fosse o número favorito do velho Clyde.

— Como você se chama, menina louca? — perguntou o jovem Clyde, a mão ainda estendida, esperando que eu a apertasse para fazermos amizade.

— Bonnie — respondi, por fim. E então eu ri, como se *realmente* fosse louca. Meu nome era Bonnie e o dele era Clyde. Bonnie e Clyde. Não era perfeito? Apertei a mão dele, que engoliu a minha. Nesse instante, me senti tanto imprudente quanto redimida, como se talvez eu ainda não tivesse chegado ao fim, apesar de tudo.

— Tá bom. Você não quer me dizer, tudo bem. Entendi. — Clyde deu de ombros. — Eu te chamo de Bonnie se você quiser. — Clyde obviamente pensou que eu estava brincando, mas parecia disposto a entrar no jogo. Sua voz ainda era macia, ainda aquele tom grave que me fazia pensar que era preciso muito mais para tirá-lo do sério, e eu me perguntei se ele cantava. Seria um baixo, alcançando todas as notas graves e ancorando o acorde.

— Você está fugindo de alguma coisa, Bonnie?

— Acho que sim — respondi. — Ou talvez só esteja deixando algo para trás.

Seus olhos procuraram algo em meu rosto, e eu abaixei a cabeça. Eu não sabia que tipo de música Clyde ouvia. Provavelmente não era o tipo que eu cantava. Mas meu rosto havia sido estampado em lugares conhecidos suficientes nos últimos seis anos para me tornar extremamente reconhecível, quer a pessoa gostasse de misturas country/pop ou não.

— Tem alguém para quem a gente possa telefonar?

— Não quero telefonar pra ninguém! Não quero ver ninguém. Não quero ser sua cúmplice, nem roubar bancos, Clyde. Agora eu quero ficar sozinha. Quero que você vá embora. Está bem? — Minha voz saiu como um rosnado, mas não liguei. Eu precisava que ele fosse embora. Assim que corresse a notícia de que Bonnie Rae Shelby havia "desaparecido", ele ia descobrir quem eu era. Eu só queria ir para longe o suficiente para que não fizesse diferença se ele tinha me visto.

Ele suspirou e xingou baixinho, depois se levantou e começou a se afastar. Vários carros passaram depressa por nós, cada rajada de ar vindo do nada, e de repente me perguntei se Clyde estava a pé. Talvez fosse assim que ele tivesse me visto. Não sei como poderia ter visto de outra forma. Olhei em volta, como se houvesse respostas na névoa. Em vez disso, fiquei zonza e mais confusa. Eu nem sabia onde estava.

Eu me levantei e corri atrás de Clyde. Ele já estava perdido no nevoeiro, por isso comecei a correr um pouco, colocando as mãos nos bolsos folgados do moletom desleixado, ouvindo seus passos, esperando que ele não tivesse desaparecido. Estremeci. Ele não podia desaparecer pelas laterais. Só havia um sentido na ponte para onde ele pudesse seguir sem vir na minha direção. Eu não sabia por que o estava perseguindo depois de ter tido sucesso em espantá-lo, mas de repente eu não sabia mais o que fazer.

O som dos meus pés sobre a ponte mudou sutilmente, e percebi que tinha chegado a um lugar onde ela se alargava. Cones delimitavam as pistas de uma área separada. Havia um caminhão de obras branco, com o letreiro "Município de Boston" impresso na lateral, estacionado no trecho interditado. Uma Chevy Blazer alaranjada, surrada, de um modelo antigo, estava estacionada atrás do caminhão, com o pisca-alerta pulsando. Clyde estava sentado sobre o para-choque largo, joelhos afastados, mãos entrelaçadas entre eles, como se estivesse esperando que eu chegasse.

— É sua? — apontei para a Blazer.

— É.

— Por que você estacionou aqui?

— Não dava para parar direito ali atrás, com toda essa neblina. Eu teria causado um engavetamento.

— Mas por que você parou?

— Vi um menino em pé na grade, se preparando para pular no rio Místico.

— Como? — Minha voz parecia pouco descrente, até mesmo acusatória.

Ele me olhou, inexpressivo, obviamente sem entender a pergunta.

— Como você me viu no meio do nevoeiro?

Ele deu de ombros.

— Acho que só olhei no momento certo. E lá estava você.

Dei um passo para trás. Surpresa e intrigada, considerei a resposta.

— Então você parou aqui e voltou andando? Por mim? — Eu tinha passado de incerta a incrédula. — Por quê?

Ele se levantou, se virou e foi caminhando em direção à porta do motorista, ignorando minha pergunta.

— Você já desistiu de pular por hoje, Bonnie?

— E se eu disser que não? — eu o desafiei e cruzei os braços.

Ele parou e se virou devagar.

— Olha, você precisa de carona para algum lugar? Terminal de ônibus? Sua casa? Hospital? Onde quer que seja, eu te levo, está bem?

Eu não sabia o que fazer. Não sabia para onde ir. Girei num círculo e esfreguei os braços, considerando minhas opções, planejando o próximo passo, e não fazia ideia. Estava tão cansada, tão incrivelmente cansada. Talvez eu pudesse ir com Clyde até que passássemos por um hotel. Aí ele poderia me deixar lá, e eu conseguiria dormir por alguns dias ou alguns anos, até que meu mundo se endireitasse e eu tivesse um pouco de clareza ou de coragem — duas coisas que pareciam estar em falta em mim no momento.

Um carro de polícia passou num brilho ofuscante, depois outro, luzes que faziam a escuridão enevoada parecer uma casa noturna cheia de fumaça, incluindo uma bola de luz psicodélica de discoteca. Clyde e eu nos encolhemos quando as sirenes soaram, e os olhos dele encontraram os meus.

— Você vem?

Concordei com a cabeça e corri para o lado do passageiro. Tive que puxar a maçaneta com um pouco de força, mas na segunda tentativa a porta abriu. Deslizei para o banco esfarrapado e fechei a porta, agarrando-me a ela quando Clyde se afastou devagar do meio-fio e se misturou ao tráfego que saía da ponte. O interior da Blazer ainda estava quente, e o rádio estava sintonizado numa estação de música clássica. Eu não gostava muito de música clássica. Fiquei surpresa que Clyde gostasse. Ele parecia mais o tipo Pearl Jam, ou talvez Nirvana. Seu gorro e a barba de uma semana no queixo o faziam se parecer um pouco com Kurt Cobain. Ele manteve os olhos voltados para a frente, mas imaginei que soubesse que eu o estava analisando, assim como ao interior de seu carro. Parecia óbvio que ele estava indo para algum lugar. Tinha algumas caixas, umas mochilas de exército, uma pilha de cobertores, um travesseiro e uma planta de ambiente interno meio maltratada. Atrás da segunda fila de bancos, pude ver o que parecia ser o braço de um estojo de violão. A vontade de puxá-lo por cima dos assentos, para meus braços, foi súbita e intensa, como se, se eu o embalasse no colo, ele fosse me ajudar a encontrar meu caminho, ou no mínimo me confortar da forma como o instrumento sempre confortava.

— Está indo para algum lugar? — perguntei.

— Para o oeste.

— Para o oeste? O que é isso, um filme de John Wayne? Existe muita coisa a oeste de Boston. Oeste quanto? — perguntei.

— Vegas — disse ele, baixando o tom.

— Hum. — Las Vegas. Era uma viagem e tanto. Fiquei me perguntando quanto tempo levaria. Eu não fazia a menor ideia. Era do outro lado do país. Um tempão de estrada. — Também estou indo naquela direção — menti com entusiasmo. Ele olhou para mim, as sobrancelhas desaparecendo sob a borda grossa do gorro.

— Você está indo para Vegas?

— Bom, talvez não até lá, sabe, mas só... para oeste — disfarcei. Não queria que ele pensasse que eu estava a fim de ir junto por todo o caminho até Las Vegas, embora de repente tivesse pensado que poderia. — Posso ir com você por uma parte do caminho?

— Olha, menina...

— Clyde — eu imediatamente o interrompi. — Não sou uma menina. Tenho vinte e um anos. Não sou menor de idade, não estou fugindo da prisão nem de um manicômio. Não sou membro da Ku Klux Klan nem vendedora de Bíblias, embora acredite em Jesus e não tenha vergonha de admitir, mas não vou ficar falando do meu amor por ele se você tiver problemas com isso. Tenho um pouco de dinheiro para contribuir com a gasolina, a comida e o que mais a gente precisar. Só preciso de uma carona para... o oeste. — Gostei que ele tivesse usado "oeste" antes, porque eu ia me agarrar a isso com todas as forças, agora que precisava de um destino.

Clyde, na verdade, sorriu. Foi apenas um torcer rápido de lábios, mas imaginei que significava algo. Ele não parecia ser do tipo sorridente.

— Você não tem nada além das roupas do corpo e dessa bolsinha, e o seu nome não é Bonnie, então você está, com certeza, se escondendo ou fugindo, o que significa que tem problemas atrás de você — retrucou. — E eu, sem dúvida, não quero problemas.

— Tenho dinheiro. E posso conseguir o que preciso ao longo do caminho. Eu não trouxe muita bagagem. — Dei de ombros. — Achei que não precisaria de malas no céu.

Clyde deu risada e olhou para mim, incrédulo. Eu não o culpava. Era brincadeira, mas eu parecia uma louca. E me sentia um pouco louca. Continuei falando:

— E, para sua informação, meu nome é Bonnie de verdade. Mas você não se parece muito com um Clyde.

— Clyde é meu sobrenome — disse ele, um pouco hesitante. — Fui chamado de Clyde por tanto tempo que uso esse nome automaticamente.

— Então, seus amigos te chamam de Clyde?

— É, chamam. Meus amigos — ele concordou, com uma tensão na voz que me fez acreditar que havia algo ali que ele não queria discutir.

— Bem, meus amigos e parentes me chamam de Bonnie. Então você também pode me chamar assim. Mesmo que seja meio engraçado.

— Bonnie e Clyde — ele murmurou para si mesmo.

— Isso aí. Vamos só esperar que esta pequena aventura tenha um final melhor que o deles.

Clyde não respondeu. Eu não sabia se ia me deixar ir junto ou não, mas ele não negou. A vozinha na minha cabeça que soava como minha avó me disse que eu tinha oficialmente perdido o juízo. Quando eu estava na grade da ponte e tentei saltar, meu juízo com certeza não foi resgatado como o resto do meu corpo. Deve ter caído na água abaixo da ponte, fazendo de mim um zumbi sem cérebro. Então encostei a testa na janela do lado do passageiro, fechei os olhos e me fingi de morta.

2
convergência

Finn Clyde não era burro. Na verdade, ele era brilhante. Quando criança, era fascinado pelos temas recorrentes na natureza. Por que a maioria das flores tem cinco pétalas? Por que os favos de mel têm forma de hexágono? Por que os números têm cores correspondentes? Ele tinha oito anos quando percebeu que nem todas as pessoas enxergavam as cores.

Os números também tinham peso. Quando ele os multiplicava, eles giravam em sua cabeça como uma nevasca num globo de brinquedo. As respostas se assentavam suavemente em seu cérebro, como os flocos, como se a gravidade fosse a responsável pela solução. Quando ficou mais velho, o fascínio pelos padrões apresentados na natureza cresceu e se transformou em fascínio por probabilidade, por utilizar fórmulas matemáticas para prever resultados. E suas previsões se tornaram assustadoramente precisas. Tanto que ele podia vencer com folga qualquer um no xadrez, assim como no pôquer, ou mesmo em jogos que pareciam regidos pelo acaso. Não existia essa coisa de acaso para Finn. O acaso podia ser analisado, cortado, fatiado e vinculado a outras coisas, utilizando-se um pouco de poder cerebral.

Mas nem mesmo Finn Clyde poderia prever que seu irmão, Fish, ficaria desesperado, assaltaria uma loja de conveniência com uma arma roubada e o arrastaria para a confusão. Finn era brilhante, mas também era jovem. E leal. E tinha corrido em direção ao irmão, em vez de se afastar, quando Fish levou um tiro na barriga depois de exigir que o proprietário vietnamita da loja de conveniência esvaziasse a gaveta de dinheiro. Fisher Clyde morreu no banco da frente do carro de sua mãe, nos braços do irmão. E, mal tendo completado dezoito anos, a sorte de Finn Clyde tomou um rumo definitivo para o pior. A vida não tinha sido gentil desde então, e, aos vinte e quatro anos, seis anos e meio depois daquela noite fatal, Finn Clyde ainda era brilhante, mas não era mais tão jovem nem tão leal, e não estava mais correndo em direção à encrenca. E Bonnie certamente era encrenca.

Ela estava dormindo com a cabeça encostada na janela, os braços em volta da cintura, como se estivesse fisicamente se segurando para não desmoronar. Era magra, quase magra demais. Havia dito vinte e um anos, mas poderia passar por mais nova. Quando ele a viu empoleirada na grade, braços apoiados, sua forma esguia aparecendo através de uma abertura repentina e quase suspeitosamente providencial do nevoeiro, pensou que fosse uma criança. Um menino, talvez de catorze ou quinze anos. E ele passou por ela de carro. Ninguém parava na Ponte Tobin. Droga, ninguém passava a pé ou de bicicleta na Ponte Tobin. Ele não sabia como o garoto tinha conseguido chegar aonde estava. Aonde *ela* estava, Finn se corrigiu.

Ele estava atravessando a ponte na direção norte, a caminho de Chelsea. Tinha uma parada a fazer, para dar adeus, e depois seguiria em frente. A Blazer estava abastecida com tudo o que ele tinha no mundo, e Finn estava deixando Boston, deixando tudo. Novo começo, novas pessoas, novo emprego. Nova vida. Mas algo a respeito daquela silhueta no nevoeiro, empoleirada e pronta para voar, sussurrou para o velho Finn Clyde, o Finn que não tinha juízo, o Finn que corria em direção à encrenca. Antes que se desse conta, tinha estacionado na pista de obras e estava trotando em direção ao saltador.

Quando ela falou, ele reconheceu o erro. O garoto era uma mulher. Sua voz era arrastada e inexpressiva, uma voz em tão completo desacordo com o agasalho enorme e o rosto manchado de lágrimas que ele mesmo quase tinha caído da ponte. Então ela olhou, e Finn viu algo que tinha visto em mil rostos nos últimos seis anos e meio. Ela estava desolada, sem esperança, exausta, inexpressiva. Era um olhar com o qual ele tinha lutado em seu próprio reflexo. Era derrota.

Finn não era bom com as palavras. Não sabia como convencê-la a descer. Tinha se sentido tentado a usar estatísticas — ele havia começado —, lançando algo sobre probabilidades. Depois viu as botas vermelhas de salto, e isso o desconcertou. Aquelas não eram botas de uma adolescente fugitiva nem de uma prostituta sem um tostão. Aquelas botas pareciam caras. Pareciam ter custado mais do que a maioria das pessoas de sua vizinhança em Southie ganhava por semana. E ele ficou imediatamente enojado por ela. Até zombou um pouco, supondo que estivesse procurando atenção ou até mesmo um pouco de emoção, pensando que, em minutos, seu namorado de Harvard fosse aparecer num BMW e implorar que ela descesse.

Algo nos olhos dela mudou quando as palavras saíram da boca de Finn, e, mais uma vez, ele percebeu que havia previsto errado. Ele se lançou atrás dela assim que ela se soltou. A morte de Fisher de repente ficou tão fresca em sua mente que ele conseguia ouvir o último suspiro gorgolejante do irmão. Fisher tinha morrido, mas aquela menina não morreria.

Ela esperneou raivosamente quando caiu, mas só chorou quando ele lhe entregou o gorro. Seu cabelo parecia ter sido atacado por uma tesoura de poda. Se Finn precisava de mais uma prova de que aquela menina estava em apuros — além da tentativa de suicídio —, o cabelo era a comprovação. De bom grado, então, ele foi embora quando ela exigiu. Porém depois se sentou no para-choque enferrujado da Blazer, dividido entre sua própria sobrevivência e a sobrevivência da menina em prantos de quem ele havia se afastado. Quando, de repente, ela deu um passo para fora do nevoeiro e apareceu na frente dele, Finn sentiu uma onda de alívio, seguida rapidamente por uma enxurrada de pavor.

Ela havia se recomposto. Não estava mais chorando e sua voz era firme. Depois de um minuto de hesitação, parecia até mesmo decidida. Queria uma carona. Dele. Um completo estranho. Finn fez uma careta por dentro. Agora, ali estavam eles.

Apenas duas horas antes, ele estava atravessando a ponte em direção a Chelsea para dizer adeus à mãe, antes de ir embora da cidade. Sozinho. Agora, estava a caminho de Vegas com uma passageira indesejada encolhida contra a porta, dormindo como se ele tivesse atirado nela com uma arma tranquilizante. Deveria estacionar, acordá-la, exigir algumas respostas e insistir que ela aceitasse ficar em algum lugar. Mas simplesmente continuou dirigindo, como um homem em transe, cada quilômetro o afastando mais de Boston e o levando mais fundo na confusão em que tinha certeza de que ela havia se metido. E ela dormia ao seu lado.

⁂

Acordei antes de atingir a água e engoli o grito que ainda estava preso no sonho. Estava com frio, rígida, e não sabia onde me encontrava. Endireitei o corpo na posição vertical, e um cobertor de lã branco e fino caiu dos meus ombros. Olhei para o painel empoeirado e além do para-brisa amplo, que revelava uma área de descanso cheia de nômades cansados, bancos e lojas, com pouca iluminação no escuro da madrugada. Então meus olhos o encontraram — Clyde-que-não-parecia-Clyde — e eu me lembrei.

Ele estava encurvado atrás do volante, os braços cruzados, as pernas estendidas no espaço para os pés onde os meus próprios pés estavam apoiados. Estava frio como uma geladeira dentro do carro, e ele tinha pegado no sono ainda de gorro. Toquei no meu, certificando-me de que ainda estava no lugar. Éramos gêmeos em nossos gorros confortáveis, dois assaltantes sorrateiros sondando um lugar. Mas era aí que as similaridades terminavam. A touca dele estava ligeiramente inclinada, e eu podia ver mechas de cabelo loiro espiando por baixo da borda de lã em seu pescoço. Seu maxilar era forte e quadrado sob a barba eriçada, que parecia estar ali mais por descuido que por ter sido cultivada. Seu nariz era maculado, ou talvez melhorado, por uma pequena saliência na ponte, que, de outra forma, seria lisa. Seus lábios não eram nem carnudos nem finos, mas estavam ligeiramente entreabertos no sono, e notei com surpresa que todos os traços juntos, aquele catálogo de feições em combinação, compunham um rosto atraente. Ele era bonito.

Vovó não aprovaria. Sempre desconfiava mais dos "bonitinhos", como ela mesma dizia. Ela ficou grávida do meu pai aos quinze anos, e acho que nunca perdoou vovô por isso, embora tivessem ficado casados por trinta anos antes de ele morrer num acidente em uma mina, no ano em que Minnie e eu fizemos dez anos. Então ela voltou para Grassley, para nossa imitação, já lotada, de lar, e eu comecei a cantar para pagar o jantar. Minha avó tinha grandes planos, mesmo naquela época.

Senti a raiva borbulhante, que havia se tornado minha nova amiga fofoqueira, acordar no meu peito, listando ferozmente todos os pecados de minha avó. Afastei o pensamento antes de me deixar levar demais pelos defeitos dela, meus olhos encontrando o rosto de Clyde novamente no escuro. Eu deveria telefonar para minha avó e deixá-la saber que eu estava bem. Mas não ia fazer isso. Não me importava se ela estava preocupada. Não me importava se ela estava aborrecida. Não dava a mínima para o que ela queria. Ela havia conseguido tudo o que desejava até aquele momento. Ela seria capaz de lidar com isso.

Eu devia ter ficado com medo, ali sentada no escuro com um estranho chamado Clyde. Ninguém sabia onde eu estava — droga, nem eu sabia onde estava. A bem da verdade, eu realmente não sabia *quem* eu era, e, pela primeira vez em anos, não me importei muito. Senti uma mudança e uma decisão dentro de mim. Meu plano tinha dado errado, mas talvez não houvesse problema. Eu havia me libertado e agora me encontrava em uma nova dimensão, onde havia apenas eu, o moletom no meu corpo e todo o dinheiro que estava na bolsa da minha avó. Eu estava num mundo diferente, e nesse lugar havia possibilidade e paz. E era libertador. Eu me sentia livre.

Além disso, Clyde tinha, era óbvio, colocado um cobertor em volta de mim. E ele não tinha me apalpado nem me matado enquanto eu dormia. Dois pontos para Clyde. Três, se eu contasse o episódio da ponte. Eu me peguei dando um sorriso idiota para a escuridão, e o sorriso baniu a raiva residente em meu coração e o grilo falante em meu ombro, que me importunava para eu fazer uma ligação e me entregar.

— Você está me assustando um pouco — disse Clyde, de repente, com a voz embargada pelo sono.

Pulei meio metro no ar e minhas mãos agarraram o painel, como se eu estivesse no banco da frente em uma montanha-russa, indo ladeira abaixo.

— Pelo jeito, eu também te assustei — Clyde murmurou, levantando os pés e os colocando de volta em seu lado da cabine, puxando o gorro de novo sobre a testa.

— Por que estou assustando você? — perguntei, e minha voz saiu esganiçada.

— Você está sentada aí, sorrindo para o nada. É assustador.

— Não era para o nada. Era para uma coisa. — Dei de ombros. — Por quanto tempo eu dormi?

— Um tempo. Quando saí de Chelsea, dei meia-volta e retornei para atravessar a ponte para Boston, você estava dormindo pesado. Demorei quase uma hora para sair da cidade, porque teve um evento grande no TD Garden, eu acho. O trânsito estava horrível. Dirigi mais umas duas horas e parei aqui há mais ou menos uma hora para fechar os olhos.

Tentei não me mexer no assento. O engarrafamento perto do TD Garden era culpa minha.

— Onde é aqui? — perguntei.

— Mal saímos de Mass Pike e estamos prestes a cruzar para Nova York.

— Então ainda estamos em Massachusetts?

— Estamos, mas não por muito tempo. — Ele ficou em silêncio, olhando para a frente. E de alguma forma eu sabia o que ele não estava dizendo. Estávamos ainda em Massachusetts, então eu ainda poderia voltar atrás. — Nunca saí de Massachusetts — ele mencionou de repente, surpreendendo-me. — Esta vai ser a primeira vez. — Ele virou a cabeça na minha direção lentamente. — E você? — Esperou, sustentando meu olhar.

— É a primeira vez para mim também. Quer dizer, primeira vez em Massachusetts.

— Há quanto tempo você está aqui?

— Que horas são?

Clyde olhou no relógio, virando o visor para captar a luz insignificante de uma das lâmpadas de rua que iluminavam parcamente o estacionamento da área de descanso. Ninguém mais usava relógio. Clyde, pelo jeito, sim.

— Quatro da manhã.

— Bem, então acho que faz umas vinte e quatro horas que estou em Massachusetts. — Tínhamos chegado a Boston na madrugada do dia anterior com nossa comitiva: um ônibus para mim, minha avó e todas as pessoas necessárias para deixar Bonnie Rae Shelby bonita, outro para a banda e a equipe de som, mais um para os backing vocals e os bailarinos, e dois trailers cheios de equipamento de som e todo o cenário. A turnê Come Undone era um grande empreendimento. E eu tinha conseguido me despir de toda essa parafernália, ficando apenas com um moletom, botas e jeans. E o gorro do Urso. Não podia me esquecer disso. Eu poderia ter dito à minha gravadora que não precisava de todo o resto das coisas.

Clyde soltou um palavrão longo e baixo, dividindo uma sílaba em várias.

— Que diabos aconteceu no espaço de vinte e quatro horas para fazer você querer dar um mergulho no rio Místico?

— Talvez eu não tivesse pulado — respondi depois de um longo silêncio, sem saber mais o que dizer sem derramar toda a minha história de vida.

— Só que você pulou. Mas a pergunta não foi essa, Bonnie — disse Clyde, suavemente.

— Essa é a única resposta que eu tenho, Clyde.

— Então, você e eu vamos ter que nos separar.

— Fala de novo.

— Você e eu vamos ter que nos separar — Clyde repetiu com firmeza, o olhar duro como aço na luz escura.

— Eu gosto do seu sotaque. Você diz "separá". Fala de novo.

— Que diabo é isso? — Clyde suspirou, jogando as mãos para o ar.

— Bom, isso não foi muito legal — retruquei. — Você fala isso exatamente do jeito que eu falo. Que diabo é isso?! — gritei. — Está vendo? Exatamente igual.

— Não preciso disso — Clyde murmurou baixinho e passou a mão grande pelo rosto. Não olhou para mim, e eu sabia que tinha estragado tudo. Quando eu ia aprender a calar a boca? Sempre tentei aliviar os humores e mudar de assunto quando as coisas ficavam desconfortáveis ou quando eu estava nervosa. Era assim que eu lidava com os problemas. Quando Minnie ficou doente, passei dias tentando fazê-la rir. Tentando fazer todos rirem. Quando não consegui mais, deixei vovó me convencer a "ajudar" de maneira diferente: ganhando dinheiro. O que me fez lembrar. Levantei a bolsa de minha avó.

— Eu tenho dinheiro. Posso pagar para você me levar a Las Vegas. — Puxei um maço de notas de dentro da carteira da minha avó e acenei para ele, abanando seu rosto. Ele arregalou os olhos.

— Até parece que você tem vinte e um anos — ele desdenhou, afastando minha mão. — Quantos anos você tem, doze?

— Nasci no dia 1º de março de 1992 — eu disse, minha voz subindo com a dele. — Essa é uma resposta. De que outras você precisa?

— Ninguém de vinte e um anos acenaria uma pilha de dinheiro assim na cara de um estranho. Você está completamente vulnerável. Percebe isso, não percebe? Eu poderia pegar o seu dinheiro, te empurrar para fora do carro e dar no pé. E essa não é a pior coisa que eu poderia fazer! O que você acabou de mostrar? Nada inteligente, menina. Nada inteligente! — Ele estava perplexo, até mesmo com raiva. Eu sabia que ele estava certo. Nunca fui inteligente. Era o que minha avó dizia. Era por isso que eu cantava, porque cantores não precisam ser inteligentes.

— Você está certo. Não sou inteligente. Sou burra feito uma porta. E preciso de uma carona. — Minha voz vacilou pateticamente, o que pareceu funcionar muito melhor do que tentar distraí-lo ou fazê-lo rir.

Clyde gemeu e passou a mão pelo rosto mais uma vez.

— Você tem dinheiro. Muito, pelo visto. Por que não aluga um carro?

— Não estou com a minha carteira de motorista, nem com meus cartões de crédito.

— Então pegue um ônibus!

— Alguém pode me reconhecer — respondi imediatamente e desejei que não o tivesse feito.

— Ah, isso me faz sentir melhor! — ele rebateu. — Olha, você tem que me dar alguma pista, menina, não dinheiro — ele me interrompeu com o olhar, enquanto eu levantava meu dinheiro como uma oferenda. — Informações! Não vou te levar para mais longe se você não puder me convencer de que isso não seria um grande erro.

— Eu realmente preferiria que você não soubesse quem eu sou.

— É. Eu entendi isso quando você me disse que o seu nome era Bonnie.

— É Bonnie.

— E o seu sobrenome?

— Qual é o seu primeiro nome? — retruquei.

— Este é o meu carro. Eu faço as perguntas.

Mordi o lábio e me virei. Achei que não tinha muita escolha.

— Shelby — respondi baixinho. — Meu sobrenome é Shelby.

— Bonnie Shelby — Clyde repetiu. — E quantos anos você tem, Bonnie Shelby?

— Vinte e um! — despejei entredentes. Eu estava começando a reconsiderar meu desejo de conseguir uma carona.

— Bom, infelizmente, Bonnie Shelby, você não pode provar isso.

— Ligue o carro.

— Não vamos a lugar algum, menina.

— Ligue. Eu posso provar. Você só precisa me prometer que não vai ficar todo esquisito.

— Não sou eu que pulo de pontes, sorrio como um lunático, falo a cem quilômetros por hora e quero ir de carro para Las Vegas com um completo estranho — disse Clyde, mas virou a chave, e o velho Chevy rugiu para a vida. Liguei o rádio e girei o botão até encontrar uma estação de música country.

— Você nunca ouve música country? — perguntei, esperando fervorosamente que ele não ouvisse.

— Não.

— Achei mesmo que a resposta seria essa. — Hunter Hayes estava cantando sobre fazer uma garota se sentir desejada, e eu ouvi até a música acabar. Conheci Hunter no ano anterior, no Country Music Awards. Ele era bonito e legal, e na época eu pensei que talvez pudesse abrir a minha turnê Come Undone. Só que vovó tinha outros planos, então nunca levei a ideia adiante.

Carrie Underwood imediatamente seguiu Hunter, e eu suspirei. Era esperar demais que uma das minhas músicas estivesse convenientemente na seleção quando eu precisava. Girei o botão mais uma vez e depois desliguei.

— Isso não vai funcionar. Preciso do seu violão. Está com todas as cordas, não está?

Clyde me olhou, inexpressivo.

— Está, mas não é tocado há dez anos. E não foi bem tocado antes disso. Está desafinado.

Passei para o banco de trás, puxei o violão comigo e rastejei de volta para a frente. Eu poderia ter descido pela porta do passageiro e ido até a parte de trás da Blazer com mais facilidade, mas eu tive medo de que Clyde fosse embora assim que meus pés tocassem o chão. Ele parecia mais cauteloso a cada segundo.

Abri o estojo no banco de trás e tirei o violão, içando-o para o banco da frente e me posicionando em torno dele para poder tocar. Girei e testei as cordas por um minuto. O violão estava tão desafinado que elas gemiam quando eu as colocava de volta no lugar.

— Você consegue fazer isso de ouvido?

— Posso não ser inteligente, mas Jesus me deu ouvido absoluto para compensar — falei com naturalidade, e Clyde apenas levantou as sobrancelhas. Eu não sabia se ele estava em dúvida sobre o meu ouvido absoluto ou sobre o fato de Jesus ter sido o meu benfeitor. — Isso aí, garoto — cantarolei enquanto dedilhava uma série de acordes. — Nada mau para quem que não é tocado há tanto tempo.

Clyde murmurou um palavrão.

Ignorei e comecei a introdução do meu sucesso mais recente, que havia chegado ao primeiro lugar das paradas. Mesmo que Clyde não conhecesse música country, provavelmente tinha ouvido aquela canção. Fazia parte da trilha sonora de um grande blockbuster de ação do verão anterior e tinha sido meu maior sucesso de country pop até o momento. Foi tocada tantas vezes que até eu já estava enjoada.

O filme se chamava *Machine*, e a música tinha o mesmo nome. No filme, a Terra tinha sido dominada por invasores — metade máquinas, metade humanos — de outro planeta, e um deles se apaixonava por uma humana e precisava escolher qual parte de si mesmo abraçaria. A canção tinha sentimentos confusos, era cheia de anseios e criava um equilíbrio perfeito para as cenas de ação, que iam aumentando violentamente quando a máquina se sacrificava pela garota, que pensava que ele era incapaz de sentir. Então ela descobria tarde demais que ele era muito mais do que ela pensava. Os Estados Unidos tinham adorado. Eu esperava que Clyde também adorasse.

— *Just a machine* — cantei —, *too cold to run, expired and numb, call it love. You don't mind it, like I mind it, your hollow kindness. I should leave.**

Clyde estava me observando, o corpo imóvel, as mãos apoiadas no volante. Eu não sabia dizer o que ele estava pensando, por isso continuei a cantar, entrando no trecho que levava ao refrão.

---

* "Apenas uma máquina, muito fria para funcionar, vencida e insensível, chame de amor. Você não se importa com isso como eu me importo, sua bondade oca. Eu deveria ir embora."

— *I'll cover your feet and kiss your hands. By the morning you'll forget who I am. Love is charity, but you're not an orphan, so I'll stay white noise that helps your sleeping. And if I'm useless, why do you use me, like a rusty machine, for your saving?**

— Já ouvi essa música. — Clyde não parecia impressionado.

— E você sabe quem canta?

Ele balançou a cabeça.

— Bonnie Rae Shelby — falei.

— E você está me dizendo que é você. — Eu sabia que ele não estava acreditando.

— Sou eu mesma, apesar de a minha família só me chamar de Bonnie.

— Então, o que Bonnie Rae Shelby estava fazendo na Ponte Tobin ontem à noite?

— Eu cantei no TD Garden ontem. Último show da minha turnê. Eu tinha chegado ao fim — falei depressa, percebendo que qualquer coisa que eu dissesse não faria muito sentido. — Peguei um táxi. Pedi ao taxista para seguir em frente. Eu só precisava de um pouco de espaço, sabe?

— E o taxista deixou você descer na ponte?

— Ele não teve muita escolha quando abri a porta e pedi a ele para parar. Ele pisou no freio com tudo e ficou feliz por me ver ir embora, eu acho.

Ficamos em silêncio enquanto Clyde parecia meditar sobre o que tinha ouvido. Minha mão esquerda dedilhava as cordas, encontrando acordes e deslizando para cima e para baixo. Mas não toquei. Simplesmente deixei Clyde em paz, até que ele suspirou e se recostou no assento.

— Isso não prova nada, Bonnie. Não sei nada sobre Bonnie Rae Shelby. Até onde eu sei, você ainda pode ter dezessete anos.

Suspirei.

---

* "Vou cobrir seus pés e beijar suas mãos. De manhã você vai esquecer quem sou. Amor é caridade, mas você não é órfã, então vou permanecer um ruído branco que te ajude a dormir. E, se eu sou inútil, por que você me usa, como uma máquina enferrujada, para sua salvação?"

— Você tem celular, não tem? Pesquise sobre mim. — Na realidade, eu queria que ele não fizesse isso. Só queria que ele dirigisse. Dirigir, dirigir, dirigir. E nunca olhar para trás. O mais provável era que, assim que Clyde compreendesse que eu era mesmo Bonnie Rae Shelby, ele visse cifrões, como todo mundo.

Ele enfiou a mão no bolso e pegou o telefone. Era um aparelho do tipo flip. Pré-histórico.

— Não vou conseguir pesquisar com isso, vou?

— Ah. Não. De onde você tirou esse telefone? De um museu?

— Minha mãe insistiu que eu tivesse um telefone nesta viagem, então me arranjou um.

— Sua mãe te odeia?

Clyde enfiou o celular de volta no bolso, e seus olhos encontraram os meus. Imediatamente, me senti mal. Eu estava brincando. Odiava minha boca grande. Havia algo na expressão dele que me fez parar. Ele tinha olhos tristes e um rosto cansado. Cansado demais para um jovem. Eu gostaria de saber se os meus olhos estavam tão cansados assim.

— Quantos anos você tem? — perguntei.

— Vinte e quatro — respondeu ele.

Balancei a cabeça, como se concordasse, o que era idiota. Eu teria feito o mesmo gesto se ele tivesse dito vinte e três ou vinte e cinco.

— Você vai me machucar, Clyde?

Suas sobrancelhas se ergueram e ele recuou, como se eu o tivesse surpreendido.

— Vai me cortar em pedacinhos ou me obrigar a fazer coisas nojentas?

O choque fez os olhos de Clyde se arregalarem. Ele riu um pouco e passou a mão sobre o rosto. Devia ser o que ele fazia quando não sabia mais o que fazer.

— Não? — insisti.

— Você é uma menina muito estranha, Bonnie — ele murmurou.

— Mas não. Não vou te machucar, nem te cortar, nem qualquer outra coisa.

— Achei que não. Os caras que fazem essas coisas não dão uma de herói, nem convencem estranhos a descerem de pontes. Embora você realmente não tenha me convencido. Você me derrubou. Obrigada, aliás. — Minha garganta se fechou, e eu tentei me livrar da emoção repentina e surpreendente. — Também não vou te machucar, Clyde. Só preciso de uma carona. Posso ajudar com os custos da viagem, te fazer companhia e até te substituir no volante quando você precisar de uma pausa.

Ocorreu-me de repente que o celular da minha avó poderia estar dentro da bolsa. Abri-a novamente, tirando o dinheiro do caminho e procurando no grande bolso com zíper, onde ela guardava Tic Tacs e o batom. Achei o celular dela no fundo da bolsa. Estava no modo vibratório, tinha trinta chamadas perdidas e duas vezes isso de mensagens. Ela, obviamente, tinha chegado à conclusão de que eu levara sua bolsa. Não li nenhuma mensagem. Em vez disso, comecei a pesquisar sobre mim no Google. Encontrei umas duas fotos boas, closes do meu rosto, e entreguei o aparelho para Clyde.

— Está vendo?

Ele pegou o telefone e olhou as imagens. Então, estendeu a mão e acendeu a luz da cabine, iluminando meu rosto para observar. Olhou de mim para a tela durante vários segundos, depois estendeu a mão e tirou o meu gorro.

— Por que você fez isso com o seu cabelo?

— Não gostou?

O fantasma de um sorriso cruzou o rosto de Clyde.

— Não.

Peguei o telefone da mão dele e cliquei em alguns links até encontrar uma biografia de Bonnie Rae Shelby. Minha data de nascimento estava listada no topo, 1º de março de 1992.

— E aí está tudo o que você precisa saber sobre mim, inclusive a minha idade. Informações totalmente confiáveis da internet. Pode até ter coisas aí que eu não sei.

Clyde pegou o celular de novo e leu as informações que eu estava oferecendo. Leu e leu. E leu. Foi estranho, e eu me virei para o outro lado, dedilhando o violão na esperança de que não existisse nada absurdo na minha "biografia", como romances que nunca tinham acontecido e atos de rebeldia que eu não tivesse tido a sorte de cometer de verdade.

— Clyde?

Ele ergueu os olhos da pequena tela em sua mão.

— Já leu podres o suficiente? Porque eu preciso comer. E tomar um banho. E estou pensando que também não gostei muito do meu cabelo.

3
equação identidade

Eles não encontraram um chuveiro, mas conseguiram encontrar uma casa de panquecas. Bonnie mergulhou em sua pilha como se estivesse morrendo de fome, mas pareceu ficar satisfeita antes de consumir metade da comida. Olhou com pesar para o que restava da pilha dourada e quase desmoronando. Clyde a observava enquanto terminava cada bocado de seu próprio prato e bebia três copos de leite. Ela insistiu em pagar a conta, e ele decidiu que dessa vez deixaria — se ela realmente era Bonnie Rae Shelby, poderia pagar —, mas não gostava da ideia de ela comprar comida para ele. Isso o fazia se sentir pequeno, de uma forma que sua estatura de um metro e oitenta e oito nunca permitiria. Pequeno de uma forma que o fazia se lembrar dos tempos em que olhava para o outro lado quando deveria se manifestar, ou deixava que alguém se machucasse porque, se defendesse a pessoa, teria se tornado um alvo maior. Ele não gostava de se sentir pequeno, por isso prometeu silenciosamente a si mesmo que não a deixaria pagar suas refeições novamente.

Depois do café da manhã, encontraram um Walmart, e ela foi passando pelos corredores e jogando coisas na cesta até Clyde avisar que o espaço no porta-malas era limitado. Ela olhou para as compras do jeito que tinha olhado para as panquecas — com pesar —, depois devolveu vários itens. Mesmo assim, deixou a loja com os braços cheios de sacolas: jeans e camisetas, outro gorro e um casaco para combinar, lingerie, que ele tinha cuidadosamente ignorado, e todos os tipos de coisas femininas que o deixavam verdadeiramente grato por ser homem. Também comprou duas grandes bolsas cilíndricas de estilo militar para colocar tudo dentro e teve pouco trabalho para organizá-las, jogando-as no banco de trás, com as dele. Ela parecia alegre e otimista de um jeito espantoso para uma menina que tinha desejado morrer menos de doze horas antes. Isso o preocupou mais que o fato de ela ser, aparentemente, uma pop star em fuga; mais que o fato de ela parecer confiar nele completamente.

— Só mais uma parada — ela insistiu, e o olhou como se estivesse certa de que ele ia recusar. Ele suspirou. — Tem um salão de cabeleireiro logo ali. — Ela apontou para um centro comercial em frente ao Walmart. — Preciso consertar este cabelo. Não posso usar gorro para sempre.

Eram nove da manhã. Eles tinham viajado por mais duas horas antes de queimar outras três entre comida e compras, e Clyde tinha dirigido a noite toda. Estava ficando irritado, e realmente queria avançar mais alguns quilômetros na estrada antes de encontrar um hotel barato e dormir pesado por umas oito horas seguidas. Apesar disso, um rápido cochilo garantiria um pequeno descanso.

— Está bem. Você cuida do cabelo. Vou dormir por uma hora enquanto isso.

Clyde estacionou em frente ao salão e desligou o motor. O estacionamento estava vazio. Bom. Então ela não demoraria muito.

— Você não vai embora enquanto eu estiver aqui dentro, vai? — perguntou Bonnie, com a mão na maçaneta da porta.

— Não vou embora.

— Jura?

— Juro.

Ela apertou o lábio com os dentes, os olhos fixos nos dele, tentando avaliar se poderia confiar em suas palavras.

— Posso ficar com as chaves? — A voz dela saiu tão baixa que Clyde não teve certeza de ter ouvido direito.

Ele quase riu. A menina não era fácil. Ele tirou as chaves da ignição e as colocou na palma da mão dela.

— Aqui. Agora vai. Vou estar aqui quando você terminar. Você pagou este tanque de gasolina, ou seja, pagou pela carona. Não vou embora.

Ela lhe lançou um sorriso agradecido, soltou as chaves dentro da bolsa e saiu da Blazer sem mais nenhuma palavra. Clyde reclinou completamente o banco, cruzou os braços sobre o peito e adormeceu quase imediatamente.

Foi acordado uma hora mais tarde pelas vozes animadas de um pequeno grupo de garotas que havia se reunido na calçada em frente ao cabeleireiro.

— A Brittany disse que ela estava aqui!

— Por que alguém como ela cortaria o cabelo aqui? Aqui, entre todos os salões?

— Não sei, mas a Brittany tem certeza que é ela!

Quatro ou cinco garotas estavam grudadas nas janelas, tentando ter uma visão clara do que, obviamente, não conseguiam ver através das portas grandes do estabelecimento. Em seguida, uma van branca, com "Canal 4" escrito na lateral e uma antena acoplada no teto, estacionou na vaga ao lado da Blazer.

— Merda — murmurou Clyde, quando caiu em si. Aquilo tudo era por ela. Bonnie Rae. Ela havia atraído uma multidão. Às dez da manhã, uma hora depois de pôr os pés no pequeno salão de beleza, tinha reunido uma multidão, e o circo estava armado.

Clyde abriu a porta e se curvou para baixo, esticou o braço longo sob a Blazer, apalpando em busca do porta-chaves que mantinha ali para emergências. Encontrou-o no mesmo instante, deu partida e foi dando ré para se afastar do salão barato, sem que ninguém em meio à multidão crescente olhasse para ele uma segunda vez. Por um momento, pensou em ir embora. Não queria fazer parte daquela confusão.

No entanto, as bolsas de Bonnie estavam no banco de trás, e ela havia pagado a gasolina. Além do mais, ele havia dito que não ia deixá-la.

Clyde bateu no volante, frustrado com sua maldita consciência. E daí? Ela poderia substituir as roupas do Walmart com bastante facilidade. E também não precisava dele. Não realmente. Ela era encrenca, e Finn Clyde tinha tido encrenca suficiente pelos últimos sete anos, para durar uma vida inteira. Mas ele disse que não iria embora.

Clyde xingou de novo, mas deu a volta no centro comercial e estacionou na entrada do beco que ficava atrás da fileira de lojas. Não havia multidões ou câmeras ali nos fundos ainda, mas haveria. As pessoas não eram idiotas, e, se ele entrasse no beco, poderia ser encurralado por uma ou duas vans de televisão. Além disso, se ele estacionasse a Blazer lá, ninguém mais poderia sair do beco. Ele desceu do carro e começou a correr, contando portas enquanto seguia, fazendo um cálculo simples para descobrir qual delas ficava nos fundos do salão. Estava trancada, mas ele bateu:

— Bonnie!

A porta se abriu quase imediatamente, como se alguém estivesse esperando que ele batesse. Uma garota meio acima do peso, com o cabelo parecendo o pelo de um gambá e um telefone preso à orelha, olhou para ele com cautela e depois colocou a cabeça para fora da porta para ver o beco atrás de Clyde.

— Você é do Canal 5? — perguntou, erguendo as sobrancelhas pintadas, na dúvida. — Cadê sua câmera? Me disseram que iam me entrevistar!

Clyde passou por ela e correu para dentro, chutando um balde com um pano de chão ao passar às pressas por outra porta e entrar num salão cheio de pias e cadeiras baixas e sem encosto, em um dos lados, e nichos com espelho, do outro. Bonnie estava sentada em um dos nichos, de frente para o espelho, pelo jeito a única cliente no lugar. Sua cabeça ostentava uma nova cabeleira escura, e seus olhos se arregalaram quando ela captou o reflexo de Clyde no espelho. Uma garota empunhando um secador de cabelo estava tagarelando por cima do ruído, fazendo Clyde se perguntar se alguma delas sabia da multidão lá fora. De onde estavam, as janelas não eram visíveis.

— Clyde? — A boca de Bonnie se moveu para formar seu nome quando ele caminhou adiante, arrancando o avental preto em torno do pescoço dela e a tirando da cadeira.

— Acho que alguém ligou para uns amigos e contou que uma certa cantora estava cortando o cabelo — ele explicou, resumidamente.

Sem dizer uma palavra, Bonnie agarrou a bolsa, tirou algumas notas e as atirou para a cabeleireira gaguejante e de olhos arregalados, que ainda segurava o secador ligado na mão direita.

— Não fui eu — guinchou a garota, tentando reunir as notas que caíam, mas, em vez disso, soprando-as em todas as direções.

— Vamos pelos fundos. — Clyde agarrou a mão de Bonnie enquanto corriam para a sala por onde ele entrara, em direção à garota-gambá, que agora estava posicionada em frente à saída, com os braços e pernas abertos, impedindo a fuga.

— Vocês não podem sair assim! — gritou, enquanto eles tentavam passar por ela. — Isso é invasão de propriedade — berrou, em desespero, e se agarrou ao braço de Clyde enquanto ele tentava furar o bloqueio.

Ele se livrou dela e empurrou Bonnie à sua frente, em direção ao beco. A garota o agarrou de novo, e ele sacudiu o braço num movimento amplo para fugir. Clyde ouviu um tapa quando a palma de sua mão bateu de raspão na lateral do rosto dela. Ele girou com horror e a moça tropeçou para trás, cambaleando, com a mão sobre a bochecha.

— Você me bateu! — ela ganiu.

— Clyde! Vamos! — Bonnie puxou sua mão. — Clyde!

A garota se abaixou para pegar o celular, não ferida o suficiente, parecia óbvio, para perder a oportunidade de fazer uma foto rápida ou outro telefonema, e Clyde se virou e correu atrás de Bonnie pelo beco em direção à Blazer. A van do Canal 5, que a garota estava esperando ansiosamente, dobrou a esquina bem quando Bonnie e Clyde se atiraram no banco da frente do carro. Bonnie travou as portas e escondeu o rosto no colo enquanto Clyde fazia a Blazer disparar, dando uma guinada dura à direita e voando pela rua.

— Que diabos foi isso? — sibilou ele, incapaz de acreditar que realmente havia canais de notícias que se importavam se uma cantora country estava cortando o cabelo. Será que Bonnie enfrentava tudo aquilo cada vez que colocava os pés fora de casa?

— Acelera, Clyde. Vai! — A voz de Bonnie saiu abafada sobre o colo, e ele fez o que ela pediu, cantando pneus ao dobrar esquinas e pegando ruas secundárias até ficar um pouco enjoado e mais do que um pouco perdido.

Bonnie finalmente levantou a cabeça de cima dos joelhos, mas seus olhos estavam arregalados e assustados. Suas mãos estavam trêmulas quando ela passou os dedos pelo cabelo recém-cortado. Bonnie parecia tão perdida quanto Clyde, que desejava lhe dizer que não deixaria nada acontecer com ela. Porém ele permaneceu em silêncio, serpenteando pela cidade até encontrar o caminho de volta para a rodovia.

— Mil perdões, Clyde. Eu devia saber que não era boa ideia — disse ela, de repente. — Pensei que estivesse sendo muito inteligente. Tranquei a porta do salão quando entrei, por via das dúvidas. Era uma daquelas fechaduras pequenas, de girar. As meninas não me viram fazer isso. Pensei em deixar uma gorjeta enorme para compensar o fato de que ninguém entraria no salão enquanto eu estivesse lá. E achei que não fossem me reconhecer. Não acredito que conseguiram! Deve ter sido por causa desse maldito moletom de turnê. Eu devia ter trocado.

— Se você não tivesse trancado a porta da frente, eles teriam se jogado em cima de você. Por sorte, a outra garota estava nos fundos, esperando a van do canal que prometeu que ela ia aparecer na TV. É sempre assim em todo lugar aonde você vai?

Bonnie sacudiu a cabeça.

— Não. Não assim. Não sei o motivo daquilo. Sou cercada quando apareço em um lugar onde as pessoas estão me esperando, ou em lugares muito públicos, mas principalmente por fãs, não por câmeras. A menos que seja um evento ou um lugar muito frequentado.

Bonnie se endireitou no lugar, baixou o quebra-sol e olhou para o reflexo no espelho pequeno. Desviou o olhar depressa, voltando o quebra-sol para a posição. Seu cabelo estava curto como o de um menino e castanho-chocolate, num corte despontado, perfeito para emoldurar seus grandes olhos escuros. Ela não se parecia muito com a garota que ele tinha visto dançar pelo palco num vídeo do YouTube: cachos dourados saltitantes, acenando uma das mãos no ar, a outra segurando um microfone.

— Acho que os repórteres não tiraram nenhuma foto. Acho que fugi na hora certa. Eles nem devem ter percebido que eu estava dentro do carro. — A voz dela soava esperançosa, e Bonnie olhou para Clyde pela primeira vez desde que tinha se jogado dentro da Blazer.

Ele encontrou seu olhar, e a esperança que viu ali se tornou apreensão quando Clyde perguntou, baixinho:

— O que aconteceu ontem à noite, Bonnie?

ತಿ

— Quer me deixar em algum lugar, Clyde? Vou entender se você quiser fazer isso — eu disse, de repente, resignada diante da impossibilidade de toda a situação. Coloquei a mão dentro da bolsa da minha avó para procurar o celular dela, observando mais uma vez que as chamadas não atendidas e os textos recebidos tinham subido para um número alarmante. — Vou ligar para o Urso e contar a ele onde estou. Ele vai vir me pegar, e você pode simplesmente seguir seu caminho.

— Quem é Urso?

— Oficialmente? Meu guarda-costas. Extraoficialmente? Meu amigo.

— Então por que você simplesmente não se mandou com o Urso ontem à noite?

— Ele não teria me deixado ir. Ontem eu estava triste, cansada e queria morrer, lembra? Hoje... Hoje estou irritada e de saco cheio, pensando que talvez queira que outra pessoa morra. — Eu gostava bem mais dessa fase. — O Urso vem me pegar se eu ligar, mas não vai fugir comigo. Vai tentar me convencer do contrário, tentar me animar, do jeito como ele sempre faz, e vai me dizer que eu só preciso de tempo...

— Tempo pra quê? — Clyde pressionou de novo, e eu desconversei. De novo.

— O tempo cura todas as feridas, certo? Não é esse o ditado? Uma mulher idosa de Grassley que a gente chamava de Annie Apalachiana costumava dizer: "O tempo pode curar todas as feridas, mas não é nenhum cirurgião plástico".

— Quais feridas, Bonnie?

— Quer ouvir a pobre estrela pop reclamar, Clyde?

— É. Eu quero.

— Vou te mostrar minhas feridas se você me mostrar as suas. Começando pelo seu primeiro nome. Admito, estou me acostumando com Clyde, mas gostaria muito de saber o resto do seu nome, para poder te enviar flores e um cartão de agradecimento por não me deixar no salão com a Garota-Gambá, mesmo que aparentemente você tivesse dois conjuntos de chaves e pudesse ter me abandonado a qualquer momento. — Tirei as chaves da bolsa da minha avó e as joguei na direção dele. Ele as pegou no ar sem nem olhar e as jogou no cinzeiro, que servia como porta-tudo: embalagens, moedas e uma ou outra tampa de garrafa.

— Finn. Meu nome é Finn.

— Como no livro *As aventuras de Huckleberry Finn*?

— Como em Infinity.

— Infinity? Sua mãe te chamou de Infinity Clyde? Infinito? — Eu estava espantada. A mãe dele definitivamente o odiava. Era quase tão ruim quanto meu nome.

— Não, foi ideia do meu pai. Minha mãe escolheu o nome do meu irmão, então meu pai pôde escolher o meu. Pelo menos uma vez, minha mãe cedeu. Mas os dois só me chamam de Finn.

— Por que Infinity?

— Nasci em 8 de agosto, oito do oito. Meu pai é matemático. Ele achou que esses oitos eram um sinal. O oito parece o símbolo do infinito, então...

— Ufa! E eu pensei que os nomes na minha família eram ruins! Meu irmão mais velho é Cash, por causa de Johnny Cash. Em seguida vem meu irmão Hank, por causa de Hank Williams, e minha irmã era Minnie, em homenagem à única e inigualável Minnie Pearl.

— E Bonnie Rae? De onde veio esse?

— Recebi o nome das minhas duas avós. — Ouvi o ressentimento na minha voz e balancei a cabeça para tirar vovó do pensamento. Não queria pensar nela. — Bonita e Raena. Minha certidão de nascimento e minha carteira de motorista trazem Bonita Rae Shelby. Por sorte, ninguém nunca me chamou de Bonita.

— Certo. Eu te dei Finn. Agora você me dá alguma coisa — ele exigiu.

— Bom, Huckleberry. — Sorri para ele com atrevimento, aproveitando o fato de que seu nome representasse tantas possibilidades de provocação, o que devia ser o motivo de ele atender por Clyde. — Sou de peixes, gosto de longas caminhadas na praia, do pôr do sol e de jantares românticos. — Clyde suspirou e balançou a cabeça, claramente não gostando do meu sarcasmo.

— Você disse que sua irmã *era* Minnie. Não é mais?

Perdi o sorriso atrevido. Dava muito trabalho mantê-lo no lugar.

— Ela sempre vai ser Minnie, mas morreu em outubro. — Dei de ombros, como se o tempo já tivesse suturado aquela ferida sem me deixar mais feia por causa disso, como dizia Annie Apalachiana.

— Entendo. — Clyde não disse que sentia muito, da maneira como a maioria das pessoas fazia. Apenas olhou para a rodovia, e notei pela primeira vez que estávamos de volta à estrada, as árvores disparando em ambos os lados, restringindo nossa visibilidade do mundo para o espaço entre nós, a estrada ficando para trás e a tira preta interminável à nossa frente.

— Você ainda vai me levar? — perguntei, surpresa.

— É o que você quer?

Olhei para ele novamente, imaginando se havia algo em suas palavras que eu não estava entendendo, algum sinal de aviso que eu deveria ver, um bipe de advertência que me encorajasse a cair fora enquanto ainda podia.

— Finn? — Eu gostava da forma como seu nome soava. Combinava com ele de um jeito que não combinava muito. Finn era um nome excêntrico, um nome que combinaria bem com Peter Pan e os Meninos Perdidos. Finn Clyde era grande, a barba por fazer, um pouco intimidador. Definitivamente não era excêntrico, mas combinava do mesmo jeito.

— Fala — respondeu ele.

— Eu não quero morrer de verdade.

Seus olhos se desviaram da estrada para analisar meu rosto, depois se voltaram para a frente.

— Só não estou morrendo de vontade de viver — falei. — Mas talvez isso mude se eu puder ficar longe por um tempo, descobrir quem eu sou e o que quero. Então, sim, quero que me leve com você.

Finn concordou com um movimento rápido de cabeça, e foi minha única resposta por vários minutos.

— Sua irmã... era mais velha ou mais nova? — ele perguntou.

— Mais nova. Por uma hora.

Os olhos dele se arregalaram para mim, em choque.

— Que foi? Éramos gêmeas — expliquei, pois a reação dele me confundiu.

— Gêmeas idênticas? — Sua voz soou esquisita.

— Sim. Gêmeas espelhadas. Já ouviu falar?

Finn assentiu, mas a expressão em seu rosto era tão inescrutável que pensei que talvez ele precisasse de mais alguma explicação.

— Se a gente ficasse olhando uma para a outra, era como se olhar no espelho. Tudo era o inverso em nosso rosto. Tenho esta pinta na bochecha direita, está vendo? — Toquei-a, atraindo os olhos dele para o meu rosto. — A Minnie tinha a mesma pinta, no mesmo lugar, só que na bochecha esquerda. Eu sou destra, a Minnie era canhota. Mesmo a parte natural do nosso cabelo era exatamente a imagem espelhada uma da outra. Nunca pensamos muito nisso, até que chegamos ao ensino médio e estudamos biologia. Na verdade, tivemos uma aula sobre gêmeos. A gente não sabia que existia um nome para o que a gente era.

— Gêmeas espelhadas — Finn disse, calmamente.

— Isso. — Confirmei com a cabeça. — Nos gêmeos idênticos, o zigoto se divide, mas nos gêmeos espelhados ele se divide depois do momento habitual. Um pouco mais tarde. A metade direita do zigoto se torna um gêmeo, e a metade esquerda se torna outro. — Eu me lembrava da definição exata que o livro trazia. Eu era uma metade. Minnie e eu, juntas, formávamos um inteiro. Como era possível esquecer algo assim?

— Como ela morreu?

Olhei pela janela e falei tudo.

— A Minnie morreu de leucemia. Ela recebeu o diagnóstico quando tinha quinze anos. Ficou bem por um tempo. Remissão. Mas ficou doente de novo dois anos atrás, e todo mundo meio que abafou para que eu não me distraísse, para que pudesse continuar cantando e fazendo turnê, mandando dinheiro para casa. Era o meu trabalho. Mandar dinheiro para casa.

— Você não estava lá quando ela morreu? — A voz de Finn era um sussurro, até mesmo reverente.

— Não — respondi, rígida, com a atenção sobre a paisagem, deixando as árvores que passavam depressa pela borda da estrada levarem junto a emoção que se formava sob as palavras. — Só me contaram depois do funeral, uma semana depois. Eu estava em turnê, sabe? E a minha avó não queria que eu cancelasse as apresentações. Estamos falando de muito dinheiro, shows lotados, interesses poderosos. Óbvio, tudo muito mais importante do que o funeral da Minnie ou meus sentimentos sobre o assunto.

A raiva veio chispando de volta, e eu abri a boca para sugar mais ar e me livrar do calor no peito, mas todo mundo sabe que a gente tem que sufocar um incêndio. A corrente de ar que desceu pela minha garganta só alimentou as chamas. Fiquei ali, ofegante, o rosto virado para fora, e então segurei a mão sobre a boca em uma tentativa tardia de abafar as labaredas. Eu me perguntei se Finn podia ver a fumaça envolver meus dedos e sair por minhas orelhas. Eu estava tão quente com a fúria que estendi a mão e abaixei a janela, girando violentamente a manivela antiga, deixando o vento gelado preencher o interior da Blazer, beijar meu rosto e fazê-lo arder. Clyde não se queixou do frio nem tentou falar acima do vento sussurrante, e eu fechei os olhos, desejando que me levasse para longe. Mas inclinei o rosto muito para fora, e, sem aviso, o meu gorro, o gorro do Urso, foi arrancado da minha cabeça. Fiquei assistindo ao seu rodopiar na rodovia, perdido para sempre, assim como Minnie.

De repente, eu quis jogar tudo pela janela. Queria começar a pegar as coisas e arremessar para fora, como se jogar coisas pela janela fosse me purificar. Era o mesmo sentimento de quando comecei a atacar meu cabelo no camarim.

Mas eu não podia fazer isso. Não podia jogar pela janela as minhas coisas recém-adquiridas. Também não podia jogar as coisas de Finn. Eu precisava me controlar. Agarrei a manivela e comecei a girar, observando o vão se estreitar, ouvindo o vento diminuir até parar por completo. Lancei um olhar de soslaio na direção de Finn. Ele estava olhando para a frente, esperando. Dei de ombros.

— Segundo a minha avó, ela não me contou porque a Minnie já tinha ido embora, e chorar no enterro dela não a traria de volta. — Eu também não chorava agora. — Ela disse que todos nós sabíamos que aquele momento estava chegando e que nos despedimos uma centena de vezes. Mas eu não tinha dito adeus. Nem uma vez. — Fiquei orgulhosa da minha calma. Clyde só continuava a dirigir, sem comentar, mas eu podia sentir a intensidade de sua atenção, e isso me estimulou a prosseguir. — Quando me contaram, fiz um escândalo digno de uma princesa pop. Quebrei coisas, chorei e chorei, e disse à minha avó que a odiava e que nunca a perdoaria. E não vou perdoar. Aí eu arrumei as malas e fui para casa, em Grassley. A minha avó não se opôs. Ela tinha esperado para me contar na minha semana de folga, no Dia de Ação de Graças. Era a primeira vez que eu voltava para casa em oito meses. Mas quando cheguei lá não tinha ninguém, só a minha mãe. Meu pai tinha ido embora de casa, Cash estava na cadeia e o Hank tinha acabado de sair da reabilitação pela milésima vez. E tinha se mudado para a casa da minha avó, em Nashville. E a Minnie estava a sete palmos do chão. Passei uma semana com a minha mãe, e ela pareceu estar lidando muito bem com tudo aquilo. Ela disse que o meu pai tinha arranjado um apartamento em Nashville, não muito longe da minha avó, e estava indo em busca dos sonhos dele. Não é fabuloso? Acho que também estou pagando por isso. Ganho dinheiro para minha família desde que eu tinha dez anos. E não tenho mais um relacionamento propriamente dito com nenhum deles. Nunca tive muito com meus irmãos, na verdade. Não tinha problemas com o Cash, mas o Hank sempre me assustou um pouco. E o Hank drogado é ainda mais assustador. A minha avó é a única que o enfrenta, porque são duas ervilhas podres na mesma vagem. A Minnie e meus pais, acho, eram minhas razões para continuar. — Dei de ombros, como se não fosse tão importante. — Quando o feriado de Ação de Graças acabou, eu era uma obediente Bonnie Rae e acabei voltando para a estrada. Não voltei para casa no Natal. Apenas continuei trabalhando, e ontem à noite terminei minha turnê.

— Então seus pais se separaram?

— Sim. — Inclinei a cabeça contra a janela. — Descobri alguns dias atrás que a minha mãe tem um namorado, e que ele foi morar com ela. Todos nós podemos seguir o próprio caminho agora. É só que... tudo pelo que eu pensei que estava trabalhando era mentira. Sabe? O dinheiro torna as coisas mais fáceis. Pode até transformar a nossa vida, mas não transforma as pessoas. Todo o meu dinheiro não pôde salvar a Minnie, e com certeza não consertou a minha família.

— É por isso que você queria pular daquela ponte?

— Pode ser. Não sei. Meio que perdi a cabeça ontem. Minha avó fez uma surpresa para mim durante uma das minhas músicas. Isso me tirou o chão, eu acho.

— O que era?

— Ela mandou fazer um filme, uma série de fotos da Minnie, fotos de nós duas juntas. Fotos dos últimos dias dela. E ficaram passando no telão atrás de mim enquanto eu cantava "Stolen".

Ouvi Clyde falar um palavrão em voz baixa, apenas um sussurro, mas sua empatia afetou meu autocontrole.

— Não consegui cantar.

Que eufemismo. Não consegui cantar porque só podia ficar olhando para aquela tela enorme. Naquele momento, eu não tinha mais nada que fosse meu. Minha avó tinha roubado tudo. Cada parte de mim. Assim como dizia a música. E depois ela vendeu tudo. E eu tinha permitido aquilo.

— O que você fez? — perguntou Clyde.

— Saí do palco. O Urso e a minha avó estavam esperando nos bastidores, como sempre. Falei que estava passando mal. Que não podia continuar. De qualquer maneira, o show estava quase no fim. Minha saída só tornou o momento mais significativo, e todo mundo ia entender, foi isso que minha avó disse.

O calor estava se formando de novo, então comecei a ofegar. Fiz uma pausa e encostei no assento, me recuperando. Corri as mãos pelo cabelo, de novo e de novo, a prova sedosa e curta do que vinha em seguida. Continuei com mais calma:

— O Urso me levou para o camarim e depois desceu para cuidar de algumas questões da segurança. A minha avó subiu no palco e se desculpou por mim, ao que parece. Não sei bem. Cortei o cabelo, vesti este moletom, peguei a bolsa da minha avó e fui embora. E aqui estou eu.

— Você pegou a bolsa da sua avó?

Eu ri. Um suspiro alto que fez meus ouvidos estalarem, e então estourar a bolha de raiva na qual eu estava flutuando. Depois de tudo isso, o sr. Finn Clyde estava preocupado com a bolsa da vovó?

— Peguei. Com certeza. A minha estava no ônibus da turnê. — Puxei a bolsa de entre meus pés e comecei a tirar itens de dentro dela.

O celular da minha avó, uma porção de notas, sua carteira com os cartões de crédito reluzentes. — Eu era menor de idade quando comecei nesse negócio, e ela sempre controlou o lado financeiro das coisas. O nome dela está em cada uma das minhas contas, e eu nunca a tirei da jogada.

Eu tinha certeza de que ela pagava as faturas desses cartões com as contas no meu nome. Por isso não me senti muito mal por ter usado um deles no Walmart e depois novamente para encher o tanque do carro do Clyde em Albany.

— Acho que eu devia devolver a bolsa dela, né? — Baixei o vidro e joguei a bolsa de grife pela janela, na rodovia, mas fiquei com a carteira e o dinheiro. E os Tic Tacs. Os de laranja são gostosos. — E também devia dizer para ela que estou bem. Só que agora não posso telefonar para a minha avó, posso? Já que estou com o celular dela... — Eu ri, como se aquilo fosse a coisa mais engraçada do mundo. O celular vibrou na minha mão como se estivesse rindo comigo, e quase o deixei cair. Em vez disso, decidi que talvez fosse hora de enfrentar a música.

— A-lô? — atendi com a minha melhor voz cantada.

— *Bonnie Rae?*

— É a minha avó! — eu disse para Clyde, como se estivesse emocionada por saber dela.

— *Bonnie Rae? Com quem você está? Onde você está?*

— Por quê, vovó? Estou com o Clyde! A senhora nunca ouviu falar de Bonnie e Clyde?

— *Bonnie Rae? Me diga onde você está!*

— Sabe de uma coisa, vovó? A turnê acabou. Sou adulta e estou oficialmente de férias. A senhora precisa me deixar em paz por um tempo. Aliás, vovó, a senhora está demitida. — E então devolvi o celular da mesma forma que tinha devolvido a bolsa.

4
prova indireta

A cantora sensação do país, Bonnie Rae Shelby, teria sido vista hoje por algumas pessoas. Relatos dizem que ela abandonou o palco sem terminar o show no TD Garden Arena, em Boston, Massachusetts, ontem à noite, e desapareceu. A polícia foi chamada várias horas mais tarde, depois que a equipe e o gerente de segurança da cantora asseguraram que não conseguiam localizá-la. Em declaração feita no início desta manhã, a polícia informou que foi acionada porque alguns itens foram roubados do camarim. Os policiais também declararam que ainda é cedo para registrar ocorrência de desaparecimento da cantora de vinte e um anos.

⁂

Finn encerrou o dia por volta das cinco da tarde. Ele estava quase cochilando ao volante e prometeu que começaríamos cedo na manhã seguinte. Paramos num hotel barato de beira de estrada, um com o número seis ou oito no nome... Não prestei muita atenção. Estava ocupada demais, preocupada que Finn fosse dormir por poucas horas apenas e quisesse se livrar de mim depois. Eu estava louca por um banho e lençóis limpos, mas não se isso significasse estar sozinha em algum lugar entre Boston e Cleveland, sem nenhum amigo no mundo. Comentei isso com ele, que suspirou como se estivesse ficando um pouco cansado da minha insegurança.

— Vamos pegar quartos conjugados, está bem? Deixamos a porta entre eles aberta por quanto tempo você quiser.

— Combinado. — Desci do carro imediatamente, peguei minhas duas malas e fui para dentro. A recepcionista parecia ter dormido ainda menos que Clyde e eu. Suas olheiras estavam escuras e inchadas, e ela mal olhou para mim quando fiz o pedido de dois quartos conjugados e bati o cartão da minha avó no balcão. Eu não queria usar o dinheiro se não precisasse. Tê-lo comigo me fazia sentir menos vulnerável. Talvez fosse meu sangue caipira querendo guardá-lo em algum lugar seguro, ou talvez apenas a tangibilidade das notas, mas eu não queria mesmo me separar do dinheiro.

Assinei o recibo com um floreio da minha avó. Tínhamos quase o mesmo nome, apesar de tudo, e eu já estava com as chaves dos dois quartos na mão antes de Clyde entrar no hotel. Parecia que ele queria discutir o fato de eu ter pagado pelos quartos, mas então suspirou e pegou a chave. Disparou um olhar para a recepcionista e ficou visivelmente aliviado quando a percebeu alheia a nós, já sintonizada de volta na TV do saguão. Dois patinadores giravam pela tela, e então percebi que ela estava assistindo às Olimpíadas. Tinha até esquecido que estávamos em época de competição. Deixamos a recepcionista torcendo pelo vermelho, branco e azul e subimos para o segundo andar.

Fiel à sua palavra, Clyde abriu a porta entre nossos quartos, e o pequeno nó bilioso no meu estômago se aliviou imediatamente.

Eu não queria ligar a TV porque ela abafaria o som de Clyde se movendo no quarto dele, um som que era reconfortante para mim. Percebi que parte do meu problema era o fato de eu não me sentir muito bem sozinha. Era raro eu ficar sozinha desde que fora coroada queridinha da América e caíra na estrada para fugir... ou cantar. Antes disso, eu morava em um trailer duplo com outras seis pessoas, e não havia essa coisa de solidão. Eu me perguntava se era um gosto adquirido. Pensei que talvez pudesse aprender a gostar, e, sem a menor dúvida, eu queria mais solidão. Mas não agora.

Finn pediu pizza, mantendo a promessa feita a si mesmo de que não deixaria Bonnie comprar seu jantar, mas ela havia pagado o quarto, que custou muito mais. Ele ouviu o chuveiro ligado no quarto dela e relaxou um pouco, sabendo que era o mais sozinho que ficaria durante um bom tempo.

Ela era a garota mais estranha que ele já conhecera. Triste, atrevida, temperamental, introspectiva, engraçada... tudo isso num espaço de dez minutos. Ela era perturbada. Isso era óbvio. Mas, de forma surpreendente, não tinha medo dele. Finn não sabia ao certo o que fazer com essa informação, e sentiu uma pontada de culpa de que ela pudesse ficar com medo se conhecesse sua história tão bem quanto ele conhecia a dela — e ele conhecia muito bem, considerando que tinha ouvido bastante durante todo o dia. Depois que ela contou sobre Minnie, pareceu exaurida. Então ele pediu que ela cantasse, pensando que Bonnie fosse revirar os olhos e recusar, ou dizer alguma coisa sobre estar "de férias". Em vez disso, ela aceitou alegremente, e ele ficou maravilhado com sua transparência, considerando quem ela era. Bonnie colocou um pé calçado com a bota vermelha no painel e lhe presenteou com várias músicas ridículas.

Ela cantou uma chamada "Little Brown Jug", que parecia falar sobre o luar, e uma chamada "Goober Peas", que, como dizia o nome, era sobre amendoins na casca, seja lá o que isso significasse. Outra canção, "Black-Eyed Daisy", não era tão ruim. Bonnie disse que seu pai modificava a letra, cantando "Black-eyed Bonnie" — Bonnie de olhos negros —, porque os olhos dela eram muito escuros. Algo sobre sangue cherokee na linhagem distante de sua mãe, e ela e Minnie eram o que restava disso. Havia uma canção chamada "Nelly Gray", que parecia deixá-la triste; ela parou abruptamente no meio de uma estrofe que falava sobre uma garota acorrentada. Ele lamentou, pois estava gostando da história.

Bonnie disse que as músicas eram as mesmas que ela crescera cantando, as canções dos Apalaches que seu pai havia ensinado e que tinham sido passadas de geração em geração. Parecia que ela sabia tocar vários instrumentos; de alguns ele nunca tinha ouvido falar, como um que ela chamou de arco musical, basicamente um pedaço de madeira arredondado com uma corda de violão amarrada de uma ponta à outra. Bonnie disse que os povos nem sempre tinham usado corda de violão. Costumavam usar uma vara e tripa de gato.

— Tripa de gato? Tipo intestino?

— É.

Clyde tinha certeza de que ela estava mentindo. Um pouco de certeza. Não tanta certeza assim.

— Você não gosta dessas músicas dos velhos tempos, né, Clyde? — perguntou ela. Engraçado... ele tinha revelado seu primeiro nome, mas ela continuava a chamá-lo de Clyde.

— Não é isso que você canta nos shows, é? As pessoas não ouvem mais essas músicas, ouvem? — ele quis saber, incrédulo.

— Claro que ouvem. Mas, não; eu canto country moderno. Com outras influências. Algumas canções parecem música pop. Na verdade, são tão parecidas que a única diferença são as guitarras e um violino. E eu. Eu acrescento um gemido e um sotaque para criar aquela sensação interiorana. — Ela piscou para ele nesse momento, e Clyde se percebeu sorrindo junto, como se fosse um fã bobo. — Fico nostálgica com essas músicas antigas, apesar de tudo.

Finn não gostava muito de músicas antigas, e estava bem certo de que ela se divertia com o fato de ele não gostar. Bonnie Shelby era uma provocadora, mas ele gostava de ouvi-la cantar. E Bonnie tinha voz, não restava dúvida. Era tão natural e doce como água fria deslizando por sua garganta num dia quente. E ela parecia adorar cantar. Era uma artista performática, uma contadora de histórias, uma presença dominante, mesmo no banco da frente da velha Blazer. Ele conseguia ver por que ela era tão bem-sucedida. Conseguia ver por que os Estados Unidos tinham se apaixonado por ela.

Clyde agora se lembrava. Tinha visto Bonnie na TV muitos anos antes. *Nashville Forever* era um dos únicos programas a que eles podiam assistir quando ganhavam um pouco de tempo de lazer. Todos reclamavam porque era música country, não exatamente a preferência popular entre os rapazes.

Ela era um fiapo de menina — só cabelo e olhos. Tinha crescido desde então. Finn se lembrou de pensar, enquanto a assistia cantar, em como ela era novinha, mas parecia ser absolutamente destemida. Quando sorria, todos na plateia sorriam com ela. Bonnie ganhou até mesmo alguns dos mais durões, que tinham reclamado sobre a seleção de músicas mas se viram torcendo por ela apesar de tudo. Finn só tinha assistido ao programa algumas vezes, mas se lembrava. Não tinha se dado conta de que Bonnie ganhara. Parecia que não só tinha ganhado como, pelo jeito, também tinha se tornado uma grande estrela. A grande estrela que queria se matar.

Finn tomou um banho rápido e estava vestindo uma camiseta limpa e jeans quando a pizza chegou. Ele pôs a cabeça pela porta para avisar Bonnie e ouviu o chuveiro ainda ligado. Parecia que ela estava cantando. Ele parou, querendo ouvi-la novamente, mas percebeu que dessa vez não era uma canção. Ela estava chorando. Ele saiu do quarto dela como se a tivesse flagrado nua e percebeu que seria menos constrangedor se tivesse. Se Bonnie estivesse nua, ele poderia lidar com a situação. Nua ele até gostaria. Demais. Mas lágrimas? Não.

Bonnie ficou no quarto por mais uma hora. Ele ouviu o chuveiro desligar, ouviu os passos dela pelo quarto, ouviu-a remexer nas bolsas, zapear pelos canais e depois desligar a TV outra vez. Finalmente ela colocou a cabeça pela porta do quarto e perguntou se podia comer uma fatia.

Finn inclinou a cabeça e analisou o rosto dela para detectar sinais de lágrimas. Não havia nenhum. Sorriu com alívio, e ela retribuiu. A visão das bochechas com covinhas e dos dentes brancos enquadrados por lábios rosados fez seu coração pular no peito. Ele imediatamente parou de sorrir. Ela era bonita demais. Especialmente agora que seu cabelo não parecia ter sobrevivido ao apocalipse. Ela era bonita demais, ele era um homem solitário, e a combinação o assustava, por causa dela e por causa dele.

— Você fica diferente sem o esculacho. — Ela estava falando com ele agora, sentada na beirada da cama, curtindo sua pizza. Clyde tirou a atenção de seu rosto bonito e fixou os olhos mais além, na fascinante partida de curling na TV à sua frente.

— Esculacho? — perguntou. Não era outro termo para "sexo"? Meu Deus.

— Sabe? O visual desleixado. — Bonnie estendeu a mão e, com o nó dos dedos da mão esquerda, tocou o rosto barbeado. As Olimpíadas perderam qualquer chance. — Você parece mais jovem. E eu estou com inveja. Você tem mais cabelo do que eu. — Finn viu o ligeiro tremor do lábio inferior dela e depois a observou dar uma mordida enorme na pizza, como se para fazer parar.

Finn passou as mãos por seu cabelo úmido, na altura dos ombros.

— O cabelo vai embora quando eu chegar a Vegas. Só foi legal a sensação de deixar crescer. — Território perigoso. Ele parou de falar.

— Nem sempre você usou comprido?

— Não. Foi curto a minha vida inteira, até os últimos dois anos, mais ou menos. — Ele se mexeu, fingindo estar interessado em um comercial de seguro de carro, mas, na verdade, tinha esperança de que ela mudasse de assunto.

— Eu pareço um menino, não pareço? — Bonnie despejou de repente, o tremor de seu lábio inferior agora voltando com força total. Ela baixou o pedaço de pizza, pegou um guardanapo e começou a limpar as mãos e o rosto com movimentos nervosos.

— O quê? — perguntou Finn, estupefato.

— Eu estava entrando no chuveiro... vi o meu reflexo no espelho pelo canto dos olhos e gritei! Gritei porque estou parecendo o meu irmão Hank! Pareço o Hank, e sempre achei que ele fosse a pessoa sem atrativos da família.

— Quê...? Era por isso que você estava chorando? Porque achou que estava parecendo o Hank? — Finn tentou não rir. De verdade. Tentou. Mas não teve sucesso.

— Não tem graça, Clyde! Eu não queria mais cachos de anjo, mas não pensei nas consequências do cabelo curto e castanho neste rosto quadrado dos Shelby. Agora eu sei. — Bonnie baixou a cabeça, e seus ombros tremeram quando ela se dissolveu em soluços ruidosos. Parecia quase tão alarmada pelas lágrimas quanto Clyde. Então disparou da cama e foi para o quarto sem dizer mais nada.

Ele não foi atrás. Não era a mãe dela, nem a irmã gêmea ou o cara com quem ela estava dormindo. Ele era apenas... Clyde. E não tinha a menor ideia do que dizer. Podia dizer que ela não parecia um menino, porque não parecia. De jeito nenhum. O cabelo curto era a única similaridade, porém ele não achava que pudesse apoiar seu argumento sem apontar os atributos mais femininos de Bonnie, o que era uma péssima ideia. Assim, ele ficou do seu lado da porta, preocupado. Não tinha sabedoria nenhuma a respeito de mulheres, especialmente uma que ele mal conhecia, que havia literalmente caído em seu colo e por quem agora ele se sentia, de forma estranha e irritante, responsável.

Clyde esfregou o maxilar, imediatamente sentindo falta do toque da barba na sua palma. O atrito com os dedos aliviava o atrito em sua cabeça, e ele se perguntou o que estava pensando quando se barbeou. Idiota. Ele sabia no que estava pensando. Estava pensando que queria mostrar a Bonnie mais de Finn e menos de Clyde. Estava pensando que talvez pudesse trocar um pouco da pele velha e se tornar mais adequado para alguém como ela.

Ela não voltou pela porta dele, embora Clyde a tivesse deixado aberta, como disse que deixaria. Ele acabou desligando a TV e olhando para o teto no escuro, do jeito que tinha feito um milhão de vezes em sua jovem vida. Desejava ter giz colorido. Queria escrever por todo o espaço em branco e vazio. Seus dedos se dobraram e esticaram enquanto ele imaginava como seria a sensação de rabiscar uma equação em todo o espaço, algo para onde ele pudesse olhar e sobre o qual ele poderia ficar quebrando a cabeça, até que os números virassem um borrão e o sono o levasse para longe, onde ele poderia se fundir com o universo, um lugar repleto de fórmulas infinitas e números transcritos pelos céus.

Contudo, ele estava em um quarto de hotel, e escrever nas paredes não era bem-visto. Quando morava na casa dos pais, ele e Fish dividiam o quarto. As duas paredes de Fish eram cobertas de cartazes e fotos, e seus pais tinham finalmente cedido — seu pai até encorajava — e deixado Finn cobrir suas duas paredes com números. Quando ficavam cheias, ele pintava por cima de uma delas e começava de novo. Seu próximo apartamento teria paredes cobertas de quadros-negros.

Apesar de tudo, os números foram forçados a permanecer em sua cabeça, apertados, irritáveis e com calor... ou talvez fosse apenas Finn com calor. Ele se sentou, frustrado, e empurrou as cobertas. Havia desligado o aquecedor quando desligou a TV, mas Bonnie estava com o dela em pleno funcionamento no quarto ao lado, e o calor serpenteava através da porta. Ele tirou a camisa, embolou-a e a jogou em direção à bolsa. Depois de cinco segundos, foi até lá e a pegou, sabendo que precisava vesti-la de novo.

— Finn?

Ele levou um susto, batendo a cabeça na parede ao se levantar de onde estava agachado. A súbita luz do quarto de Bonnie disparou uma faixa larga de luz pelo chão de seu quarto, fazendo Finn estacar no lugar, como um detento flagrado ao tentar escalar o muro da prisão. Bonnie estava delineada no vão da porta. Ele imediatamente deu as costas, virando-se para a parede.

— Finn?

— Fala. — Ele se sentia um imbecil, as costas nuas, os olhos voltados para a parede, incapaz de se mexer.

— Desculpa. Por ter chorado daquele jeito... por causa de algo tão idiota. Estou envergonhada.

— Não precisa ter vergonha. O Hank parece horroroso. Eu também choraria. — Ele desejou que ela fosse embora.

Bonnie deu uma risadinha. Soou como uma menininha triste, e ele estremeceu com seu dilema. O riso morreu quando ele permaneceu imóvel.

— Finn... você está bem?

— Estou. Ótimo. Só... humm. Sim.

— Ah. Tá. Boa noite. — Segundos depois, a luz se foi, e Finn ouviu a cama de Bonnie ranger e a cabeceira se mexer um pouquinho.

Ele ficou onde estava e levou a mão ao peito, à cruz preta retorcida marcada em sua pele. Talvez Bonnie não tivesse visto. Mas ela tinha visto a tatuagem em suas costas. Não havia dúvida quanto a isso.

Ele só tinha dezoito anos. Estava aterrorizado. O terror fazia um homem tomar atitudes que não tomaria normalmente. Finn apertou a mão sobre o coração, mais uma vez, cobrindo a tatuagem feia. Depois, cruzou o espaço até sua cama e tentou dormir, com a mão curvada no peito.

Finn se lembrou da sensação da agulha na pele, do peso e do cheiro de Grayson sentado sobre seus ombros e cabeça, sufocando-o, enquanto ele estava deitado com os braços esticados para os lados, as pernas presas de forma parecida, um homem em cada membro, Maurice montado em suas costas. Depois de um tempo, Finn ficou imóvel, permitindo a indignidade de ser marcado e rotulado contra a vontade, a dor da resistência — os socos, a agulha perfurando num movimento repetitivo e rápido — sendo maior do que a humilhação de ficar parado. Depois, quando terminaram, o sangue tinha brotado e vazado do esboço malfeito de três cartas de baralho no centro de suas costas. Uma carta tinha um grande símbolo de ouros, o que significava que Finn era um trapaceiro. Outra tinha o símbolo de espadas, mostrando que ele era um ladrão — e as duas estavam estampadas em sua pele para todo mundo ver. Mas era a terceira carta, a que tinha um coração de copas, que fazia o sangue de Finn gelar. O coração era um símbolo de que ele estava aberto a aproximações românticas. E essa era a única coisa à qual ele não achava que fosse sobreviver. Não a isso.

Tudo tinha começado com um jogo de cartas. Finn pensou que, se agradasse Cavaro, estaria seguro. Por isso tinha arriscado.

— Não aposte tudo — ele havia dito.

O jogo parou, e os olhos se voltaram para ele com ultraje.

— O que você disse? — A resposta era atada com partes iguais de raiva e curiosidade.

— Ele só pode estar com o ás de paus. Você vai perder.

A mesa entrou em erupção, e Finn foi derrubado. A ponta longa de um parafuso afiado furou a pele abaixo de seu olho direito, arrancando uma linha de sangue, antes que uma ordem repentina exigisse sua libertação.

O parafuso desapareceu, e Finn foi puxado para cima por uma mão em seu colarinho e outra em seu cabelo. O cabelo foi solto quando ele se endireitou, sua altura tornando difícil segurar firme.

— Me deixa ver suas cartas — Cavaro exigiu, olhando por cima da mesa, para o único homem que havia sobrado no jogo.

Sem discussão, o homem abaixou as cartas, revelando-as.

— Como você sabia que ele tinha o ás? — Cavaro perguntou, sem olhar para Clyde. — Você não está nem perto das cartas dele.

— Sei todas as cartas que foram jogadas. Três ases foram jogados, e estou conseguindo ver as suas cartas. Se não está com você, só pode estar com ele.

— Você sabe quais cartas foram jogadas — Cavaro repetiu, não questionando, mas zombando.

— Sei. E a ordem em que foram jogadas.

O riso havia levantado ao redor da mesa e entre os homens encostados nas paredes, que assistiam ao jogo.

— Prove. — Com um olhar, um dos homens de Cavaro havia sentado à mesa e puxado a pilha de cartas em sua direção.

— Vire de costas, garoto.

Clyde deu as costas para a mesa. Atrás de si, podia ouvir o farfalhar das cartas e sabia que não estariam na ordem em que haviam sido jogadas. Mas talvez estivessem perto o suficiente, e tudo o que ele poderia fazer era dizer a ordem na qual tinham sido lançadas. Se eles acreditariam ou não, estava além de seu controle.

Ele começou a dizer: da primeira carta revelada até o que cada jogador havia feito, repassando tudo em tom monótono e claro, interrompendo-se quando alguém discordava, corrigindo e seguindo em frente depressa, até descrever as cartas que o adversário de Cavaro tinha na mão.

O silêncio no lugar pareciam lâminas de barbear contra sua pele, e foi um grande esforço não se mexer nem fugir dos olhares afiados e da dúvida aguda que minava sua coragem. Mesmo assim, ele não se virou. Não fugiu. Esperou, com o suor do nervosismo se acumulando em suas mãos soltas ao lado do corpo.

— Como você fez isso? — Cavaro perguntou. A zombaria tinha ido embora.

— Sou bom com números.

⁂

Havia uma grande suástica preta no peito de Clyde. Fiquei acordada na cama de casal dura, agarrada às cobertas, com a mente agitada e os pensamentos disparados. A porta entre nossos quartos estava escancarada como os portões para o inferno, e eu queria correr até ela, fechá-la e passar a chave; só que não me atrevi. Eu o tinha surpreendido, com certeza, mas vi a marca antes que ele se virasse. Que tipo de homem tatuava uma suástica no peito?

Não um homem bom. Não um homem com quem eu deveria estar andando, cruzando o país numa viagem que não tinha destino nem propósito. Eu havia me agarrado a Finn Clyde como se ele fosse uma tábua de salvação, mas de repente estava percebendo que sua jangada podia ter um grande vazamento. Bem feito para mim. Não era como se eu tivesse sido convidada a me juntar a ele, a me ligar a ele. Eu tinha feito tudo isso por conta própria.

Era estranho. Eu confiei nele imediatamente. Gostei dele imediatamente. A indústria da música me fazia desconfiar de todos, mas Clyde não sabia quem eu era. E ele havia se exposto por minha causa, simplesmente porque... porque, como ele disse, tinha visto um menino prestes a pular de uma ponte. Ainda assim, havia algo a seu respeito que parecia certo para mim, algo que me fazia sentir ancorada e segura. Vovó sempre disse que eu não fazia muito sentido. Ela devia estar certa.

Fiquei deitada completamente imóvel por um longo tempo, meus ouvidos apurados na escuridão, até eu pensar que ia perder o juízo... ou o que restava dele. Finn estava sem camisa, e a pele nua tinha atraído meus olhos, mas, em vez de ver os contornos musculosos de seus braços e peito, os gomos de seu abdome, a largura dos ombros, meu olhar se fixou na tatuagem. Ele se virou e assim me permitiu esconder minha reação, agir como se estivesse tudo bem, duvidar de meus olhos e fingir que eu não tinha visto nada. Suas costas também eram decoradas com várias tatuagens pretas malfeitas. Cartas de baralho e números, pelo que pude perceber antes de baixar os olhos e me virar.

Finalmente, quando percebi que tinha dado a Clyde tempo suficiente para adormecer, saí com cuidado da cama, centímetro a centímetro, e me arrastei até a porta do meu lado dos quartos conjugados.

E se ela rangesse ou fizesse barulho e me entregasse? Prendi a respiração e fechei a porta com cuidado. As dobradiças foram silenciosas, e eu quase gemi de gratidão. Depois, girei a fechadura. Rangeu alto quando a lingueta se encaixou, e meu coração ecoou a denúncia estrondosa. Se Finn ainda estivesse acordado, teria ouvido. E não teria interpretado errado o que significava, especialmente depois que eu tinha feito tanta questão de deixar abertas as portas entre nós.

De manhã, eu acordaria cedo e trocaria de quarto; ficaria a salvo do estranho do outro lado da parede, ligaria para o Urso e esperaria no hotel até que ele pudesse vir me buscar. Fim da aventura.

5
diametralmente opostos

Relatos sobre Bonnie Rae Shelby ter sido vista em um salão de cabeleireiro foram confirmados. Brittney Gunnerson, funcionária do salão, disse que Bonnie Rae Shelby cortou e tingiu o cabelo e saiu às pressas pela porta dos fundos com um homem branco, altura entre um metro e oitenta e cinco e um e noventa, de vinte e poucos anos, vestindo gorro preto e jaqueta jeans gasta. A funcionária disse que a srta. Shelby chamou o estranho de Clyde, embora não haja mais pistas sobre sua identidade. Gunnerson está considerando formalizar uma denúncia de agressão contra o desconhecido, alegando que ele a empurrou e bateu em seu rosto quando ela pediu a ele e à cantora que saíssem pela porta da frente. Bonnie e Clyde? Pessoal, não dá para inventar uma coisa dessas.

☙

ELA HAVIA IDO EMBORA. ELE NÃO LIGAVA. ELE SABIA, ASSIM QUE ouviu a porta ser trancada na noite anterior, que a havia assustado. Bom. Era melhor assim. Ele havia batido na porta dela naquela manhã apenas para se certificar. Chamou o nome dela e esperou até que a camareira entrasse no quarto para limpar, só para ter certeza de que ela não estava mais lá, dormindo pesado ou coisa pior. Com Bonnie, não dava para saber. Ela não parecia ter desejos suicidas, mas, menos de quarenta e oito horas antes, havia tido um. Contudo, a camareira entrava e saía, e, obviamente, não havia hóspede dormindo nem qualquer cadáver no quarto 241.

Ele perdeu mais de uma hora à espera de confirmação. Então pegou as malas, com raiva de si mesmo e dela, deixou o próprio quarto, usando as escadas em vez do elevador, e seguiu para o estacionamento. Tinha nevado durante a noite, e uma descuidada confusão úmida o recebeu quando ele disparou pela saída e chegou ao estacionamento, pendurando as malas no ombro. Seus olhos dispararam para o céu cinza-metálico e tentaram avaliar o que estava por vir. O clima de inverno não era bom para dirigir, mas ainda era a melhor companhia do mês de fevereiro, e, a menos que quisesse esperar até abril para ir a Las Vegas, ele estava preso a ela.

Finn baixou novamente os olhos e os fixou na Blazer enferrujada. Por falar em ficar preso a uma companhia, o estacionamento tinha esvaziado enquanto ele esperava no andar de cima. A clientela do Hotel 6 era de viajantes, e ninguém ficava para assistir a filmes no quarto ou para curtir as acomodações. Apenas dois carros permaneciam em todo o estacionamento, e, sentada ao lado da Blazer, em cima de um saco plástico aberto no meio-fio, aparentemente para impedir que o traseiro ficasse molhado, estava sua própria pedra no sapato. Estava usando o casaco rosa volumoso e o gorro que tinha comprado no Walmart no dia anterior. O capuz fora puxado sobre o gorro, e as mãos estavam pressionadas entre os joelhos. O nariz estava vermelho como as botas, e ela parecia muito infeliz. Bonnie o havia percebido antes que ele a visse, e seus olhos estavam fixos no rosto dele. Ela não sorriu, não o cumprimentou, não tentou se explicar. Apenas o observou caminhar até ela.

Ele engoliu um palavrão e se dirigiu para o lado do motorista. Destravou a porta, jogou as malas no banco de trás, entrou e fechou a porta com tudo. Girou a chave e deu marcha a ré resolutamente, tentando ignorar que ela havia se levantado, as malas nas mãos, e que o capuz tinha escorregado da cabeça. Ela não avançou, não pediu que ele a esperasse. Só ficou ali, olhando-o ir embora. Ele engatou a marcha e percorreu trinta metros antes de deixar seus olhos encontrarem a silhueta dela no retrovisor.

— Inacreditável — disse Finn entredentes e bateu no volante com a palma da mão. Diminuiu a velocidade até parar. — INACREDITÁVEL! — repreendeu-se, ao mesmo tempo em que pisava no freio. Em seguida, abriu a porta e saltou para fora do veículo parado. Bonnie ainda estava com as duas malas nas mãos, mas agora seus lábios estavam entreabertos, mostrando clara surpresa pelo fato de ele ter parado.

E ela não era a única. Finn se sentiu dividido bem ao meio. A parte racional de seu cérebro, o lado que garantia sua sobrevivência e sanidade, estava indignada, exigindo que ele continuasse dirigindo. Já o lado conectado ao coração e às partes baixas estava soltando um suspiro de alívio.

Ela não se mexia, como se tivesse certeza de que, no momento em que o fizesse, ele mudaria de ideia, entraria de novo na Blazer e iria embora. Então ele se voltou para ela, lutando contra si mesmo a cada passo do caminho. Caminhou até estarem praticamente frente a frente. Os olhos escuros dela estavam arregalados e erguidos para ele. Finn tinha as mãos enfiadas nos bolsos para que não a estrangulasse, mas os bolsos pareciam algemas em seus pulsos. Então puxou as mãos, agarrou Bonnie pelo casaco rosa fofo e a ergueu na ponta dos pés, na altura dele, até que ficassem nariz com nariz e não pé com pé. Seus sentimentos eram uma grande bola emaranhada de raiva, anseio e injustiça, tudo embrulhado numa indignação impaciente, e Finn não conseguia separar um sentimento do outro. Assim, fez a única coisa que podia fazer. Ele a beijou.

Não foi um beijo suave ou um beijo doce. Foi uma espécie de beijo "você me assustou e me deixou confuso, e agora estou irado e aliviado e frustrado pra caramba". Foram dentes e lábios, mordidas e ferocidade, e Finn não conseguiu se fazer parar, mesmo quando os dentes de Bonnie puxaram seu lábio inferior, e as mãos agarraram seu cabelo. Especialmente aí. E, quando ela colocou os braços em volta do pescoço dele e subiu sobre seus pés para poder se apertar forte a ele, Finn decidiu que a vingança realmente era doce, e gostou da sensação do rosto dela contra o seu, o calor úmido de sua boca o fazendo esquecer que estava parado no meio do estacionamento de um tal Hotel 6 com o carro ligado, a porta do motorista ainda escancarada. A parte racional de seu cérebro ficou atordoada num silêncio pacífico... por dez segundos inteiros.

— Não sei o que estou fazendo, Bonnie Rae. — Ele sugou o ar, afastando-se abruptamente. Respirou fundo e a afastou com cuidado, livrando os pés de debaixo das botas dela, relaxando os dedos crispados no casaco. O nylon fino ficou amassado e vincado em dois grandes círculos sobre os seios dela. As mãos de Bonnie deixaram os ombros de Finn e pousaram sobre o próprio peito arfante para suavizar o amarrotado, e ele desviou os olhos para dar aos dois um momento.

Ainda estava zangado, mas sob controle, mantendo a voz baixa e firme quando continuou a falar:

— Não sei o que estou fazendo e também não sei que diabos você está fazendo, mas não entre no meu carro se for para ficar fazendo joguinhos. Não entre. Esconde-esconde só é legal quando a gente tem dez anos e todo mundo conhece as regras. Ligue para a sua trupe, se entregue para quem controla a sua vida e me deixa em paz.

Bonnie assentiu uma vez, os olhos grandes, os lábios machucados.

— Fiquei um pouco preocupada que você pudesse ser um cara do mal.

— Bom, já estava na maldita hora — ele disse, com um suspiro.

— E o que isso significa, Clyde? — ela perguntou.

— Mais jogos, Bonnie?

— Não. — Ela balançou a cabeça enfaticamente.

— Então diga o que você quer dizer.

— Qual é a da suástica?

Finn sentiu o coração afundar no peito. Mesmo que soubesse o que ela ia dizer, ainda tinha esperanças de que fosse outra coisa. Não estava pronto para ter aquela conversa com a neve começando a cair em volta da cabeça e os dedos dos pés ficando amortecidos por causa da lama gelada que tinha entrado em suas botas velhas.

— É uma história muito longa. Eu vou contar, mas não agora. Juro que não foi por ódio. O motivo nunca foi ódio. Faz sentido? Eu era um menino assustado, só isso, e pareceu ser a única solução na época.

Bonnie soltou o ar que estava preso no peito, balançou a cabeça lentamente, como se entendesse, e depois pegou suas malas.

— Posso viver com isso, mas não posso viver com roupas molhadas, e estas bolsas já estão um tanto molhadas. Por falar nisso, eu também estou um tanto molhada! — Ela gritou por cima do ombro, enquanto corria para a Blazer. — Vamos, Huckleberry.

Finn revirou os olhos e imediatamente obedeceu, mas não conseguiu sufocar por completo o sorriso. E, simples assim, Fisher passou por sua mente: loiro, sorridente e muito mais inteligente do que as pessoas imaginavam. Ele também chamava Finn de "Huckleberry" às vezes. E Finn odiava.

∾⊙

— Você vai chegar nela, Huckleberry?

Fish de repente estava a seu lado, e não tinha deixado de notar a troca de olhares entre Finn e a encantadora Jennifer.

Jennifer era linda. E continuava olhando fixo para ele. Finn a analisou, perguntando-se se ainda gostaria dela quando terminassem os amassos. Costumava não gostar das garotas depois, o que o fez hesitar em se aproximar.

— Não — Finn suspirou.

— Por que não? — Fish estava claramente perplexo.

— Vou ficar entediado assim que chegar lá. Além disso, ela é mais o seu tipo do que o meu.

— Ah, é? — Fish franziu os lábios, como se para considerar se aquilo poderia ser verdade. Sacudiu a cabeça, como se também fosse passar a vez.

— Qual é o seu tipo, Finn? Até agora, acho que você não tem um.

— Não sei. Alta, magra, inteligente. Tranquila. Boa com números. — Finn deu de ombros.

— Você está descrevendo uma régua, não uma garota.

— Estou descrevendo a mim mesmo — Finn admitiu com uma risada.

— Ah, que divertido seria. Namorar você. O que aconteceu com a Libby? Ela era gostosa, estava a fim de você e sabe beijar.

É. Ela era gostosa, Finn pensou consigo mesmo. E beijava muito bem. Tinha lhe ensinado algumas coisas. Coisas que ele gostaria de tentar... com outra garota. Além disso, ele não gostava de ficar com as garotas que Fish já tinha experimentado. Se a pessoa pensasse em transferência, o que ele pensava, era nojento. Mas Libby era talentosa, ele tinha de concordar com Fisher.

— Gostei do beijo, mas era só isso. Para de tentar arrumar alguém pra mim. Deixa que eu escolho as minhas próprias namoradas. — Finn lançou um olhar de advertência ao irmão. Como de costume, Fish não se intimidou.

— Não é uma boa ideia, cara. Nenhum de nós sabe o que é bom pra gente. A gente acha que sabe qual é o nosso tipo, mas não faz a menor ideia. É por isso que eu traço todas as garotas que aparecem. Tá vendo? Estou tentando encontrar o que é bom pra mim... porque simplesmente não sei o que é. Nem você. Você acha que sabe porque é um gênio.

— Se eu sou o gênio, por que você é o sabe-tudo da família?

— Você acha que é o único que estuda? Eu estudo, mas estudo as garotas. Estudo música. Estudo a vida.

Fish tomou um gole de fosse lá o que tivesse no copo. Provavelmente cerveja, mas devia ser a primeira ou a segunda dose, porque ele ainda estava em sua característica astuta, sorridente, acenando e mexendo com a multidão, sem parar de dar sua opinião indesejada ao irmão.

— É a minha teoria. Posso não pensar como você e o nosso pai, mas isso é matemática sólida, cara. A garota que você acha que é perfeita pra você nunca é perfeita pra você. Qualquer dia desses vai aparecer uma garota, e você não vai nem saber de onde ela veio, e ela vai mexer com você — disse Fisher, como se fosse ponto pacífico.

— Ah, é? — Finn já queria ir embora. Mas não iria. Continuaria ali até que Fish estivesse pronto para ir embora também. E quem iria saber quando seria?

— Pode crer! E garanto que ela não vai ser o seu tipo. E você vai traçar estratégias, pensar e fazer listas. E não vai fazer sentido.

— Essa não é a sua teoria, Fish. É química. Os opostos se atraem.

— Certo. Só que é mais do que isso. Você pode ter opostos que não se atraem. Tem que ser o tipo certo de oposto. E você não vai saber o que tem...

— Até que acabe? — Finn terminou o clichê desgastado sem prestar atenção, os olhos vagueando de novo para Jennifer, reconsiderando.

— Até que acabe, cara. E aí você vai se perguntar que diabos te atingiu, e eu vou rir pra caramba e dizer: "Quem é o gênio agora?"

∽

— Minha avó cancelou o cartão de crédito. Meu cartão de crédito, eu devia dizer. Tentei pegar outro quarto lá no hotel, mas a recepcionista me disse que foi recusado. Meio que me assustou. A minha avó sabe que o cartão está comigo. — Dei de ombros. — Acho que é a maneira dela de me dizer que ainda está no comando.

— Dá para rastrear o uso do cartão... Você sabe disso, não sabe? Se queria desaparecer, usar o cartão da sua avó não foi uma boa ideia, para começo de conversa.

— Não quero desaparecer. Só quero ser deixada em paz. Só por um tempo — eu disse.

— Já tentou falar com ela?

— Não desde que a Minnie morreu. Não. Eu andei muito irritada... e cansada. E triste. Não consegui reunir energia para fazer a minha avó me ouvir. E fazer a minha avó ouvir qualquer coisa além do que ela quer sempre foi quase impossível.

— Então você ia simplesmente pegar outro quarto e esperar que a cavalaria chegasse? Dane-se você, Clyde?

— É. Dane-se você, sr. Supremacia Ariana com uma tatuagem no peito de meter medo.

Clyde riu.

— Nada de jogos. Assim é bom. Diga as coisas como elas são.

Ri com ele, mas sua risada me deu aquela mesma sensação no estômago de cair e escorregar que eu senti quando ele sorriu para mim no quarto na noite passada, antes que eu visse a tatuagem e saísse correndo.

— Você tem namorada, Clyde? — As palavras saltaram para fora antes de eu conseguir registrar que estavam na minha língua, mas não me arrependi delas.

— Não.

— Por quê?

— Porque estou me mudando para Vegas.

— Então você tinha namorada, mas terminou com ela porque está deixando a cidade?

— Não.

— Não, você não tinha namorada, ou não, você não terminou com ela porque está deixando a cidade?

Clyde apenas franziu as sobrancelhas e me lançou um olhar irritado. Dei de ombros.

— Acho que você é inteligente o bastante para terminar agora, porque um relacionamento a distância nunca funciona. Eu gostava de um garoto lá em Grassley, mas, depois que venci o *Nashville Forever*, nunca mais voltei para a escola. Na verdade, nem voltei para casa por quase um ano. A Minnie foi a única pessoa de lá com quem mantive contato. Eu falava com ela quase todas as noites. Quando finalmente consegui voltar para Grassley, meu namorado, o Matt, estava com outra garota. Não posso culpá-lo de verdade. Um ano quando a gente está na adolescência parecem dez. É interminável.

Clyde apenas resmungou, sem participar da conversa. Hora de sacudir as coisas.

— Quando eu tinha dezenove anos, pedi ao meu guarda-costas, o Urso, para transar comigo.

Finn xingou e se virou para mim, os olhos disparando entre mim e a estrada.

— Você não tem filtro, né? Simplesmente diz o que vem à cabeça!

— Você acabou de me pedir para não fazer jogos. Acabou de me pedir para dizer as coisas como elas são. É isso que estou fazendo.

— Tem uma grande diferença entre ser sincera e contar os detalhes sórdidos!

— Acho que você está certo. — Assenti com a cabeça. — Sempre fui... direta, mas alguma coisa aconteceu comigo quando me soltei da ponte — expliquei baixinho. — Liguei o "dane-se". Não me importo mais. Não mais. Não tenho medo. Não estou me sentindo suicida, mas não dou a mínima. Faz algum sentido?

Finn balançou a cabeça.

— Faz, sim. Também já passei por isso, mas infelizmente desliguei o "dane-se". Então você precisa ter um pouco de respeito e mostrar alguma moderação. Combinado?

— Tá bom — suspirei. — Dizer as coisas como elas são, mas apenas em doses que Clyde consegue engolir. Entendi.

— Obrigado — ele disse, sarcástico.

Resolvi dar um gelo e não falei mais nenhuma palavra. Fiquei olhando pela janela, compondo letras de música na cabeça para não enlouquecer.

Finn suspirou de novo.

— Por que você o chama de Urso? — perguntou, praticamente admitindo que vinha pensando sobre o que eu havia dito vinte minutos atrás.

— Ele diz que ganhou o apelido porque é grande, negro e irritadiço. Até a mãe dele o chama de Urso. Ele tem quarenta e cinco anos, é divorciado e pai de dois filhos. Na verdade, ele já é avô. Mas eu o amo, e pensei que, se pudesse ter minha primeira vez com alguém que eu amasse, alguém em quem confiasse, eu estaria segura e resolveria logo o assunto.

— Ele não levou isso adiante, espero.

— Não. Não levou. Disse que era a coisa mais nojenta que já tinha ouvido, que ia lavar minha boca com sabão, contar pra minha avó e deixá-la fazer o pior. E ela teria feito. Ele disse que eu era como uma filha para ele. Uma filha branca e magricela, além de tudo. Palavras dele, não minhas. Ele disse que não era para eu me sentir mal, mas ele não me achava atraente. De jeito nenhum.

— Legal. — Finn estava sorrindo um pouco agora.

— É. Deu aquela massageada no meu ego. Então fiquei magoada e mais confusa do que nunca e me envolvi com um garoto que estava começando a fazer sucesso, que tinha um hit decente, estava procurando um pouco mais de tempo no ar e um momento a sós com alguém que pudesse impulsionar seu status de celebridade. Entra Bonnie Rae Desesperada. E foi horrível. E humilhante. Aí eu percebi uma coisa: eu tinha sido enganada. Estava cantando, sonhando, compondo músicas sobre algo que era uma grande, uma enorme mentira. Depois me convenci de que, com certeza, aquilo em algum momento ficaria melhor; caso contrário, por que todo mundo fazia? Então suportei mais algumas vezes. Não melhorou nem um pouco.

Finn ficou tenso de novo, ouvindo, provavelmente se perguntando aonde eu queria chegar com aquela confissão. Ele mexeu no rádio quando não continuei, depois o desligou. Fiquei esperando por ele de novo. Ele teria de pedir os detalhes sórdidos depois do sermão sobre dizer ser sincera em vez de contar tudo.

— E o motivo dessa história muito pessoal foi...? — ele cutucou, por fim.

— Sabe quando você me beijou, Clyde? Senti mais naquele beijo irritado do que jamais senti naquelas três ou quatro tentativas de fazer amor. E percebi que não é mentira, afinal. Foi o melhor beijo que já dei. De longe. Então me diz o que eu preciso fazer para ganhar outro, porque, de um jeito superconstrangedor, parece que sempre sou eu a implorar afeto, e, mesmo com o "dane-se" ligado, não sei mais quanta humilhação posso aguentar.

— Aquele beijo não significou absolutamente nada, Bonnie Rae. Eu te beijei pra não te matar. Só isso. Não vai ter outro, porque, da próxima vez que eu quiser te matar, simplesmente vou seguir viagem sem você.

Eu teria ficado ofendida, mas Finn Clyde estava ficando vermelho, o que só me fez gostar mais dele. Para alguém tão grande, mau, de cabelo comprido e tatuado, sua tensão era digna de nota. Coloquei as botas em cima do painel do carro e comecei a rir. Gostei daquele novo sentimento. Quando a gente para de se importar, as coisas ficam muito interessantes e muitíssimo mais fáceis. Finn ligou o rádio de novo, e eu comecei a cantar em voz alta, me sentindo mais leve do que vinha me sentindo fazia um longo tempo.

6
reflexão horizontal

A neve que tinha começado a cair naquela manhã continuou em rompantes quando entramos no estado de Ohio e avançamos. Seguimos devagar por trechos difíceis e por outros que pareciam intocados pela tempestade. Não saber o que viria a seguir era parte da aventura, e nenhum de nós estava muito preocupado naquele momento com o mundo fora do carro. Sem dúvida ainda não eram condições de nevasca, e a velha Blazer roncava, limpadores de para-brisa voando de um lado para o outro. Mas, conforme o dia virava noite, a neve que estava no chão era pega pelos ventos fortes, e se tornou quase impossível dizer o que estava subindo, o que estava descendo e para que lado ficava o quê no redemoinho vertiginoso.

— Vamos pegar a próxima saída. Acho que devemos parar por hoje. Está ficando ruim — disse Finn.

Tentei distinguir quais serviços apareciam disponíveis na grande placa verde da estrada, mas ela estava coberta por uma fina camada de neve, e o pouco que conseguíamos ver era obscurecido pelos flocos que grudavam na janela do lado do passageiro.

— Onde estamos? — perguntei.

— Em algum lugar entre Cleveland e Columbus. Não sei dizer muito mais do que isso.

Clyde diminuiu bem a velocidade, não querendo perder a saída. Avançamos devagar por vários quilômetros e chegamos a pensar que havíamos passado batido quando avistei a sinalização.

— Uma saída!

Mesmo com a velocidade baixa, os pneus pretos e largos da Blazer não foram páreo para o gelo, a neve e as estradas que não tinham sido limpas, de forma que o carro derrapou enquanto descíamos a rampa de acesso. Fechei os olhos com força e cruzei os dedos, um hábito de infância ao qual eu ainda recorria quando a situação exigia sorte ou intervenção divina.

— Experimente bater os calcanhares nessas botas também — Clyde brincou, mas seus olhos estavam fixos na estrada pouco visível a nossa frente, e suas mãos estavam no volante quando os pneus finalmente encontraram aderência, e o deslizamento pela rampa foi controlado.

Naqueles poucos momentos nervosos, quando nossa atenção ficou voltada para o gelo e a neve, talvez tivéssemos perdido uma placa, algum sinal, ou talvez devêssemos ter virado para a esquerda em vez de para a direita. À medida que avançávamos devagar pela estrada, seguindo com esperança e pouco além disso, perdemos, sem a menor dúvida, algum detalhe vital que teria nos salvado do que veio depois.

O branco ofuscante era implacável e, considerando a sorte que estávamos tendo em encontrar sinais de vida, poderíamos muito bem estar nos arredores da Sibéria. Não havia nem mesmo outros carros cruzando a estrada, em nenhum dos sentidos.

— Vou voltar. Não tem nada aqui.

Finn fez o retorno e voltou, refazendo o caminho que havíamos acabado de abrir.

— Vamos pegar a rodovia de novo e seguir até encontrar a próxima cidade. Não podemos estar muito longe de Columbus — disse Clyde. Mas, conforme nos aproximávamos do ponto onde a rampa de acesso deveria estar, a visibilidade ia se tornando tão ruim que acabamos por perdê-la e voltamos para uma nova tentativa. Abri a janela e enfiei a cabeça para fora, ficando com rosto o cheio de flocos gelados enquanto procurava a entrada para a rodovia.

— É ali? — Olhei em dúvida para a passagem subterrânea que se aproximava, e Finn tentou pegar a direita para acessar a rampa com meio segundo de atraso. A Blazer girou num círculo completo, deslizando de lado, nos arremessando na direção oposta. A neve voou para dentro da cabine através da minha janela, ainda aberta. Sem aviso, estávamos fora da estrada, com os pneus traseiros atolados em um banco de neve e os dianteiros girando inutilmente contra o gelo e a neve que caía sem parar. Clyde saiu do carro e tentou nos tirar dali, balançando o veículo enquanto eu combinava o movimento no pedal do acelerador.

Mas estávamos presos.

As rodas traseiras estavam enterradas até a altura do para-choque; a neve tinha muitos centímetros de profundidade ali. Não conseguíamos a tração necessária para colocar o carro de volta na estrada. Voltei para o banco do passageiro quando Clyde caiu dentro da Blazer, as botas encharcadas, as calças molhadas até acima dos joelhos e as mãos vermelhas e feridas pelo frio. Ele pegou o celular pré-histórico e, com dedos congelados, ligou para o seguro, pedindo que enviassem algum tipo de assistência rodoviária. Uma voz automatizada disse a Clyde que "sentia muito, mas ele poderia, por favor, aguardar na linha?". Clyde esperou por quinze minutos, até que o aparelho começasse a apitar pateticamente e a bateria acabasse na palma de sua mão, momento em que comecei a me culpar por ter agido como um bebê mimado e jogado o celular da minha avó pela janela.

— Estou com o carregador. Vamos só esperar. Vou me aquecer e tentar de novo daqui a alguns minutos.

O problema foi que, quando ele tentou novamente e enfim conseguiu falar com um operador de carne e osso, não sabia dizer onde estávamos. Finn fez o melhor que pôde, indicando a última placa que tinha visto na I-71, mas acho que não ajudaria muito, ainda mais nas condições de baixíssima visibilidade causadas pela neve. O operador disse que ia mandar um guincho na nossa direção aproximada, prometendo que iam nos encontrar, o que, mesmo que fosse reconfortante, era mentira.

Esperamos por duas horas, no calor forte dentro da Blazer ilhada, antes que eu tivesse de abrir mão do aconchego da cabine para uma embaraçosa ida ao banheiro atrás do para-choque. Minha bunda tomou um banho gelado, e, por acidente, fiz xixi nas minhas botas vermelhas. Fiz questão de enterrar a neve amarela, mortificada com o pensamento de Finn ver onde eu tinha marcado território. Foi a vez dele em seguida, e então nós dois estávamos de volta dentro da Blazer sem nada para fazer nem para onde ir, e nenhuma esperança de resgate, pelo menos até que a neve parasse de cair ou que a manhã chegasse, quando poderíamos caminhar um pouco e ter uma ideia melhor da nossa localização.

Clyde estava preocupado com a quantidade de gasolina, caso tivéssemos de passar a noite ali antes que alguém nos encontrasse.

— É meia-noite. Acho que só vamos ter luz por volta das seis ou sete da manhã. Não podemos simplesmente ficar com a Blazer ligada a noite toda. — Ele fez uma pausa, como se não soubesse bem o que dizer em seguida. Depois passou a mão pelo rosto, e de repente senti vontade de rir com tamanha impotência. Mordi o lábio com força. O riso inadequado estava empoleirado no fundo da minha garganta, apenas esperando para saltar para fora. Eu realmente era louca.

— Tenho um saco de dormir e dois travesseiros, além de três cobertores velhos. Vai ficar frio quando a gente desligar a Blazer. — Finn parou de novo, como se estivesse pouco à vontade, e o riso escapou pelos meus lábios cerrados. — Você está rindo?

— Não.

— Está sim. Aqui estou eu, me sentindo um velho sujo, a ponto de sugerir que a gente faça uma cama e se abrace para se manter aquecido, e você está rindo.

— Você ia sugerir que a gente... se abraçasse? — Meu choque imediatamente curou o problema das risadinhas.

Finn passou as duas mãos pelo rosto, esfregando como se quisesse apagar o que tinha acabado de dizer.

— Tá — disse eu, numa voz pequena. Ele me olhou com surpresa, e não pude evitar. Eu sorri. Um sorriso grande, largo, do tipo "você é meu sol".

— Você percebeu que estamos em apuros aqui, não percebeu? — Finn balançou a cabeça como se duvidasse do meu juízo, mas um sorriso oscilou em torno dos cantos de sua boca. — Isto aqui não é uma festa do pijama com suas amigas, e não temos uma geladeira para assaltar no meio da noite.

— Ei, Clyde?

— Fala, Bonnie.

— Você vai ter oficialmente dormido com Bonnie Rae Shelby depois desta noite. Não vai me pedir um autógrafo, né? Talvez eu deva assinar na sua bunda com caneta permanente, pra você poder tirar uma foto e vender para a US Weekly.

— Você tem o ego meio grande, não?

Mergulhei sobre o banco até a parte de trás, rindo.

— Eu vi primeiro o travesseiro com fronha!

Em dez minutos, tínhamos reorganizado as caixas de Finn e as nossas coisas entre o banco da frente e o porta-malas, para que pudéssemos deitar o banco do meio, deixando-o aproximadamente do tamanho de uma cama de casal, um recurso extremamente útil da Chevy Blazer 1972. Pelo menos foi o que eu achei. Clyde disse que não era um "recurso útil", era um banco quebrado, mas eu achei incrível.

Abrimos o saco de dormir, ajeitamos os dois travesseiros no lugar, depois tiramos os sapatos molhados, calçamos vários pares de meias, fechamos o casaco, colocamos gorro e, por último, Finn desligou a Blazer. Ele não queria abrir a porta e deixar o frio entrar, por isso também se rastejou sobre o banco. Seu um metro e oitenta e oito não se encolhia muito bem, mas ele conseguiu e se deitou ao meu lado, puxando os cobertores em camadas por cima e em torno de nós.

Houve um pouco de ajustamento e de balanço, até que cada um encontrasse uma posição na qual poderia ficar — ou dormir —, o que acabou sendo minhas costas contra o peito dele, os braços agarrados a um travesseiro e minha cabeça no bíceps esquerdo de Finn. Ficamos ali em silêncio, tentando encontrar conforto em uma situação embaraçosa. Minha mente estava a toda, mas Finn parecia contente em deixar o silêncio vencer, e sua respiração em cima da minha cabeça era lenta e constante; seu corpo nas minhas costas era agradavelmente pesado, mas me distraía de uma forma que tornava difícil dormir, e o detalhe que vinha exigindo introspecção durante todo o dia tomou o centro do palco.

Clyde tinha me beijado. Bem quando pensei que ele estava indo embora, ele voltou. E, em vez de gritar ou apontar o dedo na minha cara, como eu esperava que fizesse, ele me beijou. Senti a frustração naquele beijo. Mas também senti algo mais. Sua boca estava vários graus mais quente que a minha, e o calor era delicioso. Ele tinha gosto de creme dental e torradas com manteiga, uma combinação que não deveria ter funcionado, mas funcionou, como se ele tivesse tomado café da manhã, escovado os dentes e depois me surpreendido, tudo num espaço de dez minutos. Eu não estava mentindo quando provoquei Finn antes. Foi o meu melhor beijo.

Foi rude e abrasivo, até mesmo invasivo. Nenhuma técnica praticada, nenhuma manipulação suave. Lábios, dentes, calor... e mágoa. Mágoa dele, não minha; eu senti remorso por ter causado esse sentimento e estava surpresa por ter tido o poder de fazê-lo. Ele disse que tinha me beijado para não me matar. Talvez fosse verdade, mas não era o que parecia.

A recepcionista do hotel tinha sido falsamente doce, pedindo desculpas quando o cartão da minha avó foi recusado, e lamentou imensamente que fosse necessário um cartão para despesas ocasionais caso me alugasse outro quarto. Ela também desconversou quando pedi para usar o telefone, e então eu soube que, mesmo se pudesse convencer a mulher a aceitar dinheiro vivo, não passaria outra noite naquele hotel.

Foi quando me sentei ao lado da Blazer alaranjada e esperei por Finn, sabendo que ia ter que me explicar, sabendo que ia ter que confiar nele. No entanto, quando ele finalmente apareceu, não fiz nenhuma dessas coisas. Não consegui encontrar minha voz, a voz que nunca me falhou. E, mesmo tendo ficado de pé, as malas nas mãos, vendo-o ir embora, não tentei impedi-lo. Ainda me sentia indecisa. E, naquele momento, tudo o que eu podia fazer era vê-lo partir.

Mas então Clyde parou. Saiu do carro. Caminhou de volta até mim. E me beijou. Se tivesse feito outra coisa — gritado, me bajulado, tentado explicar ou intimidar —, eu não teria entrado no carro com ele, não mais.

Mas ele me beijou. E eu acordei. A Bonnie atrevida, com tiradas irônicas, que não deixava a avó fazer o que queria com ela, a Bonnie que ria muito e brigava mais ainda, a Bonnie que tinha feito o mundo amá-la contra todas as probabilidades, aquela Bonnie, aquela versão de mim, acordou.

Algumas pessoas podem rir ou revirar os olhos e me acusar de usar velhos clichês. Mas esta é a verdade: comida quente em estômago vazio, água fresca em garganta seca, o primeiro vislumbre de casa ao virar da curva, ou a primeira garfada de algo que a gente achava que nunca teria coragem de experimentar, apenas para perceber que era a melhor coisa que já tinha provado. O beijo de Finn era tudo isso. E, naquele momento, percebi que estava morrendo de fome fazia muito tempo. Estava morrendo de fome. Faminta por companheirismo, afeto, vínculo. E o mais estranho de tudo: com fome de Finn Clyde.

Talvez porque eu fui criada nos Apalaches, criada na fé, na pobreza e com pouco além disso, mas eu acreditava em coisas como sorte e destino. Acreditava em anjos, e acreditava na capacidade de Deus para dirigir nossos caminhos, nos guiar e nos mover de maneiras invisíveis, e acreditava em milagres. De repente, Finn Clyde pareceu um milagre, e eu tinha certeza de que Minnie o havia enviado para mim.

— Em que você acredita, Finn? — sussurrei, dando voz aos meus pensamentos, fazendo da escuridão e do silêncio os ingredientes necessários para uma discussão tão importante. Pensei por um instante que ele não fosse responder, que tivesse adormecido ao meu lado e que não haveria alimento para meu apetite subitamente voraz. Mas então ele falou, seu tom sonolento e demorado, e virei meu rosto na direção dele para absorver a segurança de sua voz na escuridão.

— Eu acredito em números. Nos que podemos ver e nos que não podemos. Nos reais e nos imaginários, nos racionais e nos irracionais, e em cada ponto das linhas que seguem para o infinito. Os números nunca me deixaram na mão. Não falham. Não mentem. Não fingem ser o que não são. Eles são atemporais.

— Você é inteligente, então... não é, Finn? — Ouvi o espanto em minha própria voz. Não era uma pergunta. Eu nunca tinha sido boa nos estudos e ficava maravilhada com aqueles que eram. — Achei que você fosse. Nunca fui boa com números. Matemática sempre foi como uma lagoa turva para mim, e eu era uma caipira tentando espetar o peixe com uma vara pequena, esperando ter sorte.

— Isso não faz sentido nenhum, Bonnie. — Finn riu baixinho.

— Essa é a questão, Clyde.

— Você é inteligente do seu jeito.

Eu amava a maneira como ele dizia a palavra "inteligente". Imitei baixinho, e ele beliscou o lado do meu corpo em resposta, mas continuou sua argumentação:

— A música não faz nenhum sentido pra mim. Eu não saberia encontrar uma nota do nada como você faz, não importa quanto estudasse, não importa quantos teoremas eu provasse. Alguns nascem com um ouvido especial. Eu nasci com uma calculadora.

— É tão fácil assim para você? Do jeito que a música é para mim? — Fiquei maravilhada com a ideia. — Nunca precisei trabalhar muito em cima de uma música, ou talvez seja apenas o fato de que nunca pareceu trabalho para mim. A música sempre esteve presente, fácil de ouvir, fácil de recriar. Nunca consigo imaginar a matemática sendo assim.

— Quando eu era pequeno, meu pai pedia pra mim e para o meu irmão falarmos para ele sobre números. Ele dizia: "Me falem sobre o número 1". O Fisher não estava interessado, mas eu sim. Eu dizia ao meu pai tudo o que sabia a partir da minha perspectiva limitada. Eu apontava para mim e dizia "Um". Apontava para o Fish e dizia "Um". E meu pai falava: "Ah, mas, Finn, juntos vocês são dois, não são?" E eu respondia: "Não. Um Finn. Um Fish". Como se fôssemos o mesmo, duas metades de um todo. Quando fiquei mais velho, meu pai exigia mais. E eu recitava tudo o que ele havia me ensinado, tudo o que eu tinha aprendido. "Me fale sobre o número 4, Finn", ele pedia. E eu respondia com algo como: "O primeiro número composto, o segundo quadrado e o primeiro quadrado de um primo". Nada difícil, só que era mais difícil do que coisas do tipo "Um Finn, um Fish", que eu respondia aos três anos.

— Isso não é difícil? — perguntei, e podia ver minha respiração formar uma nuvem para fora dos lábios, enquanto a temperatura na Blazer continuava a cair.

— Não. Quando eu estava na adolescência, as respostas incluíam coisas como o último teorema de Fermat, a afirmação de Euler ou a conjectura de Goldbach.

— Caramba! Você não vai se sentir mal se eu não te pedir para explicar o que essas coisas significam, vai?

— Não. — Finn riu, criando uma pluma branca e pesada em cima da minha cabeça, que se dissipou imediatamente. — A matemática é solitária nesse sentido. Isola a gente. Por isso meus pais se separaram. Minha mãe sempre se sentiu excluída. Ela disse que meu pai entrava no próprio mundinho. Então ele começou a me levar junto, e foi a gota-d'água. Meu pai recebeu uma oferta de emprego numa faculdade em outro estado, e minha mãe disse que não ia junto. Eles deixaram meu irmão e eu escolhermos, mas eu tinha quase dezessete anos e passado a vida inteira em Boston. Tinha amigos, jogava beisebol e, no fundo, não queria me afastar do Fisher nem da minha mãe, mesmo que a culpasse pelo fato de meu pai estar deixando a gente. Só que eu devia ter ido. Pensando agora, eu devia ter ido, porque, no final, deixei minha mãe mesmo assim. — Finn parou de repente e mudou de assunto. — Você me perguntou em que eu acredito. Em que você acredita? — Senti o desconforto dele, falando sobre sua família, e decidi deixá-lo passar o bastão.

— Eu acredito na música. Acho que a música é para mim o que os números são pra você. Existe poder na música. Existe cura. Deus também está nela, se você deixar que ele entre. Durante a minha infância em Grassley, todo mundo era tão pobre que Jesus era a única coisa que nos restava... então eu acredito nele também. E tanto Deus como a música, quando passam a ser verdadeiramente nossos, são as duas coisas que ninguém pode tirar da gente.

— Ainda não entendi Deus.

— O que tem para entender? Deus é tudo o que existe de bom. Deus é igual a amor.

— Hum. Você acabou de montar uma equação.

— Foi mesmo, não foi? — Senti um pouco de orgulho por isso, como se tivesse dito algo inteligente. Sorri no escuro.

— E por que todo mundo é tão pobre em Grassley? — perguntou Finn.

— Por muitas razões. É uma tradição, eu acho. Uma tradição de desesperança. A dependência de drogas e de álcool é alta em quase toda a região dos Apalaches, porque as pessoas não têm esperança. Quando a pessoa não tem esperança, procura formas de sentir alguma coisa diferente... qualquer coisa. As drogas são boas pra isso. Então os pais decepcionam os filhos porque são escravos dos comprimidos. Os políticos trocam comprimidos por votos, mantendo a coisa assim. O governo nos dá coisas também, mas depois, quando alguém consegue um emprego, ele toma de volta, para que todo mundo tenha medo de trabalhar; não porque a pessoa seja preguiçosa, mas porque o trabalho não cobre o que o assistencialismo cobre, mesmo que isso faça a gente se sentir um lixo e nos mantenha pobres. Ser pobre se torna a coisa mais fácil de ser... e também a mais difícil, porque ninguém realmente sabe ser diferente.

— Você fez algo diferente.

— Fiz. Olha pra mim! Não sou importante? — Ri baixinho, zombando de mim mesma. — Não sou pobre, mas ainda não venci a falta de esperança. — Tentei rir de novo, mas a verdade não era muito engraçada. Meu riso não soou muito convincente. Hora de falar de outra coisa. — Que tal isto para uma equação? Bonnie mais Finn é igual a um grande picolé — falei e estremeci para causar efeito.

— Verdade. Está frio pra caramba. — Finn se levantou em um braço, o que estava embaixo da minha cabeça, desarrumando a mim e aos cobertores, me fazendo dar um gritinho e me afundar ainda mais enquanto ele olhava pela janela. — Parou de nevar. Alguém vai chegar em algum momento. Se não vierem, de manhã vamos encontrar uma placa que indique a quilometragem da pista e ligar de novo.

— Volte aqui, fonte de calor — ordenei. — Vou fechar os olhos e você vai me falar sobre matemática para eu poder pegar no sono. Fale sobre alguns teoremas. Foi assim que você os chamou? Me conte como Einstein sabia que "e" é igual a "mc" ao quadrado. E comece com "era uma vez"... tá?

— Você é meio mandona, sabia?

— Eu sei. Tenho que ser. É pra compensar por não ter nascido com uma calculadora. Agora compartilhe sua sabedoria, Infinity.

— Era uma vez...

Dei uma risadinha, e Finn imediatamente me fez ficar quieta, continuando com sua "história". Fechei os olhos, mais contente e com mais esperança do que tinha me sentido nos últimos meses.

— Era uma vez um homem chamado Galileu.

— *Galileo Figaro!* — cantei, interrompendo a história imediatamente. — Qual é o nome da música?

— "Bohemian Rhapsody", do Queen. — Clyde suspirou, fingindo resignação.

— Excelente. Eu só precisava ter certeza que você e eu podíamos ser amigos. Continue. — Eu me aninhei de novo e me preparei para ficar entediada até dormir.

— Galileu geralmente não é considerado um dos maiores matemáticos de todos os tempos. Ele era físico e cientista, mas foram pessoas como Galileu que me fizeram acreditar que a matemática era mágica.

A voz de Finn era um ruído em meu ouvido, sua respiração soprava o cabelo na minha testa, fazendo cócegas, e eu fechei os olhos quando ele começou a discorrer sobre algo que chamou de paradoxo de Galileu: existem tantos números pares quanto números pares e ímpares combinados, o que deveria desafiar a razão, Finn disse, mas o que faz todo o sentido se você os comparar em termos de conjuntos infinitos. Meus olhos começaram a ficar pesados imediatamente, cansados demais para tentar acompanhar o conceito por muito tempo. Quem poderia imaginar? Além de alto, loiro e bonito, tinha cérebro.

7
números primos gêmeos

Rumores continuam a pipocar sobre a denúncia de desaparecimento da superstar country Bonnie Rae Shelby. A polícia agora está envolvida, depois de relatos sobre a estrela ter sido vista várias vezes com um homem desconhecido. Uma das ocasiões resultou em um ataque contra uma cabeleireira, outra levou a um desentendimento no Hotel 6, a leste de Buffalo, Nova York, onde Shelby tentou usar um cartão de crédito que havia sido declarado roubado e mais tarde foi vista discutindo no estacionamento do local com o mesmo homem ainda não identificado. A recepcionista do hotel ficou preocupada com a segurança da srta. Shelby depois que o homem a agarrou, momento em que a funcionária chamou a polícia. Em depoimento aos policiais, ela disse que havia falado com a cantora antes da briga e afirmou que a srta. Shelby parecia assustada e sob coação. A cantora pediu para fazer uma chamada telefônica quando seu cartão de crédito foi recusado, mas não conseguiu falar com quem pretendia. A família Shelby emitiu um comunicado afirmando que todos estão muito preocupados com Bonnie Rae e que vão cooperar com a polícia para garantir o retorno seguro da cantora.

Não foi a luz do sol que o acordou. Era mais brilhante do que isso. O mundo em volta da Blazer era tão branco que Finn não teria ficado surpreso se um coro de anjos cercasse o veículo parcialmente enterrado e o conduzisse para os portões perolados. Mas não tinha como o céu ser frio daquele jeito. E a garota em seus braços não era nenhum anjo, embora parecesse doce demais com seu cabelo castanho curto, espetado como uma coroa, e os lábios em forma de arco separados em um ronco suave. O gorro havia caído no meio da noite, e o rosto dela estava enterrado onde a axila de Finn encontrava o peito.

Ele olhou para o rosto dela e esperou pelo pavor e pela descrença que vinha sentindo em graus variados desde que se havia algemado a Bonnie Rae Shelby. Em vez disso, lembrou como Bonnie ficou depois que ele a beijou, com os lábios rosados e inchados. Ele pensou sobre quando ela mergulhou em direção ao banco de trás para reivindicar o travesseiro com fronha, o modo como ela devolveu o celular da avó ao arremessá-lo pela janela, como havia cantado "Bohemian Rhapsody" e dormido com seus resmungos matemáticos, tudo no meio de uma crise. Isso o deixou curioso para saber como ela se comportava quando não estava tomada pela dor, quando seu mundo não estava desabando sobre sua cabeça, quando não estava ilhada em uma tempestade de neve com alguém que só conhecia havia três dias; dois dias e meio, na verdade.

Ele sorriu e baixou a cabeça de novo.

— Você está sentado aí, sorrindo desse jeito para o nada — Bonnie murmurou.

— Não era para o nada. Era para uma coisa.

— Ha-ha. Vamos morrer nesta Blazer?

— Não, mas não consigo sentir meu braço esquerdo, e o lugar onde você babou no meu peito congelou e deixou meu mamilo gelado.

Bonnie começou a rir e rolou para longe dele, sentando-se e jogando os cobertores de um lado para o outro à procura do gorro. Ela o encontrou, colocou-o sobre o cabelo amassado, enfiou as botas nos pés e se jogou de volta para o banco da frente, como tinha feito mil vezes.

— Primeiro as damas, e não está mais escuro, por isso nada de espiar pela janela. Vou te testar sobre a cor da minha calcinha, e é melhor você não saber que ela é vermelha com caveirinhas pretas. — Bonnie abriu a porta do passageiro, a neve caindo do teto sobre o banco enquanto ela saía.

Uma imagem imediata de Bonnie de calcinha vermelha decorada com caveirinhas pretas encheu a mente de Finn, e ele meio riu, meio gemeu.

— Caveirinhas não são sexy — disse ele, em voz alta. — Caveirinhas não são sexy. — Ele calçou as botas, demorando para amarrá-las bem, com os olhos voltados para as mãos, impedindo que seu foco desviasse para fora. — Caveirinhas *são* sexy, droga, e minhas botas ainda estão molhadas.

Ele passou as mãos entre os fios de seu cabelo e os afastou do rosto com um elástico que havia enfiado no bolso no dia anterior. Dobrou os cobertores e o saco de dormir, endireitou o assento e tirou as malas do banco da frente. Depois vestiu o gorro e saiu da Blazer, atrás de Bonnie.

Uma hora mais tarde, depois de um pouco de reconhecimento do terreno, Clyde tinha uma ideia muito melhor de onde estavam, assim como o número da saída que tinham pegado na noite anterior. No entanto, outro pedido de assistência rodoviária foi desnecessário. Enquanto seguia caminho de volta para Bonnie e para a Blazer, com os pés congelados nas botas molhadas, uma caminhonete parou ao lado dele, e um homem velho de boné dos Cleveland Browns, com abas felpudas cobrindo as orelhas, colocou a cabeça para fora da janela.

— Aquele carro atolado na neve é seu?

— É sim, senhor.

— Tenho correntes. Posso puxar o seu carro de lá. Entre.

Finn estava a apenas cem metros da Blazer, mas não discutiu. Quando pararam, Bonnie saiu do carro, com o rosto envolto em um sorriso aliviado.

O velho de chapéu engraçado sabia o que estava fazendo, e em poucos minutos, com Clyde empurrando, Bonnie na direção e a caminhonete puxando, a Blazer foi libertada do banco de neve. Bonnie largou o carro ligado, deixando-o esquentar enquanto ela e Clyde iam até a caminhonete para agradecer ao velho.

— Vocês tiveram sorte — disse ele, soltando as correntes e as guardando na caçamba. — Estão no meio do Parque Nacional Cuyahoga. Normalmente eu não teria vindo por este caminho, mas minha irmã mora em uma fazenda a oeste daqui, nos arredores de Richfield. O marido dela ficou doente no ano passado e morreu, sem mais nem menos. De vez em quando vou lá ver como ela está.

— Achei que a gente estivesse na I-71 ontem à noite, mas, pelo que estou vendo agora, estamos na I-80 — disse Clyde.

— Bem, não é de admirar que ninguém tenha encontrado vocês, se disse a eles que estavam na 71! A I-80 cruza a 71 lá atrás. Você deve ter descido no pedágio em meio àquela nevasca e nem percebeu.

— Foi muito ruim ontem. — Finn estendeu a mão para o homem, agradecendo. Bonnie estendeu a mão também, mas o velho estava a fim de bater papo e manteve a janela abaixada ao entrar na caminhonete.

— Foi terrível! Vários motoristas ficaram presos ontem à noite. Deixaram os limpa-neves e as patrulhas rodoviárias ocupadas, isso é certo. Tenho um desses scanners de polícia, e ficou aceso a noite toda por causa das pessoas que precisavam de ajuda. Teve até uma denúncia sobre um ex-presidiário que eles pensam que pode estar fugindo com aquela cantorazinha. Já ouviu falar nisso? Quando o chamado foi enviado para as patrulhas rodoviárias, você tinha que ter ouvido o barulho no scanner!

Bonnie endureceu ao lado dele, e Finn sentiu um frio na barriga Fugindo? Que diabos estava acontecendo? Seu chamado de assistência provavelmente teria sido enviado à patrulha rodoviária local. Isso fazia sentido. Mas o resto não.

— Bonitinha aquela cantora. Uma loirinha. Gosto de algumas músicas dela. Shelby é o nome. Nós temos um lugar chamado Shelby em Ohio. Sabia disso? Tenho um primo em Shelby. — O velho começou a cantar algo sobre uma grande lua azul e grandes montanhas verdes e um enorme coração partido, aparentemente uma das músicas de Bonnie das quais ele gostava.

— Bom, meus pés estão frios, e minhas mãos também, então obrigada mais uma vez! — Fingindo como sabia fazer, Bonnie estendeu o braço pela janela e deu um tapinha no ombro do velho. Finn apenas ficou ali, a dor em seus pés de repente a menor de suas preocupações.

— Basta voltar pela 80 aqui, sentido leste. Você vai cruzar a I-271 logo, logo. Dirija para o sul pela 271, e ela vai te levar de volta para a I-71. Vocês vão estar em Columbus em duas horas. — Com isso e um pequeno aceno, o velho, ignorando com quem tinha acabado de conversar, fechou a janela e saiu pela rodovia num estrondo.

Clyde e Bonnie o observaram ir embora, as mãos pressionadas nos bolsos, os olhos fixos no "Dodge 4 x 4" adesivado na traseira. Observaram até que ele estivesse fora da vista. Então, Bonnie se virou para Clyde.

— Você é um ex-presidiário? — perguntou, sem rodeios.

— Sim. Eu sou — disse ele, girando, os braços cruzados para se proteger do frio. — E, pelo visto, eu *fugi* com uma cantorazinha country bonita e indefesa, e todo mundo está procurando por mim! — Finn chutou o pneu da Blazer com a bota encharcada, encolhendo-se quando os dedos dos pés congelados bateram na superfície dura. — Porra! — Ele escancarou a porta do motorista e entrou, batendo-a em seguida para fechar. Olhou feio para Bonnie através do para-brisa amplo, desafiando-a, sabendo que não a deixaria, sabendo que ela também sabia disso.

Bonnie caminhou devagar para o lado do passageiro e entrou. A Blazer já estava aquecida, jogando calor no rosto deles e os incitando a retomar a jornada. Porém os dois ficaram ali, imóveis. Não de forma surpreendente, Bonnie foi a primeira a falar:

— Você disse que ia me contar sobre a tatuagem. A suástica. Mas nunca contou. E não contou porque teria que me falar que já esteve na prisão.

Não era uma pergunta. Ela somara dois e dois bem depressa. Quem disse que não era boa em matemática?

Quando Finn não respondeu ao seu pronunciamento de abertura, Bonnie tentou de novo:

— O velho disse que estão procurando um ex-presidiário, não um fugitivo. Então, suponho que você tenha cumprido a sua pena. Violou a condicional? Quer dizer, por ter saído do estado.

— Não. E não te devo explicações, Bonnie. — E não devia. Não devia nada a ela. Nesse ponto, ele achou que *ela* lhe devia uma. Das grandes.

— O que você fez? — perguntou ela, sem se abalar.

— Matei uma cantora country famosa.

Bonnie não riu. Ele não a culpava. Não era muito engraçado.

— Quanto tempo você ficou lá? Na prisão, quero dizer.

Finn segurou o volante e tentou conter a impotência que encheu seu peito e fez a palma de suas mãos suar. Não queria falar sobre aquilo.

Mas Bonnie queria.

— Anda, Clyde. Conta. Você já ouviu minha história triste. Vamos ouvir a sua.

— Cinco anos. Faz um ano e meio que eu saí — respondeu ele, cedendo, dando uma resposta curta e afiada, uma chicotada verbal que deixou Bonnie temporariamente aturdida. Mas ela ficou em silêncio por cinco segundos inteiros.

— E você tem vinte e quatro anos?

— Completei vinte e quatro em agosto. Oito do oito, lembra? Heil Hitler.

— O que isso significa? — Bonnie sibilou, ofendida, como ele pretendia deixá-la. Ele estava com raiva. Queria que ela também ficasse.

— Você não percebeu? Tenho uma suástica no peitoral esquerdo, e dois números 8 no direito. H é a oitava letra do alfabeto, Heil Hitler, HH, 88. A Irmandade Ariana tem todos os tipos de símbolos bonitinhos assim. Só acontece de coincidir com o meu aniversário. Legal, né? Conveniente também.

— O que você fez? — ela voltou à pergunta anterior. Talvez o lance de Hitler fosse demais.

— Meu irmão roubou uma loja de conveniência. Até hoje não sei o que ele estava pensando. Eu estava no carro. Não sabia que ele tinha uma arma, e não sabia que ia roubar a loja. Infelizmente, o proprietário também tinha uma arma. E sabia usá-la. O Fisher foi baleado. Ele correu para fora da loja, mas não antes de também puxar o gatilho. Não sei como ele conseguiu disparar, porque estava com um buraco enorme na barriga, mas eu ouvi os tiros e o vi cair. Eu o agarrei, coloquei no carro. Levei para o hospital. Ele morreu no caminho, e eu fui para a prisão. — Finn falou sem expressão, com frases curtas, como se não fosse grande coisa, apenas águas passadas.

— Seu irmão? — Bonnie parecia tão surpresa como ele tinha ficado quando ela contou sobre a irmã.

— Meu irmão gêmeo — ele respondeu, sem olhar para ela. Mas, depois de alguns segundos de silêncio, teve que olhar. Ela estava encarando o vazio. Lágrimas escorriam por seu rosto, e sua mão cobria a boca como se estivesse tentando segurar alguma coisa. Ele desligou a chave, desceu da Blazer e fechou a porta atrás de si. Precisava sair. Precisava se afastar dela. Só por um minuto. Sabia que devia ter contado sobre Fish quando ela lhe contou sobre Minnie. Porém tinha ficado atônito demais. As semelhanças pareciam erradas, estranhas, até mesmo falsas de alguma forma, e dizer isso a ela naquele momento pareceria como se ele estivesse tentando se aproveitar da história depois de ela ter exposto tudo.

Fish sempre tinha feito aquilo. Desde que tinham aprendido a falar, Finn compartilhava algo e Fish imediatamente tentava superar. Finn terminava o jantar e Fish pedia para repetir, mesmo que estivesse cheio demais para comer. Finn conseguia uma boa rebatida dupla no beisebol e Fish se matava para tentar um home run. Fazia controle de todas as suas estatísticas, as notas, as namoradas. Finn dizia alguma coisa, e Fisher sempre rebatia com: "Ah, é? Bom..." E Finn odiava. Odiava que Fish fosse tão competitivo. Tão entusiasmado, tão mandão. Odiava o fato de Fish sempre conseguir vencer pelo cansaço. Odiava o fato de sempre ceder a tudo o que Fish queria. Mas, acima de tudo, odiava quanto o amava, e quanto sentia sua falta.

Finn ouviu Bonnie atrás de si. A neve rangia sob as botas, e sua respiração era irregular. Ele notou, de repente, que sua própria respiração estava irregular.

— Por que você não me contou?

— Eu disse que tinha um irmão chamado Fisher.

— Mas um irmão gêmeo? Finn, eu... — Sua voz foi sumindo. Ela parecia tão sem palavras quanto ele havia ficado.

Em seguida, Bonnie passou os braços ao redor da cintura dele e apertou o rosto em suas costas. Bonnie nunca deixava de surpreendê-lo. Ele pensou que ela fosse ficar mais fria com a revelação, que se sentiria traída pelo fato de ele não ter compartilhado o que tinha para compartilhar. Em vez disso, ela estava com ele. Por um longo tempo, ficou abraçada a ele. E ali eles ficaram, na estrada, cercados pelo branco e nada mais.

— Ele morreu? — A voz dela era um sussurro atordoado, mais uma afirmação que uma pergunta, embora seu tom tivesse subido um pouco no final, como se ela não pudesse acreditar.

— Sim. Ele morreu. — Finn não chorava por Fish fazia muito tempo, mas sua boca tremeu quando ele confirmou aquela verdade. Fish tinha morrido. E tinha sido muito pior do que o que veio a seguir.

— Por que te mandaram para a prisão? — perguntou Bonnie, de um jeito abafado, seu rosto pressionado na jaqueta dele, mas ele a ouviu.

— Assalto à mão armada. Pena máxima de sete anos para réu primário.

— Mas você não atirou em ninguém e também não levou nada, certo? Você nem sequer tinha uma arma.

— Peguei a arma da mão do Fish. Joguei na parte de trás do carro, no chão. Minhas digitais estavam na arma. Eu estava lá com ele. Eu o ajudei a fugir — ele disse, soturno. Ele o havia ajudado a fugir. E Fish tinha ido para muito, muito longe. — Não foi difícil supor que eu tinha culpa. Nós dois estávamos chapados. E o Fish atirou no dono da loja. O cara quase morreu.

Finn quase podia sentir a consternação de Bonnie, seu espanto, avaliando o remorso dele, a veracidade da história, mas ela permaneceu em silêncio.

— Eles me ofereceram um acordo. Só fazia três dias que eu tinha completado dezoito anos, e não tinha antecedentes. Cinco anos e nenhuma acusação de tentativa de homicídio se eu confessasse porte de droga e assalto à mão armada. Eu teria saído em menos tempo, mas não me adaptei muito bem.

— Então você tatuou uma suástica... — Bonnie andou até ficar na frente dele. Estava mordendo o lábio, prendendo-o entre os dentes como se tivesse a resposta para seu dilema. — Ainda não entendi isso. Foi alguma coisa em que o Fisher também estava envolvido?

— Não! — Finn sacudiu a cabeça vigorosamente, não querendo que Bonnie pusesse aquilo na conta do irmão. — Fiz a tatuagem um mês depois que cheguei à penitenciária de Norfolk. Tentei impressionar uns caras, mostrando a eles o que eu podia fazer com números, com cartas. Não deu muito certo. Eles me deram uma surra, marcaram minhas costas e eu tive certeza de que, se não encontrasse uma gangue, ia morrer como o meu irmão, e logo. Então me juntei à única gangue que me aceitou.

Os olhos de Bonnie estavam arregalados, como se ela estivesse juntando as coisas.

— Engraçado — disse Finn, embora não fosse de jeito nenhum. — O que parece necessário no interior torna a gente uma aberração no exterior.

— Interior? — perguntou Bonnie.

— Os presos chamam a prisão de "interior".

— E o "exterior" é...

— A vida. A liberdade. Fora das muralhas. Achei que a tatuagem fosse necessária. Pensei que fosse a sobrevivência. No fim, porém, a tatuagem não me salvou. Fui salvo pelos números. Fui atacado, sim, mas tinha transmitido minha mensagem, e, algum tempo depois, pessoas começaram a me procurar, pessoas poderosas, e eu não precisava mais da tatuagem, no fim das contas.

Houve um longo silêncio entre eles, Bonnie o encarando sem dizer nada, Finn retribuindo o olhar, se perguntando se ela poderia realmente entender. Ele tocou o peito e os olhos dela seguiram seus dedos.

— A tatuagem é uma lembrança de que as escolhas feitas no desespero quase sempre são escolhas ruins. — Finn fez uma pausa, esperando que Bonnie estivesse pensando na própria escolha de subir na ponte. Ela também tinha ficado desesperada, e aquilo tinha sido uma escolha ruim. — Não tiro a camisa na praia ou na musculação, nem quando saio para uma corrida ou jogo com meus amigos. E nunca teria te mostrado. Está aqui, no meu coração, me fazendo parecer algo que eu não sou. Muito difícil de superar, eu sei. Mas está por cima do meu coração, não *dentro* dele. E espero que isso faça a diferença.

Bonnie assentiu, esticou o braço e colocou a mão esquerda sobre a mão direita de Finn, tirando-a de sobre o peito para que ela a pudesse segurar. Ele ficou tão surpreso que permitiu. A situação pairou entre os dois, e Bonnie envolveu as duas mãos menores na dele, aconchegando-a.

— Sinto muito por Fisher — disse, com sinceridade.

Finn fez um ruído desdenhoso e puxou a mão. Bonnie a pegou de volta e a segurou com firmeza, trazendo suas mãos unidas ao peito, deixando o braço dele descansar entre seus seios, a mão direita agarrada ao antebraço dele.

— Sinto muito que isso tenha acontecido com você, Finn. — Ela repetiu as palavras com uma veemência que o fez se voltar para ela num movimento brusco.

— Não faça isso, Bonnie! Não seja uma daquelas garotas que acham que eu preciso ser salvo! Você não pode me salvar. Eu não posso te salvar. Com certeza eu não salvei o Fish, e você não poderia salvar a Minnie, poderia?

A testa de Bonnie estava franzida, e havia resistência inscrita por todo o seu rosto.

— Poderia? — Ele estava sendo um cretino, mas era a verdade, uma verdade que ele não achava que Bonnie já tivesse aceitado.

— Não. — Seus lábios tremiam, e ela balançou a cabeça. — Não. Não poderia. Eu não salvei a Minnie.

Finn xingou, uma palavra feia para todos os sentimentos feios que havia em seu peito, e tentou puxar a mão. Em vez disso, puxou Bonnie junto.

— Mas você me salvou, Finn. — O rosto dela estava erguido para o dele. O braço de Finn estava preso entre o peito dela e o seu.

— Não, Bonnie. Eu interrompi o que você estava prestes a fazer. Se quiser morrer, você vai morrer. Você sabe disso, e eu sei. Só espero que mude de ideia, porque você é melhor do que isso. O Fish e a Minnie se foram. Talvez a gente tenha falhado com eles. Droga, eu não sei. Mas não vamos ajudar se pularmos de pontes.

— Sou mesmo? — ela perguntou, ainda agarrada à mão dele.

— O quê?

— Sou melhor do que isso?

— É! — Finn retrucou. — Você é!

Ela sorriu para ele então, apenas um torcer discreto de lábios, e um abrandamento dos olhos. Mas seu tom foi irônico quando ela disse:

— Você vai ter que decidir se me odeia ou não, Clyde.

— Eu não te odeio, Bonnie. — Como poderia odiá-la, com os lábios dela a centímetros dos seus, e os olhos cor de chocolate tão cheios de compaixão? — Só não sei que diabos fazer com você. E agora estou com a polícia atrás de mim, pensando que te sequestrei.

— Você não me odeia, mas não gosta muito de mim. — Bonnie ignorou a parte sobre a polícia procurar por ele. Ainda estava segurando a mão dele, e Finn se sentiu ridículo, irritado e mais do que um pouco excitado com a mão apertada entre os seios dela. Ele puxou de novo, mas Bonnie segurou firme.

— Eu gosto de você, Bonnie. — Que se danasse tudo. Ele gostava. — Mesmo assim, você precisa ligar para a sua avó, para o seu amigo chamado Urso, para todo mundo que precisa saber onde diabos você está, e esclarecer isso. Você entende? Lembra o que eu disse sobre jogos? Isto aqui não é um jogo. Isto é a minha vida, a minha liberdade, e eu não quero voltar para a prisão.

Bonnie suspirou, mas não respondeu. Apenas segurou firme a mão dele por mais um minuto e depois soltou. Juntos, caminharam de volta para a Blazer, subiram e, sem mais uma palavra, seguiram pela estrada.

Finn estava cansado e se sentia imundo, o resultado de dormir no carro durante toda a noite, usando as mesmas roupas por dois dias inteiros, e escovar os dentes com a neve e o dedo médio — sua maneira de dizer que estava P da vida com a mãe natureza. Precisavam encontrar um hotel e se recuperar. E Bonnie ia fazer os telefonemas, nem que ele tivesse de segurá-la e discar para ela.

8
composição contínua

O homem que tem sido visto com a cantora Bonnie Rae Shelby foi identificado como Infinity James Clyde, vinte e quatro anos, ex-presidiário da região de Boston. Clyde cumpriu cinco anos por assalto à mão armada e foi solto da Penitenciária de Norfolk, Massachusetts, em 2012. Um veículo registrado no nome de Clyde, uma Chevy Blazer alaranjada ano 1972, foi visto deixando o local nas duas vezes em que a jovem estrela foi avistada recentemente, contribuindo para sua identificação. A família de Bonnie Rae Shelby está convencida de que a srta. Shelby nunca havia se encontrado com Infinity James Clyde antes e não tinha nenhuma relação com ele antes de seu desaparecimento, o que leva a polícia a acreditar que a srta. Shelby conheceu Clyde ou foi coagida por ele, em Boston, onde foi vista pela última vez por sua família e amigos. Infinity James Clyde reside no sul de Boston e deixou a área na noite em que Bonnie Rae Shelby se apresentou no TD Garden.

Infinity James Clyde é um homem branco, com cerca de um metro e oitenta e oito de altura, noventa e cinco quilos e vinte e quatro anos. Tem cabelos loiro-escuros e olhos azuis e atualmente é procurado pelas autoridades para interrogatório. Se tiver qualquer informação que possa interessar à polícia, ligue para o número na parte inferior do vídeo.

Em poucos minutos eles estavam na 271, que, assim como o velho havia dito, acabou por cuspi-los de volta na 71. Seguiram em direção a Columbus, mas tinham gasto a maior parte da gasolina para se aquecer na noite anterior, e, não muito tempo depois, Finn saiu da rodovia e entrou em uma cidadezinha chamada Ashland para reabastecer. Bonnie não dizia uma palavra desde que haviam caído na estrada novamente. Ela era cheia de contradições. Na maioria das vezes, não conseguia ficar quieta, mas depois havia momentos como aquele, longos minutos em que ela se desligava e ia para outro lugar. Os dois tinham ficado em um silêncio contemplativo, olhando para qualquer lugar, menos um para o outro. Ela olhava para a frente, sem enxergar, e ele havia se fixado na estrada enquanto suas entranhas reviravam e sua mente se agitava. A paz da manhã havia sido destruída.

Ele parou no posto de gasolina, sentindo como se tivesse um alvo no peito, preocupado que a qualquer momento alguém se manifestasse e apontasse, gritando para a polícia, que o encurralaria e o levaria dali. Mas o mundo parecia alheio a ele, do jeito que normalmente era, e carros e caminhões cobertos de gelo sujo e neve entravam e saíam do posto, abastecendo e pegando carga, sem notar a velha Blazer alaranjada, nem seus ocupantes. O nó no estômago de Finn se aliviou ligeiramente.

Bonnie colocou os óculos de sol, saiu do lado do passageiro, sem olhar para a direita ou para a esquerda, e se dirigiu para dentro da loja de conveniência. Finn lavou as janelas cobertas de sal e granizo antes de perceber que Bonnie tinha colocado um crédito de setenta dólares na bomba. Ele supunha que era seu jeito de dizer que iam ficar juntos por mais alguns quilômetros. Ele apenas balançou a cabeça e começou a abastecer.

Finn geralmente era bom em entender as coisas, bom em desvendar equações complicadas e em esmiuçar soluções para os problemas que a maioria das pessoas nem sequer tenta. Ali estava ele, cercado por um problema complexo, intrigante e difícil de ser resolvido, e não era sobre matemática que ele estava pensando. Bonnie era uma mulher, e as funções e fórmulas que governavam uma não tinham qualquer influência óbvia sobre a outra. Bonnie deveria estar fugindo dele, o mais longe e mais rápido possível, mas nem com os maiores esforços ele conseguia compreendê-la.

Depois de abastecer, Finn entrou na loja para aproveitar a pausa para o banheiro e garantir um pouco de café para a viagem.

Bonnie assentiu para ele e ergueu dois grandes copos de isopor, indicando que estava um passo à frente. Finn não podia se queixar de que ela não fosse atenciosa. Ele retribuiu o aceno de cabeça e se dirigiu para o banheiro, mas não antes de notar que a atenção de Bonnie estava fixa numa criança sentada a uma das mesas no canto, com um sanduíche de café da manhã intacto na frente dela. A criança tinha a aparência lisa e careca de alguém que faz quimioterapia. Um gorro com um macaco de lã cobria sua cabeça, mas a falta de cílios e de sobrancelhas a entregava. Uma mulher sentou-se ao lado da menina, balançando um bebê no colo e falando ao celular. A mulher estava claramente agitada, e o bebê saltitante não estava sendo acalmado pelo movimento.

Quando Finn saiu do banheiro, cinco minutos depois, Bonnie tinha se aproximado da mãe e agora estava sentada à pequena mesa ao lado da menina, que sorria para ela timidamente. Finn engoliu um palavrão e sacudiu a cabeça com perplexidade. Manter a discrição não era meio importante?

Ele caminhou em direção à mesa. Bonnie o recebeu com um sorriso e deu um tapinha na cadeira ao lado dela.

— Finn, estas são Shayna e suas duas filhas, Riley e Katy. — Ela olhou para a menina quando disse Katy, então ele supôs que Riley era a bebê babona que agora felizmente mastigava um copo de papel. Finn não queria se sentar, mas sua altura e o fato de as mulheres estarem todas sentadas, olhando para ele, o forçaram a fazê-lo. — O carro de Shayna quebrou, Finn.

— Estávamos em Cleveland desde sexta-feira, no hospital infantil, e estamos a caminho de casa — Shayna apressou-se a explicar. — A transmissão do câmbio automático não estava funcionando direito, mas eu sempre conseguia convencê-la a cooperar. Só que parei aqui para abastecer e não consegui mais fazer o carro andar. Estou bloqueando uma bomba. O dono não está muito feliz comigo, eu acho, mas não consigo tirar o carro dali. Os pneus estão travados, porque o câmbio está enguiçado.

— O Finn é muito inteligente. Sei que ele pode te ajudar — disse Bonnie, balançando a cabeça e sorrindo para ele. Finn quase rosnou, mas Shayna parecia tão aliviada que ele colocou o café sobre a mesa e se levantou.

— Deixe eu dar uma olhada. Me mostre qual é o carro.

— Eu fico com a Riley e com a Katy, Shayna. — Bonnie estendeu os braços para a bebê, que se contorcia, e Katy pareceu completamente de acordo com a sugestão. Seus olhos estavam colados ao rosto de Bonnie, como se não pudesse acreditar no que estava vendo. Finn esperava de verdade que ela não fosse fã de Bonnie Rae Shelby, mas, dada sua sorte ultimamente, talvez estivesse esperando demais.

— Tem certeza? — Shayna estava na dúvida, olhando entre Finn e Bonnie como se não estivesse certa de que poderia confiar neles, mas sem saber quais outras opções tinha.

— Vamos ficar bem ali na janela, para que você possa nos ver e elas possam te ver, tudo bem? — Bonnie disse gentilmente, e todas foram atrás de Clyde quando ele seguiu uma linha reta até a saída. A frente da loja dava para as bombas ocupadas, e Bonnie acenou para eles ao pegar algumas moedas de vinte e cinco centavos na bolsa. Ela e Katy começaram a alimentar a máquina de adesivos à direita das portas dianteiras.

Shayna o levou a um Ford Fiesta verde que tinha visto dias melhores, oscilando sempre a atenção entre ele e as filhas, que a observavam de dentro da loja. Ela parecia exausta, e Finn sentiu remorso instantâneo por seus sentimentos envenenados. Ele entrou no carro e girou a chave, na esperança de que a mulher estivesse errada. O câmbio não se mexia. Ele desligou a chave e depois apenas acendeu o painel, ligando o rádio e as luzes interiores, mas não deu a partida. Em seguida, bombeou o pedal do acelerador algumas vezes e virou o volante. Tentou a chave mais uma vez. Sem sorte.

Clyde se lembrou de algo que tinha lido uma vez, um trecho de algum artigo popular sobre mecânica. Engraçado. Ele conseguia se lembrar até mesmo do número da página. Sua mente era assim, sempre associando um número a uma informação. Ele chamou Shayna e a fez seguir suas instruções: girar a chave para dar partida e bombear o pedal do acelerador, enquanto ele balançava de leve a parte de trás do carro.

— Veja se você consegue colocar em ponto morto — disse ele, e sentiu o momento em que o câmbio destravou.

— Você conseguiu! — Shayna gritou.

— Agora você gira o volante enquanto eu empurro. Vamos sair do caminho antes de tentar qualquer outra coisa.

Bonnie e as crianças vieram saltitando da loja, seguindo-os para o outro lado do estacionamento, certos de que ele tinha corrigido o problema. Mas, apesar do pequeno sucesso, o carro ainda não engatava a marcha, e Clyde não se atreveu a colocá-lo na posição de estacionar, por medo de que enguiçasse de novo. Tentou tudo em que podia pensar e então olhou para a jovem mãe, derrotado. Ela estava com a mandíbula cerrada e piscava com força. Finn conseguia perceber que Shayna estava prestes a chorar.

— De onde vocês são? — perguntou ele.

— Moramos em Portsmouth.

— Onde fica Portsmouth?

— Bem ao sul daqui, umas três ou quatro horas de viagem. Meus sogros vivem na Carolina do Norte, então não podem ajudar, mas eu posso ligar para os meus pais. Só que eles trabalham e só podem sair depois das seis. — Era meio-dia.

— Marido?

— Meu marido está no Afeganistão.

Merda.

— Finn? — Bonnie só tinha de dizer o seu nome, e Finn sabia o que ela queria. Ela esperou, com os olhos nos dele.

— Vamos levar vocês para casa — Clyde disse, antes que pudesse pensar muito a respeito. — Não é tão fora do nosso caminho. — Apenas três horas.

— Não posso deixar o carro. Tenho que levá-lo de volta para Portsmouth, e não posso pagar um reboque para toda essa viagem. — Shayna estava tentando manter o controle, mas a perda do carro era aparentemente a gota-d'água.

— Finn?

Clyde não tinha ideia de por que aquela única palavra era tão eficaz quando saía dos lábios de Bonnie, mas ele se percebeu sugerindo algo tão horrendo que só podia questionar se Bonnie usava a voz para controlar mentes. Talvez fosse por isso que ela era uma superestrela.

— Vamos colocá-lo atrás da Blazer. Eu tenho um engate e posso conseguir umas correntes. Vai ser uma viagem lenta, mas vamos levar vocês para casa.

Bonnie sorriu para ele. É. Controle da mente.

Finn foi arranjar as correntes, e Bonnie ficou de um lado para o outro, arrumando malas e caixas para liberar o banco do meio. Shayna pegou o que precisava de seu carro, e as mulheres voltaram para dentro, para uma última visita ao banheiro.

Dentro de meia hora, o Ford Fiesta verde estava sendo guinchado pela velha Blazer, viajando à velocidade alucinante de setenta quilômetros por hora. Ia ser uma longa, longa viagem. Finn quase desejou que a polícia o fizesse encostar e o levasse preso.

⁕

PEGUEI O VIOLÃO DE FINN CERCA DE MEIA HORA DEPOIS DE COMEÇARMOS a viagem. Eu o tinha colocado na frente para dar espaço às passageiras, e tinha cantado algumas músicas só para mantê-las entretidas. Eu tinha plena certeza de que a pequena Katy sabia exatamente quem eu era. Finn tinha plena certeza também; ele não parou de disparar olhares para mim, e eu fiquei retribuindo com sorrisos. Ele precisava relaxar. Não tinha feito nada de errado, e ninguém ia mandá-lo para a cadeia. Era evidente que ele não estava acostumado a ter pessoas falando a seu respeito, a ter notícias sobre ele, a ter de conviver com o mundo inteiro achando que podia cuidar da sua vida só porque ele vendia discos. Eu não estava preocupada com a polícia, e sem dúvida não estava preocupada com a possibilidade de Katy Harris, sua mãe e sua irmãzinha ligarem para os tabloides no minuto em que chegassem a Portsmouth.

— Seu nome é Bonnie e você canta igualzinho à Bonnie Rae Shelby — disse Katy, a voz baixa e os olhos arregalados. — Você se parece com ela também, mas com o cabelo diferente.

— Isso é porque eu *sou* Bonnie Rae Shelby — respondi.

Finn olhou para mim e revirou os olhos. Mostrei a língua, e Katy riu.

— Por que você cortou o cabelo? — Katy, era óbvio, não tinha problema nenhum em acreditar que eu era quem eu disse que era.

— Eu precisava de uma mudança — menti. Ela não tinha de saber sobre a crise que enfrentei por causa da minha semelhança com Hank. — Pensa só: seu cabelo vai ficar do tamanho do meu logo, logo, e aí você vai poder dizer que tem o cabelo da Bonnie Rae, certo?

— Certo! Só que o meu cabelo é loiro... quando eu tenho cabelo, quer dizer.

— Bom. Eu só vou precisar ficar loira de novo pra gente parecer gêmeas. Você me manda umas fotos para eu poder usar a cor certinha?

A mãe de Katy, Shayna, estava olhando para mim com a boca escancarada. Ela piscou algumas vezes e, em seguida, fechou os lábios sem dizer uma palavra.

— Canta outra música? — pediu Katy.

— Claro. Qual é a sua preferida?

— Eu amo todas. Você escolhe.

— Bem, o Finn gosta de uma música chamada "Goober Peas". Acho que a bebê Riley também vai gostar.

Finn apenas sacudiu a cabeça, e eu tentei não rir. Ele reclamava de tudo. Comecei uma versão entusiasmada de "Goober Peas", da qual a bebê, de fato, gostou, chutando as perninhas gordas na cadeirinha, mas Finn estremeceu.

— Tem uma canção que meu pai cantava, chamada "Down in the Valley". É meio triste, mas a Riley parece um pouco sonolenta. Talvez eu possa cantar para ela dormir, o que vocês acham? — Shayna parecia pronta para desmaiar também, e talvez, se a bebê dormisse, ela ganharia um cochilo muito necessário.

— Tá. — Katy sorriu, concordando com a cabeça.

Down in the valley, valley so low
Hang your head over, hear the wind blow
Hear the wind blow, love, hear the wind blow
Hang your head over, hear the wind blow.

Roses love sunshine, violets love dew
Angels in heaven know I love you
Know I love you, love, know I love you
Angels in heaven know I love you.*

Tive de parar de repente, pois as palavras mexeram comigo. Katy havia tirado a touca de macaco e deitou a cabeça no colo da mãe. Seu pescoço fino mal parecia suficiente para segurar a cabeça careca, e sua mãe acariciou a pele lisa enquanto eu cantava. Houve um tempo em que Minnie tinha ficado como Katy, careca e tudo o mais, e a vista da cabecinha sem cabelos de Katy era quase mais do que eu podia suportar.

Finn olhou para mim, o olhar afiado, sem perder muito do que estava acontecendo, eu tinha certeza, e toquei mais alguns acordes no violão, tentando controlar a emoção que me pegou desprevenida. Foi o verso sobre os anjos no céu, supus. Pisquei para Finn, fingindo que estava tudo bem, e cantei uma estrofe diferente, que não me faria pensar em Minnie.

---

* "No vale lá embaixo, bem abaixo/ Levante a cabeça, ouça o vento soprar/ Ouça o vento soprar, amor, ouça o vento soprar/ Levante a cabeça, ouça o vento soprar.// Rosas amam a luz do sol, violetas amam o orvalho/ Anjos no céu sabem que amo você/ Sabem que amo você, amor, sabem que amo você/ Anjos no céu sabem que amo você."

Write me a letter, send it by mail
Send it in care of the Birmingham jail
Birmingham jail, love, Birmingham jail
Send it in care of the Birmingham jail.*

— Legal, Bonnie Rae — disse ele, em voz baixa. Pisquei de novo e soprei um beijinho na sua direção, para que ele soubesse que eu só estava brincando. Eu poderia ter mudado as palavras para Penitenciária de Norfolk, mas tinha muitas sílabas e não rimava.

— Ele está na cadeia? — perguntou Katy.

Parei de tocar, surpresa.

— Quem?

— O cara da música — ela respondeu. — Ele está na cadeia, e ela é um anjo no céu?

— Não. Quer dizer, sim. Ele está na cadeia, mas ela não é um anjo... Ela só é uma garota que ele ama, e ele quer que ela o ame também — disse eu.

— E que escreva cartas pra ele? — perguntou Katy.

— Isso. Ele quer que ela escreva cartas enquanto ele está na prisão — respondi alegremente.

Finn deu o suspiro de um homem a quem restava pouca paciência. Fiz meu melhor para não rir.

— Tem outra estrofe, Katy. Você vai gostar desta. Fala sobre um castelo.

Build me a castle, forty feet high
So I can see her as she rides by
As she rides by, dear, as she rides by
So I can see her as she rides by.**

---

* "Escreva-me uma carta, envie pelo correio/ Envie aos cuidados da prisão de Birmingham/ Prisão de Birmingham, amor, prisão de Birmingham/ Envie aos cuidados da prisão de Birmingham."

** "Construa-me um castelo, doze metros de altura/ Para que eu possa vê-la passar/ Vê-la passar, querida, vê-la passar/ Para que eu possa vê-la passar."

— É a Rapunzel! — Katy sussurrou e tentou se endireitar, levantando do colo da mãe.

Os olhos de Shayna estavam ficando pesados, e a menina saiu de debaixo do braço dela para vir para a frente, até ficar entre os bancos dianteiros, em completa sintonia com a música, que, pelo jeito, era outra favorita sua. Não ressaltei que era o homem no castelo e a menina que passava andando.

— É meio que nem você, Bonnie. Você também cortou o cabelo comprido. Como a Rapunzel.

— Isso mesmo, Katy. Isso porque uma bruxa velha e malvada me trancou na Torre dos Discos, e eu tive que esperar meu namorado sair da cadeia e vir me resgatar.

— Que por... droga é essa que você está falando? — perguntou Finn, consertando o xingamento no último minuto, pelo bem da menina, que estava atenta a cada palavra.

Bufei quando vi o olhar incrédulo no rosto dele, e Katy deu uma risadinha.

— Bonnie Rae — Finn disse, com a voz sufocada, finalmente rindo —, podemos, por favor, mudar de assunto?

— Cantar é o que eu faço de melhor. Por que você não distrai um pouco as passageiras, Clyde?

— Em que você é bom, Clyde? — perguntou Katy, docemente.

— O Finn é bom em matemática — respondi quando ele ficou em silêncio.

— Ah, é? Quanto é vinte vezes vinte? — Katy desafiou.

— Quatrocentos — respondeu Finn. — Mas essa não foi muito difícil. Aposto que você também sabia.

— Pergunte a ele uma coisa que você não saiba. Uma coisa bem difícil — instruí.

— Quanto é seiscentos e noventa... e cinco — Katy franziu o nariz, tentando deixar o número tão complicado quanto podia. — Vezes quatrocentos e... cinquenta e dois?

Finn mal parou para pensar.

— Trezentos e catorze mil, cento e quarenta.

Katy e eu o encaramos. Tenho certeza de que o meu rosto se assemelhava à expressão atordoada de Shayna de não muito tempo antes. Eu deveria saber.

Katy imediatamente vasculhou a bolsa da mãe, entre cupons fiscais amassados e elásticos de cabelo, até pegar uma pequena calculadora vermelha que parecia ter vindo de brinde em alguma comida de criança. Ela perguntou a Finn várias outras contas, verificando as respostas no pequeno dispositivo. Uma vez ela cantarolou que ele tinha errado, apenas para perceber que ela é que tinha digitado os números errados.

Ela continuou com aquilo por pelo menos meia hora, e Finn respondeu certo e depressa em todas as vezes.

Katy estava deslumbrada. Eu estava deslumbrada. Ela continuou a desafiá-lo, até que Finn me lançou um olhar de soslaio e formou a palavra "socorro" com os lábios.

— Quanto é infinito mais um? — interrompi Katy, fazendo a Finn minha própria pergunta.

— Ainda é infinito — respondeu ele, com um suspiro.

— Errado. É dois.

— Ah, é? Como foi que você chegou a essa conclusão?

— Infinito — disse eu, traduzindo o nome "Infinity" e apontando para Finn. Depois apontei para mim e disse: — Mais um. Ou seja, dois, gênio.

— Eu queria muito não ter te falado o meu nome.

— Ha, te peguei! Você acha que é tão bom em matemática, mas acabei de ganhar de você.

Katy aplaudiu, e eu a distraí ainda mais:

— Aqui, Katy. Tenho um truque ainda mais legal que o do Finn. Posso te mostrar como escrever *poop*, "cocô" em inglês, na calculadora... Isso sim é incrível. — Peguei a calculadora de suas mãozinhas e comecei a ensinar a ela um pouco de humor excêntrico que toda criança deveria saber.

Finn pegou a calculadora da minha mão, digitou alguns números e me devolveu. Quando virei o aparelho de cabeça para baixo, estava escrito "hILLBILLI", "caipira". Bem, isso sem dúvida eu era.

9
in.fin.ito con.tável

A viagem, que deveria ter levado três horas e meia, levou quase seis. Entramos em Portsmouth depois que o sol já tinha baixado. Shayna vivia na parte oeste da cidade, do outro lado do rio Scioto, e disse que ainda dava para ver o que restava do antigo canal Ohio-Erie, mas estava bastante encoberto e, no escuro, era impossível enxergar. Na verdade, eu estava cansada demais para me importar muito com qualquer vista. A bebê havia dormido a maior parte do caminho, o que provavelmente significaria uma noite em claro para sua mãe, mas isso havia tornado a viagem mais suportável. Katy e Shayna também tinham cochilado, mas eu fiquei acordada com Finn, observando a paisagem de Ohio passar por nós, ponderando as voltas e reviravoltas do destino e da fama, querendo saber como tudo isso acontecia.

Tínhamos parado uma vez para ir ao banheiro e comer, e eu insisti em pagar. Shayna deixou. Eu percebia que havia coisas que ela queria dizer, mas, por algum motivo, ela se continha. Com Shayna nos orientando nos últimos quilômetros, finalmente nos encontramos em frente à casa dos Harris, um pouco depois das seis horas da tarde. Ajudei a transportar crianças e bagagem para a casa térrea bem-arrumada enquanto Finn desconectava o Fiesta da traseira da Blazer. Eu me referia ao carro como "festa nos fundos". Entendeu? Fiesta? Na traseira? É. Ninguém mais achou que fosse muito engraçado.

Katy estava dormindo a essa altura. Embora ela fosse grande para ser carregada para a cama e ainda fosse o início da noite, eu a peguei, embalando o corpinho franzino nos braços, sabendo que minha ternura por ela era parcialmente devida à sua doença. A doença de Minnie. Eu até tinha me traído e a chamado de Minnie uma vez na longa viagem. Ela me olhou sem entender, e eu gaguejei e corrigi imediatamente, mas Finn me lançou um olhar. Ele não deixava muita coisa passar, mas eu realmente gostaria que não tivesse percebido aquilo.

Shayna me mostrou onde ficava o quarto de Katy. Passei pela porta e a deitei na cama, desamarrei seus tênis e puxei o cobertor até seus ombros. Endireitei o corpo, dei alguns passos para trás e notei que os pôsteres na parede eram quase todos meus. Estranho. E também meio legal. Encontrei uma caneta preta entre um punhado de cores que despontavam de um porta-lápis de lata sobre uma cômoda cheia de lápis de cor, tintas e desenhos. Dei a volta no quarto e autografei todos os pôsteres.

— Bonnie Rae?

Eu me virei e Katy estava olhando para mim, sonolenta, tentando manter os olhos abertos.

— Não quero que você vá embora.

— *Não quero que você vá embora.* — Minnie tinha dito a mesma coisa na noite anterior à minha partida para Nashville pela primeira vez. *Eu me agarrei a ela, e ela me apertou também.*

— *Então eu não vou* — *respondi, simplesmente.* — *Vou ficar aqui. Tem todo ano.*

Ela suspirou e me soltou, afastando-se para longe de mim em nossa cama de casal.

— *Não. Só estou um pouco triste. Você precisa ir, Bonnie. Você vai vencer. Posso sentir isso. Aí você vai ganhar um milhão de dólares, e nós vamos viajar pelo mundo inteiro juntas.*

Eu também estava triste. Assustada. Nunca tinha passado uma única noite longe da Minnie. Não em todos os nossos quinze anos.

— Você não pode vir comigo? — perguntei. Eu sabia a resposta. Já tínhamos falado sobre isso.

— Você sabe que só tem dinheiro suficiente para você e a vovó. — E ela estava muito doente para ir. Também estava muito doente para eu deixá-la.

— Você não pode ficar? — A voz de Katy. Não a de Minnie. Katy estava tentando se sentar, e eu agachei ao lado de sua cama.

— Onde eu vou dormir? — Tentei sorrir. — Eu não caibo na sua cama. E o Finn? Acho que a Riley não vai emprestar o berço dela.

Ela riu com o pensamento de Finn no berço da Riley.

— Você e Finn devem estar tão cansados quanto a gente — disse Shayna, da porta, e Katy e eu olhamos para ela.

— Olha, mamãe. A Bonnie Rae autografou todos os meus pôsteres. — Katy apontou para as paredes.

— Ah, sim. — Shayna estava com o mesmo olhar confuso de quando eu disse a Katy quem eu era. — O que... Quer dizer, eu sei que não é da minha conta, mas o que você... está fazendo?

— Achei que eu devia tornar os pôsteres valiosos, caso vocês queiram vender. — Eu me senti um pouco idiota sugerindo que minha assinatura fosse algo especial, mas Katy parecia satisfeita.

— Não! Não estou falando dos pôsteres. O que você e Finn vão fazer esta noite? Vocês deviam ficar aqui. O sofá na sala de TV vira cama.

— Isso! Isso! Você e eu podemos dormir na sala de TV e fazer uma festa do pijama! — Os olhos de Katy estavam enormes, e ela já não parecia nem um pouco sonolenta. Estava em pé e fora da cama no mesmo instante.

— Devagar, Katy. Você sabe que sente tontura — disse Shayna.

Pensei ter ouvido Finn entrar pela porta da frente. Era provável que ele estivesse ali, logo na entrada, sentindo-se estranho e não se atrevendo a se aventurar mais longe.

— Acho que Finn, Bonnie e você não cabem no sofá-cama. Um pouco apertado, mocinha, não acha? — Shayna estava tentando desencorajar a festa do pijama, e Katy não queria nem saber.

— Preciso fazer xixi! Não vai embora, Bonnie, tá?

Fiquei em pé e fui para a porta, querendo tranquilizar Finn. Querendo ter certeza de que ele não fosse embora sem mim.

— Vi alguma coisa sobre você e Finn em um daqueles programas de fofocas no hospital — Shayna deixou escapar quando passei por ela. — Estava zapeando pelos canais. Parei quando vi que estavam falando de você, pensando que a Katy ia querer assistir, mas ela tinha dormido. Disseram que você foi sequestrada ou algo assim. Tentaram ser sérios, mas, no geral, só pareciam animados. Fiquei muito triste por você, e achei bom que a Katy estivesse dormindo. Ela teria ficado chateada de pensar que você tinha sido sequestrada.

— Pode contar com esses programas para entender tudo errado — falei, forçando uma risada. — O Finn não me sequestrou, claro. Acho que você pode ver que eu estou bem. E ele é um cara legal.

— Então você está... bem?

— Me diz uma coisa, Shayna. Eu pareço estar em apuros? O Finn parece ser o tipo de cara que sequestra estrelas pop em troca de resgate?

— Não — ela disse, com um sorriso. — Na verdade, se eu tivesse de adivinhar, diria que foi você quem o sequestrou.

— Shayna, você é uma mulher inteligente — brinquei, dando um tapinha em seu ombro. E ela riu.

— Por que você nos ajudou? — Sua risada desapareceu, e seus olhos ficaram brilhantes de repente, como se ela quisesse chorar.

— Porque vocês precisavam de ajuda. — Dei de ombros. — E a minha irmã também tinha leucemia. — Droga. Senti a emoção surgir também em meus olhos.

— Finn? — Katy saiu correndo do banheiro e disparou por nós no corredor, à procura de Finn, e eu a segui com gratidão, não querendo continuar a conversa delicada com a mãe dela. — Finn? — Katy chamou novamente e correu para a frente da casa.

Finn estava sentado nos degraus da porta. Eu tinha imaginado errado. Ele nem sequer tinha entrado, embora Shayna tivesse deixado a porta aberta e escorada, dando-lhe as boas-vindas.

— Finn! Bonnie e eu vamos dormir no sofá-cama. Vamos fazer uma festa do pijama. Você vai dormir na minha cama.

E era isso. Iríamos ficar. Não se dizia não a uma garota como Katy. Finn apenas fechou os olhos brevemente e evitou meu olhar, mas parecia resignado com o fato de que aquilo fazia tanto sentido quanto todo o resto. Quando Shayna agradeceu a ele profusamente e lhe arranjou um par de botas militares quase novas, alegando que eram muito grandes para seu marido, ele as aceitou com discreta dignidade. Eu também tinha notado que as botas dele estavam surradas e que seus pés ficavam molhados o tempo todo. Tinha até feito meus próprios planos de substituí-las quando pudesse. Talvez tivesse sido melhor assim. Finn não parecia gostar quando eu pagava as coisas por ele.

Shayna começou a preparar o jantar — espaguete —, e Finn saiu por um tempo, alegando que precisava fazer um pouco de exercício. Resisti à vontade de ir junto, por mais que eu ansiasse por esticar as pernas e combinar meu passo com o dele. Eu era patética e estava carente, e nós dois sabíamos disso. Eu não gostava de me sentir assim quando dizia respeito a ele. Além disso, realmente pensei que Finn pudesse explodir se eu pedisse para ir junto. Ele vestiu uma bermuda de basquete, uma camiseta, calçou um par de tênis de corrida gastos e saiu pela porta, o cabelo afastado do rosto, a expressão pétrea.

Ele ficou fora por uma hora, mas, quando finalmente entrou pela porta, pingando suor, parecia um pouco menos explosivo que antes. Ainda assim, mesmo suado e mal-humorado, ele era impressionante. Shayna tentou não encarar quando o informou sobre toalhas limpas no banheiro e disse que ele podia ficar à vontade para usar o chuveiro. Fazia um tempo que não havia um homem na casa, ao que parecia, e Shayna olhou para mim como se pedisse desculpas, como se estivesse tendo pensamentos lascivos e se sentisse culpada. Ela mordeu o lábio e se virou, e eu me senti mal por ela, mais uma vez. Shayna Harris estava fazendo malabarismo com um monte de porcarias. E eram merdas incrivelmente difíceis de equilibrar ao mesmo tempo. Não importava quanto a pessoa se esforçasse e tentasse, tudo ainda desabava e escorregava por entre os dedos, e, mesmo se ela conseguisse manter tudo no ar, ainda assim fedia.

Depois do jantar, com a permissão de Finn, dei uma lixada no velho violão, e Katy e eu desenhamos pequenas flores por toda parte, entrelaçando-as com longos ramos verdes enrolados. Pintamos as flores em tons diferentes de rosa, usando algumas das pequenas tintas sobre a cômoda de Katy. Quando terminamos, Katy e eu assinamos nosso nome na parte de trás, e Shayna aplicou um verniz transparente para selar nossos esforços. Eu percebia que ela era uma daquelas mulheres habilidosas que são boas em fazer latas e ervas daninhas ficarem bonitas.

Finn disse a Katy que ela podia ficar com o violão, que seria um item de colecionador algum dia. Acho que Katy não sabia o que ele queria dizer, mas eu esperava que Shayna soubesse e disse que, se ela precisasse de dinheiro, não deveria ter medo de vendê-lo. Eu enviaria um novo a Katy para substituir aquele. Também deixei três mil dólares em seu pote de biscoitos. Fiquei frustrada por não poder deixar mais, afinal eu *tinha* muito mais. Só não podia *colocar as mãos* em mais no momento, e precisava ter certeza de que ainda sobrasse algum dinheiro para nos levar até Vegas.

Eu não sabia por que precisava tanto chegar a Las Vegas. Não havia nada para mim lá, mas eu estava focada, como se fosse a fita que marcava uma linha de chegada, como se a própria viagem detivesse as respostas para minhas perguntas. E acreditei que, se eu pudesse pelo menos usar os dias que demoraria para chegar até Vegas, só alguns, eu poderia aprender a viver de novo.

꩜

É POSSÍVEL SE APAIXONAR POR UMA VOZ? FINN FECHOU OS OLHOS e ouviu do pequeno quarto, deitado na pequena cama, coberto com uma manta rosa, cercado por imagens em tamanho real de Bonnie Rae Shelby em trajes sumários e cachos loiros e longos, fazendo amor com o microfone. Katy pedia uma música atrás da outra, e Bonnie Rae estava dando à doce menina de dez anos um show particular... de pijama. Isso sim era realizar desejos.

Você poderia pensar que ele estivesse olhando para os pôsteres enquanto a ouvia cantar. Porém Finn não olhava. Não precisava. A coisa real estava a um cômodo de distância. Assim, ele havia desligado as luzes, deitado na cama, e agora estava com os olhos fechados, apenas ouvindo.

Ele ouviu risos — infantis e adultos — e se perguntou como Bonnie ainda estava a todo vapor, às dez da noite. Ele estava exausto, e Bonnie não tinha dormido mais do que ele nas últimas vinte e quatro horas. E ela ainda não havia tomado banho ou tido um minuto para si mesma. Ele ficou se perguntando se aquele momento com Katy era bom para ela; talvez a ajudasse a se recuperar. Era a única razão pela qual ele não havia insistido que fossem embora. Ele queria pegar a estrada. Precisava pisar fundo e deixar Portsmouth para trás, voltar ao eixo.

O que havia acontecido com o seu roteiro, a viagem pela qual ele havia ficado tão ansioso que nem sequer tinha esperado o dia amanhecer para sair de casa, como originalmente planejado? Não tinha conseguido dormir naquela última noite em Boston, a noite em que encontrou Bonnie na ponte. Ele tinha ido para a cama, ficou deitado lá por uma hora e então pensou: *Por que esperar?* Assim, dobrou as roupas de cama — a única coisa que restava em seu apartamento de porão — e se vestiu. Depois saiu. Sua mãe trabalhava no turno da noite no hospital, de modo que também chegaria em casa por volta de meia-noite. Ele planejou ir encontrá-la assim que ela chegasse, se despedir e cair na estrada. Esse era o plano. Era sábado. E aquele plano, bem como todos os outros desde então, tinha ido por água abaixo.

Agora era terça-feira. Apenas três noites depois. E ele estava em uma casa estranha, em uma cama de criança, no sul de Ohio.

Finn quase riu, tão absurdamente perplexo e incrédulo que rir era a única coisa que ele poderia fazer de verdade. Esfregou o rosto, cansado demais para ceder à vontade de se lamentar, e apenas suspirou em vez disso, notando com cansaço que Bonnie Rae tinha encerrado o concerto e estava dando boa-noite a Katy, prometendo que voltaria depois de tomar banho, pedindo à menininha para tentar dormir.

Bonnie Rae tinha chamado Katy de Minnie. Só havia acontecido uma vez, mas ele tinha visto o olhar abalado de Bonnie antes que ela se corrigisse e desse um tapinha afetuoso no rosto de Katy. Era o mesmo olhar que tinha exibido quando ficou observando a família na loja de conveniência, antes de fazer amizade com elas.

O banheiro era logo ao lado do quarto de Katy. Ele viu a luz se derramar no corredor quando Bonnie entrou, então observou a claridade se estreitar até uma longa linha fina, vazando por baixo da porta quando Bonnie a fechou. O chuveiro veio depois, o som calmante, como a água corrente sempre era. Alguém lhe dissera na prisão que a voz de Deus era como água corrente. Era por isso que os bebês gostavam do sussurro. Era por isso que o som acalmava as pessoas e as fazia dormir. Ele se perguntou como alguém conheceria o som da voz de Deus. Ainda mais alguém condenado por homicídio.

Estava quase pegando no sono quando ouviu Bonnie chorar. Tinha certeza de que dessa vez não tinha nada a ver com o cabelo curto e a semelhança com Hank, seu irmão sem atrativos. Ela chorava como se tivesse segurado o choro o dia todo. Talvez tivesse feito isso. Talvez ficar com Katy não tivesse sido uma boa ideia. Ele se sentou imediatamente, se perguntando se deveriam ir embora, se ele precisava tirá-la dali.

Então ele xingou, alto e sujo, puxou o cabelo e se deitou. Salvá-la não era tarefa sua! Ele não podia salvá-la! Não tinha dito a ela, naquele mesmo dia, para não tentar salvá-lo? Era tudo papo-furado. E estarem ali era culpa dela, para começo de conversa! Ele puxou o travesseiro sobre a cabeça para não ouvi-la mais. Pronto. Assim era melhor. A voz de Deus não era como água correndo, era o silêncio.

Finn se forçou a dormir, segurando o travesseiro enterrado no rosto. Mas a luz se infiltrou pelas beiradas quando Bonnie saiu do banheiro, e o corredor ficou escuro de novo quando ela apagou a luz. Finn tirou o travesseiro do rosto e o amassou sob a cabeça, dizendo a si mesmo que ainda não estava ouvindo. Não estava ouvindo e estava se esforçando. Com todos os músculos, ele estava se esforçando para ouvir.

— Finn? Está acordado? — Ele a ouviu tocar nas paredes, tentando encontrar o caminho até a cama onde ele estava. Quando a alcançou, ela se sentou com cuidado na beirada.

— Estou — ele admitiu baixinho. Bonnie sentou-se por um minuto, sem dizer nada, e ele não exigiu um motivo para sua presença.

— Você ainda sente falta do Fisher? — ela sussurrou, enfim.

Ele podia dizer que não. Talvez ela precisasse ter certeza de que a dor iria embora algum dia.

— Sinto — disse ele. Grande conforto para ela. — Ainda falo com ele às vezes. O Fish e eu também éramos idênticos. Às vezes, quando me olho no espelho, imagino que é ele. Falo com o meu reflexo. É idiota. Mas eu sinto falta dele.

— Não aguento olhar para mim pelo mesmo motivo. Tudo o que vejo é ela.

— Você devia olhar. Se permita olhar. Se isso faz você se sentir melhor, se permita fingir.

Finn a ouviu fungar no escuro.

— É melhor do que ver o Hank. Certo? — Ele estava tentando fazê-la rir, mas não sabia se tinha funcionado. Estava muito escuro e ela estava parada demais.

— Você já sentiu como se tivesse esquecido de alguma coisa, só para depois perceber que não era algo, era alguém... era o Fisher? Eu me sinto assim o tempo todo. Como se eu tivesse esquecido de alguma coisa importante... e eu vou verificar se não deixei meu celular, minhas chaves, minha bolsa. Depois percebo que é a Minnie. Eu perdi a Minnie.

— Minha mãe costumava dizer que o Fish e eu éramos os dois lados da mesma moeda. O Fish dizia que ele era a cara, e eu o bundão.

Não coroa; eu era bundão. Se for verdade, acho que ele nunca vai estar perdido. Enquanto eu existir, ele também vai existir. Não dá para perder o outro lado da moeda, certo?

— Vocês eram parecidos?

— Só na aparência. Ele era destro, eu sou canhoto. Ele era aleatório, eu sou sequencial. Ele falava alto, eu sempre fui um pouco tímido.

— Parece eu e a Minnie — disse Bonnie. — Só que eu sou como o Fisher, e ela era mais parecida com você.

Finn sorriu no escuro. Sim. Ele tinha percebido isso sozinho.

— Finn? Eu sou gêmea. Você é gêmeo. Mas os nossos irmãos gêmeos foram embora. Então, o que isso faz de nós? Metades?

Ele esperou, não tendo certeza de como responder. Bonnie suspirou quando ele não falou nada. Os olhos se adaptaram à escuridão, e ele olhou para a silhueta sombria de Bonnie, empoleirada ao lado de seus pés, na cama pequena. Então ela se enrodilhou como um gatinho, apoiando a cabeça nas pernas dele, como se não tivesse intenção de sair dali.

— Quando o Fish era vivo, tentei impedir que os números na minha cabeça se derramassem sobre tudo o que fazíamos juntos. Às vezes ele ficava com ciúme. Ele se sentia excluído pelo fato de eu e meu pai adorarmos matemática e ele não entender nada. Ele era muito, muito competitivo. E eu não sou. — Finn deu de ombros na escuridão, tentando se livrar do peso das lembranças. — Eu só queria que ele fosse feliz. Eu queria que a minha família ficasse junta. E, desde que eu era criança, ali estava o Finn que amava números, o Finn que alegremente lia sobre Euclides, Cantor e Kant. E depois tinha o Finn que todo mundo chamava de Clyde, o Finn que jogava bola e saía com Fish e com um bando de garotos do bairro. Garotos que estavam sempre metidos em coisa errada, fumando baseado, bebendo demais e perseguindo garotas que eu não queria pegar. Eu fiz isso pelo Fish. Sempre pelo Fish. Nunca disse "não" para ele. Nesse aspecto, sempre fui dividido em dois.

— Eu nunca me senti assim. A Minnie nunca agiu como se se importasse com a atenção que eu recebia. Espero que não. Espero que ela não tenha sido apenas boa em esconder isso. É possível. Ela escondeu outras coisas de mim.

Bonnie parecia triste e amargurada, e Finn imaginou que houvesse uma parte dela que tinha raiva de Minnie, do jeito que ele tinha ficado com raiva de Fish por um longo tempo. Talvez fosse doentio e errado se sentir zangado, mas o coração não entendia lógica. Nunca tinha entendido. Nunca entenderia. A evidência dessa verdade estava enrodilhada em seus pés, na ponta da cama.

— Ela não me disse como estava mal, como estava doente — continuou Bonnie. — Toda vez que a gente conversava, ela dizia que estava se sentindo melhor. Ela não me alertou. Ela sabia que eu voltaria para casa imediatamente. Eu também nunca disse "não" para a Minnie. Teria feito qualquer coisa por ela.

— Talvez seja por isso que ela não te chamou, Bonnie.

Ele a sentiu sacudir a cabeça em suas pernas, rejeitando a sugestão.

— Mas ela me deixou sem uma palavra, Finn!

— O Fish também foi embora sem uma palavra, Bonnie. Em um minuto ele estava olhando para mim enquanto eu tentava estancar o sangue que bombeava para fora dele. No minuto seguinte, ele foi embora. Sem dizer uma palavra.

— Que palavra você ia querer ouvir, Finn? — perguntou Bonnie, e ele percebeu que ela estava tentando não chorar. — Se você pudesse escolher uma palavra, o que ia querer que ele dissesse?

Foi a vez de Finn sacudir a cabeça.

— Não sei, Bonnie. Não importa quantas palavras a gente receba, sempre vai existir uma última, e uma só nunca é suficiente.

— Eu teria dito a ela que a amava — Bonnie sussurrou. — E teria pedido para ela guardar uma morada pra mim ao lado da dela.

— Uma morada? — perguntou Finn, suavemente.

— Tem uma canção que a gente sempre cantava na igreja. "A casa do meu Pai tem muitas moradas." Já ouviu falar?

— Não.

— A casa do meu Pai tem muitas moradas; se não fosse assim, eu vos teria dito — ela cantou o versículo em voz baixa.

— Talvez Deus viva no Grand Hotel — Finn murmurou, querendo se sentar e pedir que ela cantasse o resto. Em vez disso, cruzou os braços sob a cabeça e fingiu que a voz dela não o fazia sentir coisas que ele não queria sentir e considerar coisas que ele se recusava a considerar.

— O que é o Grand Hotel? — perguntou ela.

— É um pequeno paradoxo sobre o infinito, o paradoxo do Grand Hotel de Hilbert.

— O que é um paradoxo?

— Algo que contradiz a nossa intuição ou o nosso senso comum. Algo que parece desafiar a lógica. Meu pai amava essas coisas. A maioria delas é muito matemática.

— Então me conte sobre o Grand Hotel. Me conte sobre o paradoxo. — As lágrimas tinham desaparecido de sua voz, e Finn prosseguiu com ansiedade, querendo mantê-las afastadas.

— Imagine um hotel com um número infinito contável de quartos.

— Infinito contável?

— Sim. Significa que daria para contar os quartos, um por um, mesmo que a contagem não terminasse nunca.

— Tudo bem — disse ela, tirando a voz de dentro de si, como se não tivesse certeza de que entendia, mas quisesse que ele continuasse falando.

— E todos esses quartos estão ocupados — acrescentou Finn.

— Tá, quartos infinitos e todos estão ocupados.

— Ãhã. Finja que alguém chega e quer ficar no Grand Hotel. Tem um número infinito de quartos, então isso deveria ser possível, certo?

— Sim, mas você disse que todos os quartos estão ocupados — ela respondeu, já confusa.

— E estão. Mas, se você fizer a pessoa do quarto 1 mudar para o 2, a pessoa do quarto 2 mudar para o 3, e a pessoa do quarto 3 mudar para o 4, e assim por diante, você consegue uma vaga. O quarto 1 ficou vago.

— Não faz sentido.

— Claro que faz. Não dá para encontrar o fim do infinito. *Não tem* fim. Então, se você não consegue achar espaço no fim do infinito, tem que criar espaço no início.

— Mas você disse que todos os quartos estão ocupados.

— Sim. E vão continuar ocupados — Finn disse, como se fosse completamente razoável.

— Então, se chegam dez pessoas querendo ficar no Hotel Infinito... — A voz dela foi sumindo, esperando que ele completasse a fala.

— A pessoa do quarto 1 vai para o quarto 11, a pessoa do quarto 2 se muda para o 12, a pessoa do quarto 3 vai para o 13, e assim por diante, esvaziando dez quartos.

Ela riu baixinho.

— Isso não faz sentido nenhum. Vai chegar uma hora em que alguém vai ficar sem quarto.

— Tem quartos infinitos.

— Isso, isso, isso. E infinitas pessoas — ela murmurou, como se sua mente estivesse um pouco confusa.

— É por isso que é chamado de paradoxo. De muitas maneiras, o infinito não faz sentido. É impossível a mente compreender esse tipo de vastidão — Finn disse, pensativo. — Mas ninguém discute com o infinito. A gente apenas aceita o que está além da visualização.

— Não sei bem... Eu discuto frequentemente com o infinito, com o Infinity. — Bonnie esfregou o rosto na perna dele, como se gostasse da sensação dele a seu lado.

— Ha-ha — disse Finn, irônico, se perguntando se deveria se afastar dela. Provavelmente sim. Mas não o fez.

— Você acha que o céu está cheio de quartos infinitos contáveis, cheios de pessoas infinitas contáveis? — perguntou ela.

Talvez Bonnie ficasse pensando se Minnie estava em seu próprio quarto celeste. Talvez Fisher também estivesse lá, em um quarto perto do de Minnie. Talvez tivessem encontrado um ao outro da maneira que Finn e Bonnie tinham se encontrado, Finn pensou. E então ele engoliu um gemido, fruto de seus pensamentos românticos. Estava ficando delirante. E era tudo culpa dela.

— Não sei, Bonnie Rae — disse ele.

— O povo dos Apalaches canta essa canção desde a aurora dos tempos. Eles esperam que existam moradas infinitas e que as moradas sejam todas mansões.

— Isso é meio triste. — O cínico em Finn não gostou da ideia de pessoas cantando sobre mansões que não existiam. Para ele, parecia com comprar bilhetes de loteria: um enorme desperdício de emoção e energia.

— É, acho que sim. Mas também dá esperança. E às vezes a esperança é a diferença entre a vida e a morte.

Finn não tinha resposta para isso.

— Ei! — disse ela de repente, sua voz ficando mais alta com a epifania. — Eu sei como podemos ganhar espaço no Hotel Infinito sem fazer todo mundo mudar de quarto. Resolvi oficialmente o paradoxo. Pode chamar de solução de Bonnie Rae.

— Ah, é?

— É. Vamos todos nos agrupar em duplas. Problema resolvido. Quer ser minha dupla, Infinity Clyde? — Finn tinha certeza de que, se pudesse ver o rosto de Bonnie, ela estaria balançando as sobrancelhas. Ela gostava de provocar. E era excelente no que fazia.

Sim. Ele queria formar uma dupla com ela. Em vez disso, decidiu cutucar um pouco mais.

— O problema é que, quando as pessoas formam duplas, elas começam a se multiplicar.

Ela riu, e Finn se percebeu sorrindo no escuro.

— Então estamos de volta à estaca zero — ele sussurrou.

Bonnie se aconchegou ainda mais em suas pernas, jogando o braço sobre os joelhos dele. Passaram-se vários minutos antes que ela falasse novamente.

— Como foi que nós terminamos juntos? Você não acha que é... estranho? — ela resmungou com a boca sobre o cobertor. — Quer dizer... quais são as chances?

Ele também tinha feito a mesma pergunta a si mesmo, sem parar. No entanto, não estava pronto para admitir, então pegou seu livro de matemática mental e tirou a poeira, falando baixinho, mas de forma impessoal:

— Matematicamente falando, são muito baixas, mas não tanto quanto se poderia pensar. — A mente de Finn se acomodou com alívio no conforto das porcentagens e das chances de certas coincidências, não querendo se demorar em pensamentos sobre sorte e destino. Ele ofereceu a Bonnie alguns exemplos de que as estranhezas não eram realmente estranhezas quando se examinavam os números. Era tudo verdade. E era tudo besteira.

A cabeça de Bonnie havia ficado pesada em suas pernas, e ela não manifestou nem mesmo "hum" como resposta por vários minutos. Finn se sentou e olhou para ela. Ele tinha conseguido de novo. Duas noites em sequência. Ele falava sobre números e ela adormecia imediatamente. Dormindo. Em sua pequena cama — na pequena cama de Katy. Ele suspirou e colocou as mãos sob as axilas de Bonnie, puxando-a para o seu lado. Era estreito, mas cabia. Jogou a manta rosa sobre eles e fechou os olhos, fazendo-se ignorar a pressão do corpo dela contra o seu, desejando que os números em sua mente o levassem para longe, assim como ele havia feito com Bonnie.

10
direção negativa

BONNIE E CLYDE FORAM EMBORA NA MANHÃ SEGUINTE, POUCO depois das sete, antes que Shayna e as meninas acordassem. Bonnie pensou que seria mais fácil assim, e acordou Finn pousando a mão leve em seu ombro. Ele se assustou e levantou da cama com um salto, ouvindo o deslizar e a batida das grades da prisão ecoarem nos ouvidos, levado por um sonho que o visitava quase todas as noites.

Finn não teria se sentido muito pior se tivesse de fato acordado e se encontrado atrás das grades. Havia passado a noite aconchegado a Bonnie numa graciosa cama da Barbie, dura e pequena como uma caixa de sapatos de plástico rosa. Suas costas latejavam, os quadris doíam, e ele estava com uma dor de cabeça que só sexo ou café preto aliviariam. Já que sexo não era uma opção, ele se aprontou às pressas e, poucos minutos depois de se levantar, estava lá fora, na Blazer, com esperanças de tomar um café preto e, infelizmente, ainda pensando em sexo.

Bonnie se sentou ao lado dele, e assim foram embora. Estavam na rua por tempo suficiente para ter passado no drive thru do McDonald's e comprado café, suficiente para ter mandado metade dele goela abaixo e ter seguido viagem em velocidade máxima pela Highway 51, a caminho de Cincinnati, quando ouviram o estrondo horrível que significava apenas uma coisa. Controlar o volante se tornou quase impossível.

O resto do café de Finn aterrissou em seu colo quando ele agarrou o volante e manobrou a Blazer galopante para o acostamento. Passou uma hora trocando o pneu, agradecido por ter um estepe — mesmo que fosse de largura diferente; então ele teria de parar para comprar um pneu novo o mais rápido possível. O único caminho de Cincinnati a Portsmouth era uma estrada velha que serpenteava dentro e fora de cidades pequenas, tornando a viagem lenta e os serviços limitados. A necessidade de comprar um estepe os levou para uma cidade chamada Winchester, e, nesse ponto, Finn desejava ter uma arma Winchester para pôr fim ao seu infortúnio. Bonnie ficara muito quieta durante toda a manhã, e, de forma surpreendente, o silêncio não foi bem-vindo.

Ela não reclamou ou choramingou quando o pneu furou, e ficou ao lado de Clyde enquanto ele o trocava, embora a tivesse mandado voltar para dentro da Blazer. Bonnie o ignorou e se agachou enquanto o tráfego voava por eles, entregando-lhe uma ferramenta e segurando outra, sem dizer uma palavra. Finn preferia a Bonnie que contava piadas ruins sobre o nome dele e o cutucava e provocava sem parar. Essa Bonnie de agora o fazia lembrar a garota empoleirada na ponte, cercada pela névoa.

Ficaram em Winchester por duas horas, à espera de auxílio. O pneu custou duzentos dólares, e ele e Bonnie discutiram sobre quem deveria pagar, resultando em alguns olhares e atenção indesejada, o que o lembrou mais uma vez do fato de que a polícia estava à sua caça. Procurando por ela. Porque acreditavam que ele a havia "sequestrado". Porém talvez as pessoas no posto apenas ficassem encarando porque a virilha de Finn estava manchada de café, e suas mãos estavam sujas de graxa. Só que ninguém se aproximou, e, no final, Finn deixou Bonnie pagar o pneu em dinheiro, para que ele não tivesse de mostrar sua identidade ou entregar o cartão de crédito com seu nome memorável gravado na parte de baixo.

Quando estavam na estrada novamente, Finn a lembrou de que, quando chegassem a Cincinnati, ela teria de ligar para a avó. Quanto mais tempo deixassem as coisas como estavam, pior ficaria para ambos. Especialmente para ele. Bonnie apenas assentiu, mas não se comprometeu com nada, e Finn resistiu ao impulso de gritar. O silêncio enfezado de Bonnie o estava matando. E assustando. Ele estendeu a mão para o rádio e o ligou, precisando de alguma coisa, qualquer coisa para ocupar seus pensamentos.

— A tatuagem na sua mão. Os cinco pontos. O que significa? — perguntou Bonnie, os olhos atraídos para a mão dele por causa do movimento repentino. Finn desligou o rádio mais uma vez.

— Se você ligar os quatro pontos exteriores, eles formam um quadrado. Viu? — E estendeu a mão para que ela pudesse ver o que ele queria dizer.

Bonnie confirmou com a cabeça.

— Vi. E?

— Representa uma gaiola.

— E o ponto dentro? — perguntou Bonnie.

— O homem na gaiola — ele respondeu secamente. — Você vai ver um monte de caras que já cumpriram pena com essa tatuagem. Na verdade, esta eu quis fazer. — Finn sorriu sem humor e sentiu em seu estômago a náusea que sempre acompanhava os pensamentos de suas outras tatuagens.

— Por que você quis esta? — Ela estendeu a mão e tocou o pequeno grupo de pontos no dorso da mão direita de Finn, entre o indicador e o polegar. O toque o fez querer agarrar a mão dela, mas, em vez disso, ele se afastou e segurou o volante.

— São cinco pontos. Cinco é o único número ímpar intocável... até onde a gente sabe — disse ele, tentando ignorar sua reação à breve carícia de Bonnie.

— Ímpar e intocável? — perguntou ela, sem entender.

— Você sabe o que são números ímpares. Cinco é ímpar, mas também é intocável, o que significa que não é a soma dos divisores próprios de nenhum número inteiro positivo.

Bonnie olhou para ele sem entender.

— Eu poderia perguntar o que é um número inteiro, mas não sei se ia me ajudar a entender o que você acabou de dizer.

— Inteiros são os números naturais, um, dois, três, quatro etc., assim como os negativos dos números naturais. Um negativo, dois negativo, três negativo, quatro negativo, e assim por diante. Zero também é um número inteiro. Inteiros não são frações, nem decimais, nem raízes quadradas — explicou ele, com facilidade.

Ela assentiu, como se entendesse.

— Ímpar e intocável. É isso o que você é, então, Finn? — Clyde poderia dizer que estava tentando provocá-lo, mas ele não sentia vontade de rir.

— Na prisão eu queria ser intocável. Sempre fui o número ímpar. — Seus olhos dispararam para os dela e depois voltaram para a estrada. — Mas sim. Eu queria ser diferente do resto da população carcerária e queria ficar sozinho. Curiosamente, 88 também é um número intocável. — Ele esfregou os dois números 8 no peito, através da camisa.

— Como foi no dia em que você saiu? — ela perguntou de repente.

— Da prisão? — Finn percebeu que não se importava com as perguntas pessoais tanto quanto se importava com o silêncio dela.

— É — disse Bonnie, confirmando com a cabeça. Seus olhos escuros estavam sondando, e sua boca, que costumava sorrir, estava curvada nas pontas.

— Apavorante.

— Por quê?

— Foi quase tão assustador quanto no dia em que entrei.

Bonnie parecia espantada e esperou que ele continuasse.

— Todo mundo, quando entra, fica contando os dias até poder sair... se é que sair é uma opção. O estranho é que, quanto mais tempo a pessoa fica lá dentro, menos quer sair. Começa a parecer seguro. Começa a parecer a única opção. Um cara cinco anos mais velho que eu também estava lá desde os dezessete. Pena de dez anos. Ele saiu alguns meses antes de mim.

Finn olhou para Bonnie, certificando-se de que ela entenderia o que ele estava prestes a dizer.

— Mas ele já estava de volta antes que eu fosse solto. E ficou aliviado. Estar aqui fora, no mundo real, vivendo? Ele achou assustador pra caramba. Não sabia se virar sozinho. Não tinha nenhuma qualificação. O mundo o tinha deixado para trás, e ele se arrastou de volta para o próprio buraco, da única maneira que sabia: ele machucou alguém, roubou uma carteira. Problema resolvido. E sabe de uma coisa? Fiquei com pena do coitado. Entendi o raciocínio dele. Não gostei, mas entendi.

— Acho que faz sentido. — Bonnie estava assentindo com a cabeça. — Estar aqui fora, no mundo real, vivendo? É muito assustador. Isso me faz perguntar do que estou fugindo.

Foi a vez de Finn esperar. Ele não entendia de jeito nenhum as semelhanças entre os dois. Superestrelato e prisão? Hum, não. Mas ela havia usado as mesmas palavras que ele.

— Então eu penso em voltar. E fico tão enjoada que só quero encontrar uma... uma...

— Uma ponte? — Finn terminou para ela.

— É — sussurrou Bonnie, e Finn sentiu a apreensão fazer estremecer seu estômago. Ignorou deliberadamente e retomou sua própria história.

— Prometi a mim mesmo que eu seria diferente. Prometi que não ia voltar. Mas não vou mentir e dizer que não tiveram vezes em que teria sido mais fácil. Já faz quase dois anos que eu saí. Não consigo encontrar um emprego em tempo integral. Na verdade, não posso culpar as pessoas. Fiquei na cadeia por cinco anos. É mais fácil contratar o cara que não tem tatuagens de prisão nem ficha criminal. Morei no porão da casa onde passei a infância, porque a minha mãe alugou o andar de cima. Ela se casou de novo enquanto eu estava em Norfolk e se mudou para uma bela casa em Chelsea com o novo marido. Disse que eu podia ir morar com ela, mas isso teria causado problemas no relacionamento, e não era o que eu queria. Além do mais, morar com a minha mãe não era minha ideia de independência. Então morei no porão e usei um fogão portátil e um frigobar pelos dois últimos anos, dormindo em colchões no canto, com sorte de ter meu próprio banheiro e de não pagar aluguel.

— Não parece tão ruim — disse Bonnie, soando melancólica. O tom tristonho o deixou com raiva. Ela não tinha ideia do que estava falando.

— Você diz isso porque tem dinheiro pra torrar e uma vida que a maioria das pessoas apenas sonha ter. Eu trabalhei em tudo quanto foi bico. Minha mãe arranjou algumas coisas pra mim. Pintar, arrumar aqui, arrumar ali. Não sou tão ruim em consertar coisas. É muito mais fácil consertar coisas do que me consertar. Mas não estava funcionando, Bonnie. Então, quando o Cavaro, um cara que eu conheci na prisão, me ligou e disse que tinha uma coisa para mim em Las Vegas, decidi que era melhor do que aquilo que eu andava fazendo. O irmão dele é dono de vários cassinos. Não sei se tem ligação com a máfia. Ele me disse que o meu trabalho vai ser observar as mesas. Observar os crupiês. Acompanhar os números. Nada ilegal, nada escuso. — Finn parou de falar e balançou a cabeça. Ele não sabia de fato se ia se envolver em alguma coisa escusa ou não, se fosse para ser sincero.

— Então os números vão te salvar de novo? — Bonnie sussurrou, e ele se lembrou das confissões da manhã anterior.

— Vão. Às vezes acho que os números são tudo que tenho... mas eles são infinitos, então pode ficar pior.

— Eles tendem ao infinito. Infinity — Bonnie respondeu com ironia, remexendo as sobrancelhas.

— É. Só para mim.

Eles deixaram a conversa morrer, e Bonnie retomou sua posição pensativa, pés no painel, joelhos abraçados junto ao peito, os pensamentos introspectivos. Assim, sua súbita explosão quando pararam em Cincinnati o pegou de surpresa.

— Eu me lembro de Cincinnati. Passei por aqui um mês atrás. Está vendo? Ali em cima! Hora de mudar o outdoor, pessoal — disse Bonnie, em uma voz cantante.

Logo à direita, em uma placa gigante, Bonnie, cabelos loiros em movimento, lábios vermelhos entreabertos, olhos suplicantes, observava o tráfego da tarde entrar em Cincinnati, Ohio, lembrando a todos eles, tardiamente, que ela havia se apresentado na US Bank Arena no dia 25 de janeiro, e fazendo todos os homens lamentarem não ter assistido ao show.

Finn esqueceu de respirar, e, se não fosse pelo aviso estridente de Bonnie, teria batido na traseira do carro da frente.

— Ótimo lugar — foi tudo o que ela disse. Finn xingou e continuou dirigindo.

⁂

Não precisávamos parar em Cincinnati. Podíamos continuar seguindo viagem. Era apenas uma da tarde quando nos instalamos em um hotel. Mas Finn ainda estava usando a calça manchada de café, e estava sujo por ter trocado o pneu. Tinham sido vinte e quatro horas longas demais para nós dois, e já era hora de fazer uma pausa para recarregar as baterias, por isso não discuti. Sem contar que ele estava determinado que eu fizesse aquela ligação.

Eu não tinha cartão de crédito, exceto os roubados da minha avó, inúteis, e Finn estava preocupado por usar o dele, considerando que estavam à nossa procura. Finn disse que nenhum estabelecimento decente ia querer nos alugar um quarto sem cartão de crédito. Se insistíssemos em pagar em dinheiro, chamaríamos atenção.

Então optamos por um que não se podia chamar de decente. Um quarto, duas camas, uma noite: cem dólares, mais um depósito de cinquenta para o caso de quebrarmos alguma coisa que não estivesse pregada na parede ou no chão, o que se resumia ao espelho e a nós dois — o que poderia acontecer, eu supunha. Eu tinha certeza de que Finn fantasiara sobre me quebrar no meio algumas vezes desde que tínhamos sido unidos pelo destino... ou que eu tinha me unido a ele. Pelo menos ele nos colocou no mesmo quarto. Se eu ia dormir no hotel de beira de estrada mais chinfrim e assustador de Ohio, não ia fazer isso sozinha.

Entramos no quarto, jogamos as malas no chão, e Finn me entregou o celular. Olhei para ele, o pequeno aparelho preto sobre sua longa palma. Mas não peguei.

— Não vou ligar para a minha avó — sussurei, afundando na cama.

— Bonnie! — a voz de Finn se elevou em advertência.

— Vou ligar para o Urso! — falei, oferecendo a solução que eu tinha passado a manhã toda ruminando. — Vou dizer a ele onde estou e o que estou fazendo. Vou pedir pra ele ligar para a minha avó, porque você pode apostar que foi ela quem causou esse alvoroço todo. A galinha dos ovos de ouro voou para o sul. Ou para o oeste. Para onde vamos? Qual é a próxima cidade grande?

— Indianápolis. Mas fica a uns trezentos quilômetros daqui. São três horas de viagem, no máximo. Eu não ia parar em Indianápolis, queria ir direto para St. Louis, que fica a mais ou menos quatro horas para a frente. Um dia longo, mas dá pra fazer, se o clima ficar firme.

— O que tem em St. Louis? — perguntei, tentando distraí-lo e ganhar tempo.

— Meu pai.

Isso me surpreendeu. Finn ia parar para ver o pai. As únicas coisas que ele mencionou sobre o pai estavam relacionadas com matemática: as perguntas da infância, o fato de que os pais se divorciaram quando ele tinha dezessete anos.

— Ele é chefe do departamento de matemática da Universidade de Washington.

— Entendi. Bom, talvez eu pudesse ir para St. Louis também. — Tive uma súbita inspiração e me apressei a compartilhá-la. — Eu poderia ligar para o Urso, que poderia mandar minhas coisas, carteira de motorista e cartões de crédito, de um dia para o outro, para o endereço do seu pai. Depois eu não vou... mais... precisar de você. Pode seguir seu caminho e eu sigo o meu. Isso sim é uma ideia! — Que parecia muito razoável para mim.

Finn suspirou e se sentou sobre a mesinha em frente à grande janela que dava para um estacionamento, adornado com duas grandes lixeiras. Ele balançou a cabeça e se inclinou para a frente, sustentando meu olhar.

— Você precisa telefonar para ela, Bonnie. Se não, vou ligar para a polícia. E você vai se sentar ao meu lado e contar a eles sobre toda esta maldita confusão que está acontecendo. A escolha é sua.

— Não parece bem uma escolha, Clyde. — Eu quis soar impertinente, mas as palavras se prenderam na minha garganta. Fiquei de costas na cama e olhei para o teto. A textura parecia aveia colada e pintada com branco cintilante. Tive o desejo de pular na cama para poder alcançá-la, para eu poder pegar punhados gigantes da textura e arremessá-la pelo quarto. Fiquei me perguntando se o nosso depósito de cinquenta dólares cobriria o estrago.

— Não posso falar com ela, Finn — sussurrei. — Não posso fazer isso ainda.

Clyde suspirou e xingou, mas eu não olhei para ele. Mantive os olhos no teto texturizado, querendo que ele me deixasse em paz, pelo menos por enquanto.

— Eis o que eu vou fazer, Bonnie Rae: vou tomar um banho. E, quando eu sair, vou chamar a polícia. É o que eu vou fazer. Vou deixar você decidir o que quer. — Ele se levantou da mesa de repente, agarrou sua mala, entrou no banheiro do tamanho de um armário e fechou a porta. O chuveiro foi ligado poucos minutos mais tarde.

Engraçado. Clyde disse que me deixaria decidir o que eu queria fazer.

Então decidi.

Mas não era o que eu queria.

Levantei da cama num salto e peguei a chave da Blazer. Clyde a deixara ao lado da TV — jogadas como todo mundo fazia quando entrava num quarto de hotel de beira de estrada. A carteira estava ao lado da chave, com o celular, como se ele tivesse esvaziado os bolsos quando largou as malas.

Peguei o celular também. Então contei dois mil dólares e os coloquei ao lado da carteira, de forma que ele não deixaria de ver. Eu tinha lhe dado metade do dinheiro que me restava. O hotel tinha fornecido três folhas de papel de carta e uma caneta personalizada com o nome da rede, como se as pessoas ainda se sentassem e escrevessem longas cartas a seus entes queridos em casa. Ainda assim, fiquei feliz por estarem ali, pois eu tinha uma carta para escrever, e muito pouco tempo para fazê-lo.

> *Clyde,*
> *Me encontre em St. Louis.*
> *Bonnie*

"Meet me in St. Louis, Louis, meet me at the fair." A letra daquela antiga canção tropeçou no meu cérebro. Minha escola tinha encenado o musical *Meet Me in St. Louis* no outono do segundo ano do ensino médio. Eu me inscrevi para o papel interpretado por Judy Garland e memorizei todas as músicas uma semana depois dos testes. Consegui o papel, mas acabei nunca encerrando a peça. Jackie Jacobson ficou no meu lugar. Os testes para *Nashville Forever* aconteceriam na noite de abertura do musical, então eu precisei desistir. Larguei a caneta e saí do quarto, fechando silenciosamente a porta atrás de mim.

Dez minutos depois, o telefone tocou. Eu estava de volta à interestadual, lendo as placas de trânsito enquanto ouvia Blake Shelton fazer o que ele sabia, esperando que Indianápolis fosse fácil de encontrar. Baixei o volume do rádio e cumprimentei meu amigo Clyde.

— Bonnie Rae, dê meia-volta e traga o seu traseiro de volta para cá com a minha Blazer.

— Estou indo para St. Louis, Finn. Deixei dinheiro pra você. Pode alugar um carro e me encontrar lá. Ou... pode ligar para a polícia, se quiser, mas acho que vai ser um pouco difícil explicar tudo quando eu não estiver presente para confirmar sua história. Eles podem pensar que você me amarrou em algum lugar.

Dava para sentir a raiva através do telefone. Eu me encolhi e acelerei pela estrada quando ele não falou.

— Vou ligar para o Urso. Vou pedir para ele resolver as coisas com a polícia. Ok? Vou pedir para ele mandar as coisas que preciso de um dia para o outro, como te disse. Mas ele precisa de um endereço para enviar, Clyde. Pode me dizer onde seu pai mora? Eu te encontro lá, com a Blazer. Vou te entregar o carro, pegar minhas coisas e seguir meu caminho. Combinado? — Minha voz saiu como um guincho no final, prejudicando minha encenação de garota durona.

Finn desligou na minha cara.

Continuei dirigindo, ambas as mãos no volante, me agarrando à Blazer como se fosse meu único amigo no mundo — um amigo roubado. Eram apenas duas da tarde, mas eu me sentia como se estivesse acordada durante vários dias. As pressões das últimas trinta e seis horas criaram uma dobra no tempo, em que as horas pareciam longas e surreais, como se eu tivesse vivido tudo aquilo antes e fosse viver de novo, de novo e de novo, até que eu fizesse do jeito certo. Qualquer que fosse o "certo". E "certo" parecia uma palavra muito relativa naquele momento. Desde o instante em que saí do palco em Boston, não conseguia pensar em uma única coisa que pudesse ter feito diferente. A essa altura, Finn Clyde com certeza estava desejando ter me deixado cair no rio Místico. Eu? Não sentia como se tivesse tido muita escolha no assunto.

Não morri na ponte. Finn Clyde me salvou, e depois me beijou. E eu tive que continuar em movimento, porque, assim que eu parasse, o impulso que o beijo tinha me dado e a vida que tinha soprado dentro de mim seriam extintos como tudo o mais. O que Finn não conseguia entender era que, se eu ligasse para a minha avó e devolvesse minha vida para ela, eu poderia muito bem simplesmente encontrar outra ponte.

O telefone vibrou nas minhas coxas, onde estava aconchegado, e eu o peguei, abrindo-o com um "alô" ofegante.

— Anota o que eu vou ditar — Finn se exaltou, não respondendo à minha saudação.

— Você não pode simplesmente mandar uma mensagem?

— Estou no telefone do hotel, Bonnie — ele rugiu.

— Ah. É. Tá bom. — Enfiei a mão na bolsa que eu tinha comprado no Walmart, mas a única coisa que consegui encontrar foi o batom vermelho da bolsa da minha avó que eu tinha guardado. Nada de caneta, nada de papel.

— Bonnie?

— É... Tudo bem. Fala.

Finn falou o endereço, e eu escrevi na janela com o batom. Nada mal. Eu conseguia ler, não ia perdê-lo.

— Telefona para o Urso. — Clique. Finn não estava feliz.

Telefonei e consegui chegar a Indianápolis. Finn estava certo. Só levei umas três horas. Mas, quando cheguei lá, estava tão cansada que procurei uma rede de fast-food, usei o banheiro, comprei uma salada e duas garrafas de água. Comi no carro, com medo de que alguém fosse me reconhecer, mesmo de casaco rosa e gorro. Isso já havia acontecido antes. Quando terminei, tranquei as portas, me arrastei para o banco de trás e dormi no carro, no canto mais afastado da lanchonete.

Acordei com a escuridão fria temperada por luzes da rua e sons reconfortantes da vida noturna. Os cobertores em volta dos meus ombros cheiravam um pouco a Finn, e fiquei me perguntando a que distância ele estaria de mim, e o que ele me diria quando eu o visse de novo. Pensei no beijo e me senti um pouco devastada porque não haveria outro. Não agora. Não haveria mais beijos de Finn. Nem sorrisos de Finn. Nem Finn.

Voltei para o banco da frente e liguei a Blazer, acionei o aquecimento e bebi a segunda garrafa de água.

Demorei alguns segundos para perceber que o telefone de Finn estava vibrando novamente, e o peguei com gratidão, sentindo-me incrivelmente sozinha agora que a escuridão tinha caído e eu estava... bem... sozinha.

— Finn?

— Faz três horas que estou te ligando. Onde você está? — Finn ainda não estava feliz.

— Estou em Indianápolis. Precisei descansar os olhos por um minuto. E o tal minuto durou algumas horas. — Eu ainda parecia cansada, mesmo para meus próprios ouvidos, e abafei um bocejo. — Você ainda está no hotel pulguento?

— Não. Estou na estrada. Finalmente. Aluguei um carro e comprei um desses celulares descartáveis, pré-pagos, do Walmart. Minha mãe provavelmente está ligando para o meu celular. Não atenda. Vou deixar uma mensagem no telefone da casa dela e dizer que estou bem, e que não sequestrei ninguém — Finn se exaltou.

— Liguei para o Urso. Ele também não está gostando muito de mim no momento. Deve ser alguma coisa na água. Eu disse a ele que você só tinha me dado uma carona, que eu estava muito bem e só precisava de um tempo pra mim. Ele vai enviar as minhas coisas e disse que vai falar com a minha avó.

— E com a polícia?

— E com a polícia.

Silêncio.

— St. Louis, Bonnie.

E então ele se foi. Mais uma vez.

O telefone tocou de novo quase que imediatamente, mas o número não era o mesmo que Finn tinha acabado de usar, por isso não atendi, ciente de que seria para ele e de que eu não queria explicar sua ausência. Era provável que fosse a mãe, como ele tinha alertado, e tive a sensação de que, assim como o Urso e Finn, ela não estaria muito feliz comigo.

Segurei o telefone por um longo tempo, querendo saber se Finn retornaria a ligação ou se eu arriscaria ligar e perguntar se ele ouviria se eu tentasse explicar por que estava tão louca, se tentasse explicar o que a vida tinha sido para mim nos últimos seis anos. Não éramos tão diferentes, Finn e eu. Prisões vêm em muitas cores e formas diferentes. Algumas são douradas, enquanto outras têm uma porta que bate. Mas algemas de ouro ainda são algemas.

Estudei os mapas, esperando que ele ligasse, mas, como não ligou, abasteci o carro e fui para St. Louis, um caminho em linha reta sentido oeste pela I-70 do ponto A ao ponto B. Eu não teria de olhar o mapa novamente para essa etapa da viagem. Então dirigi e deixei os quilômetros me levarem para longe.

11
progressão harmônica

Não achei que conseguiria encontrar o endereço no escuro, mas as instruções de Finn foram detalhadas e precisas, mesmo manchadas no batom vermelho na minha janela. St. Louis parecia calma e pitoresca sob o luar tranquilo. Havia neve no chão, mas uma camada fina, um pouco de brilho nas sombras. As ruas eram cheias de árvores, e, quando me aproximei do meu destino, percebi que não estava muito longe da universidade. Pensei no Clyde pai — Clyde disse que seu nome era Jason — e me perguntei se ele sabia que uma celebridade em fuga estava prestes chegar à sua casa. Era meia-noite, e a manhã estava a um longo caminho de distância. O terror preencheu meu estômago, e eu decidi dar uma volta de carro por um tempo, ou encontrar um lugar para estacionar e dormir até a manhã chegar, um lugar que não fosse um convite à curiosidade ou a policiais.

Um belo parque ladeado por árvores, não muito longe do campus, parecia razoável. Encostei no meio-fio e desliguei o motor com um alívio repentino. Eu precisava respirar. Peguei a chave, vesti o casaco e logo estava fora da Blazer, esticando as pernas. O parque parecia velho — como se tivesse sido construído quando as damas passeavam de braço dado com os cavalheiros. Bancos curvados com contorno de ferro forjado, fontes majestosas e caminhos sinuosos de paralelepípedos serpenteavam. Eu os segui por vários minutos até que me deparei com uma pequena cerca, que incluía um contorno de flor de lis e um portão que encerrava um conjunto alto de balanços, uma gangorra e um escorregador de metal facilmente tão antigos quanto o parque, e tão bem preservados quanto. Eu ri e pensei em Minnie. Quando éramos pequenas, ela adorava voar nos balanços, e eu ficava feliz só de empurrar. Para minha indignação, eu não me dava bem com balanços. A altura não me incomodava, mas o movimento fazia meu estômago revirar de maneiras desagradáveis.

O parquinho me chamou. Parecia ecoar uma risada silenciosa, com gêmeas fantasmagóricas que se perseguiam por entre as árvores e no escorregador. Aquilo me fez ansiar por momentos perdidos e pelas meninas que Minnie e eu fomos quando estávamos juntas. As duas meninas tinham desaparecido. E eu sentia tanta falta delas que prendi a respiração, segurando as barras de ferro forjado da cerca decorativa, esperando que a dolorosa onda de saudade fosse embora. Quando a dor diminuiu o bastante e eu consegui respirar novamente, fui até o portão, esperando que não estivesse trancado, que eu não tivesse de arriscar ser espetada na tentativa de escalar a cerca pontiaguda. Sorri quando a trava levantou com facilidade. Sentindo-me um pouco como Cachinhos Dourados ao invadir território desconhecido, empurrei o portão e entrei.

☙

Finn estava a alguns quarteirões da casa de seu pai quando passou por um pequeno parque e viu uma Blazer alaranjada familiar no meio-fio, sem qualquer outro veículo à vista. Ele pisou no freio e deslizou na frente de seu velho Chevy, aliviado pelo fato de Bonnie estar realmente em St. Louis, intrigado que ela tivesse parado em um parque, numa cidade desconhecida, depois da meia-noite, e ainda irritado com o que ela havia feito em Cincinnati.

Ele viu que Bonnie não estava na Blazer quando se aproximou, mas olhou pelas janelas de trás para se certificar de que ela não tinha se arrastado para o banco traseiro e caído no sono novamente. Não dava para ver nada além de algumas caixas, as bolsas de viagem de Bonnie e um cobertor de superfície irregular. Quando ele se afastou e se virou, notou os riscos escuros na janela do lado do motorista. À meia-luz dos postes altos, os riscos pareciam sangue. Finn agarrou a maçaneta, de repente com medo do que encontraria caído sobre o banco da frente, mas a porta estava trancada.

Seu estômago gelou e suas mãos tremeram quando ele as colocou ao lado do rosto para enxergar o interior escuro. Não distinguiu contorno ou forma, mas a luz criava desenhos estranhos no banco e camuflava o chão em tons de preto.

— Bonnie? — ele gritou, olhando debaixo e ao redor da Blazer. Não havia rastro de sangue fora do veículo, não havia pegadas macabras se afastando do carro. Desejou poder abrir a maldita porta! Tentou ver de novo por outro ângulo, dessa vez procurando pela janela do passageiro, e sentiu uma medida de alívio quando confirmou que Bonnie não estava inconsciente no banco da frente.

— Bonnie?

Ele se pôs a atravessar o parque em ritmo acelerado, com olhos que vasculhavam bancos e recantos até que, uns cinco minutos depois, o caminho fez uma curva e ele viu, entre as árvores, uma pequena área de recreação. Correu até lá, sabendo intuitivamente que era onde Bonnie estava. Uma garota como ela seria atraída para o parquinho. Com uma boa certeza, era Bonnie Rae Shelby em pé sobre um escorregador íngreme de metal, os pés plantados na plataforma, as mãos nos bolsos, o rosto para o céu. Era a ponte novamente? Parecia uma repetição da primeira vez em que ele a viu, e o alívio que sentiu ao encontrá-la foi imediatamente dominado pelo mesmo pavor de quando viu o sangue na janela do carro.

O portão estava aberto, prova de que ela havia passado por ali. Ele deslizou pelo mesmo lugar, grato por não ter de fazer nenhum som. Queria chamá-la, pedir que descesse, ou pelo menos que se *sentasse*, mas estava com medo de assustá-la e provocar uma queda. Assim, ficou imóvel, o nome dela nos lábios, o coração nos pés. Ela não parecia aborrecida. Não parecia ter chorado. Ele se aproximou alguns passos, mas o rosto dela estava virado para o outro lado, a curva de sua bochecha era a única coisa visível do ângulo por onde Finn se aproximava. Não havia riscos escuros no rosa-pálido do casaco, portanto nenhum sangramento evidente. Ela parecia encantada com a vista de cima do escorregador e completamente à vontade com a altura.

> *I'm just a poor wayfarin' stranger*
> *Travelin' through this world of woe*
> *There's no sickness, toil or danger*
> *In that bright land to which I go.**

A voz dela ecoou como sinos por todo o parque, e Finn deu um passo para trás; o som era tão chocante quanto era doce.

> *I'm goin' there to see my father*
> *And all my loved ones who have gone on.*
> *Just a poor wayfarin' stranger*
> *Travelin' through this world of woe.***

Ele não reconheceu a canção. Nunca tinha frequentado a igreja, e a única música que sua mãe cantava era o tema do seriado *Cheers*. E cantava mal. Aquilo era algo diferente, tão diferente que era incomparável. E Bonnie, cantando para ninguém, a não ser as estrelas e as árvores pairando acima dela, entoava as palavras como um aleluia emotivo, um hosana de coração partido, e a música ecoou no peito de Finn quando ele acompanhou a melodia.

---

* "Sou apenas um pobre andarilho/ Viajando por este mundo de dor/ Não há doença, fadiga ou perigo/ Na terra brilhante para onde eu vou."
** "Vou lá ver o meu pai/ E todas os meus entes queridos que se foram./ Apenas um pobre andarilho/ Viajando por este mundo de dor."

I know dark clouds will gather 'round me
I know my way is hard and steep
But wide fields arise before me
Where God's redeemed, their vigil's keep.

I'm goin' there to see my brother
He said he'd meet me when I come
Just a poor wayfarin' stranger
Travelin' through this world of woe.*

A última nota pairou no ar por cinco segundos, e Finn percebeu que estava prendendo a respiração. Ele disse a si mesmo que essa era a razão para o aperto no peito e a umidade no canto dos olhos. Queria que ela cantasse outra vez. Mas era certo que ela havia terminado o único número. Bonnie deixou o queixo cair de encontro ao peito e se sentou no escorregador, com as pernas esticadas para fora, na frente da pequena plataforma de metal posicionada para descer.

Relativamente a salvo de levar um susto e cair, com os braços envoltos nas barras no topo do brinquedo, Bonnie nem mesmo se virou quando Finn se aproximou, e parecia alheia a qualquer pessoa que pudesse ter ouvido seu concerto no parque. Ele circundou o escorregador e ficou na base, olhando para ela.

Ela piscou e ofegou um pouco, como se pensasse por um momento que ele não era real. Então ela sorriu. Um sorriso que dizia que estava emocionada ao vê-lo e feliz da vida com sua presença. Bonnie havia sorrido daquele jeito quando ele lhe prometeu que esperaria por ela do lado de fora do salão de beleza. Havia sorrido daquele jeito quando ele lhe disse que iam ter de passar a noite na Blazer no meio de uma nevasca. Havia sorrido daquele jeito quando ele disse a Shayna e às

---

* "Sei que nuvens escuras se reunirão à minha volta/ Sei que meu caminho é difícil e íngreme/ Mas campos largos surgem diante de mim/ Onde os salvos por Deus fazem vigília.// Eu vou lá para ver meu irmão/ Ele disse que me encontraria quando eu viesse/ Apenas um pobre andarilho/ Viajando por este mundo de dor."

filhas dela que ia levá-las para casa. Agora, ela sorria para ele, sentada lá em cima do escorregador como se fizesse todo o sentido estar ali, como se não tivesse acabado de roubar o carro dele e levado Finn em uma perseguição através de dois estados. Ela sorriu para ele, todo o seu rosto repleto de luz, e ele a perdoou. Instantaneamente. Não mais furioso. Não mais assustado. Não mais pronto para estrangulá-la, amarrá-la e chamar a polícia. Tudo isso se foi — evaporou como flocos de neve em sua língua.

Era uma da manhã de quinta-feira, no final de fevereiro, em um parque frio e deserto em St. Louis, e não havia outro lugar onde ele preferisse estar.

— Oi — disse ela.

— Oi. — Droga. Agora ele também estava sorrindo. E balançando a cabeça em sinal de rendição. — Que diabos vou fazer com você?

— Você podia dar licença para eu poder descer? — Ela piscou. Ele não se moveu. Então ela soltou. Ele sabia que ela o faria. Bonnie disparou na direção dele, gritando por todo o caminho, e, no último segundo, ele deu um passo atrás para não levar as duas botas de cowboy vermelhas nas canelas. Ela partiu para cima dele do mesmo jeito, num impulso, envolvendo as pernas em volta dele, e Finn a agarrou, caindo para trás ao fazer isso. A camada grossa de borracha que revestia o chão do parquinho amorteceu a queda em sua maior parte, mas Finn ainda se encontrou no chão com Bonnie esparramada sobre seu peito.

— Eu avisei pra você se afastar. — Ela riu, o rosto acima do dele, o gorro justo na cabeça. Ele estendeu a mão e o tirou. Na hora Bonnie passou a mão sobre o cabelo, autoconsciente, alisando os fios eriçados com a estática. Ele seguiu a mão dela com a sua, uma carícia que não tinha nada a ver com o cabelo e tudo a ver com a necessidade de tocá-la.

⁂

ELE NÃO ME PUXOU PARA ELE, NÃO ENVOLVEU MEU CORPO COM A mão para me trazer mais perto. Minha boca pairou sobre a dele, esperando. Não me atrevi a fazer nada. Não porque eu não quisesse, mas porque estava preocupada que Finn de repente despertasse, limpasse as teias de aranha da cabeça, me afastasse e me deixasse no parque.

Eu não o culparia se ele fizesse isso. Ele tinha motivos para me odiar. No entanto, Finn estava me olhando como se tudo fosse ficar bem. Como se quisesse me beijar de novo. E eu queria que ele me beijasse, mais do que jamais quis alguma coisa na vida. Sua boca estava tão perto que eu podia sentir seu hálito na minha língua, e eu queria lamber meus lábios para saborear a sensação.

Então os lábios dele não estavam mais próximos; eles estavam lá. E aqui. Acima. Dentro. Em volta. Minhas pálpebras tremularam, meu estômago despencou e o peso em minhas pernas me fez querer afundar no beijo como uma âncora na areia, cavando, mas estranhamente sem peso. Em seguida, as duas mãos dele estavam no meu cabelo, prendendo minha boca onde ele queria que ela ficasse, me segurando parada enquanto provava meus lábios e me pedia para deixá-lo entrar. E eu o recebi com um suspiro que deslizou pela noite fria e se afastou tal como a minha música. Era uma estrofe nova, um dueto de lábios e uma fusão de bocas. Foram o ápice da melodia e o descer dos címbalos, e era diferente de qualquer música que eu já tivesse cantado. No momento em que ele se afastou, o beijo ecoou em torno de mim, me convidando a repetir a música de sua boca contra a minha.

As mãos de Clyde ainda emolduravam meu rosto, mas ele havia levantado as costas ao me beijar, sentando-se comigo em seu colo, meus joelhos de cada lado de suas coxas. E eu queria ficar ali, conectada, e pressionar meu corpo contra o dele, mas ele me tirou de cima e se levantou, limpando o cascalho emborrachado da calça jeans. Eu queria poder subir nas pernas dele e puxá-lo de volta para o chão, mas ele me colocou em pé.

Analisou meu rosto por vários instantes, como se compondo uma bronca de um tipo diferente da que tinha acabado de me dar, mas, em seguida, suspirou e se virou, puxando-me atrás dele.

— Amanhã — disse Clyde.

Andamos de mãos dadas até o portão e seguimos pelo parque, serpenteando em direção à entrada. Segui um pouco atrás. A calçada não era grande o suficiente para caminharmos lado a lado, por isso, quando ele parou de repente, bati em suas costas e tive de me inclinar para o lado para ver o que o havia feito parar.

— A Blazer não está aqui.

— O quê? — Dei um passo a frente dele e olhei para o lugar onde eu estacionara o carro, uns quarenta e cinco minutos mais cedo. Finn estava certo. Não estava ali. Um veículo pequeno, de cor escura, era o único estacionado junto ao meio-fio.

Finn começou a andar apressado, em direção ao lugar onde a Blazer estava, e eu fui pisando duro atrás dele, o salto das minhas botas soando como aplausos na calçada.

— É uma zona sujeita a guincho! — gritou ele, apontando para uma placa a uns cem metros de onde eu tinha estacionado.

— Mas... por que não guincharam aquele? — protestei, incapaz de acreditar que tinha estragado tudo mais uma vez.

— Tenho certeza que vão guinchar se a gente não sair daqui!

— É o seu carro? — perguntei.

— É o meu carro alugado, Bonnie. Como acha que eu cheguei aqui?

Ah, não. Eu me virei em um círculo, como se a Blazer tivesse se movimentado sozinha de alguma forma, como se talvez a gente tivesse feito outro caminho dentro do parque e saído do lado errado. Mas não tínhamos. O carro alugado de Finn estava lá, e ele obviamente tinha estacionado ao lado da Blazer antes de ir me procurar. Eu tinha estacionado em uma zona sujeita a guincho, e o carro de Finn tinha ido embora. Caí sentada no meio-fio e apoiei a cabeça sobre os joelhos. Meu dinheiro e minhas coisas estavam na Blazer, mas eu podia lidar com isso. Não podia lidar com o desgosto de Finn. Não agora. Não quando ele tinha acabado de me perdoar.

Alguns minutos depois, Finn se sentou ao meu lado, uma presença sólida à minha direita, esticando as longas pernas para a rua. Prendi a respiração, esperando que ele dissesse que nunca mais queria me ver.

E então ele riu. Foi baixo no início, apenas um risinho, um murmúrio que me fez levantar a cabeça de cima dos joelhos. Então ele começou a tremer, rindo tanto que caiu para trás contra a grama que se infiltrou no meio-fio. Eu me virei para ele, espantada, não completamente pronta para rir também.

— Finn?

— Inacreditável — foi tudo o que ele conseguiu dizer, as mãos cobrindo os olhos como se precisasse de uma pausa da realidade. — Inacreditável.

⁂

Com o telefone descartável de Finn, ligamos para a empresa de guincho indicada na sinalização — a placa que era tão pequena e distante de onde eu tinha estacionado que motivou uma grande indignação por justiça da minha parte. A Blazer estava, de fato, no pátio da empresa, e custaria duzentos e cinquenta dólares para retirarmos. Não poderíamos resgatá-la imediatamente, por causa do horário, sem contar que o motorista do guincho havia sido chamado para um acidente e não sabia quando ia voltar. Ele disse que poderíamos ir na manhã seguinte, no horário comercial, o que nos acumularia mais cem dólares em taxas de garagem, por sinal. Finn disse que os campi universitários eram ímãs notórios para guincho, especialmente na madrugada, quando o confronto era menos provável. Ele disse que tínhamos sorte por não terem tido tempo de levar os dois veículos. Não me atrevi a dizer que éramos muito azarados, porque a minha carteira (da minha avó) ainda estava na Blazer, com todo o meu dinheiro e o celular de Finn.

Incapazes de fazer muito mais à uma e meia da manhã, Finn nos levou para a casa de seu pai. O sr. Clyde não estava, e só chegaria no dia seguinte, o que me fez desejar que eu tivesse ido diretamente para lá, como Finn havia me pedido para fazer. Se eu tivesse ido, a Blazer não estaria no pátio do guincho. Mas, se eu tivesse ido, não teria sido beijada no parque. Mais uma vez me percebi incapaz de lamentar as decisões que tinha tomado. Os acontecimentos de nossa jornada pareciam inevitáveis e predestinados, quase como se Finn e eu estivéssemos sendo puxados, contra a nossa vontade, rumo a uma conclusão.

A casa do pai de Finn era uma estreita construção de dois andares que ficava em uma rua sem saída, no fim de uma avenida movimentada, cheia de carros e de casinhas similares. Finn disse que o bairro tinha muitos estudantes, e a maioria das residências alugava quartos. Aquela era uma casa de solteiro, de dois quartos e dois banheiros, com cozinha, sala de TV e um lavabo no piso térreo, uma suíte e um quarto menor no andar de cima. O quarto vago tinha uma mesa, um sofá xadrez pequeno demais para alguém dormir e algumas caixas das quais o pai de Finn, aparentemente, não conseguia se desfazer, mas com as quais não se importava o suficiente para desempacotar nos sete anos em que vivia na casinha. O restante da residência era igualmente escasso, detalhes que contavam a história de um homem que trabalhava demais e tinha pouca vida fora da profissão.

Finn me indicou o quarto principal, e eu me deparei com um pequeno banheiro conjugado. Fiquei agradavelmente surpresa pelo espaço arrumado. Tirei a roupa e entrei no chuveiro, deixando a água correr por cima de mim, fluir por meu cabelo até que as lágrimas escorreram dos meus olhos em pura e exausta gratidão. Eu me besuntei de sabonete Irish Spring, porque era o que estava disponível, e ensaboei o cabelo com o xampu anticaspa do sr. Clyde. Usei o aparelho de barbear que estava lá também e prometi que iria substituí-lo no dia seguinte. Tirei a sorte grande quando descobri uma escova de dentes nova no gabinete e fiz outra anotação mental com essa dívida.

Quando terminei, vesti uma camiseta que Clyde tinha me dado de suas próprias coisas e relutantemente vesti de novo minha calcinha vermelha com caveirinhas pretas. Voltei ao meu ponto de partida, com a roupa do corpo e mais nada — a roupa que agora estava amontoada no chão do banheiro. Na verdade, eu estava pior do que quando comecei. Não tinha um único centavo no bolso. Curiosamente, no entanto, a ideia não me assustava nem um pouco. Finn estava comigo.

E agora ele era a única coisa que eu realmente queria, de qualquer maneira.

Saí do banheiro, entrei no quartinho e subi na cama de casal. Finn já estava lá. Ele tinha sido mais rápido do que eu, usando o banheiro no piso térreo, e apenas me abraçou. Eu poderia facilmente ter sido convencida a fazer muito mais do que dormir, mas o sono foi tudo o que tivemos no quarto, na cama do pai dele, guardando nossas palavras para mais tarde, deixando as coisas que precisavam ser ditas deslizarem pelo colchão e caírem no piso, como travesseiros extras, à espera da manhã, quando seríamos obrigados a pegá-las novamente.

12
solução extrínseca

Novos desdobramentos no caso do possível sequestro da cantora country Bonnie Rae Shelby. Fontes próximas à família dizem que houve um pedido de resgate. O FBI foi consultado sobre o caso, e as autoridades não confirmaram uma quantia ou mesmo que o resgate tenha sido de fato solicitado, mas, novamente, fontes próximas à família confirmaram que um pedido de resgate foi feito.

⁂

Eles dormiram como defuntos, e, quando Finn acordou e olhou, ainda sonolento, no relógio de cabeceira, o visor mostrava dez e meia da manhã. Ele não dormia até tão tarde ou tão profundamente desde que era adolescente. Talvez tivesse sido a sensação da garota em seus braços, o cheiro da pele macia e os cabelos limpos fazendo cócegas em seu nariz. Enterrou o rosto mais fundo nos fios perfumados e tentou voltar a dormir, não querendo ficar consciente, porque a consciência aguçava mais os sentidos, e ele já estava consciente demais da coxa delgada jogada por cima da sua e dos braços em volta do seu tronco. Bonnie escondia a cabeça quando dormia, encolhendo-se, e ele sentia a respiração dela fazer cócegas em seu peito nu. Ele não tinha vestido camiseta na noite anterior porque só tinha uma limpa de sobra, e Bonnie a estava usando. Ela tinha visto as tatuagens. Não havia mais nada a esconder.

Ele havia pensado que, assim que Bonnie recuperasse a identidade e os cartões de crédito, os dois poderiam seguir caminhos separados. No entanto, agora era tarde demais para isso. Muito havia acontecido, e, mesmo se Finn quisesse que ela se fosse, o que não era verdade, eles estavam inextrincavelmente ligados, e ele temia tanto por ela quanto temia por si mesmo. Bonnie, obviamente, não estava com medo, por isso ele precisava estar. A garota era um problema, mas também estava *com* problemas, e Finn sabia que não podia deixá-la para trás. Talvez fosse a propensão de Bonnie para o desastre. Ao que tudo indicava, ela havia usado cada restinho de sorte nesta vida na loteria do estrelato, pois era um acidente em potencial. Para onde quer que se virassem, tudo o que ela tocava parecia ir depressa para o brejo. E ainda assim ele estava ali, ao lado dela, tentando descobrir o que fazer, o que era melhor para ela, e se ia ou não ser a morte dele... ou pior, ser o motivo pelo qual ele perderia a liberdade novamente.

Mas a consciência despertou outra vez a preocupação persistente de que o fiasco da noite anterior houvesse sido um negócio maior do que apenas um veículo apreendido e taxas pesadas. Se a polícia estava realmente procurando pelos dois, então ele não recuperaria a Blazer. Toda empresa de guincho pesquisa o número da placa e do chassi quando um veículo é rebocado. Isso Finn sabia. Os policiais poderiam estar rastejando por cima da Blazer naquele exato momento, até onde ele sabia. E as bolsas de Bonnie estavam lá dentro. A corda não parava de ficar mais apertada ao redor de seu pescoço. Não demoraria muito para descobrirem que seu pai vivia na região. E então viriam atrás deles.

O pensamento o fez se desvencilhar dos braços e pernas de Bonnie e deslizar para fora da cama. Ele vestiu a calça jeans e desceu as escadas, ansioso para um café e precisando da confirmação de que uma equipe da SWAT não estava, naquele exato segundo, reunida na frente da casa. Ele abriu a porta da frente com tudo e se viu frente a frente com um gigante com um punho erguido. Aparentemente, o homem estava prestes a bater na porta. Ou isso, ou Finn estava prestes a levar um soco no meio dos olhos.

O homem era enorme, não tanto gordo, mas grande. Sua pele brilhava de tão negra, o branco de seus olhos era a única cor em seu rosto, e Finn só os viu quando o homem levantou os óculos Ray-Ban escuros na testa e lançou um olhar frio, inexpressivo e venenoso que o fez reajustar rapidamente sua opinião sobre o bairro onde seu pai estava vivendo. Aquele cara não era um vendedor, e não era um policial. Finn não sabia o que ele era, mas era assustador. O homem negro enorme, muito bem-vestido, parecia meio velho demais para ser um estudante e muito bem-arrumado para pertencer a uma gangue, embora os grandes diamantes em suas orelhas gritassem "traficante de drogas", na opinião de Finn.

— Você é Finn Clyde? — A voz era mais aguda do que Finn teria esperado, vindo da cavidade torácica do homem do tamanho de um urso na varanda de seu pai. Assim que a comparação passou por sua cabeça, Finn soube quem era.

— Você é o Urso?

— Sou. E é melhor você tirar o rabo de branco marginal da minha frente bem depressa, ou vai descobrir por que a minha mãe me chamava de Urso. Não é porque eu sou fofinho.

Finn imaginou que merecia a classificação de branco marginal, parado com o peito nu marcado por tatuagens ofensivas e o cabelo loiro solto ao redor dos ombros, tanto que deixou o comentário passar e abriu caminho.

— Entre.

Finn deu um passo atrás, e Urso avançou para dentro da pequena sala de estar, preenchendo o espaço com malevolência, seus olhos absorvendo tudo de uma vez.

— A Bonnie está lá em cima. Ela estava dormindo da última vez que verifiquei. Se me der licença por um segundo, vou vestir uma camisa e dizer a ela que você está aqui. — Os olhos do homem se arregalaram com a menção ao fato de Bonnie ainda estar dormindo quase às onze da manhã, como se o detalhe fosse íntimo demais para Finn estar a par dele, mas o guarda-costas cruzou os braços sobre o peito enorme e abriu as pernas em uma postura que dizia "anda logo", enquanto observava Finn subir as escadas.

Finn invadiu o armário de seu pai em busca de uma camiseta. Seu pai era um homem alto e magro que estava sempre vestido com camisas sociais, suéteres e uma ocasional camisa polo, portanto encontrar uma camiseta era mais difícil do que se poderia imaginar. Finn encontrou uma camiseta azul-clara no fundo do guarda-roupa, com um slogan brega que apenas um professor de matemática acharia engraçado. Tinha uma lata de cerveja e a definição de limite de derivada na parte da frente. No verso, a camiseta dizia: "Se derivar, não beba". O tecido esticava, ao contrário das camisas sociais e das polos, mas era confortável o bastante para fazer Finn se sentir como se tivesse pegado emprestada a camiseta do irmão mais novo e mais inteligente. Passou uma escova pelo cabelo e o puxou para trás em um rabo de cavalo certinho, esperando que isso o fizesse parecer um pouco menos morador de trailer e um pouco mais Steven Segal. Precisaria de toda a ajuda que pudesse obter, com o urso-pardo no andar de baixo. De alguma forma, ele não achava que Steven Segal fosse muito do tipo que participava de olimpíadas de matemática. O rabo de cavalo foi totalmente prejudicado pela camiseta idiota.

Bonnie estava acordada, mas apenas de leve. Suas pálpebras estavam semicerradas, e seu cabelo, molhado quando ela foi para a cama, parecia que tinha passado por uma noite selvagem, fazendo todas as coisas que ele desejava que tivessem feito.

— Bonnie Rae, você tem visita lá embaixo. Se não der as caras imediatamente, ele vai me matar. E não vai ser uma morte rápida. Vai ser por espancamento. Tá entendendo?

— Hã?

— O Urso está aqui, e ele é um cara preparado para... bem... dar uma de urso.

— O Urso está aqui? — Ela disparou da cama em linha reta, imediatamente desperta, e foi para a porta, pernas nuas voando, camiseta grande demais deslizando de seus ombros magros.

— Bonnie! — Ela parou e se virou com cara de interrogação. — Se quer que eu viva, vista uma calça e faça alguma coisa com o seu cabelo. Por favor.

Um sorriso tímido levantou os cantos da boca de Bonnie, e ela correu para o banheiro, onde seu jeans descartado ainda estava embolado. Em poucos minutos, estava fora de novo, dentes escovados e cabelo alisado à la Hank Shelby. Ainda estava usando a camiseta de Finn, mas felizmente tinha acrescentado a calça jeans, pelo bem da decência. Finn a seguiu pelas escadas e estava quase chegando ao degrau inferior quando Bonnie se lançou nos braços de Urso.

Para crédito do homem grande, ele não a jogou imediatamente sobre os ombros e foi embora. Em vez disso, abraçou a menina magrinha junto ao peito, deixando os pés dela balançarem a trinta centímetros do chão, com os braços em volta dela. Havia baixado novamente os óculos sobre os olhos, mas seu grande lábio inferior tremeu de modo suspeito enquanto ambos gastavam um minuto para comunicar a devoção mútua.

— Bebê Rae. Que diabos está acontecendo, garotinha?

Bebê Rae. Finn tentou não sorrir. Parecia que ele não era o único que tinha um apelido. Ele se virou para sair do quarto, a fim de dar a eles um pouco de privacidade, mas Bonnie o chamou.

— Clyde. Espere. Não vá. Quero que conheça o Urso.

— Já nos vimos — disse Urso, e não parecia satisfeito.

Bonnie se voltou para ele ferozmente.

— Urso. Não use esse tom com o Finn. Ele não fez nada além de me ajudar. E acredite em mim: eu não facilitei as coisas para ele.

Urso colocou "Bebê Rae" no chão e a olhou fixo em seu rosto. Ela o encarou de volta, o queixo empinado para a frente, a expressão dura.

— Vou fazer café — Finn resmungou, não se sentindo à vontade por ser o tema de um confronto espinhoso.

— Sente-se! — O guarda-costas rugiu, e Finn ficou rígido, voltando-se para ele.

— A Bonnie te ama — Finn disse, mantendo a voz tranquila. — E você, obviamente, a ama. Isso é tudo o que importa no meu manual. Mas, se você acha que isso te dá o direito de vir aqui e me dizer o que fazer, vai ter uma briga em suas mãos. Passei cinco anos na prisão, e a minha briga não é bonita. — Finn deu meia-volta e entrou na cozinha. O silêncio atrás dele o convenceu de que seus comentários tinham deixado a dupla paralisada momentaneamente. Mas não por muito tempo.

O homem foi atrás dele pisando duro, Bonnie em seu encalço.

— Quem diabos você pensa que é? — Urso estava praticamente respirando em suas costas.

— Não sou ninguém — respondeu Finn, abrindo armários até encontrar a lata de café de seu pai. A mesma marca que ele costumava beber.

— Não é mesmo, cara. E o que te faz pensar que eu vou deixar Bonnie Rae passar mais um minuto com um merdinha feito você?

— Urso! — Bonnie se colocou entre os dois homens, sentindo que ambos estavam prestes a explodir. Porém Finn manteve-se sob controle. Ele não culpava o cara. Não podia culpá-lo. Sabia exatamente a aparência que as coisas deviam ter, e sabia que impressão elas davam. E os sentimentos de Bonnie estavam estampados por todo o seu rosto. Ela gostava dele. Finn não sabia por quê, mas ela gostava. E, se Finn podia enxergar, Urso também podia.

— Ele é um ex-presidiário com uma suástica no peito e tatuagens de prisão pelas costas inteiras, Rae! O que você está pensando?

— Estou pensando que você precisa sentar, Urso. Precisa recuar. Agora. — Bonnie apontou para uma das cadeiras da cozinha, e Urso rosnou, mas fez o que ela mandou. Era um urso bem treinado, pelo jeito. Bonnie permaneceu em pé, perto o suficiente de Finn para tocá-lo, e sua proximidade foi uma confirmação maior do que qualquer coisa que ela pudesse ter dito. Sua proximidade dizia que ela não achava que ele não era ninguém.

— Você está em apuros Bonnie. Sua avó está ficando louca da vida, e, depois de ver esse cara, eu não a culpo! — Urso começou novamente.

— Você falou com ela, certo? Falou com a polícia. Disse que eu estava bem. Você disse a ela que eu estava bem. Não disse? — perguntou Bonnie.

— Não falei com a polícia. Eu precisava ver por mim mesmo que você estava bem. Mas contei pra sua avó que você me ligou e disse que estava bem, mas ela não engoliu. Droga, Rae. Eu não engoli! Ela está gritando aos quatro ventos, dando entrevistas ao TMZ, perseguindo a polícia.

— Está preocupada comigo ou preocupada com a minha reputação?

— Os dois!

— Por quê? Por que ela não dá um tempo?

— Ela tem medo de que tudo pelo que ela trabalhou...

— Ah, claro. A minha avó fez todo o trabalho — Bonnie interrompeu, e Finn tocou a mão dela brevemente, confortando-a, antes de continuar seus preparativos.

— Ela tem medo de que você tenha chegado ao fundo do poço, Rae — disse Urso, seu tom suavizado para amaciar as palavras.

— E o que você acha, Urso?

O guarda-costas estudou Bonnie Rae, seus olhos se demorando nos cabelos curtos dela — uma prova gritante de tudo o que havia tomado o caminho errado — e na forma como ela rodeava Clyde.

— Acho que você vem andando à beira do precipício faz um bom tempo, Bebê Rae. Não tem sido você mesma. E eu não sou o único a perceber isso. Algumas pessoas da produção acham que é droga, mas ninguém nunca viu você tomar pílulas ou injetar. Todo mundo sabe dos problemas que o seu irmão Hank teve, por isso estão se perguntando se é um hábito familiar. Você anda fora do ar, distante, há meses.

— Não é droga, Urso. Não é nada disso. E você sabe.

— Eu sei que não é, Bebê Rae. — Ele suspirou profundamente. — Você está de luto, e seu espírito é que foi destruído, mas estou achando que você está lidando com isso do jeito errado. — Os olhos negros, mais uma vez, recaíram firmes em Clyde.

— Só preciso de um pouco de espaço... e de um tempo, Urso — Bonnie Rae sussurrou, implorando.

— Você não vai conseguir muito mais, Rae. A coisa está crescendo a cada minuto desde que você fugiu. Estou surpreso que ninguém tenha me seguido até aqui. Estou ainda mais surpreso que não tenha jornalistas acampados do lado de fora. Se a sua avó conseguir te fazer parecer tão inocente como o dia é longo, apenas uma menina doce à mercê de um grande bandido mau, então é isso o que ela vai fazer. Isso é música country, garotinha. É um grande negócio. Você tem uma imagem a zelar.

— Mas e o Finn? — Bonnie protestou.

Urso olhou para Finn, que estava encostado na pia. Cerrou o maxilar, e seus olhos ficaram mais duros.

— O sr. Clyde pode cuidar de si mesmo, Bebê Rae.

— Mas é tudo culpa minha. Não vou deixar minha avó fazer isso!

Urso manteve os olhos em Finn quando se dirigiu a ele.

— Sinto muito, cara, mas você já era. A avó da Rae vai acabar com você.

Bonnie prendeu a respiração, e o guarda-costas se virou para ela.

— Rae? Você volta para Nashville comigo.

— Não, Urso. Não volto. Não vou com você. Vou com o Finn pegar a Blazer dele, e vou fazer as coisas direito. Você vai falar para a minha avó que, se ela quiser me ver de novo, vai ter que livrar o Finn disso tudo. É melhor ela começar a cantar uma música diferente, ou quem não canta mais sou eu. Não canto, Urso. Eu te amo, mas não vou ser intimidada por mais nem um dia. Não devo absolutamente nada para você, nem para a minha avó, nem para qualquer outra pessoa.

— Bonnie — Finn falou pela primeira vez, e ela se virou para ele, a ameaça de lágrimas e desculpas transparecendo por todo o seu rosto. — Não podemos pegar a minha Blazer. Eles devem ter checado a placa quando guincharam. Talvez a polícia não tenha entrado no caso, mas suponho que agora a placa esteja marcada. Se a polícia está realmente procurando por mim, assim que eu for buscar, ou vou ser preso, ou eles vão manter o carro retido até que a minha barra fique limpa.

— Mas... mas... — Bonnie desabou na cadeira, e Urso e Finn se entreolharam por longos minutos. Então Urso se virou para Bonnie e apontou um dedo grosso para ela.

— Você deve aparecer no Teatro Kodak no domingo, receber seu público, pronta para aceitar aquele prêmio se ganhar, Rae. — Ele olhou para Finn e explicou: — "Machine" foi indicada como melhor canção original em um filme. — Então olhou para Bonnie, como se não pudesse acreditar que estivesse tendo de lembrá-la. — Você lembra disso, né, Bonnie Rae? Que compôs uma música que pode ganhar um Oscar? Droga, isso é uma coisa muito importante.

— Eu lembro, Urso. — Bonnie deu de ombros e olhou para Finn como se estivesse um pouco envergonhada.

A cafeteira terminou, e Finn se ocupou com xícaras e creme, colocando canecas em frente a Urso e Bonnie, mantendo uma para si. Bonnie envolveu a xícara com as mãos, mas não fez qualquer movimento para adoçar ou colocar creme na bebida escura.

Urso não tinha terminado.

— Você vai aparecer lá, desfilar no tapete vermelho, sorrindo na frente das câmeras, como se nada tivesse mudado, de mãos dadas com o Clyde aqui, como se ele fosse seu namorado, não um condenado que te sequestrou. Você vai desmentir tudo o que a sua avó anda contando pra todo mundo, e vai fazer isso em rede nacional, sem falar uma palavra para a polícia, ou para quem quer que seja. Se você ganhar, vá até lá e mostre a pessoa encantadora e adorável que você é, agradecendo a todo mundo. Se fizer isso, pode ser que toda essa confusão acabe.

— Finn? — perguntou Bonnie. — Você já foi a uma cerimônia do Oscar?

Ela sabia que ele não tinha ido, mas não era o que ela estava perguntando, e ele entendeu a questão em alto e bom som. Bonnie o queria com ela. E, apesar de tudo, ele também queria. Finn estava envolvido, e ele soube na noite anterior, quando a ouviu cantar, em pé no topo do escorregador, contando ao céu noturno que ela era uma viajante que atravessava o mundo sozinha.

— Eu levo Bonnie à Califórnia no domingo — disse ele ao guarda-costas, e o rosto de Bonnie se iluminou com o mesmo velho sorriso, que era como um chute em seu traseiro e que o fazia implorar por mais. — Hoje é quinta-feira. Vamos aparecer no Oscar, colocar os rumores de lado e, depois disso, Bonnie pode decidir o que vai acontecer em seguida, sem que nenhum de nós lhe diga o que vai ou não fazer.

Urso estava observando Bonnie quando ela sorriu para Finn por cima da caneca de café. Ele balançou a cabeça um pouco, como se negasse o que os olhos de Finn estavam lhe dizendo.

— Precisa de um possante? — perguntou Urso, abruptamente.

— Estou com um carro alugado lá fora — disse Finn, hesitante. — Mas preciso devolver hoje. Já que estou em apuros, não quero ficar mostrando minha carteira de motorista por aí e usando meu cartão de crédito de novo para alugar outra coisa. Não vamos chegar muito longe assim.

— Não. Não vai funcionar. Vim dirigindo de Nashville esta manhã. Fica a apenas quatro horas daqui. Fique com o meu carro, e eu levo o carro alugado para Nashville comigo. Ligue para a locadora, diga que vai devolvê-lo lá. Eles não pedem a identidade quando a gente devolve. Só querem dinheiro. E eu vou dar dinheiro a eles.

— Eles vão cobrar os olhos da cara pela mudança do local de devolução — disse Finn.

— Você pode me pagar quando tudo isso acabar. Vou esperar um aumento, Bebê Rae. — Ele voltou a atenção para ela por um breve segundo e, em seguida, encarou novamente Finn. — Vou pegar meu carro de volta quando for a Los Angeles para a premiação. — Urso olhou para ela. — Não deixe a Bonnie dirigir.

— Urso! — disse Bonnie, ofendida. A julgar pela propensão dela a problemas, Finn não se surpreenderia se Bonnie fosse um terror atrás do volante. Finn se considerava bastante avisado.

— Ali está a sua bolsa, Rae. — Urso indicou a bolsa de couro amarelo-manteiga que tinha colocado em cima da mesa ao entrar na cozinha. — Arranjei um celular novo pra você. Sua avó pegou o seu, já que você afanou o dela. Não me pergunte como eu coloquei as mãos nesta bolsa. O celular é por minha conta, e é para minha própria paz de espírito.

Bonnie se levantou e beijou o topo da cabeça brilhante e careca.

— Obrigada, Urso. Quanto ao aumento, considere-o concedido.

Com um sorriso rápido para Finn, ela subiu a escada, e Finn pôde ouvi-la no quarto no andar de cima, recolhendo as coisas deles. Bom. Precisavam sair enquanto ainda podiam.

— Faz vinte e cinco anos que sou guarda-costas. Venho atuando como chefe de segurança da Bonnie e aquele que dá um jeito nas coisas pelos últimos cinco — disse Urso, sério, e a atenção de Finn se deslocou do quarto para a mesa da cozinha, onde o carrancudo homem negro a exigia. — Já dei uma de babá para um monte de celebridades na minha vida. Ganhei uma boa grana também. Alguns são pessoas legais. Alguns não. Mas a maioria tem um podre ou outro. É o que vem com esse meio. Excesso de tudo. E todo mundo sabe que excesso de qualquer coisa faz mal. Mal para barriga, mal para cabeça, mal para alma. Muitos deles têm demais, mas nunca se sentem completos, é o que parece. Acham que deviam estar felizes, mas não estão, e assim fazem coisas idiotas para o vazio ir embora. Mas Bonnie Rae não é assim. Um pouco disso é pelo fato de a avó dela ser osso duro de roer. Bonnie pode não admitir, mas aquela mulher a ama. Infelizmente, a avó salvou Bonnie de ser mordida pelo bichinho da celebridade, mas quem se tornou vítima foi ela mesma. Ela deixou que isso se tornasse a coisa mais importante. Rae sempre foi constante, apesar de tudo. Doce. Cheia de vida e nunca cheia de si. Mas, quando a irmã dela morreu, o fogo se apagou. Ela simplesmente surtou. Pensei que fosse acabar com tudo quando voltou pra casa. Pensei que a gente ia cancelar o restante da turnê e tirar um tempo de folga, mas isso não aconteceu. Devia ter acontecido. Eu devia ter entrado em cena como amigo dela. Mas não fiz isso. Então é por isso que eu estou aqui, e é por isso que estou intervindo. Não sei o que está acontecendo entre vocês dois. Ela diz que você a encontrou numa ponte em Boston. Diz que, se não fosse você, ela poderia não estar aqui. Então, por isso agora eu vou embora. E vou confiar em você. Mas, se você magoar a menina de algum jeito, eu te mato.

O negro opaco dos olhos do Urso não brilhou nem mudou. As ameaças não eram vazias.

— Estou pronta! — Bonnie apareceu de repente na cozinha, pulando em um pé só enquanto puxava uma bota vermelha pelo outro. As bolsas de Finn estavam penduradas nos ombros dela, e um braço segurava o casaco rosa fofo.

— Chave! — exigiu Urso, levantando-se da mesa, abandonando o que restava de seu café cheio de açúcar e creme. Finn pegou a chave de dentro do bolso. Ele as havia escondido na noite anterior, para que Bonnie não pudesse roubá-las e se mandar de novo, e colocado no bolso logo que vestiu a calça naquela manhã. Urso jogou seu próprio molho de chaves em direção a Finn, que o pegou com habilidade, antes de jogar a sua.

— Meu carro é o Charger preto estacionado na rua, e eu estou supondo que o seu seja a lata velha na garagem. Sorte minha. Sugiro que vocês dois deem o fora da cidade. Continuem seguindo em frente e vão ficar bem. Assim que chegarem a Los Angeles, fiquem na de vocês, no Bordeaux. Aqueles caras já lidaram com estrelas e escândalos por décadas e são discretos. Você já se hospedou lá antes, então conhece. Ninguém vai nem saber que você está lá. Vou cuidar dos detalhes, e vejo vocês dois em LA. Me liga, Bebê Rae.

13
mudança de fase

Clyde e eu fizemos como o Urso sugeriu e saímos logo depois dele, trancando a porta atrás de nós. O Urso havia estacionado o Charger quase um quarteirão para baixo na mesma rua, em frente a uma casa caindo aos pedaços, com vários outros carros estacionados em cima da grama. Alunos da faculdade. Eu não conseguia deixar de sentir que alguém, um policial ou um repórter, poderia pular na nossa frente a qualquer momento, mas bem poucas pessoas estavam na rua, e as que estavam não deram a mínima para nós.

Finn não ia poder ver o pai, afinal de contas. Eu me senti mal por ele e disse isso quando entramos no Charger. O luxo do carro do Urso parecia quase exótico depois dos dias na velha Blazer barulhenta.

— Vou pedir para o meu pai recuperar a Blazer quando a confusão toda passar. Aí ele pode ir até Las Vegas e passar alguns dias comigo. Acho que ele estaria disposto. Meu pai tem tentado me fazer vir a St. Louis desde que fui solto, na esperança de que eu fosse para a faculdade. — Finn deu de ombros e deixou a sugestão do pai pairar no ar.

— Por que não? A faculdade, quero dizer. Você é muito inteligente, poderia mexer com matemática o dia todo, certo?

— Ninguém quer sentar e ficar resolvendo problemas de matemática o dia todo, Bonnie. Não é assim. Eu amo números e padrões, e os vejo em todos os lugares, mas não preciso me sentar numa carteira de faculdade para fazer isso. Além do mais, não quero que meu pai tenha que explicar a meu respeito aos colegas dele. As pessoas nesses círculos não têm filhos que passaram os anos de faculdade na cadeia.

— Imagino que as pessoas nos círculos dele não tenham filhos que conseguem multiplicar números grandes de cabeça e lembrar cada carta que é jogada numa partida de pôquer.

Finn grunhiu, como se não tivesse resposta para isso, e deu partida no carro do Urso.

Estendi a mão e desliguei o motor. Ele olhou para mim com surpresa, e eu respirei fundo.

— Eu faço o que você quiser fazer.

Finn levantou as sobrancelhas, esperando que eu me explicasse.

— Eu fui egoísta. Posso acabar com isso. É só a gente ir até a polícia. Dou um depoimento, depois vamos buscar a Blazer. E tudo termina.

— Acabei de prometer ao Urso que vou te levar a Los Angeles — disse Finn, com o rosto inexpressivo.

— Eu vou para Los Angeles.

— Como? Você não tem dinheiro.

— Tenho cartões.

— Acho que cada um desses cartões foi suspenso. Sua avó me parece o tipo que não deixa nada de fora.

— Então me leve a um banco. Agora estou com minha identidade, com os números das contas. Vou conseguir o que preciso.

— Eu te levo ao banco.

Concordei com a cabeça, um nó subindo pela minha garganta.

— Tá bom.

— Mas vamos fazer o que tínhamos planejado. Vamos seguir o combinado. Vamos para LA, deixar o mundo ver que Bonnie Rae Shelby está ótima, e depois você decide o que fazer. Não a sua avó. Não eu. Você.

Balancei a cabeça de novo, o nó agora alojado atrás dos meus olhos, fazendo-os ficarem cheios de água. Pisquei com força e tirei os óculos de sol da bolsa.

— Por quê? — sussurrei, quando os acomodei sobre o nariz. — Por que você está fazendo isso por mim?

— Não sei — respondeu Finn. E eu pude ver por sua expressão franca que ele não sabia. Estava dizendo a verdade. — Não sei. Não quero parte nenhuma desse circo. Não quero câmeras na minha cara. Não quero as pessoas falando de mim. Não quero ver meu rosto numa revista. Não quero nada disso.

— Então... por quê? — As lágrimas vazaram sob os meus óculos.

— Não quero nada disso... mas quero você.

Quando um homem diz algo assim para uma mulher, tem que se inclinar e beijá-la. Com força. E depois deve fazer amor com ela. Com mais força.

Mas Finn não fez isso. Claro que não. Parecia que ele queria engolir as palavras de volta assim que as disse, e esfregou as mãos sobre o rosto, no estilo Finn, me deixando saber que ele estava agitado e extremamente desconfortável com a situação. Ele estendeu a mão e puxou os óculos de cima do meu nariz. Acho que precisava ver em que eu estava pensando. Ele engoliu em seco quando avistou minhas lágrimas, o pomo de adão subindo e descendo na garganta, depois desviou os olhos e atirou meus óculos no painel, como se estivesse jogando fora o bom senso.

— Você me deixa louco! Você me perturba demais. Me faz querer arrancar os cabelos, e cada maldita coisa deu errado desde o momento em que nos conhecemos.

Assenti, concordando, e procurei algo para limpar o nariz. Encontrei um lenço no console do carro do Urso e enxuguei o rosto. Pensei que Finn tivesse terminado, que tinha dito o que queria dizer, mas, em seguida, ele falou de novo:

— E mesmo assim eu *quero* você. — Finn pareceu atordoado com a confissão e enfatizou a palavra *quero*, como se ele mesmo não pudesse acreditar nela.

— Quer *transar* comigo? — guinchei, querendo também, mas esperando que houvesse mais.

— Quero! — Finn não parecia especialmente feliz com isso. — Quero! Mas, se fosse só isso, eu não me sentiria assim. Não estaria fazendo isso. Mas eu quero *você*. — Dessa vez ele enfatizou a palavra *você*, e eu me senti relaxar um pouco. Sorri entre as lágrimas que não tinham parado de cair durante o discurso dele.

— Que bom. — Eu ri. — Eu quero *você* também. Então estamos quites. Infinito mais um é igual a dois, viu só? Eu e você.

A mão dele disparou e envolveu meu pescoço, me puxando para ele, tomando minha boca, com partes iguais de impaciência e relutância, como se ele já não pudesse se conter, mas estivesse tentando se convencer a parar com aquilo imediatamente, até que seus lábios tocaram os meus. Minhas mãos agarraram a frente da camiseta dele enquanto sua língua percorreu minha boca. E nós não paramos para recuperar o fôlego por um longo tempo, alheios a qualquer coisa além das janelas negras do carro customizado, completamente inconscientes às duas vans de televisão paradas em frente à casa de Jason Clyde, no fim da rua sem saída.

༄ঽ

Enviei uma mensagem para o Urso assim que pegamos a estrada, dizendo que estávamos seguindo caminho, e recebi uma resposta imediata:

> Registrei você no Hotel Bordeaux no nome da minha mãe, como sempre fazemos. Ligue antes de chegar, e eles vão te fazer entrar pelos fundos, como de costume. Não precisa de check-in. Conta paga. O sr. Clyde pode se passar por seu segurança até eu aparecer, no domingo. Os convites vão ficar na recepção. O hotel vai disponibilizar uma limusine para a grande aparição. Já cuidou do figurino? Lá não vai ter equipe. Só você e eu, Rae. Isso é o que acontece quando você some sem permissão.

Respondi:

> Não sobrou cabelo nenhum, acho que posso cuidar da minha maquiagem e vou comprar um vestido em Las Vegas. É só o Oscar. Nada de mais. PS: Te amo, Urso.

E a mensagem final, dele:

> Também te amo, Bebê Rae. Juízo. Te vejo domingo.

          ✧

O BANCO ERA PEQUENO, MAS AINDA ERA UM BANCO. NORMALMENTE isso não me incomodava. O banco de Grassley era um predinho de tijolos marrons, com morcegos nas vigas, e cheirava a mofo — uma declaração apropriada para o estado da situação financeira da cidade. Eu nunca tinha passado muito tempo em qualquer banco, verdade seja dita. Abri uma pequena conta corrente e recebi meu próprio cartão de débito quando Minnie e eu arranjamos nosso primeiro emprego, aos catorze anos. Foi um trabalho na Grassley Grill. A gente compartilhava, dividindo os turnos, quando só havia trabalho suficiente para uma de nós. Começamos limpando banheiros e lavando fritadeiras, e depois fomos subindo até chegar ao caixa, ganhando 6,75 dólares por hora. Acho que o salário mínimo aumentou desde então, mas a metade de cada salário entrava na minha conta bancária, e eu vigiava meu dinheiro como um falcão. Minha avó e eu esvaziamos essa conta e a da Minnie quando fomos para Nashville. Foram necessárias todas as nossas economias e as dela, o que não era muito, para comprar as passagens de ônibus para lá, e, se eu não tivesse sobrevivido por toda a competição e vencido, não teríamos tido dinheiro para voltar para casa, já que minha avó gastou tudo naquela maldita peruca.

Mas eu sabia como funcionava, mesmo depois de terem se passado alguns anos desde que eu havia controlado o meu dinheiro. Contanto que eu tivesse a identidade e os números das contas, eu poderia sacar quanto quisesse no banco, não importava onde estivesse, em qualquer parte dos Estados Unidos. Eu estava nervosa, apesar disso. Eu entraria lá, diria que era Bonnie Rae Shelby, entregaria minha identidade, que não se parecia muito mais comigo agora, e pediria dez mil. Eu queria pedir mais, mas teria de ser em espécie, e eu não queria que houvesse problemas.

Dez mil iriam levar Finn e eu até Los Angeles com uma boa folga. Eu precisava comprar um vestido digno do Oscar, e Finn ia precisar de um smoking. Além disso, eu tinha de enviar um dinheiro para o pai de Finn tirar a Blazer da garagem do guincho. Depois de alguns dias, a taxa ia ter aumentado bastante. Dez mil não seria problema, havia cinquenta vezes isso só naquela conta. Era a minha conta, e a da minha avó, imaginei, já que também estava em nome dela. Eu tinha dinheiro em fundos mútuos, investimentos, ações e títulos, em imóveis e terrenos, e, como minha avó, tinha dinheiro enfiado na gaveta de meias, em casa. Mas, nos últimos cinco anos, eu mal cuidei das minhas finanças. Tinha gente para isso. Agora eu gostaria de ter sido mais ativa.

O banco cheirava a tapetes novos e couro, com apenas um toque de limpa-vidros acrescentado para convencer os clientes de que as instalações eram completamente limpas, sendo, portanto, um lugar seguro. A moça atrás do balcão de mármore sorriu para mim de seu pequeno guichê e perguntou como poderia me ajudar. Ela era tão limpa e arrumada como os pisos brilhantes, e uma placa dourada em sua baia a identificava como Cassie. Eu me senti um pouco suja, com a camiseta grande demais de Finn e meus jeans justos que precisavam ser lavados, mas ainda assim mostrei a ela um sorriso Bonnie Rae Shelby gigante e em plena potência e peguei minha carteira de motorista.

— Preciso fazer um saque da minha poupança.

— Certo. Precisa de um formulário de saque?

— Não, senhora. Tenho um.

Entreguei-lhe o formulário que eu já tinha preenchido, junto com minha carteira de motorista, e vi os olhos dela se arregalarem. Ela me olhou furtivamente e desviou o olhar, duas manchas vermelho-vivas apareceram no alto de suas faces lisas. Ou ela me reconheceu, ou eu estava encrencada, ou os dois.

Ela começou a digitar no teclado do computador, os dedos voando sobre as teclas. Depois abriu uma gaveta de dinheiro e colocou cinco maços no balcão, cada um envolto por uma faixa que dizia "dois mil". Ela deslizou os cinco maços para dentro de um envelope e apertou um botão em uma pequena máquina engraçada para imprimir meu comprovante do tamanho de um talão de cheques. Obrigada, Cassie. Obrigada, Senhor.

— Cassie? — Outra mulher, que estava operando o caixa que dava para a rua, atrás de Cassie, aproximou-se da jovem e apontou algo na tela do computador. Então elas olharam para mim. A mulher mais velha a puxou de lado, para o lado esquerdo do guichê, e eu a ouvi explicar algo em tom doce. Cassie recuou para sua posição e tentou sorrir. As manchas em seu rosto agora eram do tamanho de tomates. Ela parecia muito constrangida.

— Hum. Sinto muito, senhorita... hum, Shelby. Sou nova... e não vi algo assim antes. Hum, há um alerta sobre esta conta. Foi relatada uma atividade fraudulenta, e nenhum dinheiro pode ser liberado sem a presença das duas titulares. — Ela disse tudo isso como se estivesse repetindo exatamente o que sua superior tinha acabado de lhe dizer.

— Mas é a minha conta. — Bati na carteira de motorista. — E eu estou aqui, parada na sua frente... Não estou cometendo nenhuma fraude. Você tem a prova de que sou quem estou dizendo que sou. E este é o meu dinheiro. — Tentei manter o tom de voz comedido, o sorriso no lugar, mas meu coração estava saindo pela boca, e senti a queimação da vergonha subir pelo pescoço, numa linha escarlate. Havia me sentido assim muitas vezes durante a infância e a adolescência em Grassley, usando cupons de desconto no supermercado ou tendo o cartão de débito da minha mãe recusado no posto de gasolina. A vergonha era como um primo alto e constrangedor que vivia na nossa cola e sempre fazia com que todos soubessem de quem ele era parente. Mas todos tinham primos em Grassley, então pelo menos eu não estava sozinha.

Mas eu estava sozinha agora, olhando para o rosto pouco à vontade de uma moça que sabia quem eu era... quem era Bonnie Rae Shelby. Sua supervisora estava atrás dela, preparada para intervir, se fosse preciso.

— Então eu não posso tirar dinheiro nenhum da minha conta mesmo que tenha meio milhão de dólares lá dentro.

— Na verdade, senhora — disse a supervisora. — Há apenas cerca de dez mil dólares na conta. Uma grande soma foi retirada faz dois dias.

Engasguei como se tivesse sido atingida por um soco inesperado. Minha avó era a única pessoa que poderia entrar em um banco e sacar quinhentos mil da minha conta.

— Mas a senhora acabou de dizer que nenhum dinheiro pode ser retirado da conta sem que os dois titulares estejam presentes — ofeguei.

— O dinheiro deve ter sido retirado antes que o alerta fosse colocado no sistema — respondeu, indiferente, a mais velha. A expressão em seu rosto indicava que ela acreditava que eu era a razão de haver um alerta de fraude na conta. E acho que eu era. Mas o dinheiro era meu.

Fiquei olhando para elas pelo tempo de duas respirações profundas. Elas encararam de volta. Não parei para pensar nas consequências do que fiz em seguida. Estava irritada demais. Estendi a mão e peguei a pequena pilha certinha de dinheiro ainda pousada na frente da caixa com rosto na flor da idade. Desculpe, Cassie. Bobeou, dançou. O comprovante também estava dentro do envelope.

— Considerem a conta encerrada, então, senhoras — falei alto por cima do ombro enquanto seguia depressa em direção à porta.

— Senhora! Não pode fazer isso! — A supervisora gritou atrás de mim.

— Acabei de fazer. E tenho um comprovante.
— Vamos chamar a polícia!
— Tenho certeza que sim. Diga que mandei lembranças.

Saí com tudo do pequeno edifício, o dinheiro ainda apertado na minha mão. Não havia nenhum segurança para me deter, nenhum alarme tocando quando abri a porta do Charger preto do Urso.

— Vamos embora — eu disse quando deslizei para dentro.

14
número ímpar

St. Louis mal tinha saído do espelho retrovisor quando eles pararam para abastecer em uma pequena cidade chamada Pacific. Finn estava nervoso e Bonnie parecia abalada demais, porque, quando não estava olhando no espelho retrovisor, ele a pegava lançando olhares furtivos para trás. Bonnie estava tentando ser discreta, mas não era boa em ocultar os sentimentos. Ela estava aborrecida quando saiu do banco em St. Louis, embora não tivesse falado muito a respeito. Tinha murmurado algo sobre um "acerto de contas", mas, quando Finn a questionou, Bonnie apenas balançou a cabeça e disse:

— Estou cansada da droga da minha vida. E estou cansada das pessoas, exceto de você. Deixei um monte de gente rica, e pode acreditar que vai ter um acerto de contas.

Ela ficava bonitinha quando dizia "acerto de contas". "Contas", dizia, como se estivesse num set de faroeste de Clint Eastwood. Mas Finn não riu. Bonnie Rae tinha sido usada e abusada emocionalmente em seu caminho para a fama e a fortuna, e ele ia ajudá-la em seu acerto de contas, mesmo que isso significasse colocar o próprio rabo no fogo cruzado. Mesmo que significasse aparecer em um evento como o Oscar em toda a sua glória de bad boy, só para que Bonnie Rae pudesse esfregar isso na cara da avó.

Enquanto ele enchia o tanque e comprava dois sanduíches no posto de gasolina, Bonnie atravessou a rua até uma pequena loja. Finn gemeu por dentro, pensando que ficaria esperando para sempre, mas Bonnie estava de volta em aproximadamente o mesmo tempo que ele levou para cumprir suas atribuições. Ela trouxe uma camiseta limpa para cada um deles, além de roupas íntimas e meias para os dois também — que ela alegremente informou que havia trocado, além de uma camiseta branca com decote V que ficava muito melhor que aquela que havia emprestado dele, embora Finn meio que gostasse da ideia de Bonnie vestir suas roupas.

Ele queria saber o que Bonnie tinha feito com a calcinha de caveirinha, mas não perguntou. Ficava encantado com o modo como ela era fácil de agradar, como aquelas pequenas coisas, tipo calcinha limpa e camiseta nova, podiam fazê-la sorrir, e pensou novamente no acerto de contas. Interessante que ele estivesse pensando em fazer justiça quando diminuiu a velocidade e parou no sinal vermelho pouco antes de entrar na autoestrada.

Um mendigo estava na calçada entre as pistas, entretendo os motoristas em troca de compaixão e dinheiro. Bonnie o observou enquanto Finn esperava o semáforo abrir para fazer a conversão — ele sempre se sentia mal por não oferecer às pessoas que pediam ajuda a dignidade do contato visual, mas o contato visual significava que o vidro ia baixar, que o dinheiro ia trocar de mãos. Com firmeza, Bonnie pegou sua bolsa, e Finn lhe lançou um olhar que dizia "não". Ela se endireitou no banco com pesar. Boa menina. Talvez estivesse aprendendo.

O cabelo do mendigo era uma confusão selvagem. Finn nunca tinha visto um black power maior, nem mesmo em Norfolk, onde o cabelo daquele jeito era um símbolo de rebeldia. A barba do homem era grisalha e igualmente emaranhada, e ele tinha olhos loucos, arregalados e esbugalhados, o que levou Finn a se recordar brevemente de Samuel L. Jackson em *Pulp Fiction*. Calçava meias — sem sapatos, apenas meias — e um enorme casaco militar verde-ervilha. Pelo que Finn via, o homem estava usando todas as suas roupas em camadas abaixo do casaco, tornando-o volumoso além do que se pudesse esperar, e provavelmente exalando extremo mau cheiro, mesmo sob o sol frio. O homem virou a plaquinha de papelão na direção deles bem na hora em que o sinal ficou verde, e Finn desviou os olhos assim que os carros começaram a avançar devagar.

— Pare! Finn! Encosta! Encosta! — gritou Bonnie, com a mão na maçaneta da porta quando ela se virou no assento, olhando para algo além de seu ombro. — Pare! — Ela gritou de novo. Então, em vez de virar e seguir a fila de carros em direção ao acesso, ele avançou um pouco e acendeu o pisca-alerta, desviando em meio ao tráfego para o acostamento estreito da rodovia. Talvez tenha sido tão receptivo ao pedido porque Bonnie estava gritando e batendo em seu braço.

Bonnie estava fora do carro antes de o Charger sequer ter parado por completo, e foi a vez de Finn gritar, alertando-a para esperar, mas ela não deu ouvidos. Bonnie correu pela lateral da via até ficar em frente ao mendigo, ainda parado na calçada que dividia as pistas, observando os carros voarem por eles em ambos os sentidos. Bonnie estava separada dele por uma pista, mas estava acenando os braços, tentando chamar sua atenção. Finn esperou por uma diminuição no fluxo e então deslizou para fora do carro, não querendo abrir a porta e correr o risco de vê-la ser arrancada por um caminhão. Por sorte, era uma cidade pequena, e o tráfego não era pesado, mas sua incapacidade de seguir Bonnie tinha dado a ela tempo suficiente para chegar até o mendigo, com quem agora conversava entre as pistas, parecendo tão à vontade com o homem grisalho quanto ficava atrás do microfone. Enquanto Finn observava, ela enlaçou a mão pelo braço do homem e o fez atravessar a pista em direção ao carro do Urso e a Finn, que só pôde assistir aos dois se aproximarem com horror.

— Finn! O William está indo para a mesma direção que nós! Pensei que a gente pudesse dar uma carona pra ele.

Porra. Bonnie Rae Shelby era uma lunática. Ele estava apaixonado por uma lunática! O pensamento fez Finn se conter de repente. Apaixonado? Ele não a amava! Ele só... queria Bonnie. Como havia dito a ela naquela manhã. Só a queria. Era tudo. Ele queria uma lunática.

— Precisam de mim em Joplin. — A voz do mendigo era estridente e poderosa, mas ele sorriu para Finn enquanto se aproximava do veículo com Bonnie, e sua barba se abriu como as águas do Mar Vermelho, revelando a dentição incompleta. — Meus amigos me chamam de George Orrin Dillinger III, mas, como eu disse à moça, podem me chamar de William. — Ele pronunciava cada sílaba como se estivesse pregando um sermão.

O fato de os amigos do mendigo o chamarem pelo seu nome completo, ainda que ele e Bonnie pudessem chamá-lo de um nome totalmente diferente, não fazia sentido algum, mas Finn apenas confirmou com a cabeça, atordoado, e observou Bonnie abrir o porta-malas, lançando dentro os poucos pertences do homem, abrindo espaço para William, também conhecido como George Orrin Dillinger III, também conhecido como o homem louco que estaria sentado atrás dele pelas próximas três horas, até que chegassem a Joplin, a próxima parada na rota programada de Finn.

William subiu no carro, e, antes de fechar a porta, Bonnie lhe perguntou se podia pegar emprestado o cartaz de papelão, só por um segundo. O homem concordou, obviamente, porque Bonnie Rae o pegou enquanto William fechava a porta, e então ela o segurou acima do teto do carro, mostrando-o a Finn, ainda parado ao lado da porta do motorista. Os olhos de Bonnie estavam quase tão grandes e loucos como os de George Orrin Dillinger. Ela apontou para as palavras na placa ferozmente, sem falar.

"Eu acredito em Bonnie e Clyde", estava escrito. Finn leu de novo e de novo, sem saber o que fazer com aquilo. Então olhou para Bonnie e deu de ombros.

— E?

— E? — sussurrou ela. — É um sinal!

— Sim. É. Um sinal de papelão.

— Finn! Tem nosso nome!

— Nomes que calharam de ser os mesmos de uma dupla muito conhecida. Ele poderia ter escrito "Eu acredito em Sonny e Cher", ou "Beavis e Butt-Head", ou "pasta de amendoim e geleia".

Bonnie parecia um pouco cabisbaixa. Ele tinha tirado a magia do momento. Finn era bom nisso.

— E agora temos um cara fedido chamado William com as iniciais G.O.D., "Deus", em nosso banco de trás. E eu não estou feliz com isso, Bonnie Rae.

— As iniciais dele são G.O.D.! — Os olhos de Bonnie estavam seriamente a ponto de saltar do crânio. A magia estava de volta. Finn gemeu e começou a rir, mais uma vez sem ter certeza se aquilo poderia mesmo ser real. Ele ainda se beliscou. Será que tinha mesmo acordado naquela manhã com uma estrela pop nos braços, um urso nos degraus da porta da frente da sua casa e agora Deus no seu banco de trás?

Ele apenas sacudiu a cabeça e entrou no Charger antes que outro carro levasse um naco da sua bunda, e Bonnie seguiu seu exemplo, a placa de papelão ainda segura junto ao peito.

O interior do carro já estava fedendo. Bonnie soltou resmungos educados sobre estar fazendo um dia bonito e abaixou um pouco os vidros. Finn imediatamente perdeu o apetite.

— Está com fome, William? — perguntou ele.

— Sim, senhor. Estou. — O homem assentiu, a voz poderosa um pouco alta demais para o interior do carro.

— Aqui! — Bonnie Rae entregou a William seu sanduíche enquanto se dirigiam a sudoeste, rumo a Joplin.

— O que significa esta placa, William? — Bonnie se virou e a colocou no banco ao lado dele, embora o homem mal tivesse olhado.

William estava devorando o sanduíche como se não comesse havia uma semana. Finn passou seu sanduíche para trás também, com uma garrafa de água. William tentou responder entre mordidas, alface e pedaços de tomate e cebola caindo em sua barba, presos como moscas em uma teia de aranha, mas não parou para libertá-los.

— Eu tive um sonho — começou ele, fazendo o gênero Martin Luther King. — Sonhei com Bonnie e Clyde. Toda hora eu sonho. Eu sonho com muitas coisas — disse William, mastigando.

William era teatral demais para ser levado a sério, mas Bonnie disparou um olhar para Finn, como se dissesse: "Está vendo?"

— Bem, meu nome é Bonnie — disse ela, triunfante.

— E qual é o nome dele? — William não pareceu surpreso com a revelação de Bonnie.

— Eu sou Finn. — O diabo em Finn não estava prestes a revelar seu sobrenome ao mendigo.

— Ahh. Sr. Infinito — trovejou William.

— Sr. Infinito! — Bonnie deu um riso estridente. — Sr. Infinito me passa a imagem de você coberto de óleo corporal, usando uma sunga e flexionando os músculos em cima de um palco, Finn.

— Vai sonhando. — Finn sorriu.

— Sim, eu sonho — respondeu Bonnie, inexpressiva. Estava sendo boba, mas ainda era sexy, e Finn realmente desejava que William fedorento não estivesse no banco de trás para que ele pudesse beijá-la.

— Sr. Infinito, o Todo-Poderoso, o Rei dos Reis, o Senhor dos Senhores, o Pai Eterno, o Príncipe da Paz. O próprio sr. x. A incógnita! — William havia acabado de comer o primeiro sanduíche e anunciava os nomes como se estivesse narrando uma partida de boxe.

— Estão todos prooooontos para o show? — Finn murmurou para si mesmo.

Bonnie deu uma risadinha.

— Acho que nunca ouvi as pessoas se referirem a Deus como sr. Infinito ou sr. x, nem mesmo como "a incógnita", pra falar a verdade — comentou Bonnie quando William começou o segundo sanduíche.

— "x" e "incógnita" são termos matemáticos — Finn explicou, divertindo-se, por incrível que pareçesse. As próximas três horas não seriam chatas. A barba de William estava tão cheia de verduras que ele poderia fazer uma salada mais tarde, a não ser, claro, que o estrondo sônico de sua voz tremesse a barba e fizesse tudo cair.

— Você gosta de matemática, sr. Infinito? — perguntou William. Finn encontrou o olhar dele no retrovisor, mas não respondeu. Acabava de lhe ocorrer que ele não havia dito a William que seu nome era Infinity, ou Infinito. Ele disse que era Finn.

— Me diga uma coisa: a matemática existe porque é um reflexo do nosso mundo, ou o mundo existe por causa da matemática? — perguntou William, fazendo as sobrancelhas de Bonnie dispararem para o alto e o coração de Finn parar. Obviamente não era uma pergunta para a qual o mendigo esperasse resposta, porque terminou os sanduíches e, com um pequeno arroto, recostou-se pesadamente no assento.

— Eu tive fome e me destes de comer, tive sede e me destes de beber. E agora vou descansar um pouco — declarou William, em tom muito mais normal. Em poucos segundos ele estava roncando no banco de trás, um de seus pés imundos e de meia apoiado no descanso de braço entre Bonnie e Finn.

— Você não está contente por eu ter oferecido uma carona? — perguntou Bonnie, tentando manter a expressão séria. Como Finn não respondeu, ela lhe deu um cutucão de leve.

— A pergunta que ele fez, se a matemática existe porque é um reflexo do nosso mundo, ou se o mundo existe por causa da matemática. Você ouviu? — ele quis saber, distraído.

— Sim. Ouvi. — Bonnie riu. — Claro que ouvi. Fiquei perplexa.

— Meu pai sempre perguntava isso pra gente. — Finn se sentiu estranho, até nervoso. — Acho que outras pessoas podem fazer a mesma pergunta, mas foi estranho ouvir William simplesmente gritá-la desse jeito.

— Bem, as iniciais dele são G.O.D. — Bonnie sussurou, sorrindo. Finn percebia que ela estava tentando aliviar a tensão súbita que ele sentia.

E então uma lembrança veio à tona. Seu pai havia lançado um paradoxo pela segunda vez em dois dias, e Fish tinha alterado a pergunta, inserindo o nome deles. Ele disse: "Finn existe porque é um reflexo de mim, ou eu existo porque sou um reflexo de Finn?"

O pai tinha olhado para Fish, como se não tivesse ideia do que o filho estava falando, e Fish havia desatado a rir, apreciando a sensação de perplexidade de seu pai, para variar. Mas naquela noite eles tinham ficado bêbados, e a pergunta foi lançada de novo, dessa vez com um paradoxo ligeiramente diferente.

— Fisher! Espere! Você vai cair.

Finn sentiu o nevoeiro em seu próprio cérebro, na maneira como seus lábios se esforçavam para formar as palavras. Ele estava bêbado. Odiava ficar bêbado. Fish também estava, motivo pelo qual andar contornando o telhado era má ideia. Mas Finn o seguiu, como sempre fazia, subindo a escada, que não ficava firme, colocando os pés em degraus que oscilavam diante de seus olhos.

Fish apenas riu.

— Eu não vou cair. Que negócio era aquele que o pai perguntou pra gente sobre uma flecha voando? O paradoxo da flecha. Ou seriam dois paus? A flecha na realidade não se move, lembra? Está imóvel. Se cairmos, não vamos estar caindo de verdade — Fish gargalhou, e Finn riu também.

Dois paus. Era isso o que eles eram. Compartilhavam o mesmo rosto, o mesmo quarto, os mesmos amigos, mas pelo menos não tinham de compartilhar o mesmo pau. Isso era bom. Fish era um pouco livre demais com o dele. Tinha um gosto terrível para mulheres.

O paradoxo do qual Fish estava falando era outro, do filósofo grego Zeno — seu pai amava Zeno. No paradoxo da flecha, Zeno dizia que, para um objeto se movimentar, ele precisava mudar de posição. Porém uma flecha lançada, a cada instante dado, não está se movimentando para o seu alvo e não está se movimentando para onde não está o alvo, porque nenhum tempo passou para ela chegar lá. Assim, em essência, se o tempo é feito de instantes e se, em qualquer instante dado, a flecha não está em movimento, então o movimento é impossível.

O emaranhado que o paradoxo criou na cabeça de Finn tornou-se um emaranhado em seus pés, e, no meio da escada, ele escorregou, provando que o movimento era de fato possível e extremamente doloroso, quando atingiu o chão.

Ele ficou ali, atordoado, o fôlego arrancado de seu peito, os olhos voltados para o céu. O tempo estava encoberto, e o ar estava úmido e pesado enquanto ele lutava para sugar oxigênio para seus pulmões vazios. Não dava para ver estrelas em Southie. E ele se perguntou se era possível ver as estrelas em St. Louis, para onde seu pai estava se mudando. O pensamento o deixou com raiva, a raiva fazendo clarear a confusão em sua cabeça melhor que a queda da escada.

— Desde quando você ouve alguma coisa que o pai diz, Fish? E você vai cair! — gritou Finn, esforçando-se de novo escada acima, se perguntando se tinha chegado tarde. Não tinha ouvido mais nada.

Fish estava sentado em um dos pequenos frontões acima das duas janelas que davam para o jardim da frente. Finn foi com cuidado até o outro frontão, montando-o como se estivesse sobre o touro mecânico no O'Shaughnessy's. O telhado se mexeu e resistiu um pouco, tornando a comparação ainda mais adequada. O álcool em sua barriga balançou e subiu para sua garganta, e Finn percebeu que o touro ia jogá-lo se ele não se segurasse. Estava sobre telhas que se mexiam, e agarrou a borda do dormente, sem força. Mas, em vez de ser arremessado, foi ele quem arremessou, vomitando o conteúdo de seu estômago, observando a cascata cair sobre a lateral do telhado e depois na calçada da frente. Tinha certeza de que não havia resistido os oito segundos.

— Vomitando, Infinity? — Fish riu. — Para alguém que engole tanta merda, é incrível que você não consiga engolir algumas doses.

— É, é — resmungou Finn, desejando poder dar um tapa no irmão, mas sabendo que provavelmente não deveria se mexer. Nada. — Por que estamos aqui, Fish? Quer morrer?

— Não. Quero viver. Eu quero viver! — Fish gritou para o nevoeiro e riu, erguendo os braços e jogando a cabeça para trás. Seu equilíbrio não parecia comprometido pelo álcool. Finn fechou os olhos, imaginando como ia descer dali.

— Você tá tentando me matar — gemeu.

— Ninguém disse que você precisava me seguir, irmãozinho. — As duas horas que separavam o nascimento dos dois tornavam Finn oficialmente o irmão mais novo.

— É claro que eu preciso te seguir. Somos um par, esqueceu? — Finn suspirou, desejando que o mundo se assentasse para que ele pudesse descer.

— Somos mesmo? Vou te contar sobre o paradoxo dos dois paus, meu jovem amigo. Se um pau pode fazer o que faz, completamente independente do outro pau, qual é o sentido de ser um par?

Fish imitava o pai deles tão perfeitamente, o tom de voz pensativo e sério, que Finn não pôde deixar de rir, e decidiu entrar no jogo.

— Se você perder um, tem o sobressalente — Finn ofereceu uma solução para o enigma ridículo.

— Ah, mas esse é o paradoxo. — Fish coçou o queixo como seu pai fazia, como se tivesse um pequeno cavanhaque. — Somos um par, mas não somos nada parecidos. Então, somos realmente um par? Se você me perdesse, seria o sobressalente? — Fish balançou a cabeça de modo muito professoral, estalando a língua ao notar que Finn não estava tentando. Outra coisa que o pai fazia algumas vezes.

Então ele respondeu à própria pergunta, mas abandonou a imitação.

— Você é o infinito, e eu sou o oposto do infinito.

— Infinitesimal — disse Finn. — Infinitesimal é o gêmeo do infinito.

— Ah, brilhante! — Fish respondeu. — Infinito significa incomensuravelmente grande, e infinitesimal é incomensuravelmente pequeno. Esse tanto de matemática eu sei.

— Exato. — Finn sorriu, chegando ao golpe de misericórdia. — Quero dizer, estamos falando dos nossos paus, certo?

Finn sorriu com a lembrança, o humor espantando o desconforto que sentiu com a pergunta misteriosa de William. Fish havia rido tanto que quase caiu do telhado, e os dois acabaram se ajudando na descida pela escada, no que poderia ter sido um desastre em vez de uma doce recordação. Foi apenas uma das muitas situações perigosas que antecederam o desastre absoluto seis meses depois.

Finn olhou para Bonnie e ponderou sobre a pergunta de Fish — Finn existia porque era um reflexo de Fish? Ou Fish existia porque era um reflexo de Finn? Talvez nenhum dos dois. Talvez ambos. Um zigoto, duas pessoas. Talvez no começo eles fossem um só, mas aquele dia tinha passado havia muito. Ele não se atreveu a fazer a pergunta a Bonnie. Será que ela ainda pensava que existia como reflexo da irmã?

William roncou em seu sono, e outro grande pé fedido encontrou caminho até o console entre eles.

— Ele é meio louco, não é? — Finn suspirou, voltando sua atenção para o problema em questão.

Bonnie deu de ombros.

— Não sei. O que ele disse de tão louco? As pessoas gostam de lançar palavras por aí como se fossem loucas e emocionalmente instáveis, quando todas são apenas... diferentes. É uma forma de calar os outros. É uma forma de controlar. Nada mais assustador do que um doido de pedra. Nada mais intimidador do que alguém que é "doente mental". — Bonnie levantou as mãos e fez aspas no ar. — Ponha esse rótulo em alguém e pronto, seja verdade ou não. A liberdade e a credibilidade dessas pessoas desaparecem para sempre. Pequenas observações na carteira de motorista, pequenos arquivos que as seguem ao longo da vida, portas fechadas, olhares desconfiados, medicação pronta. Eu digo: deixe William pregar. Ele não está fazendo mal a ninguém.

Ele havia tocado em um ponto delicado. Bonnie estava sendo um pouco veemente demais e tinha argumentos prontos, como se tivesse pensado naquelas coisas centenas de vezes. Ele perguntou novamente sobre o relacionamento dela com a avó, sobre a estrada que tinha terminado em uma ponte, um pouco menos de uma semana antes. Bonnie não era doente mental. O Urso tinha dito certo. O espírito dela é que havia sido destruído. Talvez não completamente, pois ela ainda tinha mais luz e personalidade no dedo mindinho do que Finn tinha em todo o seu corpo. Mas a garota havia sofrido algumas fraturas muito graves.

E já era hora de um acerto de contas.

༄

WILLIAM NOS DEIXOU EM JOPLIN COM UM SERMÃO FERVOROSO sobre cuidarmos um do outro e ficarmos atentos para os anjos disfarçados.

— Quando o fizestes a um destes meus irmãos, a mim o fizestes! — ele citou ruidosamente antes de nos agradecer por alimentá-lo e vesti-lo... bem, vestimos seus pés, de qualquer forma. Finn deu a ele as botas velhas. Felizmente, nem as botas velhas nem as novas tinham ficado na Blazer quando me livrei de Finn em Cincinnati e depois acabei perdendo o carro e tudo o que tinha dentro.

Antes de William ir embora, ele me entregou o cartaz de papelão que me fisgou e o fez ganhar uma carona até Joplin.

— Aqui está, srta. Bonnie. Fique com isto.

"Eu acredito em Bonnie e Clyde."

Na parte de trás, ele havia escrito uma nova mensagem.

"Eu acredito em Bonnie para Infinito."

— Você não quer dizer Bonnie e Infinito? — Eu ri.

— Sim. Isso também. — Ele sorriu e acenou enquanto se afastava, içando a mochila nos ombros, os olhos sobre suas novas (velhas) botas, como uma criança de tênis novos que não consegue parar de olhar para os pés. E senti como se eu tivesse deixado de notar algo importante.

15
denominador comum

Nossa central recebeu vários relatos de avistamentos de Bonnie Rae Shelby na companhia do ex-presidiário Infinity James Clyde, que ao norte chegam a Buffalo e ao sul vão até a Louisiana. Temos relatos do que parece ser um assalto à mão armada de uma loja de bebidas nos arredores de Chicago, praticado por ninguém menos que o criminoso procurado, Infinity Clyde, com a própria Bonnie Rae Shelby atrás do volante de um Bronco de cor escura, esperando na porta do estabelecimento. Outras testemunhas afirmam que não havia mulher no banco do motorista, mas no banco de trás, que parecia, de alguma forma, imobilizada. Testemunhas dizem que a mulher até mesmo gritou para os pedestres. Até agora esses avistamentos não foram confirmados, e a polícia não comenta as denúncias. Raena Shelby, avó e empresária de longa data de Bonnie Rae Shelby, deu uma breve entrevista para o *Buzz TV* sobre a neta na noite passada. Ela afirma que Bonnie Rae foi levada contra a vontade e que ela vai fazer um apelo público ao sr. Clyde em algum momento, para que ele liberte a superstar.

∽

A LOJA DE CONVENIÊNCIA EM JOPLIN, MISSOURI, ONDE DEIXAMOS William era cafona e divertida, um pouco disso e um pouco daquilo, e, quando vi, estava me demorando em frente a livros expostos, perguntando-me o que Finn gostava de ler quando sua cabeça não estava cheia de números. Eu nunca tinha sido uma grande leitora. As palavras na minha cabeça sempre vinham com uma melodia, e eu me perguntava se os livros iriam segurar meu interesse por mais tempo se fossem escritos em rima, para que eu pudesse cantá-las.

Minhas mãos passaram pelos títulos dos livros; livros de receitas que se vangloriavam de "um gostinho do Missouri", romances de "autores locais" e até mesmo um exemplar de *Huckleberry Finn*; a capa era a foto de um menino com um homem negro que se parecia um pouco com William, sem todo aquele cabelo, navegando pelo Mississippi. Eu precisava comprá-lo, e ri ao pensar no rosto de Finn quando lhe pedisse para autografar o livro. Comecei a me virar na expectativa de ver aquele rosto quando algo chamou minha atenção.

Na prateleira de cima do expositor, apoiado, de modo que dava para ver a capa, estava um livro frágil, empoeirado, que parecia ter sido produzido por alguém em uma impressora caseira. Foi o título que me chamou atenção, e eu puxei o livreto da prateleira, meus olhos na imagem de um casal vestido com roupas dos anos 30, sorrindo para a câmera, a moça sentada no braço esquerdo do rapaz, abraçada a ele, como ele estava abraçado a ela, o braço esquerdo segurando-a no alto, em uma pose quase infantil, que mostrava a força dele e o afeto dela.

Ele segurava um chapéu branco na mão direita, que obscurecia parcialmente a placa do carro atrás deles. Acima da imagem estavam as palavras *Bonnie & Clyde*. Abaixo, *Sua história*. Era simples e sem sofisticação. Eu não precisaria de mais de uma hora para lê-lo de ponta a ponta duas vezes. Mas estava fascinada por aquela imagem, pelo casal com quem compartilhávamos nosso nome. Peguei todos os exemplares na prateleira, uma pilha fina deles, como se aquilo fosse a nossa história e as páginas guardassem nossos segredos.

A operadora do caixa pareceu surpresa pelo fato de eu precisar de seis cópias do livreto, mas ficou "feliz por vê-los irem embora", já que estavam na mesma prateleira desde quando ela começou a trabalhar ali — em maio faria dez anos.

— Deve ser muito preciso. A mulher que fez o livro era parente ou prima distante de Clyde Barrow, eu acho. Era muito defensora dos dois. Meio obcecada por eles, na verdade. Ela disse que a história deles, em primeiro lugar, era uma história de amor, e as pessoas se distraíam com a violência. Ela já morreu, mas não tive coragem de jogar os livros fora.

A amigável moça colocou minhas compras nas sacolas, o que incluía um almoço para substituir os sanduíches que William tinha comido, bem como dois pirulitos caseiros e um pacote de pralinés, porque eu adorava doces e já não estava a fim de negar meu desejo por mais tempo. Minha avó me fez ultra-autoconsciente sobre tudo o que eu comia, porque "se manter magra é parte do seu trabalho".

— Sabe, você devia passar pelo esconderijo de Bonnie e Clyde enquanto estiver aqui, já que está comprando o livro deles e tal. Fica na sua rota para sair da cidade. É logo saindo da Highway 43. — Ela indicou a rua onde estávamos. — Siga para o sul e vire à direita na 34th Street. Tem uma grande loja de bebidas na esquina, não tem como não ver. A casa fica entre Joplin e Oakridge Drive, à sua direita. — Ela pegou um dos livros da minha sacola e virou algumas páginas, encontrando o que procurava. Bateu numa foto e a mostrou para mim. — Aqui. Ainda está igualzinha. Eles se hospedaram aqui em Joplin em 1933, de acordo com o livro — ela citou. — Não dá mais pra entrar, mas dá para ver da estrada. — Eu a agradeci novamente, caminhei até o carro com os meus achados e me sentei ao lado de Finn. Seus olhos estavam focados em um carro da polícia estacionado na outra bomba; a testa estava franzida.

— Finn? — chamei, não gostando do seu olhar.

— Aquele policial está dentro do carro desde que estacionou. Não é nada de mais, mas ele continua olhando pra cá, e um segundo atrás ele pegou o rádio e começou a falar, ainda olhando para mim o tempo todo.

Dei de ombros. Finn ficava nervoso perto da polícia, o que era compreensível. Mas não tínhamos feito nada, e eu estava ansiosa para ver o esconderijo de Bonnie e Clyde.

— Vamos. Talvez ele esteja te achando atraente.

— O mais provável é que ele pense que este carro foi atraente a ponto de ter sido roubado.

— Mas não é... então não há nada com que se preocupar. — Mas pensei na cena do banco e não discuti com ele.

Finn se afastou da bomba e entrou devagar no cruzamento, em direção ao sul, pela Main Street. Manteve os olhos no retrovisor, como se esperasse ser seguido pela viatura da polícia, ainda estacionada ao lado da bomba. Eu estava ocupada demais olhando ao redor, certificando-me de não perder a 34th Street. Cheguei a fazer parte de um grupo de cantores country que levantou dinheiro para ajudar a reconstruir Joplin depois do tornado que atingiu a cidade em 2011. Partes de Joplin tinham sido completamente devastadas. Na verdade, ele tinha passado direto pela 32nd Street, mas a cidade já estava prosperando novamente, construções acontecendo em todas as direções. O velho posto de gasolina não era novo, no entanto, e eu fiquei perplexa ao pensar no modo aleatório como uma tempestade destrói um estabelecimento comercial e preserva outro, tira uma vida e preserva outra. É o acaso que torna isso justo, eu supunha.

— Vire à direita! — gritei, percebendo que deveria ter dado a Finn um pouco mais de instrução. Ele virou sem hesitar, e os pneus traseiros cantaram um pouco. O carro atrás de nós buzinou, mas eu ri, e Finn perdeu o olhar preocupado que mantinha desde que tinha avistado o carro da polícia.

— O que estamos fazendo? — perguntou.

— Turismo. — Olhei para a rua, em dúvida. Parecia primavera em Joplin. O fim do inverno podia ser assim no sul. O sol estava brilhando, as árvores pareciam considerar ostentar um pouco de verde, e a 34th Street parecia sonolenta e alegre, dificilmente o lugar onde um tiroteio com dois ladrões de banco custaria a vida de dois policiais oitenta anos antes.

— Entre Joplin e Oakridge, à direita — disse eu, repetindo as instruções que a mulher no posto de gasolina me dera. — Ali! — Apontei para uma casa quadrada de cor clara, de frente para a rua. Duas grandes janelas estavam acima de duas portas de garagem, assim como na imagem. Estava limpa e bem cuidada, até mesmo bonita, com um pátio lateral. Mas não havia nenhuma placa indicando que era um marco histórico. Havia uma cerca de arame ao redor do pátio, e as casas em torno dela pareciam habitadas — um poste de espirobol com uma bola desbotada estava no quintal da casa vizinha. Era apenas uma casa modesta em uma rua velha, em um bairro tranquilo. Olhei para o livro novamente para ter certeza de que estávamos no lugar certo.

— Estamos procurando o quê? — perguntou Clyde, estacionando em frente às duas portas de garagem e olhando fixo para as grandes janelas acima de nós.

— "Os infames ladrões de banco viveram sobre esta garagem por menos de duas semanas antes do tiroteio, em 13 de abril de 1933, com as autoridades que receberam denúncias sobre o apartamento-esconderijo. Dois policiais morreram, e Bonnie e Clyde escaparam" — li em voz alta, do livreto.

— Aqui? Esse é o esconderijo deles? — Finn ficou maravilhado e olhou em volta mais uma vez para as casas vizinhas. Um menino de nove ou dez anos passava por ali em sua bicicleta, olhando para nós com curiosidade.

Levantei um pouco o livreto e lhe mostrei a capa.

— Comprei no posto de gasolina. A moça lá achou que eu poderia ver o ninho de amor deles.

Clyde pegou o livro das minhas mãos e o abriu na primeira página.

— "Você já leu a história de Jesse James,/ De como ele viveu e morreu./ Se de algo para ler/ Ainda tem necessidade,/ Aqui está a história de Bonnie e Clyde" — ele leu.

Aparentemente, Bonnie era poetisa. Escreveu dois poemas, histórias na realidade, e eu conseguia imaginá-las em meio às músicas bluegrass, uma gaitinha entre as estrofes, talvez um violino rápido nas cenas de fuga. Um poema, chamado "Sal suicida", falava sobre uma mulher que amava um homem que a traiu, levando-a para a cadeia, e outro era "A história de Bonnie e Clyde". Comecei a ler enquanto Finn dirigia, deixando o esconderijo agourento e se fundindo na I-44, Joplin em nossas costas, mas Bonnie e Clyde ainda estavam muito presentes enquanto seguíamos rumo a Oklahoma.

Li por quase uma hora. O relato era muito detalhado e elaborado, obviamente escrito por alguém que gostava de Clyde Barrow e Bonnie

Parker. Achei engraçado que o nome do meio de Clyde fosse na verdade Chestnut, "castanha" — não Champion, "campeão", como afirmavam alguns relatos —, e resolvi acrescentá-lo à minha lista de apelidos para Finn. Ele só fez um comentário uma vez, quando li sobre o tempo de Clyde na prisão.

— "Clyde foi enviado para a fazenda prisional Eastham em abril de 1930. Espancou até a morte outro preso que abusou sexualmente dele várias vezes. Foi o primeiro crime de morte cometido por Clyde Barrow. Um companheiro da cadeia disse que 'observou a mudança de Clyde de um garoto inofensivo para uma cobra cascavel'. Obtendo a liberdade condicional em fevereiro de 1932, Barrow saiu de Eastham como um criminoso endurecido e amargo. Sua irmã Marie disse: 'Algo terrível com certeza deve ter acontecido com ele na prisão, porque não era a mesma pessoa quando saiu.'"

Finn esticou o braço, pegou o livro e o atirou pela janela. Observei o exemplar cair atrás do carro antes de me virar para Finn, pasma.

— Eu queria saber o que ia acontecer depois!

— Não precisamos ler isso. Precisamos, Bonnie?

— Mas... — protestei. Eu tinha vários outros exemplares, podia pegar outro. — É fascinante.

— Não achei nem um pouco fascinante — retrucou ele, os olhos sempre na estrada.

— Ah. — Eu me senti mal, e nós ficamos em silêncio enquanto eu tentava descobrir o que dizer. Finn lançou um olhar para mim. Acho que eu estava quieta demais.

— Parece que você vai chorar, Bonnie Rae.

— Isso aconteceu com você, Finn? — perguntei, lamentando mais do que já havia lamentado na minha vida inteira. Finn disse um palavrão e sacudiu a cabeça, como se não pudesse acreditar que eu tivesse acabado de perguntar aquilo na lata. Mas eu não sabia mais o que fazer. E, porque me preocupava com ele, eu tinha de saber.

— Não. Não aconteceu. Mas acontece. O tempo todo. E foi disso que eu mais tive medo. A coisa que eu tentava mais desesperadamente evitar. Então fiquei com pena, mesmo não gostando muito dele.

— De quem? Do Clyde?

— É. Do Clyde. Faz muito mais sentido pra mim ele ter vivido da maneira que viveu depois que eu soube disso.

Peguei outro exemplar dentro da sacola de compras. Finn apenas balançou a cabeça, mas não protestou.

— "Clyde fez outro detento cortar fora dois dedos de seu pé, numa tentativa de se livrar do trabalho pesado. Em vez disso, ele conseguiu liberdade condicional."

— Cacete.

— Ele estava desesperado. — Eu não conseguia imaginar aquele tipo de desespero. Ou talvez conseguisse. Não sei. Cortar meu cabelo era uma coisa; cortar os dedos dos pés era outra, completamente diferente.

— O que eu te falei sobre desespero? Pessoas desesperadas fazem escolhas ruins.

Eu não tinha nada a dizer em resposta, e Finn não interrompeu enquanto eu continuava com a história, embora ouvisse atentamente, com os braços cruzados sobre o volante, com os olhos na estrada e ocasionalmente em mim, até que eu lesse a página final.

— "A mãe de Bonnie se recusou a enterrar a filha com o homem que a levou para a vida do crime. Assim, embora tenham morrido juntos, e Bonnie tenha previsto que seriam sepultados lado a lado, eles foram enterrados em cemitérios diferentes no oeste de Dallas." — Então li a última frase, uma estrofe do poema de Bonnie: — "Para alguns será aflição.../ Para a lei reparação/ Mas é a morte para Bonnie e Clyde." Eles roubaram bancos e mataram nove policiais — comentei, olhando para o amplo espaço aberto, sereno sob o sol do meio-dia, tão diferente das rodovias densas ladeadas por árvores onde tínhamos iniciado nossa jornada.

— É — disse Finn.

— Eles não eram boa gente — acrescentei, mas ouvi a relutância em minha voz.

— Não.

— Então por que o fascínio? Por que existem filmes sobre eles, museus construídos para eles? Por que essa velhinha — li o nome da autora na parte inferior do livreto — gostava tanto deles?

O olhar de Finn estava sóbrio, sondava, como se estivesse esperando que eu chegasse a uma conclusão maior. Os olhos dele eram de um azul-céu brilhante, o completo oposto dos meus, e, quando Finn nivelou o olhar com o meu, minha mente tropeçou e meus pensamentos foram se derramando em todas as direções. Esqueci minha própria pergunta por um minuto. Então Finn desviou os olhos para longe, para fora de sua janela, o maxilar apertado.

— Me diga você, Bonnie. Por que o fascínio?

Analisei o perfil de Finn, a linha de seu maxilar e o conjunto firme de seus lábios. Alguns fios tinham se soltado de seu rabo de cavalo liso e roçavam suas bochechas magras. Eu queria colocá-los de volta no lugar para poder tocá-lo. Era estranho como eu sempre queria tocá-lo. E ele se esforçava tanto para ser intocável.

— Porque eles se amavam.

A resposta veio do nada. Ou talvez tivesse vindo por instinto ou daquele lugar no coração humano que sabe a verdade, antes de dizer à nossa cabeça o que pensar, mas senti a verdade nas palavras, ao mesmo tempo em que as falava.

— Eles se amavam. E o amor é... fascinante. — Quase sussurrei as palavras. Elas me pareciam tão íntimas. Eu estava confessando meus próprios sentimentos, sob o pretexto frágil de discutir dois amantes fora da lei há muito tempo mortos. E eu tinha certeza de que ele sabia disso.

— Essa palavra de novo. Fascinante. Você os acha fascinantes. Mas eles eram criminosos.

Os olhos brilhantes de Finn estavam sondando novamente, à procura de alguma coisa em mim.

— Mas eles não eram só isso. — Mais uma vez, a verdade ressoou como um gongo no meu coração. — As pessoas não são unidimensionais. Eles eram criminosos, mas não eram só isso — repeti.

— Eu sou um ex-presidiário.

— Mas você não é só isso.

— Ah, não? — perguntou Finn, seus olhos pesados e perturbados. — Por quanto tempo eu vou ser fascinante pra você, Bonnie?

Eu queria rir. Mas depois isso me deixou zangada. Ele estava falando sério?

— Pessoas que nem sequer me conhecem dizem que me amam, Finn, e as pessoas que *deviam* me amar estão mais interessadas em me tomar para elas. Talvez *eu* devesse estar fazendo essa pergunta a você.

— Eu sou um bandido. Você é uma superstar. É o suficiente.

— Mas eu não sou só isso! — respondi com raiva, libertando minha mão da dele.

— Então, você e eu, o que nós somos? O que mais? Me fale. — Ele estendeu o braço e segurou meu queixo com a mão que não estava no volante, fazendo-me olhar para ele enquanto ele olhava entre mim e a estrada solitária, exigindo uma resposta.

Prendi a respiração com sua veemência e engoli de volta todas as coisas que queria dizer, mas as palavras subiram dentro de mim do mesmo jeito, piscando como neon na minha cabeça.

— Somos Bonnie e Clyde! Procurados e indesejados. Enjaulados e encurralados. Estamos perdidos e estamos sozinhos. Somos uma grande piada. Somos um tiro no escuro. Somos duas pessoas que não têm outro lugar, ninguém mais, e, ainda assim, de repente isso parece suficiente para mim! Sinto muito se não é suficiente pra você.

Eu estava com raiva, cuspindo as palavras, por isso fui pega de surpresa quando comecei a chorar. Afastei o rosto da mão de Finn, empurrando-o pelo braço, e abaixei a cabeça no colo; não queria que ele visse meu nariz inchar e meus olhos marejarem, temendo parecer com Hank mais do que nunca.

Ele não disse nada. Mas, depois de um minuto, estendeu a mão e acariciou meus cabelos, primeiro hesitante. Sua mão grande, gentil e pesada na minha cabeça fez as lágrimas virem com mais força, mas diminuíram a agonia da libertação.

— É mais do que suficiente pra mim, Bonnie Rae — disse ele, e eu me lembrei do modo como sua voz soou da primeira vez em que o ouvi falar, na noite em que eu estava empoleirada em cima da ponte e pensei em me tornar minha versão particular do "Sal suicida".

— Me fale sobre números, Clyde — sussurrei, as lágrimas ainda escorrendo por minhas faces e molhando meus joelhos através do jeans. Eu queria ouvir a voz dele. Eu queria que ele desvendasse o mistério. — Quero ouvir você falar sobre números.

— Qual número?

— Um — respondi imediatamente, porque era assim que ele me fazia sentir. Inteira.

— Um é o número da unidade. Um é o número que os antigos gregos equiparavam a Deus. É o número do qual todos os outros brotam... então acho que faz sentido. — Finn continuou, com a cabeça nas nuvens, muito além de onde eu conseguiria acompanhar, mas sua mão estava no meu cabelo, e isso era o suficiente para mim. Mais do que suficiente. Enquanto a mão acariciava e acalmava, houve um rugido silencioso em meus ouvidos, um rugido tão alto que eu me perguntava como ele também não o ouvia. Talvez fosse nossa própria música, a música que criamos juntos. A balada de Bonnie e Clyde. As palavras do poema de Bonnie de repente ecoaram em meio ao rugido.

A estrada era mal iluminada.
Não havia placas para orientar.
Mas eles tomaram a decisão:
Se nenhuma estrada tinha saída,
Não desistiriam até morrer.

Naquele momento, entendi com uma clareza assustadora exatamente o que Bonnie Parker — fora da lei, amante, garota em fuga — quis dizer. Há um instante, um instante no tempo, em que todos os caminhos, com exceção de um, são ruas sem saída. E só há um caminho a seguir, uma direção. Para mim, para Bonnie Rae Shelby, Finn Clyde era esse caminho, e eu não desistiria dele. Não até morrer.

16
área dos triângulos

Nossas fontes informam que durante esta manhã, em St. Louis, a polícia recuperou a Blazer alaranjada, ano 1972, de propriedade de Infinity James Clyde, bem como itens, relatados como roubados, que estavam no interior do veículo, incluindo uma grande quantidade de dinheiro, vários cartões de crédito e identificação pertencente à empresária da cantora sensação Bonnie Rae Shelby, aumentando as suspeitas de que a srta. Shelby foi levada contra a vontade.

Relatos de uma mensagem escrita no vidro do veículo, um endereço, levaram a polícia a uma residência perto da Universidade de Washington, mas o local estava vazio quando os policiais chegaram. Aparentemente, a casa é de propriedade de Jason Clyde, pai de Infinity Clyde, que, segundo a polícia, desde então foi confirmado como ausente da cidade, não sendo portanto uma pessoa de interesse.

Há algumas horas começamos a receber informações segundo as quais Bonnie Rae Shelby teria tentado sacar uma grande soma de dinheiro de um pequeno banco local. Funcionários da agência disseram que a srta. Shelby parecia perturbada e assustada e saiu correndo quando o saque lhe foi recusado, criando especulações sobre a possibilidade de ela ter sido enviada ao banco sob coação, possivelmente para pagar o próprio resgate. A polícia não se manifestou sobre esse último desdobramento. Não temos todos os detalhes, nem podemos confirmar com certeza a declaração, mas nossas fontes dizem que a srta. Shelby pode agora estar também sob algum tipo de suspeita, já que algumas de suas ações recentes podem ser passíveis de sanção legal.

Essa história está ficando mais estranha a cada minuto...

⁂

Você pode dirigir pelo país inteiro e não ver muita coisa, concluí. Os carros eram todos iguais, uma estrada parecia a outra, e a maioria das estradas era arborizada, tornando impossível ver a região e o espaço além. Conforme seguíamos mais para o oeste, as árvores se tornaram mais escassas, a paisagem se abriu e ficou mais plana, mas rodovias demais passavam ao longe das cidades, do povo e do sabor dos lugares, de forma que a única coisa que realmente fornecia algum tipo de cor e textura era o próprio Finn. Tinha um jogo que ele fazia, chamado "encontre os primos". Não era um jogo que eu pudesse jogar com ele. Ele substituía as letras em placas de carros pelo número que acompanhava a ordem alfabética. Por exemplo, A era substituído por 1; Z, por 26, e assim por diante. Uma placa com a identificação KUY 456 ficaria 112125 456 ou 112125456, e Finn então me dizia quais eram os fatores do número. Ele me disse que ganharia quando encontrasse um primo, ou seja, um número que fosse divisível apenas por si mesmo e por 1. Ele ainda não havia encontrado um número primo.

Já que não podia participar, eu fazia modinhas para os diferentes estados que víamos nas placa dos carros. Clyde ficava arrancando fatores enquanto eu cantava sobre o Texas, Vermont e Dakota do Norte, batucando no painel, desejando ter o violão de Finn e criando canções que o distraíssem de sua fonte interminável de números.

Eu tinha uma boa canção para a Virgínia Ocidental e vinha procurando uma placa desse estado durante todo o dia, quando vi uma acoplada a uma van marrom parada na beira da estrada. Obviamente estavam enfrentando problemas com o carro. Um homem de cabelos grisalhos estava corajosamente olhando embaixo do capô, enquanto uma criança ficava perto dele, observando os carros passarem.

— Bonnie. Não. — Finn negou com a cabeça. Eu ainda não tinha dito nada, mas ele já os tinha visto, e falou antes que eu pudesse abrir a boca. — Não vamos parar. Não desta vez.

— Mas Clyde... eles precisam de ajuda. E estão muito longe de casa! Eles são da Virgínia Ocidental, pelo amor de Deus.

Finn seguiu adiante, e eu me senti um pouco mal por passar voando por eles daquele jeito, como todos os outros carros.

— Por favor, Finn. Não podemos simplesmente parar para descobrir se a ajuda já está chegando?

Finn se limitou a sacudir a cabeça e suspirar, mas deu seta e diminuiu a velocidade, parando no acostamento. Em seguida, deu marcha à ré e voltou uns cem metros, consumindo o espaço entre nós e a van marrom antiga. O homem se virou, saindo de debaixo do capô. Era um senhor, provavelmente avô da criança, e parecia aliviado por alguém ter parado. Ele pegou a mão da criança quando Finn saiu. Finn me pediu para ficar quieta; seria apenas um minuto. Ele devia saber que estava apenas gastando saliva.

O cheiro de borracha queimada era pesado ao redor do veículo, e imediatamente levei a mão ao nariz.

— Oi. Precisa de um telefone emprestado? — Percebi que Finn não ofereceu carona. Mas não falei nada. Eu tinha forçado minha sorte com ele além do limite.

— Não. Eu tenho telefone. A luz do motor não está acendendo, mas estou sentindo esse cheiro de borracha queimada já faz uma hora. Só tenho mais ou menos uma hora de viagem, ou seja, não estou muito longe, mas isso está me deixando preocupado.

— O senhor notou algum vazamento de óleo na sua garagem?

— Este carro não é meu. É da minha filha. Ela e o marido estão se divorciando, e ela vai morar com a gente. É uma longa história. — Ele acenou para afastar as palavras, obviamente não querendo entrar em detalhes.

— O carro está andando bem?

— Está. Não parece estar superaquecendo.

— Deve ser um vazamento pequeno de óleo. O óleo do motor pode estar vazando no escapamento e queimando. Também pode ser o conversor catalítico superaquecendo, mas, se fosse isso, a luz do motor estaria acesa. O senhor checou o óleo?

O velho assentiu.

— Verifiquei o óleo antes de qualquer outra coisa. Está um pouco baixo, mas ainda dentro da faixa normal. Não devemos ter problemas para chegar em casa. Tenho um amigo mecânico que pode dar uma olhada nisso quando chegarmos lá.

— Vamos ficar atrás do seu carro até o senhor sair da estrada, apenas para ter certeza que não vai acontecer mais nenhum problema — Finn ofereceu, quase agradável, agora que percebeu que não íamos pegar passageiros ou tentar puxar a van atrás do Charger do Urso. A imagem me fez rir um pouco enquanto Finn e o velho se voltavam para o motor para dar uma última conferida. O menino olhou para mim, confuso. Aparentemente ele não estava se divertindo, e meu riso pareceu estranho. Ele tinha talvez oito ou nove anos, bochechas rechonchudas e o cabelo ruivo vivo. Eu me abaixei e me apresentei, oferecendo a mão para um aperto.

— Oi. Meu nome é Bonnie.

Ele pegou minha mão, sem jeito.

— Eu me chamo Ben.

— Oi, Ben. Gosto desse nome. — Coloquei a mão no bolso e tirei um pouco do dinheiro que tinha escondido ali. A maior parte estava na minha bolsa, mas eu não ia mais deixar tudo em um só lugar. Tinha algumas notas dentro das botas, algumas no sutiã e outras nos bolsos. A gente saía de Grassley, mas Grassley não saía da gente...

Tirei cinco notas de cem dólares e dobrei o dinheiro na pequena mão de Ben.

— Dê isso ao seu avô quando chegar em casa, tá bom? Não antes, porque ele pode tentar devolver. Ele pode usar isso para ajudar você e a sua mãe.

Os olhos do menino se arregalaram. Com suas bochechas cheias, ele parecia um esquilo pego na luz dos faróis.

— Tá — ele guinchou quando enfiou o dinheiro no fundo do bolso da frente da calça jeans. Levei meu dedo aos lábios e me levantei.

O avô do menino abaixou o capô e chamou Ben, agradecendo e se despedindo de nós com um aceno. Em poucos minutos estávamos de volta à estrada, seguindo a van marrom.

— Odeio esse cheiro. — Ele tinha ficado nas nossas roupas.

— Borracha queimada? — Finn ainda podia sentir também, claro.

— É. Me lembra pneu queimado. Em Grassley, as pessoas queimavam pneus para derreter a borracha e tirar a roda, para vender como sucata. Uma vez, quando a Minnie e eu tínhamos uns catorze anos, puxamos um cara de perto de uma pilha de pneus em chamas. Ele estava mexendo com fogo e bebendo, o que nunca é uma boa combinação. E desmaiou perto da pilha. Calhou de a gente estar passando por perto, e ela estava convencida de que aquilo era um teste.

— *Você acha que é Jesus?* — *perguntou ela.*

— *Aquele cara?* — Eu não conseguia imaginar que fosse.

— *Não Jesus exatamente, mas alguém que Jesus colocou em nosso caminho. Talvez seja um anjo.*

— *Ele com certeza não parece um anjo* — respondi, na dúvida.

— *Se ele parecesse um anjo, não seria um teste. Lembra do que o pastor Joseph disse? Aquela história do casal que estava esperando o convidado especial, e o convidado especial nunca aparecia? Em vez disso, eram todas as pessoas que precisavam de alguma coisa?*

— *O casal perguntou ao convidado especial por que ele nunca tinha vindo, e ele respondeu que esteve lá. Ele era o mendigo, a velha, a criança com fome... Essa?* — Olhei para o homem deitado perto da pilha de pneus queimando como se aquilo fosse apenas um churrasco ao ar livre, um aparato montado para assar linguiça, em vez de um poço de piche turvo, oleoso e fedido.

— *Essa. Ele pode ser um anjo disfarçado. Pode estar testando a gente!* — disse Minnie.

— Então o que a gente deve fazer? — O cheiro de pneu era tão forte que eu mal conseguia respirar.

— Ele está desmaiado, Bonnie. Temos que arrastá-lo para longe do fogo.

Puxamos pela gola do casaco e acabamos tirando a peça pela cabeça dele. O homem não estava usando camisa por baixo.

— Eca! — disse eu, tentando não olhar para a carne branca dele, que estremecia, mas não deu nem um pouco certo. — Esse cara não é Jesus, Minnie. E também não é um anjo. Eu garanto.

— Anda, Bonnie. Pegue o outro braço. — Fiz o que ela instruiu, e juntas levantamos e puxamos e conseguimos arrastá-lo para mais perto da casa com uma varanda instável e plástico cobrindo as janelas. O quintal estava cheio de latas e garrafas quebradas, e fiquei preocupada com o estado em que as costas dele iam ficar se a gente continuasse puxando daquela maneira. Era bem possível que estivéssemos fazendo mais mal do que bem.

Infelizmente, ele também não estava usando cinto nem suspensórios, e, assim que chegamos à frente da casa dele, respirando com dificuldade, suadas, com os músculos protestando por causa do esforço, vi que a calça tinha sido arrastada para baixo até os joelhos, e a cueca também. Quando percebi o que tínhamos feito, soltei o braço e apontei.

— Olha, Minnie! — Eu ri. — Tiramos a calça dele.

Minnie olhou para baixo, gritou, soltou o braço que estava puxando e se afastou às pressas, como se tivesse visto uma cobra. O que, suponho, tinha mesmo. Eu estava um pouco mais curiosa e não me afastei para tão longe. Além disso, eu não tinha medo de cobras.

Mas foi bem horrível. Tínhamos dois irmãos e, por isso, uma boa ideia de como os garotos ficavam sem roupa, mas aquele era um homem adulto, não era parente e definitivamente não era atraente.

— Acho que Jesus não aprovaria nossos esforços, Minnie — disse eu, fingindo solenidade. — Acho que ele olha feio para garotas que veem homens pelados.

— Jogue o casaco dele por cima — Minnie sibilou.

Fiz o que ela disse, jogando o casaco, que eu ainda estava segurando, em direção ao homem inconsciente quase nu. Não foi um bom lançamento. Caiu no rosto dele. Suas partes baixas ainda estavam inteiramente descobertas, ao sopro do vento.

— Se ele vomitar, vai morrer deitado de costas com aquele casaco na cara, Bonnie!

Tínhamos visto Hank e Cash beberem o suficiente para vomitar. Meu pai já tinha vomitado durante o sono antes e, se a minha mãe não estivesse lá, ele teria sufocado com o próprio vômito. Minha mãe nunca bebia mais de uma cerveja por dia e dizia que era bom para a saúde, "para limpar os rins".

— Bom, fique à vontade para virá-lo, Minnie. — Fiz um gesto em direção à cabeça coberta do homem. Não sei por que eu tinha de fazer tudo. Minnie balançou a cabeça freneticamente. — Está bem. — Suspirei. Eu me agachei e me aproximei dele, levantando-o com a perna e mantendo meu corpo virado para o lado. Então puxei o casaco de cima do rosto do homem e o coloquei sobre a parte inferior de seu corpo.

Seus olhos estavam bem abertos.

Ele estava olhando fixo para mim, sem piscar. Eu gritei e caí para trás, de bunda.

— Mas o que é isso? — ele disse com a voz arrastada. Então estendeu a mão e agarrou meu tornozelo.

Eu me afastei, chutando, e Minnie apareceu para me ajudar a levantar. Nossos pés se engancharam um pouco e nós tropeçamos; caímos, levantamos e saímos correndo no mesmo instante.

— Ei! Voltem aqui! Por que estão indo embora? — o homem gritou atrás de nós. — Perdi toda a diversão? Não me lembro de nada!

— Definitivamente não era Jesus — ofeguei, e acabamos rindo por todo o caminho até em casa.

— Ficamos fedendo a pneu queimado e eu via as tristes partes baixas do cara quando fechava os olhos — contei a Finn, rindo. — Mas a Minnie estava de volta às suas boas ações no dia seguinte, e no próximo. Ela estava convencida de que por trás de todos os necessitados estava uma oportunidade de tornar o mundo um lugar melhor. Era como se ela soubesse que tinha pouco tempo para deixar a sua marca, e foi assim que ela decidiu deixá-la. Não foi uma forma ruim de viver. Mas eu ainda odeio cheiro de pneu queimado.

— Não tem como ganhar muito dinheiro queimando pneus. — Finn parecia cético.

— É alguma coisa. Nunca fizemos isso, mas muita gente fazia. Meu pai ganhava dinheiro viajando e cantando, e a minha avó ia com ele. Quando tínhamos idade suficiente, a Minnie e eu também. Cantamos pelos Apalaches de ponta a ponta, em feiras, igrejas e reuniões familiares. Meu pai aceitava dinheiro ou produtos, e nunca declarou nada disso em seus impostos para poder manter os benefícios sociais. Com o dinheiro do governo e o que ganhávamos por baixo do pano, a gente se saía melhor do que a maioria das famílias em Grassley, e melhor do que todas as outras famílias na *varza*.

— O que é uma "varza"?

— Um vale, sabe? Um bairro caipira. Uma várzea. — Dessa vez eu pronunciei como o restante do país, com todas as letras.

— Você percebe que, quando diz coisas do tipo "varza", parece que você saiu do início da década de 30, falando sobre a Grande Depressão? — Finn perguntou delicadamente.

— Você está dizendo que eu pareço a Bonnie Parker? Acho que consigo me identificar um pouco com ela, afinal. — Eu conseguia me identificar muito com ela. — Os Apalaches não mudaram muito desde então, até onde sei. De norte a sul dos Apalaches: Iowa, Kentucky, Tennessee, Virgínia Ocidental, Carolina do Norte. Há centenas de cidades como Grassley. E a maioria dos Estados Unidos ainda não sabe que existimos. Eles só voam por cima de nós; para quem olha das nuvens, tudo parece bonito.

Finn estendeu a mão e a colocou na minha perna, tentando me acalmar, acho. E eu fiquei olhando fixo por um minuto para aquela mão grande e forte na minha coxa, desejando, por um momento, ser pequena o bastante para me arrastar para debaixo da palma dele e fingir que lugares como Grassley não existiam. Mas existiam. E, por mais que eu tentasse, sempre existiriam.

— O médico da Minnie disse que a pobreza dos povos da montanha, o povo dos Apalaches, rivalizava com a pobreza que ele viu em algumas regiões da Índia, quando passou um tempo lá em missões humanitárias. Ninguém fala sobre os Apalaches... então ninguém sabe de verdade. Eu construí uma casa legal de quatro quartos para os meus pais e eles têm coisas legais, mas eu ainda sonho com Grassley e acordo com o cheiro de pneu queimado no nariz. Para mim, esse é o cheiro do desespero. Pneus queimando.

— Então é por isso que você se expõe para todo mundo? Mães sozinhas, pregadores de rua, pessoas de beira de estrada?

Dei de ombros.

— Isso é o que a Minnie fazia. Pensei nela quando William pregou para nós sobre anjos disfarçados, sobre vestir os nus e alimentar os famintos. Eu te falei daquela canção que sempre cantamos? Aquela sobre as moradas? Eu acredito nas moradas luxuosas no céu, mas seria bom se as pessoas parassem de ter esperança e começassem a agir.

— E fizessem o quê? — perguntou ele.

— Fizessem algo mais do que apenas sonhar com moradas no céu. A Minnie e eu começamos uma fundação chamada Muitas Moradas. Eu dava o dinheiro e a Minnie era a administradora. Queríamos ajudar crianças a fazerem um plano detalhado para realizar seus sonhos, e depois ajudaríamos a colocar o plano em prática. Queríamos fazer "muitas moradas", e não apenas no céu.

Fiquei cansada só de falar sobre a fundação. Era o bebê da Minnie. Talvez eu devesse mudar o nome de Muitas Moradas para Moradas da Minnie. A ideia, na verdade, me animou.

— Você disse que a Minnie estava tentando melhorar o mundo antes de o deixar. É isso que você está tentando fazer? Melhorar o mundo antes de deixá-lo? — Os olhos de Finn eram intensos em meu rosto; seu tom era direto.

Acho que eu merecia perguntas como aquela, considerando como Finn e eu tínhamos nos conhecido. Eu não sabia por que era compelida a fazer as coisas da forma como fazia. Simplesmente sentia um impulso, seguia com ele. Isso costumava me servir bem. Às vezes, nem tanto.

— Acho que só estou tentando descobrir o que é real. Sonhar com moradas e mansões não é algo ruim. Mas tem que existir mais na vida do que apenas entrar para a história ou sonhar. E, muitas vezes, parece que a esperança é a única coisa que a maioria das pessoas tem. Ricos, pobres, doentes, saudáveis, estamos nos afogando em sonhos e esperando que alguém venha torná-los realidade.

17
Velocidade instantânea

O *Entertainment Buzz* tem acompanhado o drama em torno da cantora Bonnie Rae Shelby, que começou com sua saída abrupta do palco na noite do último sábado. Um resumo do caso: pessoas próximas a Bonnie Rae ligaram para a polícia nas primeiras horas do domingo, dia 23 de fevereiro, depois de não conseguirem localizar a estrela. Dinheiro, cartões de crédito e itens pessoais também foram dados como desaparecidos, o que fez aumentar as suspeitas de que alguém estivesse envolvido no desaparecimento da srta. Shelby, e que ela não poderia ter deixado o local por sua livre e espontânea vontade.

Algum tempo depois, a srta. Shelby foi avistada com um homem, um ex-presidiário chamado Infinity James Clyde. Clyde foi preso por assalto à mão armada há seis anos e recentemente residia na região de Boston. Ele foi visto pela última vez na noite em que Bonnie Rae Shelby desapareceu do TD Garden, em Boston. A polícia localizou a mãe dele, Greta Cleary, que ainda vive na região, e afirmou que ela está cooperando com as autoridades. Contatos da polícia afirmam que a sra. Cleary disse que seu filho recebeu uma oferta de emprego em Las Vegas, mas amigos íntimos da mãe de Infinity Clyde dizem que ela não o viu antes que ele fosse embora e que ficou magoada e surpresa com a partida repentina dele.

A empresária da srta. Shelby, sra. Raena Shelby, afirma que a neta, Bonnie Rae Shelby, não conhecia Infinity James Clyde antes daquela noite, o que torna os avistamentos muito perturbadores.

Desde então, tivemos relatos de agressão, roubo, um veículo apreendido de propriedade do ex-presidiário, contendo roupas e objetos roubados do camarim da srta. Shelby no TD Garden, na noite de 22 de fevereiro, bem como um confronto bizarro em um pequeno banco nos arredores de St. Louis...

Desliguei a televisão imediatamente. Não queria ouvir o resto. Estávamos em uma cidade minúscula de Oklahoma, numa pousada de beira de estrada que era, na verdade, uma série de pequenos chalés vermelhos individuais não muito distante da rodovia, e tínhamos cometido o erro de ligar a TV no momento em que nos acomodamos no quarto. A apresentadora foi interrompida no meio da frase, e nosso silêncio atordoado preencheu imediatamente o vazio. Porém as palavras dela pairaram no ar como se ela estivesse ali entre nós, esperando que nos defendêssemos. E as palavras não eram a pior parte.

Haviam mostrado vídeos comigo cantando, dando autógrafos e acenando para fãs. Mas mostraram fotos do registro de Finn na prisão. Fotos dele usando um macacão laranja, de frente e de perfil, com números estampados na parte inferior. Aquilo o fazia parecer perigoso, como se fosse um condenado foragido e armado à solta. Seu cabelo estava curto nas fotos, e ele estava mais jovem, mas era ele inegavelmente.

— Isso é fofoca. É só fofoca, Finn — sussurrei. — Não tem conteúdo nenhum. Programas como esses pegam fragmentos do que eles acham que sabem e tentam costurar para fingir que têm uma história real.

Finn assentiu rigidamente, mas seu rosto estava tenso e seus lábios estavam pressionados em uma linha apertada.

— Você sabe quantas vezes eu já vi histórias como essa? Não apenas sobre mim, mas sobre amigos e conhecidos no meio artístico. Às vezes, não tem um pingo de verdade em nenhuma delas. E o que acontece depois? A história simplesmente desaparece. Sem desculpas, sem retratação. Eles simplesmente passam para outra pessoa.

Mas Finn não respondeu. E eu senti uma onda repentina de raiva, tão rápida e alarmante que quase engasguei com a intensidade. Coloquei a mão na parede para me equilibrar.

— Você não fez nada de errado, Finn! — Eu me obriguei a sussurrar para não gritar. — Não fez nada de errado! Eu só queria ser deixada em paz por um tempo. Você me ajudou. Não fizemos mal a ninguém. Não fizemos *nada*!

Finn olhou para mim, e a expressão em seu rosto estava tão desanimada que eu quis dar um tapa nele. Queria limpar a tristeza de seus olhos, fazê-la ir embora a bofetadas. Eu queria deixá-lo zangado como eu estava. Raiva era muito melhor que tristeza. Em vez disso, apertei as mãos, puxei os cabelos e repeti; as palavras saíram muito mais alto do que tinham saído antes.

— Não fizemos nada! — Eu queria sair correndo da sala e gritar as mesmas palavras para quem quisesse ouvir, mas, tão de repente quanto minha raiva apareceu, ela se transformou em medo. Eu tinha gostado tanto do meu breve hiato de me importar, mas meu interlúdio com a ambivalência, ao que parecia, tinha acabado. De uma só vez, nunca tive tanto medo em toda a minha vida. Nem quando subi em um palco pela primeira vez na frente de milhares de pessoas, nem quando Minnie ficou doente, nem quando o câncer voltou. Nem depois que caí para a frente no nevoeiro em uma ponte em Boston. Nunca.

Não tínhamos como sobreviver a isso. E eu não estava falando de sobrevivência, vida e morte. Não estava falando sobre encarceramento. Eu não estava preocupada com a polícia. Realmente *não* tínhamos feito nada de errado. Mas *nós* não sobreviveríamos. Nós dois. Finn e eu. Bonnie e Clyde. A dupla. Eu não ia conseguir mantê-lo comigo. Ele não ia querer ficar.

Corri para o banheiro, bati a porta e arranquei a roupa num frenesi, como se tirá-la fosse aliviar o pânico que corria em minhas veias. Meu peito estava apertado, tão incrivelmente apertado que eu não conseguia respirar, e fiquei me perguntando se estava tendo um ataque cardíaco, de tão intensa que estava a pressão. Liguei o chuveiro e entrei debaixo da água antes de ter verificado a temperatura. A explosão de água gelada me chocou, me distraiu da ira em meu coração por vários segundos bem-vindos, mas, conforme a água aquecia, o medo voltava, e eu gemi com a pressão e a dor simultâneas.

Pensei ter ouvido a porta abrir e fechar. Não era a porta para o banheiro. Eu teria dado as boas-vindas a Finn, mesmo no estado em que estava. Mas foi a porta que dava para a rua. Finn tinha ido embora.

⁂

ELE CORREU O MAIS RÁPIDO QUE CONSEGUIU NOS PRIMEIROS QUINZE minutos, mais ou menos, subindo e descendo as ruas da pequena cidade, o pequeno ponto no mapa de onde ele nem conseguia se lembrar do nome. Tudo o que sabia era que estavam em algum lugar na divisa norte de Oklahoma, a mais de oitocentos quilômetros de St. Louis, Missouri, onde haviam começado o dia. E Bonnie estava lá na pousada, chorando durante o banho, onde achava que ninguém podia ouvi-la. Ele queria entrar debaixo do chuveiro com ela, que se danasse o mundo, que se danasse todo mundo, e apenas ficar com ela. Era o que ele queria fazer. Mas, em vez disso, tinha vestido a bermuda, calçado os tênis e disparado para as ruas frias e tranquilas, tentando purgar o medo que guerreava com seu desejo pela garota que chorava por ele e o confundia, e tornava tudo muito mais complicado do que tinha que ser. E nada disso era realmente culpa dela. Ele entendia. Mas, com culpa ou sem culpa, a situação ainda existia.

Ele passou trotando pelo que parecia ser uma escola primária, repousando sob o suave brilho das luzes da rua. Circundou o terreno até encontrar um parque infantil e, usando as barras, levantou-se, uma e outra vez, uma elevação após a outra, até que suas costas, ombros e braços estivessem tão cansados como as pernas. A visão do escorregador alto o fez sorrir, mesmo sem querer, e ele desejou que Bonnie estivesse ali para subir e cantar para ele, cantar para afastar a preocupação, como tinha feito na noite anterior. Fazia apenas vinte e quatro horas? Finn ficou zonzo com o pensamento. O número de experiências transformadoras de vida, alteradoras de planos que se enfiaram e se comprimiram em seus últimos dias, era impressionante.

Ele retomou a corrida de volta na direção do hotelzinho, com as pernas cansadas, os pensamentos pesados, e não percebeu até que fosse tarde demais o carro da polícia que tinha estacionado perto dele. Merda.

— Meio tarde para uma corrida, não é?

— Depende — Finn disse suavemente, mantendo o ritmo e, com esperança, o tom de voz firme e despreocupado. — Gosto mais quando está tranquilo. Me ajuda a relaxar para que eu consiga dormir.

— Hum — disse o policial, sem se comprometer. — Você é daqui?

— Não, senhor. Vou passar a noite no hotelzinho que fica na beira da rodovia naquela direção. — Finn apontou mais ou menos para o grupo de chalés que se intitulava algo exótico, mas parecia uma fileira de barracas de peixe.

— Qual o seu nome?

Por que diabos aquele cara precisava saber o nome dele? Ele estava, obviamente, correndo, sem incomodar ninguém. Finn queria socar alguma coisa, mas decidiu que mentiras não o levariam a lugar algum. Mentiras só faziam as pessoas parecerem culpadas quando eram descobertas. Se fosse o caso, que assim fosse. Ele quase agradeceria, e as palavras de Bonnie ecoaram em seus ouvidos: *Não fizemos nada de errado!*

— Finn. Finn Clyde. — Ele correu até a janela aberta do policial e estendeu a mão, o bandido amigável da vizinhança. Sua resposta pareceu satisfazer o guarda, que apertou a mão dele brevemente, mas não agiu como se reconhecesse o nome.

— Bem, Finn. Está meio frio aqui fora, você não está muito agasalhado, e nossas ruas são mais como estradas rurais. Não são muito bem iluminadas e estão cheias de buracos.

— A temperatura está boa. E não é muito longe. — Finn tentou não deixar o alívio transparecer. O policial não tinha digitado o nome dele em um computador ou feito algum relatório, pelo menos até onde ele podia ver. Veio um chamado, e Finn se afastou com um rápido aceno de mão. O policial respondeu ao rádio com o número de seu distintivo e depois lançou algumas palavras de despedida na direção de Finn, antes de sua atenção ter sido atraída para o outro assunto.

— Tudo bem, então. Bem-vindo a Freedom. Tenha uma boa-noite. — A viatura se afastou e deslizou pela estrada. Finn quase parou de correr de tão pasmo. Então ele começou a rir quando se lembrou. Freedom, "Liberdade", era o nome da cidade.

⁂

O QUARTO ESTAVA ESCURO QUANDO ELE ENTROU. FINN DEIXOU A porta se fechar atrás de si e virou o trinco. As cortinas estavam bem abertas, fornecendo luz suficiente para ele encontrar seu caminho até as malas. Não sabia o que estava procurando. Sua única camiseta relativamente limpa era uma que Bonnie havia lhe comprado no início do dia e estava no carro. Tinha um monte de roupas na Blazer. Não serviram para grande coisa. Ele voltou para o banheiro e tirou a camiseta encharcada de suor. Pelo menos poderia ficar limpo por baixo da camisa.

Quando saiu, quinze minutos depois, Bonnie estava sentada no escuro, empoleirada na ponta de uma das camas, usando uma regatinha branca e pouco mais que isso, a julgar pelo comprimento nu de suas pernas dobradas embaixo dela. Ele tinha esperanças de que ela estivesse dormindo. Parou a alguns metros, esfregando a toalha em toda a cabeça, secando o cabelo com as mãos, antes de atirar a peça felpuda em uma cadeira. Estava de bermuda, mas não tinha vestido a camisa suada depois da chuveirada. A visão de Bonnie o fez desejar que tivesse vestido. Ele se sentia nu diante daquela garota, indefeso, exposto, e isso tinha muito pouco a ver com o peito nu ou com a falta de roupa.

— Pensei que você tivesse ido embora — disse ela, em voz baixa.

— E deixado você aqui?

— Eu fiz isso com você.

— E me deixou um bilhete e dois mil dólares. Fiquei louco da vida, mas não me senti abandonado. Eu sabia por que você tinha ido embora. Não gostei, mas entendi. — Ambos estavam quase sussurrando, e Finn não tinha certeza do porquê.

Ela assentiu, mas se levantou devagar, com os olhos no chão. Finn manteve os olhos no rosto cabisbaixo de Bonnie para não ver o que ela havia combinado com a regata branca.

— Me abraça, Finn? — Bonnie pediu, a voz tão fraca que ele não teve certeza de que ela houvesse dito aquilo. Porque não tinha certeza, sua resposta foi cautelosa, até mesmo questionadora.

— Não vai terminar aqui, Bonnie...

— Vai começar. E é isso que eu quero — ela o interrompeu, e ele agradeceu a sinceridade; deleitou-se nela, mesmo que tivesse de rejeitá-la.

— É o que eu quero também, mas não é o que vai acontecer.

— Por quê? — sussurrou ela, e a tristeza em seu suspirar suavizou a resposta ainda mais.

— Porque eu vou te abraçar e vou querer mais. E eu vou ter, Bonnie. Não vou conseguir parar. E então vai acabar, e você e eu vamos ter cruzado uma linha que não vamos poder descruzar.

— Eu quero atravessar.

— Sério? Porque eu não tenho certeza que você sabe o que isso significa. Se a gente for por esse caminho, não vai ter volta para mim e para as coisas que estão dizendo, vai? Sobre eu ser um perdedor? E um criminoso? E um merda, tirando vantagem de você, me ligando a você porque você é alguém e eu não sou ninguém? Todas essas coisas vão ser verdade.

— Não, não vão! Por que estamos nos preocupando com o que as pessoas pensam?

— Porque vai ser verdade! Você não vê? Neste momento... neste momento eu sou seu... seu amigo.

Os olhos dela dispararam para os dele em descrença, e ele quase corou ao pensar em como a queria, do jeito que ele a havia beijado.

Várias vezes agora. Amigos não beijavam daquele jeito. Ele ignorou a apreensão. Aquilo tudo foi antes de Finn ter visto a reportagem. As coisas tinham mudado, e ele tinha de fazê-la entender.

— Eu fiz a coisa certa com você, Bonnie. Eu fiz. Cuidei de você. E te dei cobertura. E posso me sentir bem com isso. Não tomei nada de você que eu não merecia, nem que não fosse justo. Mas eu ainda não mereci isso, Bonnie. Não mereci você. E, se eu tiver você, tudo o que as pessoas estão dizendo vai ser verdade.

Bonnie deu um passo em direção a Finn, ergueu-se na ponta dos pés e apertou os lábios contra os dele, interrompendo suas palavras com a boca. Finn precisava que ela cooperasse, se é que ia ficar longe dela. Mas quando foi que ela tinha feito uma maldita coisa que ele houvesse pedido? O beijo dela era tão doce, tão sincero, assim como era Bonnie Rae. E então Bonnie suspirou contra os lábios dele como se fosse exatamente onde ela queria estar, apesar de tudo o que ele tinha dito.

E Finn não se conteve.

Suas convicções foram imediatamente reduzidas a cascas de ovos. Podiam chamar de fraqueza. De falta de convicção. Podiam chamar de amor. Mas ele simplesmente não conseguia se conter. Suas mãos estavam nos quadris dela, no cabelo, deslizando pelos braços, ao redor da cintura, e depois subindo de volta para segurar o rosto de Bonnie, tentando estar em todos os lugares ao mesmo tempo e sem saber por onde começar. A respiração deles se tornou irregular, e juntos afundaram na cama; Bonnie puxando o corpo de Finn para cima do dela, enquanto ele se forçava a diminuir o ritmo.

— Não sei o que está acontecendo entre a gente — sussurrou ele, pairando acima da boca de Bonnie, a voz lhe fazendo cócegas nos lábios. — Sinto como se estivesse em queda livre, e a qualquer momento vou alcançar o chão, e tudo isso vai terminar, ou pior, vai ter sido apenas um sonho. — A voz de Finn era tão baixa que ele não tinha certeza se estava falando com ela ou para si mesmo, mas, de qualquer forma, precisava que Bonnie o ouvisse. Ele a beijou novamente, com ansiedade, mas depois pressionou a testa na dela, afastando-se como se as bocas fossem magnetizadas e exigissem um esforço consciente para suspender o beijo, necessitando falar, mas nem um pouco dispostas a se afastarem.

— Tenho um mau pressentimento sobre isso, Bonnie. Não sobre você e eu exatamente. Mas isso, o frenesi da mídia, o fato de que todo mundo parece saber quem eu sou. Isso vai acabar mal. Eu sinto. Da mesma maneira que senti na noite em que o Fish roubou aquela loja. Ele perdeu a vida, e eu também perdi a minha, só que de uma forma diferente. Não quero que você perca a sua vida por minha causa, Bonnie. A minha não vale grande coisa, mas é tudo o que eu tenho, e você... você pode fazer qualquer coisa, ir a qualquer lugar, ser o que quiser. Isso não vai acabar bem, Bonnie.

Ela sacudiu a cabeça com firmeza, sua testa balançando de um lado para o outro contra a dele, fechando os olhos com força, o lábio inferior entre os dentes.

— Por favor. Por favor, não diga isso. Eu acredito em Bonnie e Clyde! Por que é que isso tem que acabar?

Havia lágrimas em sua voz, mas ela não as deixou cair. Bonnie levantou as mãos para o rosto de Finn e o afastou apenas o suficiente para encontrar os olhos dele. Ela sustentou o olhar até parecer convencida de que não haveria mais conversa sobre separações. Depois seus lábios encontraram os dele novamente, por pouco tempo, antes de deixar as mãos deslizarem do rosto para o pescoço de Finn até repousarem sobre o coração batendo. Então ela se levantou e o beijou no peito. Doce, suave, suplicando sem palavras.

Finn se sustentou acima dela e observou suas mãos e seus lábios, conforme tranquilizavam e alisavam, oferecendo pequenas carícias e beijos de veludo em sua garganta e braços, nas marcas que lhe traziam vergonha. E, na reverência de Bonnie à sua pele, ele sentiu a vergonha murchar e diminuir, como um papel em chamas, e flutuar para cima, desintegrando-se em um nada mais substancial do que cinzas. Com sua respiração, ela soprou tudo para longe. *Eu acredito em Bonnie e Clyde.*

Os olhos de Finn começaram a arder e sua garganta se apertou quando ela o puxou para perto e aconchegou seu rosto na curva do pescoço dela, como se soubesse que ele tinha se libertado de algo. As palavras que Finn havia pressionado sobre ela com tanta urgência escorregaram de sua cabeça como a regata de seda que Bonnie usava, que permitia suas mãos deslizarem, sem resistência, da cintura até os seios. Ele ergueu a mão e puxou uma pequena alça dos ombros dela para poder pressionar os lábios em sua pele, sem impedimentos. Em seguida, suas mãos emolduraram o rosto dela, e ele sentiu o sussurro de seu suspiro quando ela apertou os lábios na palma de sua mão.

Ele queria fechar os dedos sobre aquele beijo, para segurá-lo com força, esmagá-lo em sua pele para que ele não pudesse evaporar. Mas a curva dos lábios e a sinuosidade do queixo dela exigiam um toque suave, um toque que ele se sentia incapaz de oferecer quando a intensidade de sua própria resposta bombeou por suas veias. Então ele deslizou as mãos pelos cabelos dela, curvando os dedos desesperadamente nas mechas curtas, e puxou-lhe a boca de volta à sua. E, dessa vez, em vez de palavras, ele usou o beijo para transmitir sua apreensão em lábios macios que ele temia um dia desejarem que ele fosse embora.

Luzes vermelhas e azuis intermitentes encheram o quarto através da janela descoberta, circulando nas paredes, uma cor perseguindo a outra, e Finn e Bonnie congelaram no lugar, a respiração suspensa e os lábios imóveis, mesmo que o corpo deles exigisse continuar. Finn se levantou num salto e saiu da cama, e Bonnie o seguiu, alcançando o jeans e o vestindo, sem uma palavra, enfiando os pés nas botas, sem se preocupar com meias. Finn ficou de um lado da janela, observando a viatura deslizar devagar ao longo da fileira de chalés. Finn estava arrancando a bermuda e vestindo a calça jeans enquanto observava quando viu Bonnie parar, absorvendo o olhar da longa extensão de pele macia, sem interrupção, antes que ele dissesse o nome dela em advertência.

— Bonnie. Temos que ir. Ninguém sabe com que carro estamos, mas eles estão à procura de alguma coisa. Encontrei um policial esta noite, enquanto estava correndo. Parece ser o mesmo cara. — A viatura tinha diminuído a velocidade até estacionar perto do chalé que servia de recepção, e o policial que tinha parado perto de Finn saiu do carro, olhando na direção deles como se estivesse, de fato, procurando alguém ou alguma coisa.

Bonnie não perdeu tempo vestindo uma blusa. Em vez disso, vestiu seu casaco rosa sobre a regata que usava por baixo e enfiou as camisetas na mochila de Finn. Pegou a bolsa e as escovas de dentes, e eles estavam na rua quarenta e cinco segundos depois de terem sido rudemente interrompidos na única coisa que os dois realmente queriam fazer.

Eles haviam estacionado o carro do Urso bem na porta, mas estavam a apenas trinta metros da entrada da recepção. E só havia três outros chalés que pareciam ocupados. Freedom, aparentemente, não era popular às quintas-feiras. Finn destravou a fechadura e estremeceu com o ruído suave e o lampejo de luz que inocentemente os acolheu. Sem olhar para a recepção para ver se tinham sido avistados, ele e Bonnie entraram no carro e disseram adeus a Freedom com os olhos no retrovisor.

— Que nome você deu quando nos registrou? — perguntou Bonnie. Ela estava virada para trás no banco, olhando para ver se iam ser perseguidos. Por enquanto, tudo bem.

— Parker Barrow.

Bonnie riu e gemeu.

— E você achou que era uma boa ideia?

— Não. Só achei engraçado. A essa altura, engraçado é tudo o que nos resta — disse Finn, com um sorriso triste.

— Realmente não somos nadinha parecidos com Bonnie Parker e Clyde Barrow.

— Cheguei à conclusão de que a mídia não se importa, Bonnie Rae. Eles querem que a gente seja... e por isso é a história que eles vão contar.

18
retas paralelas

Dirigimos por uma hora no escuro, meio assustados, meio eufóricos, sem saber ao certo para onde estávamos indo, mas seguindo em frente, porque era a única coisa que podíamos fazer. Cada segundo tinha assumido uma relevância que eu não queria perder. Eu estava apaixonada, estava com tesão, estava temerosa, estava destemida — contradições que faziam todo o sentido e nenhum sentido. Talvez tivesse sido a adrenalina de fugir das circunstâncias que pareciam determinadas a nos caçar, mas era mais provável que fosse o ato de amor inacabado no hotel de beira de estrada, e eu estava lutando para não implorar que Clyde encostasse o carro e me deixasse fazer o que eu queria com ele no banco de trás.

A tensão era latente entre nós, uma corrente que zumbia pulsante, como um ritmo acelerado de uma linha de baixo, e uma canção começou a se formar na minha mente, mais um sentimento do que palavras reais. Quando comecei a cantarolar, Finn apenas olhou para mim, um sorriso nos lábios e as sobrancelhas arqueadas, e eu quase gemi em voz alta, fechando os olhos contra o desejo que tinha de esperar, apenas um pouco mais. Eu me senti simultaneamente leve e infinita, flutuando ali, ao lado dele, como se Finn me segurasse por uma corda.

Weightless and endless. Timeless and restless. Hopelessly breathless — "Leve e infinita. Atemporal e inquieta. Desesperadamente sem fôlego". As palavras se infiltraram em minha cabeça, e meu desejo começou a compor um refrão sem pensamento consciente. Eu sabia quais seriam os acordes, e tomei nota do arranjo na minha cabeça, criando estrofes e uma ponte para combinar. Queria estar com o violão de Finn. Cantarolei conforme seguíamos, compondo febrilmente.

— Não fique só fazendo som. Cante — Finn encorajou.

Eu não queria cantar a letra em voz alta. Não queria assustá-lo. Finn não estava tão avançado nos sentimentos como eu. Eu estava ali. Tudo ou nada. Amor. Mas ele não. E eu ali cantando sobre necessitar de Infinity provavelmente não ia fazê-lo me alcançar mais rápido.

— Qual é a sua música favorita? — perguntei, em vez disso. — Se eu souber, eu canto.

— Que música era aquela que você cantou quando estava no escorregador?

— "Wayfaring Stranger"? — perguntei, surpresa.

— É. Essa é minha música favorita. — Finn afirmou com a cabeça uma vez, de modo definitivo.

— Você conhece essa música?

— Não. Eu nunca tinha ouvido antes — disse ele, francamente, os olhos mirando meu rosto e, em seguida, voltando para a estrada.

— E agora é a sua favorita?

— Agora é a minha favorita.

Sua doçura me comoveu, e meu desejo por ele cresceu de novo, mais forte. Eu tremi, desejando ter coragem suficiente para dizer o que eu queria dizer.

— Cante. Por favor — pediu ele.

E assim eu fiz. Cantei até o interior do carro do Urso reverberar com minha voz, e meu coração ser retalhado pelos sentimentos que tentavam sair de mim com unhas e dentes.

Nós dois estávamos cansados demais para seguir viagem por muito tempo, mesmo comigo cantando para nos manter acordados. Finn me pediu para dormir, mas eu não queria apagar quando sabia que ele estava lutando para manter os olhos abertos. Concordamos em parar na próxima cidade grande e fizemos uma pausa em um lugar chamado Guymon. Uma caixa d'água branca e grande reluzia de leve no escuro, o nome da cidade escrito audaciosamente em preto, dizendo a estranhos errantes, como Finn e eu, exatamente onde estávamos.

Havia um Walmart bem-iluminado e, ao que parecia, aberto vinte e quatro horas. Nós dois estávamos com uma necessidade desesperada de roupas e suprimentos, mas precisávamos ainda mais de sono, e dormir em um estacionamento escuro livremente pontuado com carros parecia mais seguro, no momento, do que dar entrada em outro hotel de beira de estrada. Faríamos compras de manhã.

Estacionamos na parte mais distante, nos encaixando em um canto perto de uma saída, longe o suficiente dos outros carros para nos proporcionar um pouco de privacidade; mas perto o bastante para nos fazer parecer apenas mais um cliente que não queria que seu veículo fosse riscado ou amassado por um carrinho de compras voluntarioso. Os vidros eram escuros. Deitamos os bancos o máximo que conseguimos e tentamos descansar nem que fosse por algumas horas. O mais perto que eu conseguia chegar de Finn foi sua mão na minha, e pensei melancolicamente na Blazer estacionada em um pátio de guincho em St. Louis. Fiquei maravilhada mais uma vez pelo fato de Finn estar sequer falando comigo, para não mencionar segurando a minha mão na sua e acariciando suavemente a pele acima do meu pulso, enquanto estava deitado ao meu lado no escuro.

Ouvi-o respirar, confortada por seus dedos e pela firmeza de sua presença. E, logo antes de deixar o sono me levar, sussurrei as palavras que precisava dizer.

— Eu te amo, Finn. — E talvez tenha sido minha mente cansada ou meu coração melancólico. Talvez fosse apenas um sonho, mas pensei tê-lo ouvido sussurrar de volta: "Também te amo, Bonnie".

Tínhamos deixado as nevascas para trás, mas ainda era fevereiro, e Oklahoma não era quente. Tivemos a sorte de ter nossos casacos e de as temperaturas durante a noite terem sido relativamente amenas, mas ainda acordamos tremendo várias vezes. Finn dava a partida no carro e o aquecia antes de desligá-lo e nos dar mais uma hora de sono antes que o frio nos acordasse novamente. De modo geral, não foi uma noite de descanso, e, quando o sol se levantou e começou a aquecer o interior do carro, demos as boas-vindas ao calor e dormimos mais profundamente do que tínhamos dormido durante toda a noite. Já era meio da manhã quando nos esgueiramos para dentro do Walmart, entramos nos respectivos banheiros e fizemos uso das instalações. Finn ainda tinha algumas das coisas dele, e eu tinha reforços na minha bolsa. Fiz uso deles depois de lavar o rosto e as mãos com sabão barato, escovei os dentes vigorosamente e enfiei a cabeça debaixo da torneira para domar as pontas espetadas do cabelo na parte de trás, antes de aplicar hidratante, rímel e brilho labial, que era tudo o que eu tinha.

Era manhã de sexta-feira, e o Walmart estava povoado apenas por uma mãe ocasional com crianças muito pequenas e um idoso aleatório, o que tornou minha transformação no banheiro menos chamativa. Apenas uma mulher entrou enquanto eu estava na frente do espelho, e foi direto para um cubículo. Garanti para que quando ela saísse eu já não estivesse em pé em frente ao espelho, mas encolhida com as palmas das mãos estendidas sob um secador de mão barulhento, o rosto completamente virado para o outro lado.

Ninguém espera ver uma celebridade no banheiro do Walmart. A maioria de nós não olha de verdade um para o outro, de qualquer forma. Nossos olhos se desviam sem realmente registrar o que estamos vendo. É da natureza humana. É a sociedade civilizada. Ignorar o outro a menos que alguém seja grotescamente gordo, vestido sem recato ou desfigurado de alguma forma — e fingimos não ver, mas vemos tudo. Eu não era nenhuma dessas coisas, e, até o momento, a natureza humana estava trabalhando a meu favor.

Encontrei Finn sentado em um banco do lado de fora do banheiro, o cabelo penteado para trás no rabo de cavalo habitual, o rosto um pouco brilhante depois de lavado. A barba que ele vinha exibindo havia sido raspada.

— Fez a barba?

— Não tinha ninguém lá dentro, mas eu ensaboei o rosto, entrei no cubículo e raspei pelo tato. Derrubei um pouco de sabão na camiseta, mas me sinto muitíssimo melhor. — Ele estava bonito. Sorri para ele quando lhe disse isso.

Guardamos a escova dele e o kit de barbear na minha bolsa, para que não ficassem tão evidentes, e entramos na loja, pegando o que precisávamos. Finn jogou na cesta uma cópia do CD *Come Undone*, assim como meus outros quatro álbuns, alegando que me pouparia de ter de cantar por todo o caminho até Los Angeles. Tirei a etiqueta de um par de óculos sem prescrição médica e os coloquei ali mesmo, mudando ainda mais minha aparência, e deixei óculos iguais no carrinho, para que eu pudesse pagar por eles no caixa sem precisar tirar do rosto.

Eu poderia ser a única garota que compareceria à cerimônia do Oscar usando cosméticos comprados no Walmart, mas fui até o corredor de maquiagem e fiz uma seleção dos produtos mais caros em vários tons, além de tudo o que precisaria para aplicá-los. Joguei um produto de cabelo que não ia fazer meu penteado de garotinho ficar nada diferente do que estava naquele momento, mas pelo menos não teria de colocar a cabeça debaixo da torneira.

Vi os olhos de Finn pousarem nas revistas expostas no caixa, meu rosto estampado em várias delas, com manchetes que gritavam e pequenas inserções do rosto de Finn em fotos de presidiário. Ele desviou o olhar imediatamente, e eu fui até ele, me sentindo mal de novo. Ele apertou minha mão, e eu senti vontade de chorar de gratidão, mas o mandei na minha frente, não querendo que o caixa desse uma boa olhada em nós juntos, tão perto dos tabloides.

Várias centenas de dólares mais tarde, eu estava a caminho da saída principal quando uma voz que soava um pouco como Reba McEntire informou aos clientes do Walmart que o proprietário de um Dodge Charger preto com placa do Tennessee, BEARTRP, precisava fazer a gentileza de retornar ao veículo.

Meu coração afundou até os joelhos, assim como minhas esperanças. "Bear trap", armadilha de urso. Era a placa do carro do Urso. Finn já havia saído da loja. Estaria a polícia do lado de fora esperando por nós? Se estivesse, por que tinham pedido ao gerente do Walmart para nos anunciar? Eles não esperariam até a gente voltar? Todas essas perguntas dispararam pela minha mente naquele instante, e eu decidi que a única opção era sair da loja e esperar, em nome do inferno, que Finn não estivesse algemado na parte de trás de um carro de polícia.

Ele não estava. Estava esperando na entrada, com os olhos postos no canto mais distante, onde o Charger estava estacionado. Não havia um carro da polícia à vista, mas havia um modelo mais antigo de Suburban parado por perto, e um homem examinava o carro do Urso com um celular no ouvido.

— O que está acontecendo? — perguntei.

— Acho que o cara bateu no carro do Urso — disse Finn.

— E, em vez de cair fora, ele foi honesto e está esperando que a gente saia e troque informações de seguro — completei.

— É. — Finn parecia taciturno. — Vamos. Ainda não estamos em apuros.

Quando nos aproximamos, o homem ao telefone se virou para nós e parecia tão aliviado quanto parecia lamentar. Era um homem corpulento de meia-idade, com gravata e calça social um pouquinho curtas demais, fazendo-o parecer meio patético e desleixado. Se os adesivos de família de bonequinhos na janela traseira de sua Suburban serviam como prova, ele tinha dez milhões de filhos e vários animais de estimação, e as roupas estavam provavelmente no fim de sua lista de prioridades. Seu carro tinha apenas alguns arranhões que podiam ter estado lá antes da colisão, mas aquilo com certeza não o estava fazendo se sentir nem um pouco melhor.

— Ah, oi! Vocês são os donos? Cara, me desculpa. Meu Burban é alto, não consegui ver o carro de vocês pelo retrovisor. Eu estava com pressa e recuei muito, rápido demais, e acabei pegando a parte de trás do seu carro.

O Urso ia nos matar. Todo o painel acima do para-choque estava amassado, uma lanterna traseira estava quebrada e o porta-malas havia aberto com o impacto.

— Já chamei a polícia porque não tinha certeza se vocês estavam na loja ou se tinham estacionado aqui porque o carro era emprestado ou algo assim e não iam voltar por um tempo. Tem várias pessoas que fazem isso aqui em Guymon, compartilham o carro... Claro, vocês são do Tennessee. Acho que eu devia ter pensado nisso. Cara, desculpa mesmo!

Finn levantou a porta danificada do bagageiro até em cima e descarregou o carrinho rapidamente, os olhos correndo entre a rua adjacente e as entradas do estacionamento do Walmart. Ele não tinha dito nada ao bom samaritano, que estava retorcendo as mãos e falando sem parar. Então Finn bateu o porta-malas várias vezes, tentando fazê-lo travar, mesmo que não ficasse mais muito alinhado, levando o motorista agitado da Suburban a fazer uma pausa no meio da frase e franzir a testa para Finn em confusão. Deslizei uma nota de cem dólares dobrada para o bolso da camisa amassada do homem e dei uma batidinha, passei por ele e subi no banco do passageiro. Finn bateu o porta-malas mais uma vez, e felizmente conseguiu fechar. Ele deslizou ao meu lado um segundo mais tarde.

— E-ei! Ei! Vocês não querem meus dados do seguro? Vocês não podem simplesmente ir embora! Eu detonei o seu carro! — ele gritou.

Demos marcha à ré, passando ao lado do homem estupefato, que tinha puxado a nota que eu havia lhe dado de dentro do bolso e ficou olhando para ela, segurando uma ponta em cada mão. Um carro de polícia entrou na rua que levava ao enorme estacionamento do Walmart e passou por nós sem um olhar sequer, bem quando o nosso sinal ficou verde, e nós nos misturamos ao tráfego que seguia em direção à rodovia nas proximidades.

— Está andando direitinho — disse eu, com otimismo.

— É você quem vai contar ao Urso — disse Finn.

— Não consigo falar com ele. Mandei uma mensagem. Acho que vou comprar um carro novo para ele quando essa história acabar. Você acha que precisamos de rodas novas? — Mordi o lábio. Finn esticou o braço e o puxou dos meus dentes com o dedo médio, me fazendo esquecer, momentaneamente, de placas de carro marcantes e para-choques em falta.

— Onde? Tenho certeza que o cara da Suburban deu o número da placa para a polícia. Mas ele estava errado, e, a julgar pelo que vimos, vai levar toda a culpa. A polícia pode verificar a placa, mas isso só vai levá-los ao Urso. E é por isso que precisamos avisá-lo antes. Ele vai cuidar disso. — Agora Finn estava interpretando o papel do otimista, pelo visto. Isso me fez respirar um pouco mais fácil.

— Então, e agora?

— Vegas.

— Que distância?

— Não sei exatamente. Vamos chegar ao extremo norte do Texas e depois alcançar o Novo México hoje à noite, mas preciso abastecer. Vamos tirar algumas coisas do porta-malas e fazer um plano para descobrir qual distância ainda temos pela frente.

Finn usou meu novo celular para dar uma olhada rápida no mapa e informou que ainda tínhamos catorze horas restantes e depois mais quatro, depois que chegássemos a Los Angeles. Abastecemos numa parada de caminhões, usando o banheiro para vestir roupas limpas. Não comemos na lanchonete, nem mesmo entramos e saímos ao mesmo tempo, tentando diminuir as probabilidades de alguém nos reconhecer juntos. Estávamos os dois nervosos e ansiosos para ficar longe das pessoas, agora que a história parecia ter atraído a atenção nacional. Eu já tinha estado nas capas de revistas, mas Finn não, e eu não queria que ele as visse em toda parte. Mesmo sabendo que a cobertura da imprensa poderia ser maluca, eu não entendia o que estava acontecendo. Por que a minha vida causava tanto interesse? E o que poderia ter motivado uma revista a publicar uma matéria sobre mim e Clyde?

E isso trouxe o medo de volta. Como eu pude ter tanto medo de perder alguém que tinha acabado de conhecer? Em menos de uma semana ele havia se tornado a única coisa que importava.

Seguimos viagem por quatro horas. O dia estava claro e ensolarado, a temperatura passava de quinze graus, sinalizando que fevereiro estava quase no fim e que tínhamos chegado oficialmente ao deserto. Finn ouviu todos os meus CDs, comentando sobre isso e aquilo, e parecia ouvir atentamente cada palavra. Foi passando as canções com arranjo pesado, as melodias alegres e os violinos voadores. Parecia atraído pelas baladas, pelos vocais limpos e pelas músicas que contavam histórias. Foi um pouco estranho para mim me ouvir cantar por horas a fio, mas o foco intenso de Finn em minha voz era quase erótico. Reclinei meu banco e o observei em silêncio, deixando meus pensamentos vaguearem.

Eu tinha estado com Minnie naquela mesma época do ano anterior. Tinha ido para casa para o nosso aniversário. Minnie estava fazendo quimioterapia novamente e tinha perdido todo o cabelo pela segunda vez. Eu me sentia culpada por não ter raspado a cabeça com ela, como tinha feito antes, e ela disse que eu era ridícula.

— *Você não é obrigada a ser minha irmã gêmea em todos os sentidos, Bonnie. Ficar com a mesma aparência é o fim. Além disso, você está com um aspecto muito melhor do que o meu, então o fato de eu me parecer com você, mas não ser tão bonita, é um pouco doloroso para mim.*

— *Ah, é?* — Não sei por quê, isso me magoou. Minnie deve ter visto a dor no meu rosto, porque pegou minha mão e sorriu.

— *Sempre amei o fato de sermos iguais. Eu achava divertido. E achava que você era linda, o que me confortava. Porque, se você fosse linda, eu devia ser também* — Ela suavizou as coisas.

— *Eu gostaria de dizer que você é realmente muito bonita, mas isso poderia parecer um autoelogio.* — Deitei na cama ao lado dela, ainda segurando sua mão. Ficamos deitadas em silêncio por um minuto. — *Por que estamos passando o nosso aniversário em Grassley?* — *choraminguei*, abruptamente. — Tenho um monte de dinheiro, e a gente tem vinte e um anos. Deveríamos ir para Atlantic City!

— Não. Vamos para Vegas. Eu sempre quis ir para Vegas.

— Sempre quis? — Imediatamente comecei a tramar como eu poderia nos levar até lá o mais rápido possível.

— É, sempre. — Minnie assentiu, pensativa. — Quero dançar em um daqueles shows em que as garotas usam penas na cabeça...

— E nada nos peitos? — interrompi, sentando-me para poder sorrir para o rosto dela.

— Acho que seria libertador! — Minnie protestou. — Dançar e erguer as pernas...

— E sacudir os peitos — interrompi novamente e pulei na cama, levantando as pernas e dançando, fazendo-a balançar.

— Todo mundo fica exatamente igual debaixo de toda aquela maquiagem e daquela parafernália. Ninguém saberia que os peitos eram meus. — Ela riu, sacudindo, impotente, enquanto eu pulava tão alto quanto podia.

— Eu saberia! Seus peitos são iguaizinhos aos meus! — gritei, rindo.

— Ha! Não mais. — Minnie levantou a camisa e olhou para o peito encolhido. Parei de pular, sentindo de repente as pernas fracas, e minha risada se foi. Caí ao lado dela na cama, horrorizada, tomada pela tristeza, incapaz de esconder minha reação. Olhei para ela. Toda ela. E enxerguei o que vinha me recusando a enxergar. Ela estava certa. Seus seios não pareciam em nada com os meus. Seu corpo não parecia em nada com o meu. Mesmo seu rosto, impossivelmente anguloso por causa da perda de peso, parecia diferente do meu. E eu queria cobrir os olhos, quebrar todos os espelhos, para poder manter a imagem de nós da maneira que estava fresca em minha mente. Ela estava sendo arrancada de mim, pedaço por pedaço.

— Minnie. Ah, Minnie Mae. — Coloquei os braços em torno dela, e não consegui conter as lágrimas. — Vou te levar para Vegas, meu bem. Vou te levar quando seus peitos voltarem a crescer, e você e eu vamos dançar de topless com penas e saltos altos, e a vovó vai ficar escandalizada.

Minnie não chorou comigo. Só me deixou abraçá-la e deitou a cabeça no meu ombro enquanto eu acariciava suas costas.

— Ela vai ficar escandalizada. Mas, se formos pelo menos boazinhas, ela vai ser a primeira a ligar para a imprensa. Um telefonema anônimo, é claro — Minnie sussurrou, e eu dei um riso molhado, a verdade simultaneamente divertida e trágica.

Minnie me deixou abraçá-la por mais alguns minutos, e então se afastou e encontrou meus olhos de modo sério. Eu tinha esperanças.

— Não é tão ruim quanto parece, Bonnie Rae. Na verdade, eu me sinto muito bem. Você vai ver. Vou ficar boa. Da próxima vez que você vir a Grassley, vou ter os maiores peitos que você já viu. Você tem o cabelo da Dolly Parton, mas eu vou ter os peitos. E eu te proíbo de ter também. Nada de peitos gêmeos! Quero que todo mundo olhe para mim, e só para mim, quando a gente chegar a Vegas.

Eu estaria em Vegas no dia seguinte. E Minnie não estaria comigo. Eu não ia dançar de topless com um enfeite de penas na cabeça ao lado da minha irmã. Eu ia dançar sem irmã, como uma pena ao vento, um pião, o mundo ao meu redor como um colorido borrão de nada.

Fechei os olhos, de repente absurdamente zonza. Finn estendeu a mão e tocou meu rosto.

— Aonde você foi, Bonnie Rae? — perguntou, baixinho.

— O que você quer dizer? — Eu gostava do toque dos dedos dele na minha pele e me inclinei em sua palma. A tontura diminuiu na hora.

— Às vezes você está bem aí, bem na superfície, cheia de vida, tão louca e linda que me faz arder de vontade.

Sua voz profunda era melancólica, e eu odiei ser a responsável por isso.

— Depois há momentos, dias como hoje — continuou ele suavemente —, quando você está enterrada lá no fundo, e o seu rosto lindo é só uma casa onde você mora. Mas as luzes não estão acesas, e as janelas e portas estão bem fechadas. Eu sei que você está aí, mas não estou com você. Talvez a Minnie esteja, mas acho que não. Você está sozinha. E eu gostaria que me deixasse entrar.

Passei por cima do espaço entre nossos bancos e deslizei sobre seu colo, colocando a cabeça em seu ombro, passando os braços em volta dele tão firmemente quanto pude, respirando-o para dentro de mim. Abri as persianas da minha casa metafórica, que ele descreveu tão bem, e lhe dei um vislumbre do seu interior. Ele continuou dirigindo, o braço esquerdo em volta de mim, o direito no volante, e pousou os lábios na minha testa.

— Nosso aniversário é amanhã — disse eu, colocando a boca em seu ouvido para não ter de falar em voz alta. — Às vezes sinto tanto a falta dela que cantos escuros e portas trancadas são tudo o que eu consigo mostrar.

— Ah, Bonnie. Sinto muito — ele sussurrou.

— Os aniversários são difíceis pra você também? — perguntei.

— O Fisher e eu nascemos com duas horas de intervalo. Ele nasceu primeiro, em 7 de agosto, por volta das onze horas. Eu nasci no dia 8 de agosto, um pouco depois da uma da manhã. Assim, cada um de nós tem a própria data de aniversário. Mas é difícil, sim. Os aniversários são uma droga. — Finn ficou em silêncio por vários segundos. — Então, quando você fica triste como agora... e quieta, é por causa da Minnie?

— Hoje está duro, porque estou pensando no amanhã. E estou pensando no que eu perdi. Mas tive dias como este, mesmo antes de a Minnie morrer. Dias em que eu saio do ar. A minha avó dizia que era melancolia. Todo mundo fica assim. Talvez seja só isso. Mas os dias parecem cinzentos, às vezes mais negros que cinzentos. É sempre pior depois que eu trabalhei muito, cantando noite após noite, me derramando pelo palco para que as pessoas possam me lamber. Eu adoro cantar, me apresentar, as pessoas, a música, mas às vezes me esqueço de guardar alguma coisa... algo que seja essencialmente meu, e a minha luz se apaga. Às vezes preciso de um tempo para fazê-la queimar de novo.

— Entendo. — A mão de Finn acariciou para cima e para baixo as minhas costas, me acalmando. Seus dedos traçaram a linha do meu queixo e mergulharam nas curvas da minha orelha e depois para baixo, em meus lábios. Eu me virei e pressionei meus lábios em seu pescoço em resposta. Senti um alívio no peito e um aperto correspondente na base da barriga.

— Mas você tem a chave, Finn, e eu te dei permissão para entrar — disse eu. — Mesmo que esteja escuro e você não saiba o que vai encontrar, você entra, está bem? — Senti uma dor na garganta que foi crescendo enquanto eu falava. — Quero você aqui comigo, mesmo que isso não seja bonito, mesmo se eu não te convidar.

O braço de Finn ficou mais apertado ao meu redor, e ele acariciou minha bochecha, me puxando tão perto que eu mal conseguia respirar. Pressionei meu rosto nele e fechei os olhos, desejando que ele se juntasse a mim ali, atrás das minhas pálpebras. Em poucos minutos, ele pegou uma saída que levou a outro lugar, parando em um posto de gasolina que havia fechado as portas havia muito tempo. Uma placa que mentia sobre petiscos e cerveja gelada estava pendurada em um poste, balançando para a frente e para trás ao vento frio de fevereiro. O anúncio antigo era quase ilegível; o sol havia roubado sua cor, deixando-o desbotado e à beira da extinção. Fiquei me perguntando se as luzes brilhantes acabariam por fazer o mesmo comigo.

Com o calor emanando ao nosso redor e dentro de nós, as luzes do painel como nossas únicas estrelas, Finn deixou suas mãos deslizarem sobre mim, soprando vida, deixando suas cores fluírem através de mim, sua boca gritar por mim. E eu respondi à altura.

19
esboço de curvas

Malcolm "Urso" Johnson, guarda-costas de longa data da cantora Bonnie Rae Shelby, foi vítima de um roubo de carro em um posto de gasolina entre St. Louis, Missouri, e Nashville, Tennessee, ontem. Fontes dizem que ele estava inconsciente quando paramédicos e policiais chegaram ao local. Sua carteira e telefone haviam sido levados, assim como o veículo, dificultando a identificação, mas a polícia confirmou que se trata realmente de Malcolm Johnson, que foi baleado à queima-roupa e está em estado crítico em um hospital da região. Não há informações sobre a existência de testemunhas ou de possíveis pistas para encontrar os autores do ataque, e a polícia não comenta sobre o assunto no momento.

Acredita-se que Bonnie Rae Shelby estivesse na companhia do ex-presidiário Infinity James Clyde na região de St. Louis por volta do mesmo horário, o que leva a especulações desenfreadas sobre uma possível reunião entre a estrela e seu guarda-costas, Urso Johnson, que acabou tornando-se violenta. A polícia ainda não está disposta a afirmar em definitivo se a srta. Shelby está sendo mantida refém contra a vontade. No entanto, as semelhanças entre o ataque ao sr. Johnson e outro crime cometido por Infinity James Clyde são difíceis de ignorar. Infinity Clyde cumpriu pena por assalto à mão armada a uma loja de conveniência de Boston, em 2006. Uma pessoa morreu e outra ficou gravemente ferida.

A MANTA EMBAIXO DELES ERA, NA VERDADE, UM SACO DE DORMIR aberto, comprado naquela manhã. Outro estava por perto, amarrado fortemente, à espera de utilização. Não estava frio, mas o sol estava se pondo e logo ficaria gelado. Finn considerou puxar o cobertor sobre Bonnie, onde ela estava acomodada ao lado dele, com a cabeça enterrada, como se estivesse se escondendo de alguma coisa, do jeito que ela sempre dormia, mas esperou, não querendo fazê-los parecer sem-teto.

Estavam a cerca de cem quilômetros de Albuquerque, Novo México, em uma pequena cidade que alegava ser o melhor lugar na Terra — o que não dizia muito sobre o planeta.

Tinham encontrado um parque na cidade e estacionado o carro do Urso numa vaga, porta-malas perto do meio-fio, escondendo as placas da melhor forma possível. Finn não achou que estivessem sendo perseguidos a partir do sudoeste, mas no mesmo fôlego não teria ficado surpreso se uma brigada inteira do Texas Rangers estivesse em seu encalço. Tinha sido esse tipo de viagem. Espalharam um cobertor em um canto distante do parque, debaixo de alguns pinheiros arbustivos, longe do parque infantil e do campo de beisebol vazio, e avidamente consumiram um piquenique do Walmart.

Bonnie havia se enrodilhado depois da refeição, sonolenta e satisfeita, e ele acariciou seus cabelos, necessitando tocá-la, mesmo que fosse apenas com uma das mãos. Sua respiração tinha finalmente se tornado mais lenta, até que ele percebeu que ela havia cedido à exaustão que a perseguia desde que ele tinha visto tremular em seu rosto as imagens de uma vida inteira antes, quando ele a encontrou agarrada às grades metálicas de uma enorme ponte. Uma vida inteira atrás. Uma semana atrás.

Um pai com dois filhos pequenos, uma menina e um menino, tinha atravessado o parque meia hora antes, não muito longe de onde estavam, e agora estava empurrando os filhos nos balanços do lado oposto do parque. Ele os havia notado, não havia dúvida, mas não ficou olhando na direção deles. Pareceu concentrado nos filhos.

Dois meninos — irmãos, ele imaginava pela forma como brigavam — estavam jogando uma bola de beisebol de um para o outro nas proximidades. Um deles, obviamente o melhor atleta, jogou a bola para cima e lançou sugestões com cada arremesso. O menino mais novo parecia distraído, e sua atenção ficava se desviando, como se ele achasse outras coisas mais fascinantes.

— *Pegue, Finn. Cara! Presta atenção.* — A voz de Fish surgiu em sua mente, fazendo eco aos meninos, enquanto discutiam nas proximidades.
— *Cuidado!* — *Fish gritou quando Finn olhou fixo para a bola curva que vinha em sua direção, sem nem levantar a luva. No último minuto ele ergueu a mão e a bola bateu na palma da luva com um baque satisfatório, como se ele tivesse fingido para Fish o tempo todo.*
— *Aonde você foi?* — *Fish resmungou.*
— *Eu estava pensando em parábolas* — *Finn respondeu, sua mente ainda ponderando sobre a curva que a bola fez quando Fish a jogou alto no ar, pensando em como ela subia lentamente e depois caía numa velocidade cada vez maior, encontrando seu caminho de volta para a Terra.*
— *Ah, cara! Você e o pai. Já é ruim ele ficar sempre pensando nessas coisas. Por que você tem que pensar também?*
— *Não consigo evitar, Fish* — *disse Finn, com sinceridade.* — *Elas estão em toda parte.* — *Ele jogou a bola para o irmão o mais alto que pôde, e Fish se posicionou embaixo dela, avaliando perfeitamente onde ela cairia.*

Linhas curvas. Elas estavam por *toda parte*. Finn se esticou no saco de dormir, apoiando a cabeça na mão, pego entre a lembrança de seu irmão e a garota que estava ao seu lado, a curva do quadril arredondado atraindo seu olhar, assim como a bola, num caminho curvo no céu, havia chamado sua atenção e feito as engrenagens em sua mente girar, levando-o para longe de seu irmão e do jogo em questão. Fish tinha lhe feito a mesma pergunta que ele fizera a Bonnie antes. *Aonde você foi?*
Era assim que Fish se sentia quando Finn se voltava para dentro de sua cabeça? *Onde você está? Por que não posso ir com você?*

Finn tocou o rosto de Bonnie, outra inclinação, uma curva doce, uma equação de segundo grau que ele poderia facilmente resolver.

— A curva é apenas o conjunto de muitas linhas retas, infinitamente curtas — Finn sussurrou, como se a definição matemática de algo tão adorável fosse diminuir seu fascínio. Não diminuía.

Tudo em Bonnie o atraía. Ele queria tirar as camadas de roupa dela e responder àquele chamado, pressionando sua pele contra a dela da coxa até o peito, afundando nela, consumindo-a até que não houvesse mais folga, até que não houvesse mais espaço nem distância.

Ele sabia que estavam avançando rápido demais, mas temia que nunca chegassem lá. Não queria dizer sexualmente, embora o medo de que isso lhes fosse negado estivesse muito presente. A necessidade quase desesperada de tê-la era algo que ele nunca tinha experimentado, mas o sexo era tão fugaz e infinitesimal como seu desejo era infinito e interminável, e ele não queria apenas um milhão de linhas infinitesimais costuradas em conjunto para criar uma curva pela qual iriam simplesmente deslizar até o fim. Ele queria algo além da ascensão e queda da saciedade física; ele queria um momento que se estendesse, longo e reto, onde houvesse apenas Bonnie e Clyde, onde o destino os lançasse da montanha-russa onde estavam. E aquele momento parecia inatingível.

Ele se sentia como Aquiles, constantemente perseguindo a tartaruga se arrastando, incapaz de preencher uma lacuna sem que brotasse uma nova entre eles. As distâncias estavam ficando cada vez menores, assim como o tempo, e Finn temia que acabassem antes que ele pudesse resolver o paradoxo.

Apesar de pensamentos sombrios, o lembrete do paradoxo o fez sorrir novamente, e seus olhos encontraram os garotos uma vez mais, agora correndo para o parquinho, o irmão mais velho saindo na frente com facilidade.

Em vez de histórias à noite, Jason Clyde contava paradoxos aos filhos — o filósofo grego Zeno tinha escrito muitos deles, todos aparentemente simples, mas cheios de perguntas de dar nó no cérebro. Eram histórias, mas não eram. Fish chegou a odiá-los e tinha escrito seus próprios finais, pois as reflexões filosóficas e os enigmas matemáticos eram irritantes para um menino que desejava ação, movimento e soluções descomplicadas.

Fish tinha ouvido atentamente o paradoxo de Aquiles, declarando-o ridículo, e prontamente desafiou Finn para uma corrida, dando-lhe uma vantagem, assim como a tartaruga, mas logo o ultrapassou, como sempre fazia. Fish era mais rápido, assim como Aquiles.

— Está vendo? — Fish tinha perguntado a Finn e ao pai. — Idiota. Aquiles teria ultrapassado a tartaruga tonta antes que ela sequer pudesse ter criado outra lacuna entre eles.

— A questão não é a velocidade, Fish — seu pai tinha explicado. — Era para confrontar nossa forma de pensar sobre o mundo com o mundo como ele realmente é. Zeno argumentou que a mudança e o movimento não eram reais.

Finn tinha quebrado a cabeça sobre o paradoxo durante a noite toda. Tinha escrito sua própria solução e orgulhosamente apresentado ao pai no dia seguinte, com ideias sobre a teoria da convergência e divergência. Seu pai tinha ficado muito orgulhoso, mas Fish tinha se limitado a bufar e desafiado Finn a outra corrida.

O paradoxo revela um descompasso entre a forma como pensamos sobre o mundo e como o mundo realmente é, seu pai havia dito.

Finn não tinha mais ilusões sobre como o mundo realmente era. O funcionamento se mostrava muitas vezes — e sempre trabalhava contra nós. Eles estavam correndo, a diferença estava diminuindo, mas ele temia que o paradoxo de Bonnie e Clyde pudesse ser insolúvel.

☙

Acordei com a escuridão e a sensação de Finn ao meu lado, seu corpo grande e quente; o ar no meu rosto, fresco e áspero. Ainda estávamos no parque. Eu podia ver estrelas através das agulhas de pinheiro acima de nós — pequenos fragmentos afiados de vidro quebrado. Olhei para elas durante um tempo, e a canção "Nelly Gray" entrou na minha cabeça na ponta dos pés. Os versos sobre a lua escalar a montanha, e as estrelas brilharem também. Minnie e eu cantávamos uma para a outra, mudando o nome de Nelly Gray para Bonnie Rae ou Minnie Mae, dependendo de quem estava cantando.

Oh, my poor Minnie Mae, they have taken you away
And I'll never see my darling anymore
I'm sitting by the river and I'm weeping all the day
For you've gone from the old Kentucky shore.

Now my canoe is under water, and my banjo is unstrung
And I'm tired of living anymore
My eyes shall be cast downward, and my songs will be unsung
*While I stay on the old Kentucky shore.**

Eu nunca tinha estado na costa do velho Kentucky. Estava em algum lugar no Novo México, e não tinha ideia de que horas eram. Estava muito cansada, mas agora estava bem acordada, e nem perto de tão cansada de viver como eu estivera apenas alguns dias antes. Rolei cuidadosamente de debaixo do saco de dormir que Finn tinha, obviamente, colocado sobre nós. Ele precisava de todo o sono que pudesse conseguir, mas eu tinha de fazer uma visita ao banheiro. Ou casinha de concreto das meninas, que era o que os banheiros no parque eram, mas tinham água corrente e um vaso sanitário, ou seja, tudo de que eu realmente precisava no momento.

Usando meu celular como lanterna, fiz o que precisava, lavei o rosto e as mãos e escovei os dentes. Corri os dedos pelo cabelo, arrumando a parte espetada que era a primeira a levantar cada vez que eu descansava a cabeça. Coloquei o celular sobre a pia e a luz branca que ele emanava me fez parecer fantasmagórica.

O pequeno visor me informou que eram onze da noite. Eu tinha dormido pelo menos seis horas. Estava me sentindo recarregada e fiz

---

* "Ah, minha pobre Minnie Mae, levaram você embora/ E eu nunca mais vou ver minha querida/ Estou sentada à beira do rio, chorando o dia todo/ Porque você se foi da costa do velho Kentucky.// Agora minha canoa está debaixo d'água e meu banjo não tem cordas/ E estou cansada de viver/ Voltarei meus olhos para o chão e minhas canções mudas ficarão/ Enquanto estou na costa do velho Kentucky."

o melhor que pude para parecer que sim. Havia enchido a bolsa com meus novos cosméticos, e queria ficar bonita para Finn, mas era quase impossível enxergar com a luz do celular. Quando terminei, olhei para mim, segurando o telefone perto do espelho, esperando não ter virado uma palhaça. O lado positivo era que, se Finn ainda gostava de mim depois de tudo, e eu ainda gostava dele, então existia algo entre nós. Nada de jantares à luz de velas, nem de nosso melhor comportamento, nada de camisas passadas, visitas ao salão de beleza e abraços perfumados. Éramos só nós. Ao vivo e acústico.

Descobri que preferia o real. Como tinha dito a Finn, eu estava procurando o real. Tinha encontrado tão pouco dele na minha vida nos últimos sete anos, tão pouco que fosse genuíno e fundamental, que queria me agarrar a isso, mesmo que não fosse bonito. O problema com a vida é que às vezes é difícil saber o que é real. Achei que fosse esse o motivo pelo qual algumas pessoas chegavam a pesar trezentos quilos. Porque naquele momento, enquanto a comida está na frente delas, enquanto está sendo levada à boca e depois engolida, aquele momento em que ela atinge o estômago, aquele momento é o êxtase. E é real. Claro que a pessoa se sente cheia demais, mas ficar muito cheio também é real.

Eu me afastei do espelho, coloquei as coisas de volta na bolsa e saí do banheiro, encontrando o caminho por toda a extensão de grama que me separava de Finn. Ele estava agachado, enrolando os sacos de dormir. Ao me ver chegando, fez uma pausa, olhando para mim.

— Acordei e você não estava. Pensei que tivesse sido arrastada pelos irmãos brincando de pega-pega. Dormi com eles discutindo. Isso me fez lembrar de mim e do Fish.

— Irmãos? Às onze da noite?

— Não. Algumas horas atrás. Está pronta para dar o fora? Temos que seguir em frente se quisermos chegar a Vegas amanhã.

Baixei os olhos para ele, tentando discernir sua expressão na escuridão. Afastei seu cabelo do rosto. Ele havia tirado o elástico, e as mechas caíam soltas ao redor dos ombros. Os fios que toquei estavam úmidos, e eu podia sentir cheiro de sabonete e pasta de dente. Ele devia ter acordado não muito depois de mim.

— Onde estamos? — Eu queria saber a nossa distância até Las Vegas, mas olhei para o céu quando fiz a pergunta. As estrelas brilhavam, a noite tão parada e fresca que cada pontinho cintilante competia por minha atenção, e desejei poder virar o mundo de cabeça para baixo e cair nelas, agarrando-as enquanto flutuava. Maldita gravidade, que me mantinha presa à terra.

A canção que eu andava compondo desde o dia anterior dançou pela minha cabeça, e eu adicionei o verso que estava procurando. *No matter how I try I'm bound by gravity* — "Não importa quanto eu tente, estou presa pela gravidade". Era isso. Eu podia ouvir a melodia e sentir como meus dedos se moveriam pelas cordas enquanto cantasse.

— Estamos no centro do universo. — Finn tinha se levantado e agora também estava com o rosto erguido para o céu.

— O Novo México é o centro do universo? — Parecia um slogan muito superior a que "O melhor lugar da Terra". Eles precisavam mudar a placa.

— Se você viajar em qualquer direção a partir deste ponto, nunca vai sair da área do centro. — Ele não olhou para mim enquanto falava, mas eu parei de olhar para as estrelas para poder observá-lo. — Você poderia estar em qualquer lugar da Terra e tecnicamente ainda estaria no centro do universo. Estamos cercados pelo espaço infinito.

— O espaço me faz ter vontade de sair flutuando. E nunca mais voltar. — Eu não quis parecer desesperada, mas acho que não consegui. Só parecia ter paz lá em cima, e eu gostava da ideia de ser cercada pelo infinito.

Também disse isso a ele, passando meus braços ao seu redor, circundando-o da melhor forma que pude, mas eu percebia que ele ainda estava pensando em mim flutuando para longe. Eu sempre conseguia dizer a coisa errada. Ele ficou em silêncio enquanto arrumávamos nossas coisas no carro e saíamos do parque.

Voamos pela escuridão como se fôssemos donos dela — a hora avançada mantendo as estradas livres, o clima ameno mantendo o céu limpo. E me senti como se estivéssemos de fato no centro do universo, no fulcro, como Finn dissera. Ele aumentou o volume da música até o painel vibrar, ouvindo-me dizer que estava "me desfazendo", como afirmava a faixa-título do meu CD mais recente, *Come Undone*.

> I've lost a shoe
> A few buttons are gone
> The dress I'm wearing
> Has come undone.
>
> It's come undone
> But nobody stares
> They don't seem to notice
> My shoulders are bare.
>
> But I'm coming undone.*

Finn desligou o som de forma abrupta, como se de repente decidisse que não podia suportar a canção. Então olhou para mim, a luz fraca do painel destacando os traços angulares de seu rosto.

— Você escreveu essa música? — perguntou.

— Eu escrevo todas as minhas músicas. Não confiaram em mim no primeiro álbum, o que veio depois do meu lançamento no *Nashville Forever*. Os empresários escolheram a maioria das canções e só me deixaram compor algumas. As duas que escrevi estouraram e superaram em muito as deles. Meu produtor decidiu me deixar escrever mais algumas no álbum seguinte. A mesma coisa aconteceu. No quarto e no quinto álbuns, escrevi ou coescrevi todas elas.

Finn assentiu, mas percebi que ele não estava pensando em todos os meus hits no topo das paradas.

---

* "Perdi um sapato/ Alguns botões se foram/ O vestido que estou usando/ Se desfez.// Está desfeito/ Mas ninguém encara/ Parecem não notar/ Que meus ombros estão nus.// Mas estou me desfazendo."

— Ninguém ficou preocupado com você... depois de terem ouvido essa música? O Urso, sua avó, alguém?

— É uma canção triste. Coração partido vende. Eles adoraram. A maioria das pessoas se identifica com o coração partido. O que foi que Bonnie Parker disse no poema dela? — Eu tinha cabeça para as letras, e poesia não era muito diferente.

Lembrei dos versos facilmente e falei sem pensar:

—"De coração partido alguns sofreram,/ De cansaço alguns morreram./ Mas, no fim das contas,/ Nossos problemas são pequenos/ Até sermos como Bonnie e Clyde."

— Até sermos como Bonnie e Clyde? — perguntou Finn. Ele falou de um jeito engraçado, como se o verso o incomodasse.

Olhei para Finn, não sabia aonde ele queria chegar, mas esperava que ele me dissesse. Ele parecia estar pensando em alguma coisa e ficou em silêncio por alguns minutos.

— Já chegamos lá, Bonnie Rae? Somos como Bonnie e Clyde? Desesperados? Caçados? Dirigindo por uma estrada escura que só leva a mais problemas?

— Espero que sim — respondi de imediato, numa meia provocação.

Finn olhou para mim, balançando a cabeça.

— Que diabos isso significa?

— Eles estavam juntos. Ao atravessarem tudo aquilo, eles estavam juntos. — Agora eu não estava brincando.

Ele desviou o olhar imediatamente e se virou para a estrada, as luzes de Albuquerque reluzindo a distância. Seus olhos, quando ele olhou para mim, pareciam incrivelmente brilhantes. Mais brilhantes que as luzes da cidade, e eu não consegui desviar o olhar.

Dei de ombros, sem entender a intensidade daquela expressão.

— Eles estavam condenados desde o início — disse ele, sem rodeios.

— Não condenados. Imortalizados — respondi automaticamente, surpreendendo-me.

— Não estou interessado nesse tipo de imortalidade, Bonnie Rae. Prefiro ficar velho e desconhecido a morrer jovem ao seu lado e ter o mundo escrevendo livros e fazendo filmes sobre minha curta vida triste. Não quero ser Bonnie e Clyde!

Engoli em seco, a rejeição como um tapa na cara que roubou minha respiração. Foi a minha vez de olhar para a frente, olhos marejados, tentando controlar minhas emoções.

— Não se preocupe, Infinity. Não foi você quem me disse que infinito mais um ainda é infinito? Sem mim você ainda vai ser você — falei.

Finn xingou e bateu na buzina, uma explosão de raiva que ninguém ouviu.

— Eu não quero ficar sem você, Bonnie! Você não entende? Estou apaixonado por você! Eu te conheço faz uma semana. E estou apaixonado por você! Loucamente apaixonado, do tipo "me jogo do penhasco se você pedir". Mas não quero me jogar de um penhasco! Quero viver. Quero viver com você! Você quer isso? Ou ainda pensa em pular de pontes e morrer com uma saraivada de balas?

Finn bateu a mão na buzina de novo, mais e mais, xingando enquanto fazia isso. Percebi que havia lágrimas em meu rosto. Contradições, fúria e desespero se enfrentavam no rosto dele. Eu não conseguia me mexer, nem sequer falar. Estava chocada demais.

— Finn? — sussurrei, estendendo minha mão. Ele me repeliu, como se não pudesse suportar ser tocado. Abriu as janelas, enchendo o interior do carro com um rugido frio, abafando qualquer tentativa de conversa com eficiência, mas eu gritei para o vento mesmo assim. Gritei que o amava muito, mas o vento levou minhas palavras embora. Não tirei os olhos do rosto dele em nenhum momento, observando-o enquanto ele cerrava os dentes e seguia viagem, sem nunca olhar em minha direção, afastando qualquer tentativa minha de aproximação.

Parei de gritar e caí no mesmo silêncio que ele, me perguntando o que tinha acontecido, sabendo que havia algo, sabendo que outra ponte havia sido atravessada e sem ter certeza se ainda estávamos do mesmo lado.

20
ponto crítico

Finn pegou a primeira saída, uma cercada por comércios fechados e escuros. O posto de gasolina estava bem iluminado, vangloriando-se do serviço vinte e quatro horas e dos preços mais baixos da cidade. Bonnie tinha parado de tentar tocá-lo e havia se transformado no banco do passageiro, desviando o rosto. Ele sabia que ela estava chorando, e bateu no próprio rosto, certificando-se de que sua emoção humilhante não estivesse visível.

A maldita música. Bonnie cantando sobre se desfazer, desmoronar. E ali estava ele, desmoronando também. Ela parecia tão indiferente à morte, tão obstinada a sair flutuando, e ele perdeu o controle. Disse a si mesmo que era raiva, frustração. Disse a si mesmo que era uma anomalia. Ele nunca ficava emotivo. Nunca. Não desde a morte de Fish. Não quando havia sido mandado para a prisão. Não quando tinha sido espancado e marcado em sua cela; nunca.

Fish era o emotivo. O canhão solto. Finn, não. Ele era o oposto de Fish. Tinha sido o contraponto de seu irmão aloucado. Disse a si mesmo que precisava ser o contraponto de Bonnie também.

Ele precisava ser a voz da razão, o lastro. Mas, em vez disso, viu-se completamente fora de controle, apaixonado, impulsivo e emotivo.

Finn abriu a porta e saiu, sem saber se devia arriscar ser reconhecido ao pagar em dinheiro dentro da loja, ou usar o cartão e se permitir ser rastreado, se alguém realmente estivesse procurando por eles. Bonnie parecia considerar que o frenesi todo era mais motivado pela mídia que pelos homens da lei, mas a verdade era que não sabiam de nada com certeza. Esse pensamento o fez marchar para dentro, de cabeça baixa, e atirar uma nota de cinquenta dólares para o funcionário, grunhindo o número da bomba e imediatamente dando as costas. O atendente repetiu o pedido alegremente, e Finn empurrou as portas para sair, detestando o fato de precisar esconder o rosto e olhar por cima do ombro.

Não queria voltar para o carro. Estava com fome e agitado, e ele e Bonnie precisavam de distração. Mas tudo ao redor parecia escuro, embora pudesse ouvir uma linha de baixo pulsante vinda de algum lugar, e virou o rosto na direção do som ao terminar de encher o tanque.

Um carro estacionou do outro lado da bomba, e Finn olhou para os ocupantes do Escalade preto pelo canto do olho. Com certeza não era a polícia ou o tipo de gente que tinha alguma coisa a ver com policiais.

— Tem um bar por aqui? — ele se viu perguntando quando encontrou os olhos do motorista do Escalade por cima da bomba.

O motorista ergueu as sobrancelhas, surpreso, e deu uma olhada rápida em Finn, como se para ter certeza de que ele era do tipo que frequentava bares, de que era digno das informações. Finn devia ter passado no exame, porque o outro respondeu sem muita hesitação:

— Sim, cara. Tem, sim. Tá ouvindo? — Ele parou, ouvindo, e Finn imaginou que estivesse se referindo ao baixo pulsante que ele também tinha notado. O homem apontou na direção da música. — É o Verani's. Um barzinho. Fica aberto até as três da manhã. Logo no fim do quarteirão, à esquerda. É completamente escuro do lado de fora, a não ser pelo grande v. O estacionamento fica nos fundos, entrada para o porão. Sem cobrança de couvert, boa comida e qualquer outra coisa que você possa querer. — Seus olhos brilharam quando ele disse isso, e Finn sabia que ele não estava falando de cerveja.

Finn assentiu, pendurando a bomba. Não estava interessado em "qualquer outra coisa". Mas música, escuridão e comida pareciam uma boa ideia. E ele precisava abraçar Bonnie, agora que a raiva havia passado. Ele disse que a amava, e agora precisava mostrar isso a ela. Talvez pudessem dançar nas sombras, fingir que eram um casal normal e não bandidos, ou fugitivos, por uma ou duas horas. Tinham tempo.

— Valeu. — Ele assentiu para o motorista do Escalade, que retribuiu o aceno de cabeça.

Bonnie tinha baixado o quebra-sol, que se iluminou. Estava passando um pincel de maquiagem no rosto quando Finn deslizou de volta para dentro do Charger. Ela não fez comentários quando ele voltou para a estrada, o olhar sobre seu reflexo, reaplicando a sombra acima dos olhos escuros, mas ela olhou para ele, a testa enrugada, quando Finn parou no estacionamento atrás do prédio preto, sem janelas, com o V vermelho cortando a fachada, e desligou o carro.

— Não quero ser Bonnie e Clyde. Quero ser Bonnie e Finn. Só por um tempo. Está bem? — Era todo o pedido de desculpas que ela ia conseguir; ele ainda estava com raiva. E ainda tinha muito, muito medo. Medo de amá-la, medo de perdê-la e, principalmente, medo de se perder no processo todo. Mas ele a amava. E esse sentimento era mais forte que todos os outros.

Ela assentiu com a cabeça, os olhos arregalados.

— É um barzinho?

— É. Espera-se que seja escuro, cheio de fumaça e de criminosos que nunca escutam música country ou assistem a canais de entretenimento. Pessoas que nunca fariam uma ligação para a polícia, como cidadãos preocupados, nem para os canais de notícia, mesmo que calhem de ver uma cantora famosa comer em uma mesa ao lado deles. — Ele parou, se perguntando se estava sendo um idiota. Decidiu que sim, e não se importou. — Estou supondo que você adora dançar. Eu não adoro. Mas acho que gostaria de dançar com você.

O sorriso — aquele sorriso grande e radiante que tinha dado início a tudo — esticou-se pelo rosto bonito de Bonnie. Ela se virou e acrescentou uns dois retoques na maquiagem dos olhos, aprofundando o efeito. Passou cor nos lábios e correu os dedos pelos cabelos. Pegou até mesmo brincos de um saquinho de plástico do Walmart que ela havia enfiado num compartimento da bolsa. Os aros pendurados a faziam parecer bem-vestida, e, enquanto ela tirava o moletom pesado e colocava a regata preta por dentro do jeans justo, ele pegou a escova dela e passou pelos seus cabelos, decidindo que talvez fosse melhor dar um trato também. Juntou o cabelo em um rabo de cavalo e abriu o zíper da jaqueta de couro para não se sentir tão abotoado, mas agarrou o casaco de Bonnie do banco de trás, um capricho pelo qual ele ficaria grato mais tarde, embora não soubesse no momento.

Desceram as escadas para dentro do Verani's, e ninguém estava perto da porta para cumprimentá-los ou recusá-los, por isso entraram discretamente. A luz turva era aconchegante; a música, ensurdecedora. Finn serpenteou o braço ao redor de Bonnie, procurando um lugar para se sentarem. Um longo bar ficava logo à esquerda, e eles se aproximaram, esperando que o barman olhasse para eles.

Ele era um rapaz jovem com alargadores nas orelhas e um corte de cabelo muito rente nas laterais e penteado para trás no topo, estilo Elvis. Movimentava-se sem parar, enchendo, retocando, deslizando e apertando, as mãos seguras sob os pedidos intermináveis. Quando olhou para Finn, seus olhos dispararam para longe, como se estivesse ligado em algo e não conseguisse ficar parado por tempo suficiente para manter contato visual. Alguém o chamou de Jagger, e, quando Finn perguntou se ainda estavam servindo comida, Jagger gritou para uma das meninas todas de preto que entravam e saíam da multidão.

Ela os conduziu a uma mesa que tinha uma visão ruim do palco e da pista de dança, e provavelmente era por isso que ainda estava desocupada depois da uma da manhã. A garçonete jogou dois cardápios finos na mesa e prometeu voltar. Não era muito simpática ou disposta a conversar, o que, para Finn, estava bom.

Não havia muitas opções, mas ele e Bonnie andavam comendo coisas bem simples desde que tinham deixado Boston — a última refeição que fizeram realmente sentados atrás de uma mesa havia sido o espaguete na pequena cozinha de Shayna, em Ohio.

Não demoraram muito para decidir, a garçonete voltou com água e anotou os pedidos. Finn queria uma cerveja mais do que tudo, mas não queria ter de apresentar a identidade, então tanto ele quanto Bonnie se abstiveram. Enquanto comiam, Bonnie não parava de olhar para o palco e para a pequena lasca de pista de dança que ela conseguia ver melhor do que ele.

Seu nariz se enrugou e o olhar em seu rosto ficou perplexo.

— Talvez seja porque eu sou caipira, mas odeio essa música. É como estar em um labirinto, ou numa daquelas pequenas rodas de hamster, onde a gente só fica girando e girando e nunca chega a lugar nenhum. — Ela tinha de gritar para que ele pudesse ouvi-la, e ele acabou mudando de lugar para se sentar ao lado dela, em vez de em frente, para poderem conversar baixinho.

Finn não teria se importado tanto se não andasse ouvindo Bonnie cantar durante a última semana. As canções de Bonnie eram tudo menos uma roda de hamster. Ela contava histórias, revelava segredos e o fazia acreditar que cantava só para ele. Finn tinha a sensação de que era como todo mundo se sentia quando ouvia as canções dela. Era por isso que ela era Bonnie Rae Shelby.

Ele lhe disse isso com a boca encostada em seu ouvido, e ela sorriu quando Finn terminou e depois se inclinou em direção a ele para responder.

— Mas Finn... eu estava cantando pra você. Só não tinha te encontrado ainda. Você não percebe? De agora em diante, todas as músicas vão ser suas.

Suas palavras eram muito doces. Até mesmo cafonas. Mas ela as dizia com tanta convicção, sua mão sobre o rosto dele, segurando-o enquanto falava em seu ouvido, que aquelas palavras mexeram com ele mesmo assim. Apesar de si mesmo. Ele a ouvira gritar contra o vento, dizendo que o amava também, mas tinha estado muito chateado com ela para se deixar acreditar em qualquer coisa que dissesse no calor do momento. Não sabia se Bonnie realmente o amava. Sabia que ela gostava dele. Sabia que estava encantada por ele. Sabia que estava triste, solitária e perdida. E, porque estava todas essas coisas, ela precisava dele. Por enquanto.

Ele beijou a testa dela e terminou a refeição em silêncio, sentindo os olhos de Bonnie se demorarem em seu rosto, sabendo que a estava deixando confusa, mas sem saber como se explicar sem lançar mais profissões de amor e devoção em que ele não seria capaz de acreditar. Quando a banda fez uma pausa de dez minutos, Finn deslizou para fora do banco e procurou o banheiro e uma oportunidade de clarear a cabeça. Bonnie disse que não precisava ir, e que esperaria por ele ali.

Ele devia saber que não podia deixá-la sozinha. Nem mesmo por cinco minutos. Quando ele voltou para a mesa, ela não estava lá. Finn girou ao redor, seus olhos procurando por todo o espaço mal-iluminado, se perguntando se ela havia mudado de ideia a respeito do banheiro, e foi então que a viu.

Ela estava no palco. Estava sob as luzes na pequena plataforma que tinha sido desocupada alguns minutos antes pelo trio saltitante e seu baterista, tão absolutamente opostos a Bonnie Rae em todos os sentidos. Os quatro estavam sentados a uma mesa nas proximidades, satisfeitos com a ideia de ela entreter a plateia enquanto descansavam um pouco. Um deles até ergueu o copo, como se quisesse dizer: "Fique à vontade".

— Merda! Bonnie Rae! — Finn sibilou, tentando não chamar atenção para si mesmo quando foi em direção ao palco, ansioso, furioso e atordoado que ela pudesse realizar tal façanha. Ela havia pendurado a guitarra no ombro magro e estava manuseando as cordas, como se ficasse tão confortável no palco quanto na Blazer, os pés no painel, os olhos no rosto de Finn. Ligou a guitarra de volta no amplificador e se inclinou para a frente.

— Olá. — Sua boca beijou o microfone quando ela respirou a saudação, e a multidão se acalmou instantaneamente.

Mágica vocal. Ele havia testemunhado antes.

— Vocês não se importam se eu *cantá* uma coisinha, né?

Seus braços eram magros e dourados, tonificados e firmes; a cobertura de cabelos escuros era lustrosa e brilhante sob a bola de luz que obscurecia suas feições e sombreava o rosto à meia-luz. Ele não achava que ninguém fosse perceber que estavam prestes a ouvir uma serenata de uma estrela internacional. Ninguém imaginaria quantos quilômetros ela havia percorrido, ou que não tinha se preparado para cantar ou ser vista. Mas ela estava ali em cima fazendo as duas coisas, só pelo prazer de fazer o que sabia. O jeans justo, as botas country e a regata apertada sem estampa pareciam muito naturais no palco, e Finn lutou contra a vontade de pegá-la nos braços e correr noite adentro, protegendo-a, mantendo-a escondida, mantendo-a perto.

— É só uma coisa em que venho pensando — disse ela, como se estivesse falando com sua melhor amiga. A guitarra estava um pouco em desacordo com seu estilo "lá em casa", mas ela manteve os acordes simples quando começou a tocar, seus dedos puxando as cordas desconhecidas sem esforço, extraindo uma melodia que Finn reconheceu de imediato como a que ela havia cantarolado na noite anterior. A que ele tinha pedido a ela para cantar. Parecia que Bonnie estava lhe concedendo o pedido. E então seus olhos encontraram os dele.

I cannot describe
Or explain the speed of light
Or what makes thunder roll across the sky
And I could never theorize about the universe's size
Or explain why some men live and some men die.*

Sua voz encheu o espaço com tanta facilidade que Finn sentiu um disparo de medo, certo de que ela receberia uma enxurrada de fãs que reconheceriam sua assinatura sonora, que ela seria varrida do palco em um dilúvio frenético de humanidade. Mas todos ficaram ouvindo, al-

---
* "Não posso descrever/ Ou explicar a velocidade da luz/ Ou o que faz rolar no céu um trovão/ E eu nunca poderia teorizar sobre o tamanho do universo/ Ou explicar por que alguns homens vivem e outros, não."

guns casais dançando, e Bonnie Rae continuou cantando, pensando em voz alta as coisas que não sabia.

> *I can't even guess*
> *I would never profess*
> *To know why you are here with me*
> *And I cannot comprehend*
> *How numbers have no end,*
> *The things you understand, I can't conceive.*
>
> *Infinity + one*
> *Is still infinity.*
> *And no matter how I try*
> *I'm bound by gravity.*
> *But the things I thought I knew*
> *Changed the minute I met you.*
> *It seems I'm weightless*
> *and I'm endless after all.**

Finn sentiu o calor e a melancolia crescerem em sua garganta enquanto Bonnie jogava a cabeça para trás, cantando uma música que só poderia ser para ele. E o público cantarolou junto enquanto ela escalava um tipo totalmente diferente de ponte.

> *Weightless and endless.*
> *Timeless and restless.*
> *So light that I'll never fall.*
> *Weightless and endless.*

---

* "Não posso nem imaginar/ Nunca iria professar/ Saber por que você está aqui comigo/ E não posso compreender/ Como os números não têm fim,/ As coisas que você entende, não posso conceber.// Infinito + um/ Ainda é infinito./ E, não importa quanto eu tente,/ Estou presa pela gravidade./ Mas as coisas que pensei saber/ Mudaram assim que te conheci./ Parece que flutuo/ E não tenho fim, afinal."

Hopelessly breathless.
I guess I knew nothing at all.

Infinity + one
Is still infinity.
And no matter how I try
I'm bound by gravity.
But the things I thought I knew
Changed the minute I met you.
It seems I'm weightless
and I'm endless after all.*

Ela não ficou ofegante nem vacilou, não moveu o corpo de maneira sensual. Não seduziu a multidão com letras sugestivas, mas despiu sua alma e a de Finn também, e ele não achava que teria se sentido mais nu ou exposto se tivesse participado de um striptease.

"I'm weightless and I'm endless after all" — parece que flutuo e não tenho fim, afinal. Era isso. Ele parecia flutuar. Os olhos de Bonnie estavam grudados nos seus quando ela se afastou do microfone e tirou a alça do ombro, por cima da cabeça. A banda saltitante pareceu momentaneamente atônita quando ela largou a guitarra emprestada, com uma consciência plena de que o público os tinha abandonado totalmente por uma garotinha com um corte de cabelo espetado e botas de cowboy vermelhas. A plateia deu um suspiro coletivo e lançou gritos, aplausos e bateu os pés.

Finn tinha se aproximado enquanto ela cantava, caminhando em sua direção, porque não conseguia se afastar, e agora havia suprimido a distância, desviando-se das pessoas que dançavam e dos observadores que bebiam. Ele a pegou no colo quando ela se moveu para descer do palco. Bonnie perdeu o fôlego um pouco quando seus pés

---

* "Leve e infinita./ Atemporal e inquieta./ Tão leve que nunca vou cair./ Leve e infinita./ Desesperadamente sem fôlego./ Acho que eu não sabia de nada.// Infinito + um/ Ainda é infinito./ E, não importa quanto eu tente,/ Estou presa pela gravidade./ Mas as coisas que pensei saber/ Mudaram assim que te conheci./ Parece que flutuo/ E não tenho fim, afinal."

deixaram o chão, mas, em seguida, a boca dele encontrou a sua, quente, necessitada, mas atada com raiva por sua tolice. Era a segunda vez que ele a beijava de frustração. Mas, a despeito do motivo, não demorou muito para Bonnie pegar o ritmo e retribuir o beijo, não afetada pela aglomeração de pessoas ao seu redor.

E então Finn ouviu os sussurros. Ouviu o nome de Bonnie Rae Shelby ricochetear ao redor do salão, em sussurros maravilhados, como se as pessoas tivessem o palpite, mas não a certeza. Ela não parecia a mesma, mas sua voz era distinta, e, assim que se visse através dos disfarces, eles passavam a ser completamente inúteis. No instante em que a dúvida se tornasse crença, não haveria saída. Ele afastou os lábios dos dela e os dois saíram às pressas pela porta dos fundos, por onde tinham entrado. Bonnie tinha levado sua bolsa para o palco com ela, e agora estava pendurada cruzada no corpo. Porém os casacos estavam na mesa que tinham ocupado, e eles não tinham pago a refeição. Merda! Ele colocou Bonnie no chão e a empurrou para a porta lateral, do outro lado do bar.

— Espere na saída. Não saia! Espere por mim! Vou pegar nossos casacos e deixar algum dinheiro na mesa. — Ele caminhou em direção à mesa onde tentaram se esconder antes de Bonnie ceder à tentação do microfone. Depois de encontrar a carteira, ele jogou dinheiro mais do que suficiente para cobrir o jantar entre os pratos e guardanapos, que ainda não tinham sido recolhidos. Finn agarrou os casacos e estava voltando em direção à saída, desvencilhando-se de pessoas que ainda estavam olhando, ainda se perguntando, embora a banda tivesse começado a cantar de novo, tentando desesperadamente recuperar o público após a performance de Bonnie. A bateria retumbante era distração suficiente para a maioria dos clientes, e Finn nunca tinha sido mais grato pela música detestavelmente alta em sua vida. Seus olhos estavam em Bonnie, sobre os dez passos que seriam necessários para alcançá-la e sair do prédio, quando as luzes piscaram, o sistema de som perdeu a energia e a banda foi destronada mais uma vez.

Policiais invadiram o salão por todas as entradas, no estilo SWAT, todos de preto, escudos e armas levantadas, com DEA escrito no peito de todos. A polícia de narcóticos. Finn se lançou para Bonnie e por pouco não esbarrou no fluxo de policiais que avançavam e gritavam para todo mundo se abaixar. Finn obedeceu imediatamente, puxando Bonnie com ele, mas não ficou parado. Arrastou-se em direção ao bar logo à sua direita, encontrando-se cara a cara com o barman de olhos arregalados, o garoto de faculdade que ele suspeitava ter o vício da cocaína e um negócio paralelo que pagava por ele.

— Tem alguma saída que ninguém conhece? Uma janela, uma adega, o telhado, qualquer coisa? — gritou para o rosto do barman, o barulho em torno deles tornando impossível fazer qualquer coisa a não ser gritar.

— Eles são da DEA! Tô numa merda enorme, cara! — Jagger começou a balbuciar.

— Então vamos sair daqui! — Finn persuadiu, desejando que o barman fizesse um número de desaparecimento com seu chapéu para todos eles. Jagger assentiu com a cabeça, engolindo, entrando mais fundo para trás do bar, e Finn o seguiu engatinhando, empurrando Bonnie em sua frente, a mão em sua extremidade traseira, conduzindo-a. O barman abriu o que parecia ser um grande armário embutido na parede atrás do bar, cerca de um metro de altura por meio metro de largura, e Finn se preocupou por um segundo que o rapaz magrelo fosse entrar e fechar a porta atrás de si, num esconderijo para uma pessoa.

— É parte da reciclagem. Tem uma doca de entrega do outro lado desta parede e uma caçamba de lixo onde guardamos as garrafas de vidro vazias até que sejam recolhidas. Este depósito alimenta a lixeira. Cuidado. Tem muito vidro quebrado.

Jagger sacudiu-se para dentro da abertura, primeiro com os pés, e desapareceu quase imediatamente. Bonnie não precisou de estímulo e copiou a saída. A abertura era um pouco estreita para o tamanho de alguém como Finn, mas ele encolheu os ombros, espremeu-se para atravessar e caiu num depósito de garrafas de vidro, a maioria delas ainda inteira. A caçamba estava posicionada no ângulo exato entre a parede dos fundos e a parede do depósito de reciclagem. Havia apenas uma saída, e o jovem barman já estava pulando para o chão da doca estreita de abastecimento e seguindo em direção à porta de metal deslizante.

Finn gritou para ele, alertando-o. Sabia o que estaria do outro lado da porta. A polícia não era idiota. Eles teriam gente na saída, e, se ele saísse, os policiais iriam entrar. Jagger parou e correu de volta quando Finn desceu da caçamba atrás de Bonnie e olhou em volta, à procura de outra saída que não fosse tão óbvia e destinada ao fracasso.

Uma porta se abriu em frente a eles, e um velho com uniforme de zelador e o rosto macilento saiu para o asfalto, puxando um cigarro do bolso da frente, o bolso com um crachá de funcionário laminado com uma foto, um número de empregado, um código de barras para todo mundo ver. Aparentemente o Verani's não era o único estabelecimento que usava a saída de carga. O zelador bateu no bolso para procurar um isqueiro, e Bonnie correu em direção a ele, Finn e o barman em seus calcanhares, enfiando a mão na bolsa enquanto fazia isso.

Ela mostrou uma nota de cem dólares para o homem enquanto se aproximava dele.

— Precisamos sair daqui. Você pode nos levar por ali? — Ela mostrou com a cabeça a porta pela qual ele tinha acabado de sair.

O homem olhou como se não entendesse a língua que ela falava e acendeu o cigarro, baforando ao ignorar o dinheiro na mão estendida dela e olhando para o rosto de Bonnie com a cara fechada. Bonnie olhou para Finn e deu de ombros, impotente.

Finn pegou a nota dela e a segurou na frente dos olhos do homem, que não parecia inclinado a ajudar, ou mesmo reconhecer sua presença. O movimento desviou a atenção do homem do rosto de Bonnie para a mão que agora segurava o dinheiro. Seus olhos se fixaram nos cinco pontos na pele de Finn, entre o polegar e o dedo indicador.

— Você cumpriu pena? — grunhiu, e seus olhos oscilaram para cima para encontrar os de Finn.

— Cumpri. E você? — respondeu Finn, sem pestanejar.

— Cumpri. — Outro grunhido de forma afirmativa. — Faz muito tempo.

— O Verani's tá cheio de tiras — disse Finn. — E eu não estou muito a fim de voltar pra cadeia.

O homem apagou o cigarro no muro de concreto e concordou com a cabeça uma vez.

— Cês dois tão fugindo porque são culpados? — ele perguntou, olhando de Bonnie para Finn.

— Não. Estamos fugindo porque não somos. O que está acontecendo lá dentro não tem nada a ver com a gente.

Ele assentiu de novo, como se fizesse sentido.

— Vou deixar vocês dois passarem. Ele não. — Usou um movimento do queixo para indicar o barman agitado.

— O-o quê? — O barman saltou nervosamente.

— Você tá traficando. Já te vi por aí. Vendendo coca. Para moleques. Você sai por ali. Arrisque. — Ele usou o queixo mais uma vez para apontar em direção à entrada da doca. — Não vou te ajudar.

Jagger gritou uma série de obscenidades quando percebeu que estava sozinho.

— Vou contar pra todo mundo que eu te vi! Estou dizendo! Vou contar que Bonnie Rae Shelby veio aqui hoje atrás de um tirinho — disse ele, apontando para Bonnie, ameaçando dedurar como se tivesse nove anos e tivesse sido esnobado no parquinho.

Finn se virou para ele com um xingo e um direto bem colocado na mandíbula trêmula, e o barman se amontou no chão. Apagado. Pela segunda vez em cinco minutos, o tempo de Finn na prisão tinha vindo a calhar.

— Se ele contar, pode apostar que eu também vou dizer o que sei — disse o zelador, passando o crachá de funcionário no leitor de cartão ao lado da porta pesada, destravando a fechadura. Segurou a porta aberta para Bonnie e Finn, e pareceu quase satisfeito quando lançou um último olhar para o traficante inconsciente deitado no concreto.

— O carma é uma vagabunda, mas tenho certeza que gosto dele esta noite. — Foi tudo o que o homem disse, e a porta se fechou atrás deles. Era um prédio de escritórios. Cubículos e sistemas de telefonia lotavam a sala grande pela qual o zelador os levou. Quando chegaram ao saguão de entrada, ele desativou o alarme, enfiou a mão no bolso e devolveu a nota para Bonnie, insistindo que não gostava de suborno mais do que gostava de traficantes de drogas. Mas concordou e pegou de volta quando ela autografou com uma caneta permanente preta que tirou da bolsa, dizendo-lhe que era um presente.

Bonnie deu um grande sorriso ao velho ex-presidiário quando soltou a caneta de volta na bolsa, e ele deu um passo para trás, deslumbrado por um instante, levantando a mão em despedida quando se esgueirou pela porta da frente para a rua escura. Finn sabia como ele se sentia, e foi atrás da garota que não tinha trazido nada além de confusão para sua vida e fogo para seu coração desde o instante em que a tinha conhecido.

Andavam depressa, mas se aproximaram do estacionamento com cautela, tentando permanecer nas sombras, sem saber o que iriam encontrar. E o que encontraram foi o caos. O caos podia ser bom porque daria cobertura, mas, pelo que ele podia perceber, ninguém estava autorizado a sair. Algo importante estava acontecendo, e Finn duvidou que a batida policial fosse culpa de Jagger. Aquilo era grande — muita droga, muitos jogadores. O Verani's era um ponto quente para mais do que música, altas horas e comida, pelo visto, como o motorista do Escalade tinha insinuado. Não reabriria num futuro próximo, e Bonnie e Finn também não chegariam ao carro do Urso num futuro próximo.

— Que horas são? — Finn perguntou a Bonnie. Não conseguia ver o visor do relógio, e ela era a única pessoa com um celular. Seu modelo descartável estava no Charger, e o telefone com que tinha começado a viagem estava na Blazer, o primeiro carro que tiveram de abandonar. Ele xingou.

— Três. São três da manhã — ela respondeu. — Vamos ter que deixar o carro, não vamos? — Como de costume, ela estava lidando com aquilo numa boa.

Finn olhou para ela com sobriedade.

— Aquela loja de conveniência, aquela no posto onde abastecemos? — disse ele. Bonnie assentiu. — Era uma parada da viação Greyhound. Eu vi o logotipo na janela. O que você acha de pegarmos o ônibus?

21
números imaginários

Acredita-se agora que Bonnie Rae Shelby e o ex-presidiário Infinity James Clyde estão dirigindo o Dodge Charger preto, ano 2012, que pertence a um Malcolm "Urso" Johnson, guarda-costas da srta. Shelby de longa data e vítima de um tiroteio numa loja de conveniência ontem. O estado do sr. Johnson passou de crítico a grave, embora a polícia declare que ele ainda não pode se comunicar ou responder a perguntas no momento.

Pretensamente, Shelby e Clyde fugiram do local de um acidente, na pequena cidade de Guymon, Oklahoma, no início desta manhã, mas uma testemunha anotou o número da placa e mais tarde se verificou que um homem e uma mulher, cuja descrição bate com a do casal em questão, estavam, de fato, dirigindo o veículo.

Além disso, um carro alugado no nome do sr. Clyde em 26 de fevereiro não foi devolvido de acordo com o contrato, e agora o veículo foi declarado pela empresa de aluguel como roubado, somando-se à lista crescente de acusações feitas contra o ex-presidiário, e possivelmente também contra Bonnie Rae Shelby.

∾

O ônibus estava ocupado no máximo até a metade. Sentamos discretamente em dois lugares mais ou menos a dois terços para o fundo, do lado esquerdo. Nem tivemos de esperar. O ônibus ligou os motores dez minutos depois de termos comprado nossas passagens no guichê da atendente cansada, que alegremente aceitou dinheiro e não pediu identidade, embora nos dissesse para tê-la em mãos quando embarcássemos, com nossas passagens. Pela primeira vez na vida eu estava grata por meu nome ser Bonita e pelo fato de minha carteira de motorista dizer isso. O nome de Finn era bastante memorável, mas compramos a passagem como Finn Clyde, imaginando que ninguém fosse reconhecer o nome Finn, de qualquer maneira, visto que cada reportagem gritava seu nome completo, com o nome do meio, como se ele fosse John Wilkes Booth, Lee Harvey Oswald ou John Wayne Gacy, gente famosa conhecida pelo nome completo. Eram quatro da manhã, e o motorista cansado pegou nossas passagens, arrancou a parte de cima sem comentários, sem nem um segundo olhar para os bilhetes ou para nós.

Eu usava os óculos que tinha comprado no Walmart — uma das únicas coisas que ainda tinham sobrado da segunda leva de compras, além da maquiagem —, e Finn tinha surrupiado dois bonés com o logotipo da empresa de telecomunicações da qual tínhamos fugido com o zelador surpreendentemente útil. Não é que ele tivesse tido um rompante de bondade quando viu a pequena tatuagem na mão de Finn. Finn disse que era um símbolo da irmandade dos canalhas, outra tatuagem de presídio, facilmente reconhecível por outros ex-presidiários.

Ele poderia ter sido menos útil se tivesse visto Finn pegar os bonés da prateleira, mas Finn os enfiou na jaqueta e me informou, em nossa caminhada de volta para a loja de conveniência, que, se fôssemos pegos com os bonés, a empresa ficaria feliz da vida com a publicidade gratuita.

Com o boné e os óculos eu me senti bastante segura, mas, no momento em que Finn caiu em seu banco ao meu lado, eu encontrei a mão dele. Minha bravata havia desaparecido, assim como a adrenalina do palco. A euforia de ter os olhos de Finn em mim, de sua boca faminta pressionada à minha, de fugir da polícia — tudo tinha desaparecido. Ficamos em silêncio, as mãos unidas, até que o Greyhound se afastasse da loja de conveniência e retumbasse para a rodovia, levando-nos para longe de mais um fiasco.

Eu estava com medo de novo, a realidade quase demais para suportar no momento. Eu havia tido muitos momentos como aqueles, oscilando entre a descrença e a euforia diante das voltas e reviravoltas que nossos dias tinham sofrido, e me sentia mais viva do que nunca, mas a realidade poderia ser uma viagem.

Nosso tempo estava acabando. Precisávamos chegar a Los Angeles. Precisávamos fazer nossa grande declaração. E então tudo acabaria. Chegaria ao fim. Mas não era por isso que eu estava com medo. Quando chegássemos a Los Angeles, quando contradisséssemos abertamente a loucura da mídia, também acabaria tudo entre nós? E quantos carros iríamos abandonar no caminho? Que diabos estávamos fazendo?

— Que diabos estamos fazendo? — Finn suspirou ao meu lado, suas palavras espelhando meus pensamentos com tanta exatidão que tive um sobressalto e olhei para ele. E então comecei a rir. Algumas pessoas se viraram para nós, e Finn xingou e me empurrou para baixo em seu colo, e eu pressionei meu rosto em sua coxa até que pudesse controlar as risadinhas semi-histéricas.

Finn inclinou a cabeça por cima de mim e a apoiou no banco da frente, a parte superior de seu corpo em um ângulo de quarenta e cinco graus acima da minha cabeça, onde eu estava em seu colo, criando um casulo escuro e triangular onde pudéssemos conversar sem sermos ouvidos.

— Por que você fez isso, Bonnie? Por que você cantou? Está tão faminta por atenção que não conseguiu resistir? — Sua voz era suave, mas confusa, como se ele não conseguisse me entender em absoluto. Meu riso borbulhante falhou na hora, abafado pelo abismo que me separava de sua compreensão. Eu queria a compreensão dele. Eu precisava dela desesperadamente. Sem ela, Finn estava perdido para mim.

— Eu queria cantar pra você — respondi. — Eu precisava te dizer como me sinto. Precisava que você acreditasse em mim. E você ouve melhor quando eu canto.

— Mas foi uma idiotice. E você sabe disso.

Senti as lágrimas arderem em meus olhos em resposta à censura. Ele havia ficado zangado comigo pela noite toda. E eu não sabia por quê.

— Achei que você tinha gostado. Você... me beijou.

— Eu te beijei porque foi lindo e você me faz sentir... — Ele interrompeu as palavras, sua voz um sussurro rouco. — Você me faz sentir... coisas malucas. Coisas desesperadas. Coisas impossíveis. Você me faz sentir. E sentir tudo isso às vezes é irresistível. Você às vezes é irresistível.

Estendi a mão e toquei o rosto dele. Não conseguia ver a expressão de Finn, e queria suavizar seu descontentamento. Meus dedos foram subindo pela ponte de seu nariz, aliviaram o franzido entre suas sobrancelhas e dançaram até a linha de seu maxilar.

— É por isso que eu canto, Finn — sussurrei. — Isso me faz sentir. É tão real. E tão cru. E é a única coisa na minha vida que ainda é *real*. Com exceção de você. Embora às vezes eu ache que você é imaginário. — Meus pensamentos dispararam de volta para a conversa que tive comigo mesma no banheiro do pequeno parque, sobre o que era real, a mulher de trezentos quilos pesando em meus pensamentos.

— Sabia que a matemática determina o que é real pelo que não é imaginário? — A voz de Finn era apenas um rumor suave sob meus dedos, que tinham encontrado seus lábios.

— O quê?

— Quando os matemáticos inventaram os números imaginários, aceitaram, definiram, tiveram que inventar um nome pra tudo o que não era imaginário. Tudo o que não fosse um número imaginário, daquele ponto em diante, tornou-se um número "real".

— O que é um número imaginário?

— A raiz quadrada de um negativo é um número imaginário.

— Só isso?

— Qualquer número que um dia foi a raiz quadrada de um número negativo se torna um número imaginário. A raiz quadrada de -4 se torna 2i; a raiz quadrada de -100 se torna 10i.

— O infinito é um número imaginário?

— Não.

— É um número real?

— Não. Não é um número. É um conceito de algo que não acaba, que não se alcança.

— Eu sabia. Viu só? Você é mesmo apenas uma invenção da minha imaginação.

Finn riu, uma risada baixinha que não viajou para mais longe do que os meus ouvidos.

— Um número real é apenas um valor que representa uma quantidade em uma linha contínua. Mas isso não significa que mostre o *valor* de algo real. Quase qualquer número em que você puder pensar é um número real. Números inteiros, números racionais, números irracionais

— E o infinito não pode ser medido. — Achei que tivesse entendido.

— Sim. — Finn agarrou meus dedos, que brincavam em seus lábios. — Não existe um ponto que marque o infinito.

— Mas ainda assim o infinito existe.

— Existe, mas não é real — Finn rebateu, obviamente aproveitando o jogo de palavras.

— Odeio matemática — eu disse. Mas sorri e ele se inclinou e me beijou, me perdoando, me fazendo amar matemática. Muito.

— A matemática é linda — ele murmurou.

— A matemática não é real — argumentei, apenas por argumentar.

— Não é sempre tangível, mas algumas das melhores coisas da vida não são tangíveis. O amor não é. Nem a paciência. Nem a bondade ou o perdão ou qualquer uma das outras virtudes das quais as pessoas falam — disse ele.

— Nos últimos anos, venho procurando o que é real — confessei, melancólica, o som parecendo infantil, mesmo para meus próprios ouvidos. — Mas a realidade geralmente é feia. A beleza? É mais difícil de definir. É como um pôr do sol. É lindo, faz você sentir alguma coisa. E isso é real. Mas o sentimento dura tanto quanto o pôr do sol.

É muito fugaz. Então é fácil acreditar que não é real. — Suspirei, me perguntando se aquilo fazia sentido. — Fama e fortuna parecem isso. Como se não pudessem ser reais. E de repente são. A gente é... rico e famoso. Mas não se *sente* diferente. Por isso não parece real. Então a gente continua procurando. E, quando menos espera... se torna tão fácil apenas se deixar levar pelo feio. Porque está onde quer que a gente olhe. Então a gente tira do feio o prazer que tiver para tirar. Porque *existe* prazer nele. E é real — insisti novamente. — Mas o prazer fica mais e mais difícil de encontrar, e temos que cavar cada vez mais fundo na merda, tão fundo que a gente fica coberto por ela, e fica coberto pelo feio. — Senti o desespero crescente em meu peito, e Finn pareceu notar, porque beijou minha testa, depois minhas pálpebras e então meus lábios mais uma vez, pedindo que eu parasse apenas por um momento.

— Eu entendo, Bonnie Rae — disse Finn, sustentando meu olhar. — Você acha que eu não entendo? A prisão está cheia de tudo o que é verdadeiramente feio. Fiquei cercado pelo feio por cinco anos. Acho que às vezes nunca vou ser capaz de esfregar e tirar o fedor.

— O que eu sinto por você, Finn? Nunca senti nada parecido antes. É melhor do que real. Então, talvez o desafio na vida não seja deixar o que é *real* nos convencer de que não existe mais nada.

Finn não respondeu, e eu não sabia se tinha me feito entender, mas precisava que ele acreditasse em mim. A turbulência em meu peito me fez espiá-lo, suplicando que me ouvisse.

— Talvez eu pare de procurar o real — sussurrei, mal enxergando seus olhos enquanto ele olhava para o meu rosto, as feições suavemente iluminadas pela luz fraca da lua, banhando o mundo que passava voando pelas janelas do ônibus. — Talvez eu pare de procurar o real, agora que encontrei o infinito.

൞

Paramos em Gallup, Novo México, depois de umas duas horas de estrada, mas ficamos no ônibus. Quando retomamos a viagem, dormimos por um tempo. O pouco sono que tínhamos conseguido na semana anterior, somado ao zumbido suave do ônibus, tornou mais fácil apagarmos. Mantivemos nosso boné puxado sobre o rosto, e Finn trocou de lugar comigo para que ele pudesse se apoiar na janela e eu pudesse deitar nele.

Quando o ônibus fez uma parada em Flagstaff, Arizona, cerca de três horas mais tarde, na metade da viagem, ficamos em nosso lugar novamente, decidindo que, quanto menos atenção chamássemos ao entrar e sair, melhor. Enquanto esperávamos que a viagem continuasse, procurei na bolsa até encontrar a caneta permanente que eu tinha usado para autografar a nota de cem dólares do zelador.

— Quem carrega uma caneta permanente na bolsa? — Finn balançou a cabeça.

— Ferramenta de trabalho, Clyde. Nunca saio de casa sem uma.

— Por favor, não comece a dar autógrafos no ônibus, Bonnie Rae. Ainda temos horas pela frente e estamos em plena luz do dia. Nada de concertos, nada de autógrafos, nada de entreter as tropas. — Havia um punhado de soldados no ônibus, que eu tinha apontado para Finn, contando a ele sobre meu trabalho com os soldados.

— Espere aí, Infinity — provoquei. — Me dê sua mão direita.

Finn fez como pedi, cruzando a mão sobre o corpo para que eu pudesse segurá-la na minha. Com os dentes, tirei a tampa da caneta de ponta fina e, com muito cuidado, acrescentei um ponto em sua tatuagem. Havia ainda quatro pontos que compunham a "gaiola", mas, em vez de só um homem dentro dela, agora havia dois. Isto é, dois pontos.

Finn olhou para minha obra e em seguida para mim, as sobrancelhas levantadas em questionamento.

— Você não está mais sozinho. Nem eu. Ainda podemos estar na gaiola... e eu sei que é culpa minha. Mas estamos juntos. — Senti um nó subir em minha garganta e desviei o olhar. Minhas malditas emoções femininas.

— Sabia que dois também é um número intocável? — Finn disse depois de vários longos minutos, com os olhos em sua mão.

— É?

Ele assentiu devagar e traçou os pontos, que agora eram seis.

E seis é o que se conhece como um número perfeito. A soma de seus divisores, um, dois e três, é seis. O produto de seus divisores também dá seis.

— Então o que você está me dizendo é que, juntos, somos perfeitos e intocáveis?

Os olhos de Finn dispararam para os meus, e o anseio em seu rosto me fez desejar estar em qualquer outro lugar. Inclinei-me e pressionei meus lábios nos dele, precisando de sua boca, mesmo que apenas por um instante. Eu me afastei imediatamente, não querendo tirar os olhos dos outros passageiros.

Finn pegou a caneta e virou meu braço direito para que a palma da minha mão ficasse para cima. Então, na parte de dentro do meu pulso, ele desenhou o símbolo do infinito, um oito deitado, de uns dois centímetros de largura.

— Imagino que você sempre tenha sido perfeita e intocável. Mas agora você é minha. E eu não vou desistir de você — disse Finn, baixinho, mas sua expressão era firme. E me pareceu que ele estava tentando convencer a si mesmo.

◈

Quase onze horas depois de termos abandonado Albuquerque, o ônibus parou cantando os pneus, sacudindo, ofegando em frente a um enorme cassino bem na Fremont Street, o epicentro do centro antigo de Las Vegas, ao norte de onde ficavam os maiores hotéis e cassinos da cidade. Fremont Street era cheia de brilho e de neon, mas estava mostrando a quilometragem, e o pancake de sua maquiagem não escondia a idade.

O ônibus fez mais duas paradas, e Finn subornou uma pequena mulher hispânica sentada no banco em frente ao nosso, em espanhol rudimentar e com gestos, para comprar água e sanduíches para ela e para nós e ficar com o troco considerável. Não tínhamos conseguido descer do ônibus uma única vez em toda a viagem, até mesmo usamos o banheiro a bordo (argh!), e eu estava dura e com as pernas trêmulas quando desci os degraus da porta. Estava acostumada a andar de ônibus, mas o meu estava muito longe do Greyhound, que cheirava a fumaça, cigarro velho e gente demais. E íamos ter de pegar outro ônibus para chegarmos a LA, um fato que me fez gemer e pensar, com uma saudade zangada, nos milhões de dólares que tinha ganhado nos últimos anos.

Compramos imediatamente as passagens para Los Angeles, com medo de não chegarmos, agora que estávamos tão perto. Estávamos em Vegas. Estávamos ali. O destino original. Agora só tínhamos um pouco mais para percorrer, e talvez a loucura acabasse.

O ônibus em que estávamos ia seguir para outra direção, mas havia um ônibus para Los Angeles às oito da noite. Ainda eram três horas. E eu precisava de um vestido digno de Oscar e de um smoking digno de Infinity Clyde. Exigências altas quando eu estava tentando manter a discrição, usando jeans empoeirado, boné e óculos de vovozinha. Finn tinha penteado o cabelo com os dedos e amarrado para trás. Os quilômetros e as viagens não haviam tornado sua aparência nada pior pelo desgaste. Na verdade, ele apenas parecia Finn: grande, loiro e lindo. Isso me fez querer sorrir e chorar ao mesmo tempo.

Finn captou minha expressão e segurou meu queixo.

— O que foi?

— Estou me sentindo especialmente Hank Shelby no momento, Clyde. Má e feia. Preciso de uma transformação milagrosa e acho que não consigo tirar isso de uma sacola do Walmart.

— Viemos até aqui, Bonnie Rae. Em uma cidade festeira como Vegas, podemos encontrar um vestido com o pé nas costas. Temos cinco horas e estamos a uma distância curta de tudo. Não chore, Hank. Vamos encontrar um vestido bonito pra você. — Ele piscou para mim, e eu sorri, mas Finn não tinha ideia de onde estava se metendo. Decidi nem tentar explicar.

Eu nunca tinha ido ao Oscar, mas já tinha ido ao Grammy e ao Country Music Awards, e era tudo flashes, pessoas retocadas, pele brilhante, colares de um milhão de dólares e vestidos de grife. Eu teria Finn de braço dado comigo, o que era melhor do que qualquer bracelete de diamantes, mas precisava vender uma história, uma história de amor, a *nossa* história de amor, e eu não poderia fazê-lo se parecesse pendurada por um fio... ou vestindo trapos.

Eu não poderia entrar em uma loja e sair alardeando minha condição de celebridade. Mesmo se pudesse, não teria recursos para comprar um vestido de estilista. Isso significava que eu precisava encontrar um lugar que tivesse uma variedade decente. Eu me encolhi com o pensamento de ir ao Oscar em um vestido brilhante de festa, como se tivesse acabado de ser convidada para o baile da escola. Eu sabia do que precisava, e não sabia se ia conseguir encontrar; se encontrasse, teria que servir perfeitamente. O smoking de Finn também teria que servir perfeitamente, o que podia ser uma proposta ainda mais difícil. Finn não tinha o corpo de um cara comum, e, embora eu fosse secretamente fascinada pelo fato de ele não ser, isso tornava nossa missão muito mais difícil.

Eu não queria ficar para cima e para baixo pelas ruas. Estava muito cansada para isso. Finn e eu encontramos duas poltronas no saguão de um hotel e comecei a pesquisar lojas de vestido feito uma louca. Eliminei todos os outlets porque achei que precisaria de um pouco mais de ajuda do que um outlet poderia oferecer, e excluí as butiques de hotéis porque eram caras e íntimas demais. Eu estava usando botas de cowboy vermelhas e uma regata preta por baixo do meu casaco rosa fofo, e ia chamar atenção demais.

Sufoquei de novo a vontade de chorar. Eu me sentia horrorosa, e o Google não estava ajudando. Precisava de uma referência feminina. Precisava fazer perguntas. De alguma forma, achei que nenhuma das mulheres dos caça-níqueis atrás de nós poderia me ajudar.

Olhei em volta com desespero, e meus olhos pousaram na recepção. Um homem franzino com o cabelo reluzente penteado para trás, uma gravata-borboleta garbosa e um terno impecável estava polindo o balcão à sua frente. Pedi a Finn para esperar e caminhei na direção do homem atarefado, esperando que ele adorasse moda e odiasse fofocas. Quase ri. Não existia nada disso. Fofoca era a alma do mundo da moda. Eram inseparáveis, como Bonnie e Clyde. Meu estilista sabia tudo sobre isso. E ele se certificava de que eu soubesse também. Eu sempre quis saber o que ele dizia às pessoas sobre mim.

O homem me viu chegar e olhou por um instante para o meu boné idiota. Tirei-o e passei as mãos sobre meu cabelo amassado. Droga. Mas deixei os óculos. A vaidade não me levaria a lugar algum.

Coloquei minha bolsa em cima do balcão, e seus olhos se arregalaram um pouco. O couro amarelo cor de manteiga gritava "caro", e ele encontrou meu olhar com um pouco mais de aprovação. Seu crachá alegava que seu nome era Pierre. Eu tinha certeza de que não era, se bem que meu nome era Bonita. De verdade.

— Preciso de um vestido. Pense em algo digno de Oscar. Elegante, longo, sem muito brilho, tamanho 38. E preciso pra hoje. Agora. Também preciso de um smoking que caiba no meu amigo ali, sem ajustes — eu disse com a voz arrastada, o Tennessee mais evidente do que nunca no meu sotaque. Era assim quando eu ficava nervosa.

Os olhos de Pierre se arregalaram ainda mais quando ele olhou para além do meu ombro, onde Finn estava sentado.

— Você quer dizer o Thor? — ele engasgou.

Eu ri. Finn se parecia mesmo com Thor.

— Sim. O Thor.

— Qual é a sua verba, querida? — ele perguntou, em tom conspiratório. Ah, sim. Aquele homem poderia me ajudar.

— Dois mil para o vestido. Mil para o smoking. Mais quinhentos para os sapatos, meias, lingerie, tudo. Vou jogar mais duzentos pelas joias… bijuterias, obviamente, mas precisam parecer verdadeiras. E preciso de discrição.

Pierre franziu os lábios e bateu neles com um dedo bem cuidado. Então pegou o telefone e digitou um número. Repetiu minha lista de exigências, até mesmo a parte sobre Thor, e perguntou:

— Você consegue? — Escutou por alguns segundos e disse: — Vou mandá-los para você.

22
mutuamente exclusivos

O Charger preto 2012 de propriedade de Malcolm "Urso" Johnson foi recuperado em Albuquerque, Novo México, ontem à noite, durante uma operação antidrogas em uma casa noturna popular local chamada Verani's. A polícia e a divisão de narcóticos coordenaram a batida nas primeiras horas da manhã, detendo todos dentro do clube. Pessoas no estabelecimento relatam terem visto Bonnie Rae e um homem não identificado que pode ser o ex-presidiário Infinity James Clyde, que, por um tempo, se acreditou ter sequestrado a cantora. Curiosamente, Bonnie Rae completa vinte e dois anos hoje. Seus fãs têm postado mensagens nas redes sociais desejando-lhe uma volta segura para casa e muitos aniversários por vir. No entanto, as dúvidas sobre sua inocência estão aumentando. Frequentadores da casa noturna alegam que Bonnie Rae Shelby cantou para eles antes da batida policial. Um barman em serviço na ocasião afirma que Bonnie Rae estava no clube para comprar drogas, embora não esteja claro neste momento por que a cantora e seu companheiro não foram detidos. Fontes policiais dizem que alguns veículos foram furtados na área por volta do horário da invasão, e que é provável que a dupla tenha roubado outro carro em sua tentativa de escapar da captura.

A sra. Raena Shelby divulgou mais uma declaração segundo a qual sua neta está sendo mantida refém, e que ela acredita que o sr. Johnson foi atacado pelo captor ou captores de Shelby por não ter pago o resgate pedido para sua libertação. Quando pressionada por mais informações sobre os pedidos de resgate, a sra. Raena Shelby alegou que não poderia fazer mais comentários.

⁂

Pierre acabou por se mostrar uma dádiva de Deus — embora um pouco caro. Aceitou os duzentos dólares que ofereci com um movimento rápido de mão e sem pestanejar. Mas, quando mencionei que precisávamos de um quarto por uma hora para nos refrescar, ele nos deu dois cartões magnéticos para a piscina coberta, que tinha banheiros e chuveiros, e não me cobrou. Eu quase chorei. Toda garota sabe que não dá para ir às compras com o cabelo amassado e a maquiagem vencida. Seria como tentar correr uma maratona calçando botas de cowboy. A pessoa estaria ferrada antes mesmo de começar. Finn ficou nervoso porque iríamos nos separar, mesmo que fosse para um banho, mas cedeu depois de ver a área da piscina quase vazia e os banheiros. Quarenta e cinco minutos mais tarde, ainda vestidos com nossas roupas velhas, mas com a pele, o cabelo e os dentes limpos e eu maquiada, acho que nós dois nos sentíamos muito melhores.

Fomos orientados a descer a rua por várias quadras, até encontrar uma capela de casamento com um vitral gigante e um mural de Elvis na figura de um anjo pintado em uma das laterais. Um homem vestido como Little Richard estava tocando piano, e um casamento estava em andamento quando passamos pelo local designado para as núpcias, seguindo por um longo corredor. Pierre havia insistido que o corredor dava num conjunto de escadas que nos levaria ao segredo mais bem guardado de Vegas: uma butique de casamento tão fabulosa (palavras dele, não minhas) que apenas o público local estava ciente de sua existência, e apenas o público local mais bem relacionado, por assim dizer.

Descemos as escadas com passos pesados, até chegarmos ao piso inferior. Uma porta comum com uma pequena placa dourada nos recebeu com a palavra "Monique's". "Monique's" soava bem. Não tanto como Vera Wang... mas estávamos em Las Vegas, e Vegas era mais dinheiro que classe, e eu era uma caipira, por isso não sabia com o que eu estava ficando exigente.

Empurramos a porta para entrar e fomos recebidos por tons neutros de creme e iluminação suave. Cheirava a baunilha e couro. Caro, mas acessível.

Monique era uma mulher pequena com um penteado volumoso, que tinha pegado emprestado de outra década. Combinava o cabelo fora de época com um traje todo preto — calça preta reta com camisa preta ajustada e colete preto igualmente ajustado. Calçava sapatos sociais masculinos, branco com o calcanhar e o bico pretos, além de não usar acessórios exceto os óculos de tartaruga, que ela combinava com o batom vermelho-escuro. Seu estilo era o cruzamento de Amy Winehouse com Sammy Davis Jr. E funcionava. Eu esperava um sotaque francês forte e falso, mas em vez disso ela nos cumprimentou com um sorriso e um sotaque anasalado tão forte quanto o meu. Senti vontade de abraçá-la e começar a cantar uma música de Loretta Lynn, mas me contive.

Com algumas perguntas, ela assumiu o comando, mandando Finn embora com um homem que era tão grande quanto ela era pequena, cabeludo como ela era elegante, e quase tão impressionado com Finn quanto eu estava. Eu esperava que ele estivesse em segurança. Finn me lançou um olhar nervoso antes de desaparecer atrás de uma divisória ornamentada. Em seguida, Monique começou a puxar vestidos com a velocidade e o foco de um esquilo armazenando nozes, murmurando enquanto fazia isso, me lançando olhares semicerrados ampliados por seus óculos gigantes.

Os primeiros eram bonitos, mas o brilho e o frufru não combinavam bem com meu corte joãozinho, e eu parecia um pouco o irmão mais novo do Ken tentando dar uma de Barbie. Eu tinha feito o meu melhor para parecer sofisticada com meus cabelos penteados para trás, olhos escuros e lábios brilhantes, mas não era suficiente. Lamentei minha opinião para Monique, apontando para minhas madeixas tosquiadas. Ela estalou a língua e espantou meus medos.

— É um corte pixie. E é sexy. Ninguém nunca pensou que a Sininho parecia um menino. Porque você acha que todos aqueles garotos perdidos continuaram perdidos? A Sininho é um pedaço de mau caminho, assim como você, raio de sol. Só precisamos encontrar a combinação certa.

Mas ela mudou de tática depois disso, e, quando ajudou a deslizar uma camada justa de cetim branco sobre minha cabeça, deu um passo para trás com um sorriso satisfeito no rosto, os olhos correndo do topo da minha cabeça até os dedos dos meus pés descalços.

— Me diga que não amou — desafiou ela, triunfante.

Monique se afastou para que eu ficasse sozinha no espelho. Olhei para meu reflexo com prazer. O decote do vestidinho branco acetinado se pendurava em tiras finas, beijando meus seios e deslizando pelas curvas do meu corpo por todo o caminho até o chão, acumulando-se um pouquinho nos meus pés. Quase parecia lingerie francesa, algo que uma estrela de cinema dos anos 30 usaria com chinelos de salto alto com frufru na frente. Eu me virei, admirando a forma como o drapeado do tecido deixava minhas costas expostas, longas e lisas, da minha nuca a abaixo da cintura, a parte mais reveladora do vestido. Eu me senti ao mesmo tempo provocadora e recatada, uma noiva virginal na noite de núpcias. Era perfeito.

Virei-me de frente para o espelho novamente, tentando não passar as mãos pela seda branca. Estava com medo de estragar ou sujar, e não queria arriscar. Tinha de ser meu. Aquele era o vestido que eu queria usar. Era o vestido no qual eu queria que Finn me visse.

E então, como se meus pensamentos o tivessem conjurado, ele estava ali, refletido no espelho, em pé vários metros atrás de mim, mãos enfiadas nos bolsos de sua calça preta ajustada, blazer preto, camisa branca imaculada e gravata preta que o faziam parecer alguém que eu nunca tinha conhecido. A única coisa que era a mesma era seu cabelo liso, ainda amarrado e preso na nuca. Monique se aproximou dele e começou a mexer com as lapelas, mas os olhos dele estavam em mim, muito abertos e sem piscar. Ele não sorriu, não pestanejou. Só olhou.

Senti calor, mas estava tremendo. Fui ficando zonza e depois corei. E minha respiração pareceu aprisionada em meus pulmões. Retribuí o olhar fixo de Finn, que me encarava, imóvel. Monique olhou para o rosto de Finn, esperando que ele respondesse. Ela havia perguntado alguma coisa, mas ele não tinha ouvido. A voz de Monique sumiu, ela olhou para mim, e depois de volta para ele. E então ela se abanou, como se também estivesse acalorada.

— Deus do céu — suspirou. — Espero que vocês dois tenham reservado a capela.

Reservado a capela?

A capela de casamento.

Entendi o que ela estava dizendo, e Finn devia ter entendido, porque seus olhos azuis ficaram escuros, e sua garganta raspou, mas ele não desviou o olhar.

— Vou só pegar algumas coisas que acho que você vai precisar: sapatos, para que o vestido não arraste, talvez brincos. Nenhuma outra joia... exceto uma aliança, é claro — Monique sugeriu ironicamente e saiu voando com as mãos trêmulas, como um melro com um ninho na cabeça.

Não a observamos se afastar. Estávamos ocupados demais bebendo um ao outro.

— Você aceitaria? — perguntou Finn.

Dei as costas ao espelho, ao nosso reflexo emoldurado, e o encarei. Ele ficou parado, talvez a dois metros de distância, mas não fez nenhum movimento para se aproximar. Inclinei a cabeça, não me atrevendo a acreditar, e vi seus lábios se moverem em torno das palavras quando ele tentou novamente.

— Se eu pedisse. Você aceitaria?

Seu rosto estava tenso com a emoção, e ele havia tirado as mãos dos bolsos, o momento intenso demais para a postura casual. Os punhos estavam cerrados ao lado do corpo, e eu os fitei, os seis pontos em sua mão direita. Seis pontos. Seis dias. Eu o conhecia havia oito, o amava por seis. E queria amá-lo por mais um milhão. Meus olhos deixaram suas mãos e encontraram seu rosto. Ele parecia aterrorizado.

— Sim — respondi, sem saber por que estávamos falando tão baixo. Palavras com tanto significado que deveriam ser gritadas, bradadas, berradas para que pudessem ecoar e reverberar. Talvez fosse o medo que tivesse roubado nossa voz — medo de que palavras altas fossem assustar nossa coragem. E talvez fosse reverência pela promessa que pairava, formando um arco entre nós como estática, estalando e crepitando no ar com aroma de baunilha.

— Sim — eu disse de novo, com mais firmeza. E sorri. O sorriso ameaçou dividir meu rosto em dois, mas eu não conseguia contê-lo. Observei o terror no rosto de Finn se aliviar, e a tensão em seu maxilar relaxar em um sorriso que tentava se equiparar ao meu. Ele jogou a cabeça para trás e riu, a alegria misturada com alívio incrédulo e um toque de descrença também. Ele cruzou as mãos sobre a cabeça e se virou em um círculo, como se não soubesse o que fazer a seguir.

— Você vai me beijar, Clyde? — perguntei em voz baixa. — Porque eu acho que seria apropriado.

Minhas costas estavam de repente contra o espelho, meus pés balançando acima do chão, seus braços em volta da minha cintura, sua boca pressionada contra a minha. Puxei o cabelo dele, soltando o elástico, e sorri em seus lábios enquanto seu cabelo criava uma cortina em torno do nosso rosto. Ele me beijou profundamente, um desempenho digno de seu traje de mil dólares, e depois me beijou de novo, embora não tivéssemos levantado a cortina para o bis.

꙰

Foi surpreendentemente fácil. Incrivelmente fácil. Sem esforço. A Monique's não era apenas uma butique; era um centro de casamento completo — alianças, cerimônias, flores, fotografia, tudo em uma hora. Com uma ligação, Monique nos colocou em uma limusine que nos levou ao cartório, onde apresentamos nossa identidade, pagamos a taxa de sessenta dólares e estávamos fora novamente, sem um exame de sangue, uma longa espera ou até mesmo um pedido de autógrafo. Monique também tinha cuidado disso. A mulher parecia saber exatamente quem eu era e garantiu que fôssemos levados a uma entrada lateral e depois novamente para fora; o funcionário do cartório não pareceu surpreso ao nos ver nem deu a mínima se nosso rosto estava nos tabloides. Era Vegas, eu me lembrei. Tinha a sensação de que Monique e seus contatos já tinham visto de tudo. A limusine depois nos levou às pressas para a capela, onde fomos espremidos em uma janela de quinze minutos entre os horários já reservados.

Eu não queria Elvis no meu casamento. Eu o amava, mas não tanto. Little Richard também estava fora. Nenhuma música. Nenhuma flor falsa. Sem andar até o altar de braço dado com um ícone morto do rock. Em vez disso, fomos levados a uma pequena sala com um sacerdote real e uma fileira de pequenas velas, e, lado a lado, com algumas palavras, dissemos sim. "Na riqueza e na pobreza" — Finn estremeceu nessa parte, como se não gostasse que fosse a segunda coisa. "Na saúde e na doença" — foi a minha vez de estremecer. Eu sabia que Finn achava que eu era um pouco louca. A minha avó achava que eu era muito louca. Ou talvez fosse apenas como ela gostava de me fazer sentir. E, finalmente, as palavras: "Até que a morte nos separe" — e olhamos um para o outro em seguida, sabendo exatamente como a morte podia nos separar daqueles que amávamos.

— Sim — disse eu.

— Sim — disse ele.

Feito.

Forneceram uma testemunha, trocamos alianças simples — eu não teria ficado surpresa se nosso dedo ficasse verde sob os anéis baratos, mas, contanto que Finn não ficasse verde, eu não dava a mínima. Monique incluiu duas alianças finas de ouro nos quinhentos dólares que pagamos pelo pacote do casamento às pressas, e os três mil e oitocentos dólares previstos para nossas roupas chiques, que incluíam tudo, desde a lingerie até os diamantes em minhas orelhas, assim como algumas peças extras de seda e renda que Monique tinha certeza de que eu precisaria, com as quais concordei de bom grado.

Adicionei uma gorjeta de cem dólares para Pierre. Eles dois tinham salvado — e me feito ganhar — o dia. Se conseguíssemos sair da confusão em que estávamos, Monique ia ser minha nova salva-vidas para vestidos. Eu era boa para as pessoas que eram boas comigo, e disse tudo isso a ela. Além do mais, eu contrataria minha própria equipe. Minha avó não teria mais voz nenhuma a partir de hoje, a partir de agora, a partir do homem que eu tinha acabado de prometer amar todos os dias da minha vida.

Ele estava sóbrio e sério, em silêncio, observando tudo, como se o processo fosse uma equação elaborada que ainda não tinha resolvido, mas, quando disse "sim", eu acreditei nele. E, quando eu disse "sim", quis dizer isso de todo o meu coração. E, considerando que meu coração tinha aumentado de tamanho, enchendo meu peito de forma que eu mal conseguia respirar, aquilo significava muito. Fiquei surpresa que eu não estivesse flutuando. A sensação de hélio na minha cabeça era tão pronunciada que me agarrei à mão de Finn para me segurar no chão.

Posamos para algumas fotografias, mas pedimos para usar uma câmera descartável, que levamos com a gente, não querendo ver nossas fotos de casamento estampadas em todos os lugares antes mesmo de termos chegado a Los Angeles. Era o nosso segredo, o nosso momento, e gostaríamos de contá-lo ao mundo só quando estivéssemos com vontade.

Retornamos para a butique e trocamos de roupa, mas continuei usando a calcinha de renda e vesti o sutiã combinando. Confiamos nosso figurino a Monique, que o embalou cuidadosamente em sacos plásticos revestidos com plástico-bolha e que incluíam compartimentos reforçados e tiras de prender. Saímos da butique três horas depois de termos chegado, sacolas sobre os ombros, alianças no dedo e uma viagem de ônibus de oito horas adiante de nós. Nada de lua de mel romântica para Bonnie e Clyde.

Paramos em uma lanchonete, e Finn comprou sanduíches e cupcakes com glacê branco espumoso e confeitos polvilhados; o mais próximo que iríamos chegar de um bolo de casamento em nosso grande dia. Quando Finn colocou uma vela grossa no meu, fiquei surpresa.

— Você roubou isso da cerimônia? — perguntei, rindo pelo nariz.

— É. Roubei. Tirei a ponta e enfiei no meu bolso, para o caso de não ter chance de te comprar velas de aniversário. — Sua boca se contorceu em um pequeno sorriso. — Acho que tem cera quente na calça do meu smoking. — O sorriso desapareceu, e ele se inclinou e beijou meus lábios suavemente.

— Feliz aniversário, Bonnie.

— Esqueci — disse eu, com admiração. E eu tinha esquecido mesmo. A última vez que pensei no meu aniversário foi antes de Finn me tirar da rodovia para aquela cidadezinha deprimente onde ele balançou meu mundo atrás de um café degradado que tinha visto dias muito melhores, mas nunca uma melhor sessão de amassos.

— Chega de aniversários difíceis. Apenas aniversários felizes. Combinado? — Finn suplicou docemente.

Engoli o nó na garganta e lambi a cobertura em torno da minha vela gigante. Era o melhor aniversário que eu já tinha tido, o melhor dia, sem dúvida. Mandei um bilhetinho de amor para o céu, esperando que Minnie pudesse me perdoar por fazer novas lembranças em nosso dia.

— Combinado — respondi, meus olhos sustentando os de Finn.

— Quer fazer uma aposta, Bonnie Rae Clyde? — Ele abriu um sorriso largo para o meu novo codinome.

Eu ri e assenti, estendendo a mão que usava a aliança. Minha avó ia querer morrer.

Eu ri ainda mais. Sim, era verdade. Tinha sido um ótimo aniversário.

23
eixo de reflexão

Embarcaram no ônibus, sem alarde e sem ninguém olhar duas vezes. Finn fez Bonnie colocar de novo o boné e os óculos. Ela era bonita o suficiente para receber olhares só por isso, e, quanto mais eles pudessem esconder sua aparência, mais fácil seria manter sua identidade oculta. O ônibus partiu na hora exata, e Finn respirou com um pouco mais de alívio, sabendo que estariam em LA, mesmo com outra parada, em cerca de cinco horas.

Ele vinha sentindo uma pequena, mas cada vez maior, apreensão desde que tinham deixado St. Louis, as armadilhas e os problemas em cada esquina criando uma sensação de desastre inevitável que até mesmo a aliança em seu dedo não podia sufocar completamente. Estava mais feliz do que jamais tinha estado, e mais apavorado do que jamais tinha estado também. Estava loucamente apaixonado, porém mal reconhecia a si mesmo. E deveria ter sentido que o trecho final não seria mais suave que o resto da viagem.

Quarenta e cinco minutos depois de saírem de Las Vegas, o ônibus quebrou. Tinha começado a afogar e trepidar, e o motorista foi conduzindo com jeitinho até a saída mais próxima, que, felizmente, não ficava no meio do nada; embora Primm, Nevada, fosse a cidade mais estranha que Finn já tinha visto, empoleirada como uma ilhota no meio do deserto, uma ilha tão pequena que fazia Vegas parecer um continente. Um centrinho comercial construído para parecer o de uma cidade do velho oeste, vários hotéis e uma montanha-russa que percorria caminho entre montanhas rochosas fabricadas eram as principais atrações, e, na escuridão, ele se sentiu um pouco como Pinóquio visitando a ilha onde todos os meninos se transformavam em burros. Como era mesmo o nome? Sua mãe tinha lido Pinóquio para ele e Fish quando eram pequenos, e aquilo tinha mexido com ele. Fish adorava a história e pedia por ela todas as noites, mas Finn não ficava tão extasiado. Ele se identificava um pouco demais com o pobre Grilo Falante, tentando manter Pinóquio na linha.

A Ilha do Prazer. A resposta surgiu em sua cabeça. Era isso. A ilha que encantava os meninos e os transformava em asnos. Ele esperava que Vegas não tivesse feito o mesmo com ele. De início, o motorista pediu aos passageiros que permanecessem sentados dentro do ônibus, mas, depois de meia hora de telefonema com seus supervisores, informou aos passageiros que outro ônibus estava sendo enviado para levá-los a Los Angeles. O motorista disse que demoraria uma hora e reiterou que a viagem seria retomada no novo ônibus às dez e meia, e que todos deviam ser pontuais para não serem deixados para trás. Ofereceu uma rápida passada, no estilo guia de viagem, nos restaurantes disponíveis em Primm, incluindo uma enorme piscina em forma de búfalo no Buffalo Bills Hotel e a montanha-russa na qual Finn, de repente, estava determinado a andar. Quando o motorista mencionou que o carro crivado de balas dos bandidos infames Bonnie e Clyde estava em exposição no Whiskey Pete Hotel and Casino, ele e Bonnie se entreolharam, os olhos arregalados de espanto.

Finn tinha começado a rir, quase engasgando com a descrença.

— Agora sim, Infinity, isso é um sinal — Bonnie disse de um jeito arrastado, e imediatamente fez uma careta. — A placa do William ainda está no carro do Urso. Eu tenho que pegar de volta. Se eu for sair dessa viagem com uma lembrancinha, é aquela que eu quero. Um cartaz de papelão e um grande marido loiro. É só o que eu peço.

Ele e Bonnie esperaram enquanto os assentos esvaziavam em torno deles, antes de desembarcar. Bonnie brincou, dizendo que poderiam contar aos tabloides que haviam passado a lua de mel em Primm, numa montanha-russa, mas Finn tinha certeza de que, assim como ele, os pensamentos dela tinham ficado no carro. Quando desceram do ônibus, se dirigiram, sem uma palavra, no sentido de Whiskey Pete's e do "carro da morte". Era um Ford v8 de cor pálida, amarelo-acinzentado — uma cor que só tornava os buracos de bala mais gritantes —, e parecia que alguém tinha acabado de sair com ele de um cenário de filme de gângster. Não podiam tocá-lo ou olhar dentro dele. Estava fechado por todos os lados por uma parede de vidro, apenas parado ali, sobre um tapete aveludado ao lado do guichê principal do caixa. Uma placa feita para parecer que tinha sangue respingado e que tinha sido crivada de balas alegava que o carro era "O autêntico carro da morte de Bonnie e Clyde".

— Aqueles dois não se parecem muito com Bonnie e Clyde. — Bonnie deslizou a mão na dele e acenou para os dois manequins fazendo pose de gângster, ao lado do carro, dentro da proteção de vidro. Os manequins estavam segurando armas automáticas e pareciam muito pouco com os dois amantes das imagens no livrinho que Bonnie tinha comprado. Os manequins pareciam pertencer às ruas de Chicago nos loucos anos 20, e não terem atravessado as tempestades de areia típicas dos anos 30 nos Estados Unidos, durante a Grande Depressão.

—"Em 23 de maio de 1934, oficiais da lei mataram Bonnie e Clyde em uma emboscada na estrada, perfurando seu carro com mais de cem balas" — Bonnie leu a placa em frente ao expositor. Ela sabia de tudo isso, os dois sabiam, mas continuava assombrada pelo fato, ainda mais agora, que estavam olhando para o carro verdadeiro onde os dois tinham morrido. — Foi há quase oitenta anos — Bonnie sussurrou, seu olhar fixo na porta do lado do motorista, que parecia ter a maior concentração de buracos de bala.

O relato que Finn e Bonnie tinham lido dizia que havia cinquenta e quatro buracos de bala em Bonnie Parker, e até mesmo um no rosto dele. Finn não gostou disso. Também não gostava de como as pessoas se reuniram no local da emboscada sangrenta para ficar olhando, antes mesmo de que a fumaça das armas tivesse deixado o ar. Antes que a polícia pudesse tê-las feito se dispersar, as pessoas estavam tentando conseguir lembrancinhas, cortando pedaços da roupa dos dois amantes, que nem tinham sido tirados do carro e ainda estavam sentados, amontoados e crivados de chumbo, no banco da frente do Ford. Uma pessoa tentou cortar a orelha de Clyde, outro quis o dedo. Alguém tinha fugido com mechas de cabelo de Bonnie e um pedaço de seu vestido empapado de sangue.

Não poderiam ter matado apenas Clyde? Ninguém jamais provou que Bonnie tinha ferido alguém. Apenas tinha se apaixonado por um merda. Haviam tirado fotos de Bonnie Parker no necrotério, nua. Ele não gostou disso também, e sentiu um lampejo de indignação de que, na morte, o mundo pudesse ter visto os seios nus dela, cheios e sem marcas, jovens. Não havia buracos de bala para ver, mas ainda assim tinham tirado fotos. As pessoas simplesmente amavam fotos.

— Vamos fazer uma foto — Bonnie insistiu, confirmando sua teoria, e tirou da bolsa a câmera descartável do casamento.

— Bonnie Rae — Finn alertou, mas ela já estava procurando alguém que pudesse tirar foto deles. Um casal asiático estava passando, e Bonnie acenou a câmera no rosto do homem, aparentemente o sinal universal para "Você pode tirar uma foto minha?". O homem sorriu na hora e balançou a cabeça, concordando, pegando a câmera da mão de Bonnie, embora Finn suspeitasse que ele não falasse a língua deles. O que provavelmente era bom. Seguro.

Finn ficou atrás de Bonnie, os braços cruzados em volta dela, e posou, obediente, para a fotografia. Tinha certeza de que ela estava sorrindo, radiante, mas ele não sorriu. O carro atrás deles lhe dava arrepios, e só podia imaginar o que os tabloides fariam se tivessem em mãos uma imagem como aquela. Sua inquietação aumentou mais um pouco, e ele apressou Bonnie para saírem do cassino e voltarem para a escuridão, longe dos fantasmas de outro casal cuja sorte havia acabado no final das coisas.

Parecia justo que sua jornada emocionante de altos e baixos devesse incluir uma verdadeira montanha-russa, e, quando Bonnie protestou, dizendo que ficava um pouco enjoada com o movimento, ele prometeu que ia distraí-la. Ele queria se distrair. Não do que tinha acabado de fazer ou das promessas que havia feito, mas do medo do que estava por vir. A montanha-russa prometia voo, velocidade e uma suspensão do tempo. E ele queria todas essas coisas. A proximidade de Bonnie o perturbaria por todo o caminho até Los Angeles — sentar ao lado dela, a aliança em seu dedo, a luxúria em suas veias, e nem uma maldita coisa que ele pudesse fazer a respeito.

Então eles ficaram na fila, mantendo o rosto virado, os olhos um no outro, e esperaram para andar na montanha-russa. Sentaram-se na última fileira — Finn havia planejado exatamente onde eles precisavam estar na fila para conseguir o último carro, e, quando a montanha-russa começou a pegar velocidade, ele puxou o rosto de Bonnie no seu, beijou e a embalou através do loops e curvas, ignorando o passeio e as chicotadas do vento em torno deles, os lábios e língua, imitando a subida e a descida do passeio, o bater dos trilhos ecoando as batidas em seu peito, o guinchar dos freios na reta final lembrando-o de que o passeio tinha acabado, por enquanto, e que outro estava apenas começando.

꿈

Notícia fresquinha. Recebemos a confirmação de que Bonnie Rae Shelby e Infinity James Clyde foram vistos em Las Vegas no sábado, e que uma certidão de casamento foi emitida para Bonita Rae Shelby e Infinity James Clyde, o que descarta a especulação de que a cantora seria uma cúmplice passiva na farra de crimes que se espalha pelo país. Não chega a ser surpreendente o fato de que o álbum e os downloads de Bonnie Rae Shelby tenham atingido recordes de vendas à medida que as pessoas conhecem a história. Os relatos de avistamentos de Infinity Clyde e Bonnie Rae Shelby começam a chegar de todos os cantos. Todos estão perplexos com essa história, e ninguém parece saber em que acreditar. Seria o caso de uma bela e jovem estrela sequestrada e mantida refém? Ou seria um cenário onde a vítima se apaixona por seu captor?

༄

Os olhos de Bonnie estavam arregalados e confiantes, observando-o. Estudando-o. Por toda a sua insolência e argúcia, ela conseguia ser muito doce. Muito carinhosa. Muito séria. Ela estava anormalmente imóvel, e havia um rubor em suas faces que não estava lá antes. Ele via o pulso dela. Vibrava descontroladamente, e de alguma forma se afinava com seu próprio nervosismo. Não era para ela ter medo. Ele cuidaria dela.

Ele caminhou em sua direção, mas parou a meio metro de distância, de repente não mais ansioso para se apressar. Milagrosamente, um novo ônibus tinha chegado a Primm, e eles puderam embarcar sem incidentes. As últimas quatro horas de viagem tinham seguido perfeitamente, contradizendo a certeza crescente de Finn de que nunca conseguiriam chegar a Los Angeles. Mas haviam sido as quatro horas mais longas da sua vida. Tanto ele quanto Bonnie tinham vibrado com o ônibus estrondoso por todo o caminho até lá. A adrenalina, o desejo e uma ansiosa expectativa tinham tornado o trecho final da jornada quase insuportável.

Não havia polícia esperando no fim da viagem, não havia emboscada ao estilo Bonnie e Clyde fora do hotel respeitável. Bonnie tinha ligado antes de chegarem, dando ao recepcionista o nome que o Urso lhes havia instruído a usar. O táxi foi direcionado para uma entrada especial, e um porteiro estava esperando para escoltá-los em um elevador privativo até o piso superior. Ele não tinha piscado ou olhado duas vezes para qualquer um deles, mantendo o rosto tão inexpressivo como um guarda real, pegando as sacolas com as roupas com o máximo cuidado e até mesmo se curvado quando Bonnie lhe ofereceu uma gorjeta com a mão treinada. E então ele os havia deixado em uma suíte, os quartos mais opulentos que Finn já tinha visto, e fechou as portas duplas silenciosamente atrás de si.

Cada um tinha tomado um instante para se refrescar nos banheiros luxuosos individuais, e, por incrível que parecesse, Bonnie tinha terminado antes dele e agora estava no centro do quarto, como se estivesse no centro de um palco, esperando que a música começasse.

Já passava das três da manhã, em uma suíte, em um hotel muito famoso, as portas da varanda ligeiramente abertas para dar as boas-vindas ao ar perfumado que acariciava a pele febril, e eles estavam sozinhos. Finalmente. A meio metro de distância e cerca de três metros de uma linda cama enorme. Finn pegou a mão de Bonnie e girou o pequeno aro que circundava seu dedo.

— Em que você está pensando? — perguntou ele, a voz quase inaudível de tão baixa.

Os olhos de Bonnie se levantaram das mãos unidas e sustentaram o olhar de Finn. Um pequeno sorriso levantou o canto de sua boca. Depois, ela deu um passo adiante e ficou na ponta dos pés, encostando seu rosto no dele, liso no áspero, e ele beijou o pescoço dela, fazendo-a estremecer.

— Espelhos — disse ela, em seu ouvido.

— Espelhos? — perguntou ele.

— Reflexos.

Finn levantou a cabeça, erguendo os olhos para o teto acima de toda a plataforma da área de dormir, notando os espelhos que faziam do teto um reflexo do espaço abaixo. Ele havia percebido imediatamente quando entraram no quarto bem equipado. Tinha certeza de que o Urso não sabia sobre aquele recurso quando reservou o espaço para os dois. Ele tinha certeza de que o Urso havia reservado a suíte porque havia um sofá-cama na área de estar privativa e uma porta no meio. Era um quarto adequado para uma estrela do rock ou uma princesa, ou alguém que fosse um pouco dos dois.

— Lembra do que eu disse sobre espelhos? Que às vezes é difícil olhar para o meu próprio reflexo? — perguntou Bonnie.

— Lembro. — Finn captou o próprio olhar nos espelhos do teto, como se, lá em cima, ele estivesse olhando para si mesmo. Bonnie também levantou os olhos, e olharam um para o outro, seus rostos voltados para cima e as mãos entrelaçadas.

— Quando você está comigo, ao meu lado, na frente de um espelho, eu não me sinto assim. Quando estou ao seu lado, sei exatamente quem eu sou. Não vejo a Minnie. Não me perco em lembranças dela. Só vejo nós dois.

Bonnie parou, como se não pudesse continuar, e ele viu o peito dela subir e parar, segurando a respiração, e depois expirar, antes que terminasse:

— Na butique, eu vi você em pé atrás de mim, ao meu lado, e me senti completa. Não só um pedaço, e não uma metade, não uma parte. Completa. — Foi a vez de ela girar a aliança no dedo de Finn. — Então, agora... Estou pensando em espelhos. E vendo você fazer amor comigo. — E ela desviou os olhos do reflexo acima de sua cabeça e encontrou o olhar dele. Finn precisou fechar os olhos e se concentrar, comprometendo-se a ter o cuidado de não jogá-la com tudo em cima da cama e arruinar a única primeira vez que teriam. Ele devia estar demonstrando uma expressão de concentração intensa, porque, com a ponta dos dedos, Bonnie alisou o sulco entre suas sobrancelhas franzidas.

— Você não está pensando em números, está? — Ela falou a apenas alguns centímetros dos lábios dele, e ele cobriu a pequena distância para que pudesse sentir o sorriso dela na curva do beijo, provocante, e ele deixou os olhos fechados, para desfrutar a sensação do leve toque da boca de Bonnie.

— Estou pensando em subtração — ele murmurou, movendo o rosto suavemente de um lado para o outro, de modo que seus lábios roçaram os dela suavemente, uma e outra vez.

— Está? — Ele conseguia notar o sorriso novamente e o mordiscou.

— Sim. Estou. — Suas mãos deslizaram por baixo da blusa dela, a seda de sua pele quente contra a palma das mãos abertas. Bonnie prendeu a respiração, e Finn fez uma pausa, esperando que ela soltasse o ar, que fez cócegas em sua língua quando ela expirou. Então subiu mais as mãos e puxou a regata de Bonnie por cima da cabeça. Ele não abriu os olhos, mas tomou seus lábios novamente, suas mãos percorrendo o comprimento macio das costas dela quando ele a beijou, de boca aberta.

Finn deslizou as mãos que estavam nas costas dela para os quadris, para a cintura da calça jeans, e encontrou o botão, soltando-o e puxando de lado enquanto abria o zíper. Deslizou o jeans pelos quadris dela e a sentiu se mexer, fazendo a calça descer pelas pernas, fazendo-a se amontoar a seus pés.

— Está vendo? Subtração — ele sussurrou.

— Acho que gosto de matemática — ela murmurou e deu um passo para mais perto dele, saindo de suas roupas, para fora da pilha delicada de rendas que ele tinha manuseado sem ver, apenas para descartar, pois desejava o que estava embaixo.

— É linda, não é? — ele murmurou e abriu os olhos lentamente, incapaz de resistir por mais tempo, enchendo a visão com os olhos escuros e os lábios entreabertos, com a pele rosada e os ombros delgados. Seus olhos se fixaram na curva da base da garganta dela. Antes que bebesse a subida e a descida dos seios, da barriga, da maciez e da curva dos quadris e coxas, ele caiu de joelhos diante dela, pressionando a boca na curva da barriga, envolvendo os braços nas pernas trêmulas.

As mãos de Bonnie agarraram os cabelos de Finn e se abriram sobre suas costas, puxando-lhe a camiseta dos ombros, separando brevemente a boca dele de sua pele quando puxou o tecido sobre a cabeça, e então ela também estava de joelhos, como se suas pernas não conseguissem sustentá-la. Finn a abraçou, colocando-se em pé e levando-a junto, para pousá-la sobre o edredom de cor pálida que a fazia parecer um anjo caído, lânguido sobre uma nuvem. E ela abriu o corpo para ele, suplicando-lhe que se deitasse com ela. E ele obedeceu humildemente.

Acima deles, os espelhos guardaram testemunho silencioso de um marido e sua esposa envoltos no pulso e na força da paixão, no calor e no peso do querer, no afastamento do medo e num instante eterno tão cheio de presente, com o agora, com a necessidade, com o nunca me deixe — não havia antes, não havia depois, não havia amanhã nem ontem.

E foi perfeito e intocável.

Algumas penas haviam escapado do edredom, e Finn as pegou entre os dedos, colocando-as delicadamente em minha cabeça.

— Estou fazendo você parecer um anjo — ele disse, sonolento.

— Um anjo que andou rolando no feno.

— Em penas — Finn corrigiu.

— Penas — emendei. — Um anjo que rolou nas penas a noite toda. — O que não era muito longe da verdade. Era por isso que eu não conseguia manter os olhos abertos. — Sempre que penso em anjos, penso na Minnie. E agora eu acho que no Fish também.

— O Fish não era um anjo.

— Ele é o seu anjo. Seu anjo da guarda — sussurrei. — E a Minnie é o meu. Eles nos uniram, Finn. Tenho certeza disso. Você e eu. Não poderíamos ter acontecido sem a intervenção divina, e você sabe disso.

Finn suspirou, mas foi mais uma risada que um gemido, e eu sorri, sonolenta, com ele.

— Se eu não estivesse tão cansada, faria um enfeite de cabeça e uma pequena fantasia com aquelas penas e dançaria para você. Não tive chance em Las Vegas. E eu prometi pra Minnie.

— Você prometeu à Minnie que ia dançar pra mim?

— Eu... — bocejei a palavra. — Eu prometi à Minnie que nós duas iríamos dançar de topless em Las Vegas. — Eu estava pegando no sono, a sensação dos dedos de Finn fazendo círculos nas minhas costas nuas, tão gostoso que eu não podia mais ficar acordada.

— Bonnie Rae?

— Hum?

— Não vai ter dança de topless em Vegas, baby.

— Vai ter sim, Huckleberry, meu marido bonito. Mas você pode ser a única pessoa na plateia, tá bom?

— Combinado — ele murmurou.

Aconcheguei minha cabeça no peito dele e adormeci, perguntando-me como, algum dia, eu já tinha dormido sem ele.

E sonhei com espelhos e anjos.

༄

 O parque de diversões vinha todo ano. Percorria os Apalaches, as pequenas comunidades como Grassley, oferecendo entretenimento barato e algodão-doce para aliviar o marasmo do verão. Ficávamos na expectativa como se fosse o Natal. Os operadores dos brinquedos — a gente os chamava de brinquedeiros — geralmente eram desdentados e imundos, o pior estereótipo caipira, mas não nos importávamos, desde que trouxessem o parque com eles. O movimento me deixava enjoada, mas Minnie amava os brinquedos, então, por causa dela, eu suportava os carrinhos e o barco viking, e, embora os espelhos sempre assustassem Minnie um pouco, ela não reclamava quando eu insistia em passar uma hora na casa dos espelhos.

 Eu ficava hipnotizada pela casa — os espelhos me transformando em alguém diferente em cada ângulo. Um gigante, um anão, um palito ou algo pior. Eu ficava zonza e um pouco desorientada quando olhava para todas as maneiras em que meu corpo e rosto poderiam ser esticados e contorcidos, mas era engraçado, e Minnie e eu acabávamos dando gargalhadas na saída.

 Quando Minnie perdeu o cabelo, e eu raspei minha cabeça em apoio, era agosto, tínhamos quinze anos, e o parque de diversões estava na cidade. Minnie estava enjoada demais para os brinquedos, o que foi um alívio para mim, mas ela ainda queria ir à casa dos espelhos. Compramos uma maçã do amor e um algodão-doce que nenhuma de nós comeu, bem como duas bandanas coloridas para amarrarmos sobre nossa cabeça lisa para não "assustarmos" os brinquedeiros — a gente se achou muito engraçada —, e seguimos caminho para a casa dos espelhos caindo aos pedaços. Rangeu quando entramos, e pela primeira vez senti um arrepio de apreensão quando uma centena de imagens distorcidas olhou para mim e Minnie, como se estivéssemos cercadas pelo pior de nós mesmas, nossos medos, nossos defeitos, nossas características mais feias que haviam ganhado vida.

— Este lugar é deprimente — disse Minnie, baixinho.

— É. É, sim — respondi. Tentei fazer graça com um dos meus reflexos para espantar a tristeza, mas meu humor fracassou, e nós mudamos rapidamente. Em direção ao corredor final, encontramos uma atração que não tinha estado ali em anos anteriores. Ou talvez em outros anos fôssemos mais inocentes e menos observadoras, mais ansiosas para correr para o próximo deleite. Não importava qual tinha sido a razão, e, quando nos aproximamos da saída, fomos pegas entre dois espelhos gigantes, um de frente para o outro, refletindo a imagem um do outro eternamente.

Estávamos vestidas iguais, como muitas vezes fazíamos, ou como sempre que as roupas baratas e os pacotes de caridade permitiam. Estávamos com um shorts de cor pálida e uma camiseta cor-de-rosa simples, a cabeça coberta com a bandana verde-fluorescente que tínhamos comprado, além de chinelos nos pés. Eu estava um pouco mais bronzeada e um pouco mais pesada do que Minnie. A quimioterapia a tornava mais suscetível a queimaduras solares e acabava com seu apetite, mas, fora isso, ainda éramos idênticas.

Minnie e eu encaramos as fileiras de gêmeas que não tinham fim, uma atrás da outra, em réplicas cada vez menores do original. Bonnie e Minnie para sempre... e sempre e sempre. Peguei a mão de Minnie, e todos os nossos reflexos também uniram as mãos, fazendo os cabelos em minha nuca se arrepiarem. Talvez devesse ter sido reconfortante o pensamento de nós duas durarmos para sempre, mas não foi.

— Existem gêmeos, trigêmeos, quadrigêmeos, quíntuplos, certo? Mas como a gente chama isso? — disse Minnie, com os olhos grudados no espelho em frente de nós.

— Assustador pra caramba — respondi.

— É. É, sim. É louco. Vamos embora. — Minnie soltou minha mão e deu um passo para fora da moldura. Ela estava mais perto da saída, então se virou e correu para a luz do sol, que batia além dos batentes da porta improvisada. E eu estava sozinha entre os espelhos. Completamente sozinha, para a eternidade. Girei, tentando encontrar um ângulo que fazia o fenômeno desaparecer. Em vez disso, todas as Bonnies giraram comigo, procurando uma saída.

A imagem do espelho que fazia eco não era mais assustadora. Era aterrorizante.

24
evento impossível

Estamos ao vivo no tapete vermelho do Oscar, e já vimos todos os que valem a pena entrarem no Teatro Kodak para a grande premiação desta noite. Os vestidos estão de tirar o fôlego; as estrelas, deslumbrantes. Mas a grande novidade desta noite foi a presença chocante da cantora country Bonnie Rae Shelby e seu novo marido, Infinity James Clyde.

Cerca de vinte minutos atrás, fomos informados de que Bonnie Rae Shelby tinha acabado de chegar ao teatro. Alguns dos nossos telespectadores podem não estar cientes de que Bonnie Rae foi indicada na categoria Melhor Canção Original por "Machine", a faixa-título do filme de grande sucesso do verão passado, que leva o mesmo nome. Todos nós sabíamos que ela havia sido indicada, mas, diante dos recentes acontecimentos, ninguém esperava que ela estivesse aqui. A notícia começou a se espalhar entre os jornalistas que cobrem o evento, e as câmeras estavam todas voltadas para ela e Infinity Clyde, o ex-presidiário que chegaram a afirmar ter, na verdade, sequestrado Bonnie Rae Shelby, enquanto seguiam para a entrada do teatro.

O país inteiro ficou vidrado nessa história. Segundo informações, a jovem cantora saiu de um show, pouco mais de uma semana atrás, e seu círculo íntimo declarou que ela havia desaparecido. Sua empresária chegou a afirmar que houve um pedido de resgate. Porém vê-la caminhar pelo tapete vermelho, brilhando como uma jovem noiva, absolutamente deslumbrante e um tanto diferente, com uma nova cor e corte de cabelo, foi de cair o queixo, para dizer o mínimo. Ela e Clyde formam um casal incrível, e a maioria das pessoas pode ver pelas imagens captadas hoje que a queridinha da América cresceu.

Quando perguntaram por onde ela andou e se estava ciente da atenção nacional que vinha recebendo, Bonnie Rae simplesmente riu, balançou a cabeça como se tudo fosse ridículo e então passou a sorrir e acenar para a multidão, o tempo todo segurando firme a mão de seu novo marido. Quanto a Infinity Clyde, o homem a quem tantos queriam odiar, ficou ao lado dela, uma das mãos em suas costas, e não respondeu a nenhuma pergunta enquanto os dois atravessavam o famoso tapete.

As perguntas feitas aos convidados antes da chegada surpreendente de Bonnie Rae Shelby tinham sido sobre o nome do respectivo estilista, ou questões triviais sobre nervosismo ou a emoção de ser indicado. Quando Bonnie e seu infame Clyde andaram pelo tapete, as perguntas mudaram de forma dramática. Tivemos jornalistas de moda e correspondentes de programas de entretenimento gritando indagações sobre sequestro e casamento às pressas.

Independentemente das perguntas feitas, a única que Bonnie respondeu foi uma sobre seu vestido, um vestido justo branco elegante que valorizou sua pele e sua silhueta. Ela informou ao repórter que estava usando seu vestido de noiva. Isso motivou uma forte reação por parte de todos os que ouviram sua resposta, e mais perguntas foram levantadas, momento em que Bonnie apresentou Infinity Clyde como "seu marido, Finn".

O público presente assistiu à história do entretenimento acontecer diante de seus olhos. Os recém-casados pareciam muito intensos um em relação ao outro, e, embora seja habitual que os convidados posem para algumas fotos separados, os dois não o fizeram, declinando os pedidos de tais fotos conforme iam seguindo com a multidão. Como resultado, todas as fotos tiradas deles mostram os dois abraçados ou de mãos dadas, e é evidente que os rumores de sequestro eram ficção. Vocês podem apostar que, quando a notícia da aparição do casal no Oscar se espalhou pelos noticiários, as autoridades devem ter coçado a cabeça, assim como a equipe de empresários de Bonnie Rae, que lançou contínuos rumores sobre pedidos de resgate e tentou forçar relatórios de crimes em série. O casal que vimos esta noite contou uma história bem diferente.

Também diferentemente da maioria das celebridades, esses dois não foram acompanhados por um assessor de imprensa. Saíram da limusine da mesma forma como os outros convidados, caminharam de mãos dadas em meio aos seguranças e passaram pelo tapete vermelho. Fizeram sua chegada no último minuto, o que geralmente significa menos tempo de imprensa, já que todo mundo está com pressa para se acomodar em seus lugares, as portas estão se preparando para serem fechadas e o público está sendo dirigido para longe do evento, prestes a começar. Grande parte das maiores celebridades chega bem no final, como Bonnie Rae fez, apenas para evitar esperar lá dentro o início da cerimônia. Mas posso garantir, independentemente de sua hora de chegada, que Bonnie Rae Shelby e Infinity Clyde vão receber toda a atenção da imprensa esta noite.

※

Eu estava convencida de que tínhamos conseguido.

Tínhamos ido ao Oscar juntos, usando nossa roupa de casamento, como Finn havia chamado. E a reação do público foi perfeita. Câmeras dispararam, e toda a atenção estava voltada para nós. Quase me senti mal pelas pessoas que chegaram lá ao mesmo tempo, porque foram ignoradas, e as estrelas de Hollywood não gastam horas se tornando glamorosas, passando fome durante dias para impedir o inchaço, escolhendo o vestido perfeito, apenas para serem ofuscadas por uma caipira e um ex-presidiário.

Eu com certeza não tinha a intenção de ofuscar ninguém. Só queria que todos vissem Finn e lhe dessem reconhecimento. Não Infinity James Clyde, o ex-presidiário. Não Infinity Clyde, o vilão que roubou a caipira dos Estados Unidos, mas o lindo, inteligente e inocente Finn Clyde. O meu Finn.

E eu tinha bastante certeza de que eles notaram. As mulheres ficaram boquiabertas. Os homens foram ofuscados, e, porque eu estava com ele, me senti como a mulher mais bonita ali.

A verdade daquilo me fez rir. Tínhamos passado a noite acordados, por isso tínhamos dormido durante todo o dia, e tivemos que nos apressar um pouco para ficar prontos. Eu me arrumei para o Oscar em uma hora. E tinha certeza de que também era um recorde. Eu estava depilada, hidratada, perfumada, maquiada e bem-vestida com muito pouco alarde. Mas, mesmo sem uma equipe para me deixar como uma estrela de cinema, eu me sentia incrível. E, porque me sentisse incrível, talvez eu parecesse incrível. Finn certamente parecia. Ele estava tão lindo que fiquei me perguntado como eu conseguiria chegar ao teatro e continuar com meu vestido no corpo.

No entanto, resistir à vontade de seduzir meu marido na limusine não chegou a ser tão difícil como pensei que seria. Finn estava tenso e pouco à vontade, e, quanto mais perto chegávamos do local, mais nervosos nós dois fomos ficando. Finn estava vibrando, seu joelho esquerdo balançava para cima e para baixo enquanto eu apertava minha mão em sua coxa e prometia a ele que tudo ficaria bem. Ele só olhava para mim e me dizia que eu era bonita, mas ele não relaxou.

— Quando isso acabar, vamos voltar para o Bordeaux. Vamos ficar lá por uma semana. Talvez duas. Já reservei nosso quarto por tempo indeterminado. Eles sabem para onde mandar a conta. E nós vamos ter uma verdadeira lua de mel. Vamos fazer planos, fazer amor e fazer bacon.

— Fazer bacon?

— Estou com fome. — Dei de ombros. — Quando foi a última vez que a gente comeu?

— Ontem, em Las Vegas.

— Caramba! Sou uma péssima esposa. Um homem como você não pode ficar tanto tempo sem alimento. Eu estou acostumada a passar fome. A minha avó vigiava cada maldita mordida que eu dava.

— Tudo bem, então. Vamos pedir bacon e ovos e uma montanha de batatas. Vamos comer quando esta noite tiver terminado. Vamos comemorar. E prometo que você pode comer quanto quiser, sempre que quiser, e eu não vou me importar.

Eu ri, e Finn respirou fundo. Pensando em comida e com um homem de braço dado comigo, saímos da limusine e pisamos no tapete vermelho.

Não ganhei o Oscar e me senti aliviada. Aconcheguei-me a Finn quando a câmera me mostrou e meu nome foi lido, abri um grande sorriso e fiz sinal de positivo com os polegares para o país inteiro. Mas fiquei extasiada quando o prêmio foi dado a outra pessoa. Pode ser que eu tenha batido palmas com um pouco de entusiasmo demais, mas, se eu tivesse vencido, era bem possível que tivesse subido no palco e dito algo de que teria me arrependido — algo que não cairia bem na mídia. Algo como: "Eu amo Jesus e amo cantar, então agradeço a voz que ele me deu pra cantar essa música. Mas odeio todas essas pessoas falsas, com seus peitos de plástico e suas prioridades invertidas". E então eu teria olhado para a câmera e dito: "E, sim, vovó. Tô falando com a senhora".

E o meu sotaque teria feito todos eles pensarem que eu não tinha cérebro, e as pessoas teriam rido de mim, e Finn teria dito "Bonnie Rae" com aquela voz que usava quando não tinha certeza se queria rir de mim, me amar ou me dar um perdido. Por isso, foi bom que eu não ganhei.

Finn e eu saímos de fininho dos nossos assentos depois disso, e liguei para o serviço de limusine nos buscar. Tínhamos feito o que precisava ser feito, e era hora de comer bacon no Bordeaux.

☙

As luzes piscaram atrás de nós. Depois, havia luzes na nossa frente, e luzes ao nosso lado também. Não flashes de câmeras, mas luzes azuis, girando. E sirenes soando.

A janela entre o motorista e a parte de trás da limusine deslizou para baixo, e o motorista nos informou em poucas palavras, em pânico, que ia encostar. Estávamos a apenas dois quarteirões do Teatro Kodak.

Tinham esperado que a gente saísse, isso era óbvio. Talvez tenham pensado que estivéssemos armados e que éramos perigosos e quisessem nos pegar longe da multidão. A minha avó tinha criado essa confusão? Por que eles nos queriam, afinal? Tínhamos seguido com o plano para mostrar ao mundo que estávamos juntos. Mas, aparentemente, a polícia tinha pegado o boletim de notícias bombásticas do *E. Buzz*.

Finn olhou para mim como se soubesse o que estava por vir. E me beijou, rapidamente, quase com desespero, enquanto a limusine encostava na beira da estrada. Retribuí o beijo freneticamente e me agarrei a ele, perguntando-me por um momento se ainda havia saída, como se pudéssemos fugir da polícia, que agora nos cercava. Havia carros de polícia em todos os lugares.

— Valeu a pena, Bonnie. Cada segundo. Valeu a pena. — A voz dele era suave, mas seus olhos eram sombrios, e eu me encolhi quando ouvimos uma ordem pelo alto-falante:

— Saiam do veículo com as mãos para cima.

— A gente vai fazer exatamente o que eles disserem pra gente fazer, Bonnie Rae. Vamos esclarecer isso, e tudo vai acabar.

— Sinto muito, Finn! Eu sinto muito! Tudo isso é culpa minha.

— Saiam do carro com as mãos para cima! — A voz pelo alto-falante voltou, resoluta.

Finn abriu a porta, levantou as mãos e saiu do carro. Não consegui ver exatamente o que aconteceu em seguida, mas, além da porta aberta, vi as armas em punho e os policiais nos cercando a uma pequena distância.

Era como se fôssemos os verdadeiros Bonnie e Clyde, em nossa própria emboscada, e meu coração disparou com a lembrança do carro crivado de balas.

Saí atrás de Finn, já que eu estava mais perto da porta dele que da minha. Vi Finn ser empurrado para o chão, no mesmo instante em que registrei que a mesma coisa estava acontecendo comigo. Meu salto prendeu na parte de trás do vestido, senti um puxão e algo rasgar quando vacilei e perdi meu sapato trançado. Caí com força e me vi de cara no chão, minhas mãos puxadas atrás de mim, e levantei a cabeça, cuspindo no cascalho que tinha encontrado o seu caminho para dentro da minha boca. Meu vestido estava arruinado — o vestido que eu quis guardar com carinho, o vestido que tive medo de tocar por receio de estragar. São engraçadas as coisas em que a gente pensa quando está sendo algemado.

Meu rosto ardia, e eu balancei a cabeça, tentando sacudir a poeira e as pedrinhas que grudavam no meu rosto. Senti algo molhado deslizar para baixo pela minha testa e escorrer pelo lado esquerdo do meu rosto, e percebi que minha cabeça estava sangrando. Esforcei-me para ver Finn por entre as pernas dos oficiais que me cercavam e o encontrei de cabeça levantada, esforçando-se para me ver também. Seus olhos encontraram os meus, e eu vi sua boca se mover em torno do meu nome. Eu não conseguia ouvi-lo, mesmo que sua cabeça estivesse a apenas dez metros da minha. Mas sustentei o olhar por tanto tempo quanto possível, precisando do contato em qualquer forma que ele pudesse existir.

Mãos deslizaram pelo meu corpo, entre as minhas pernas, pelos meus braços, apalpando para cima e para baixo. Estremeci, me encolhi e tive de desviar o olhar, o apalpar lá embaixo muito mais pessoal e invasivo porque eu estava dolorida do jeito que as noivas frescas ficam doloridas, sensível do jeito que as mulheres ficam sensíveis, e as mãos que se moviam sobre mim agora eram uma paródia grosseira de algo que havia me trazido tanto prazer apenas algumas horas antes. Eu tremia, a umidade da noite penetrava o tecido fino e grudava em meus braços nus, me fazendo sentir ainda mais exposta. E então eu fui puxada, colocada sobre meus pés e levada em direção a um carro de polícia, longe de Finn.

— Que diabos está acontecendo? Por que ela está sendo presa? — ouvi Finn gritar, sua calma completamente abandonada, e então ele se foi, empurrado para a parte de trás de outro carro de polícia. As portas, sem a menor cerimônia, fecharam-se sobre sua voz indignada.

25
domínio restrito

Notícia de última hora: Infinity James Clyde e Bonnie Rae Shelby, vistos esta noite na cerimônia do Oscar, em uma aparição que chocou o país e chamou a atenção das autoridades, foram detidos após a premiação e trazidos separadamente para a prisão do Condado de Los Angeles. Testemunhas afirmam que os recém-casados estavam em sua limusine, a alguns quarteirões do Teatro Kodak, quando foram cercados pela polícia, detidos e algemados. Nenhuma acusação foi formalizada ainda, embora se acredite que mandados de prisão sejam expedidos em breve. Acredita-se que Clyde vá, de fato, ser acusado de sequestro, embora pareça difícil sustentar, dado o que vimos esta noite. Também é provável que ele enfrente acusações de tentativa de assassinato e roubo de carros, além de vários outros delitos relacionados. Não temos nenhuma palavra sobre qual será a acusação de Bonnie Rae Shelby, mas ela também foi detida e está na prisão do Condado de Los Angeles.

⁂

Ele já havia passado por aquilo antes. Sabia o que esperar. Mas também haviam prendido Bonnie e levado para outro lugar. Ela se sentiria tão assustada e humilhada como ele se sentiu pela primeira vez, e não havia absolutamente nada que ele pudesse fazer para salvá-la daquilo. Seu rosto estava sangrando, e seu vestido estava rasgado. Ele a tinha visto cair quando seu rosto foi forçado no chão. E a visão de seus olhos arregalados, tentando encontrar os dele, enquanto os tiras a apalpavam, o fez querer uivar de fúria.

Quando foi levado para a prisão pela primeira vez, ele havia ficado apavorado, mas também em estado de choque, e o choque o entorpeceu diante da humilhação da coleta de digitais, das fotos de presidiário, da revista íntima, até que, depois de tudo isso, as barras se fecharam atrás dele. Dezoito anos não era muita idade de jeito nenhum, e, em geral, ele tinha vontade de chorar como a criança que era.

Havia sido preso no hospital, com seu irmão em uma maca ao lado dele. Não sabia mais para onde ir. Havia ido ao hospital de carro, com Fish deitado em seu colo, sem respirar. Sem piscar. Sangue por toda parte. E, correndo, ele atravessou as portas da ala de emergência, embebido em sangue, gritando por socorro. Levaram Fish às pressas, mas ele estava morto. E ele não tinha como salvar os mortos. Então a polícia havia sido chamada. Sua mãe havia sido chamada também. Quando chegaram, Finn contou o que aconteceu, sua voz inexpressiva e sem emoção. E eles o prenderam. Sua mãe havia sido deixada com um filho morto e outro preso.

Finn não a culpava por ficar com Fish. Não poderia ir com ele, de qualquer maneira. Fazia só três dias que tinha dezoito anos — idade suficiente para ser processado como adulto, questionado sem os pais presentes; idade suficiente para ser preso.

Dessa vez eles não o ficharam imediatamente. Pelo que parecia, ele só estava sendo detido. Mandados de prisão estavam a caminho, de acordo com o detetive que havia lhe trazido um copo d'água e colocado um bloco amarelo e uma caneta sobre a mesa, algemando as mãos na frente dele para que pudesse escrever.

— Você tem o direito de permanecer em silêncio e de se recusar a responder a quaisquer perguntas. Tudo o que disser pode e será usado contra você em um tribunal. — Mas Finn não queria permanecer em silêncio. Ele ia falar e falar e falar. Contaria cada maldita coisa que eles quisessem ouvir e algumas que não quisessem. Os tiras o haviam colocado em uma cela por uma hora assim que ele chegou, de forma ostensiva, para que pudesse se acalmar. Era fria, do tamanho de um banheiro, mas não havia mais ninguém além dele. Parecia estranho estar completamente sozinho. Tinha estado com Bonnie quase a cada segundo do dia desde que a tinha encontrado cantando no parque no meio da noite e sabia que nunca mais queria ficar longe dela novamente.

— Você tem direito a um advogado. Se não puder pagar, um será indicado para você. — Ele não podia pagar. Mas Bonnie podia. E isso era mais importante, de qualquer maneira. Esperava que ela tivesse tido possibilidade de dar um telefonema, e o Urso e avó dela tivessem vindo correndo para levá-la embora. Não tinham concedido um telefonema a Finn. Ele meio que que tinha perdido esse privilégio quando perdeu a paciência assim que viu colocarem Bonnie na parte de trás de um carro de polícia. Mas na verdade não importava. Ele não ia ligar para ninguém.

— Entendeu os seus direitos?

Finn entendia. E não tinha muita fé que entendê-los fosse ser de grande ajuda, de forma alguma. Em algum lugar entre Massachusetts e Los Angeles, seu mundo tinha sido virado de cabeça para baixo e sacudido, soltando as moedas de seus bolsos, bagunçando seu cérebro, deixando-o zonzo, perdido e desorientado.

— Nome?

— Infinity James Clyde. — O detetive sabia o nome. Estava no papel bem na frente dele. Mas ele perguntou com uma nota de incredulidade na voz, como se não pudesse acreditar no que estava lendo.

Houve um arquear de sobrancelhas e o mais leve sorriso, que Finn ignorou. *Tenho um nome idiota, panaca. Cresça,* ele pensou. Mas não revelou os pensamentos em voz alta.

— E por que acha que está aqui, sr. Clyde?

Finn olhou friamente para o homem do outro lado da mesa. Havia se apresentado como detetive Kelly:

— Sinceramente não sei, detetive.

Outro sorriso.

— Diz aqui que você é procurado por sequestro, extorsão, roubo, roubo qualificado, agressão e tentativa de homicídio. Isso lembra alguma coisa?

Finn olhou para o detetive em estupefação atordoada. Ele continuou esperando o final da piada, mas não havia continuação.

— O que o senhor disse? — ele perguntou, sua voz um sussurro rouco.

— Sequestro, extorsão, roubo, roubo qualificado, agressão e tentativa de homicídio — o detetive recitou mais uma vez.

Finn não entendia nada daquilo, exceto a parte de sequestro, que era facilmente explicável. Ele se concentrou no mais horrível primeiro. Tentou manter a voz firme, mas o sangue estava pulsando forte em suas veias desde que tinham arrastado Bonnie Rae como se ela fosse lixo, e sua indignação voltou com uma fúria inebriante. Com cada pergunta, sua voz aumentava em volume.

— Quem eu tentei assassinar? Que diabos é roubo qualificado? Contra quem eu cometi extorsão e quem eu agredi? Eu realmente gostaria de saber.

— Corta a baboseira, garoto. — O detetive deu um suspiro cansado. Era uma da manhã de segunda-feira, e ele parecia murcho e desgastado, apenas um homem fazendo seu trabalho, mas o detetive voltaria para casa, para sua cama, enquanto Finn voltaria para uma cela. Finn refreou sua frustração e tentou se concentrar na tarefa que tinha em mãos.

— Está bem. Vamos um por um. Que carro eu roubei? — perguntou. — Não posso me defender direito se não sei o que supostamente fiz.

— Você não devolveu um carro alugado, mas esse não é o maior problema. Estamos aguardando um mandado para a tentativa de assassinato contra Malcolm Johnson e o roubo do carro dele.

— Eu não sei de quem o senhor está falando! Não sei o que o senhor está falando! — Finn balançou a cabeça em negação, olhando para o detetive, que o observava como se pronto para pôr fim à entrevista.

— Você não conhece Malcolm Johnson, chamado de Urso Johnson por todos que o cercam? Guarda-costas de Bonnie Rae Shelby? Você não dirigiu o carro dele através de diversos estados e o abandonou quando pensou que seria preso?

— O Urso? — Finn sentiu o chão se movimentar, e a sala ficou turva por um momento, como se seu cérebro tivesse saído de cena, precisando de uma pausa do filme de ficção científica que estavam vivendo.

— Ah, você o conhece? — perguntou o detetive, com fingido interesse.

— Ele está bem? — Os recados não retornados e as mensagens sem resposta de repente fizeram sentido. E ele e Bonnie tinha ficado envolvidos demais consigo mesmos para se preocuparem. Tinham se concentrado demais em apenas seguir em frente, em conseguir chegar. — O senhor disse tentativa de homicídio. Ele está bem? — Finn exigiu saber novamente. Bonnie descobriria da mesma forma que ele. E ficaria devastada.

— Ele vai se recuperar. É só o que eu posso dizer.

— O que aconteceu?

— Não temos nenhuma imagem de câmeras de vigilância, mas achamos que temos uma boa ideia. Veja bem, algum ex-presidiário marcou um encontro com o sr. Johnson em um posto de gasolina nos arredores de St. Louis. Talvez o sr. Johnson tenha pensado que ia buscar a garota, talvez fosse outra coisa. O fato é que o ex-presidiário efetuou disparos contra o sr. Johnson, que estava na bomba de gasolina abastecendo o carro, usando um iPod no último volume. Ele não ouviu o cara vindo por trás. Foi baleado nas costas e largado para morrer, enquanto o suspeito foi embora no carro dele. Mas você sabe disso.

Finn estava balançando a cabeça enfaticamente.

— Não! O Urso não estava dirigindo o próprio carro. Ele estava dirigindo o meu carro alugado. Nós trocamos em St. Louis, na casa do meu pai. Ele ia devolver o carro para a locadora em Nashville. Eu liguei para a loja e disse que o carro seria devolvido às quatro horas na quinta-feira.

— Bem, ele nunca foi devolvido, porque você levou o Charger do sr. Johnson e deixou o alugado parado na bomba.

— O Urso estava dirigindo aquele carro alugado. Bonnie e eu já estávamos seguindo na direção oposta. O Urso sabia que a gente estava com o carro dele. Eu teria de ser muito burro para deixar meu carro alugado parado ali depois de tentar matar alguém!

O detetive ergueu as sobrancelhas e olhou para as folhas que segurava na mão.

— Que tal começarmos pelo começo, quando vocês deixaram o estado de Massachusetts. Pode ser? Você me dá uma relação dos lugares onde esteve e quando. Quero detalhes. Quando terminar, vou olhar a sua linha do tempo, vou ver se existem indícios concordantes para fundamentar a sua história e, a partir daí, a gente vê. — Ele empurrou o bloco de papel e a caneta para mais perto de Finn e se levantou. — Estamos esperando chegarem os mandados. Depois, vamos fichar vocês. Vão ver um juiz em algum momento amanhã ou depois, para a audiência de acusação, e depois disso vocês vão ser transferidos para St. Louis... mas eu vou estar de volta quando você acabar seu depoimento. — Ele se virou para ir embora.

— Quando vou saber o que está acontecendo com a minha esposa?

O detetive Kelly parou e se virou. Colocou as mãos nos bolsos e inclinou a cabeça.

— Sua esposa. Pois é. Aposto que vai durar muito tempo. Ela ainda está prestando depoimento, até onde eu sei. Aquela lá tem um temperamento forte. E uma boca grande também. Outra celebridade mimada... parece que a gente ficha uma por mês. Mas está parecendo que ela vai ser liberada.

Finn se sentiu fraco de alívio e colocou a cabeça para baixo sobre o bloco de notas, sentindo o cheiro limpo do papel e desejando poder preencher as páginas com números em vez de palavras — números que continuavam a crescer e a se expandir, sem fim, quebrando as paredes que o cercavam, criando um campo de força em volta dele. O pensamento lhe deu uma ideia. Levantou a cabeça e olhou para a página vazia, pensando nos números que documentavam sua viagem de uma ponte em Boston a uma cela em Los Angeles.

— Tenho certeza de que ela vai vir vê-lo assim que puder — o detetive acrescentou, interrompendo a linha de pensamento de Finn. Logo o detetive começou a rir. — Ou não.

⁂

Quando chegou o mandado da promotoria do Missouri, a principal agência estatal no caso, Finn foi fichado oficialmente na prisão do Condado de Los Angeles.

Impressões digitais, foto de frente e de perfil, exames médicos, revista íntima.

Ele já tinha passado por aquilo antes. Muitas vezes. Na prisão, era uma ocorrência comum. No entanto, quando tomaram suas roupas, as colocaram em um saco, mandaram se levantar nu e abrir braços e pernas, não foi nem um pouco fácil de suportar. Quando lhe mandaram colocar a língua para fora, dobrar as orelhas, erguer a cabeça, mexer os dedos das mãos e dos pés, levantar os braços e as pernas, ele se encolheu e se curvou sob a indignação que subiu por sua garganta. Só conseguia pensar em Bonnie. A possibilidade de ela ser feita passar por aquele processo humilhante o deixou com raiva e com desespero, e, quando ele foi instruído a dobrar o corpo e abrir as pernas, não conseguiu.

Não reagiu como deveria ter reagido. Ficou agitado, não cooperou, empurrou o policial que realizava a revista e foi imediatamente empurrado para o chão e deixado sem roupas por uma hora antes de fazerem a revista de novo. Dessa vez ele se conteve, recebeu um macacão e sapatos de borracha e foi deixado na cela temporária de novo.

26
algarismos significativos

Finn tinha passado o resto da noite e todo o dia saltando entre a cela provisória e os vários procedimentos do fichamento necessários para processar um novo detento. O resto do dia ele passou esperando a entrevista com o detetive que o havia instruído a escrever o depoimento. Sua audiência de acusação havia sido transferida para a terça-feira logo cedo, o que significava mais espera. Não tinha recebido qualquer palavra sobre Bonnie. Se ela estava fora, ele não poderia vê-la até depois da audiência, de qualquer maneira, mas, quando o detetive Kelly entrou na sala de entrevista, um arquivo grosso em suas mãos, e desabou na cadeira em frente, Finn agradeceu pelas primeiras palavras que saíram da boca dele.

— Sua esposa já foi liberada, e você ainda é suspeito de um monte de merda. Que tal?

Finn sentiu um vazio no peito que desmentia sua expressão deliberadamente em branco. Bonnie tinha sido solta. Ele focaria nisso e ignoraria o resto do que o detetive tinha a dizer. Olhou para o lado, para os cinco pontos que formavam o homem na gaiola. O sexto ponto, o que Bonnie tinha acrescentado para representar a si mesma, estava sumindo. Mais um dia ou dois, e teria sumido.

— Sério, sr. Clyde. Está tentando dar uma de espertinho?

Finn trouxe a atenção de volta para o detetive, que estava olhando para ele com exasperação.

Manteve a expressão neutra e esperou que o detetive esclarecesse exatamente o que queria dizer com "espertinho". Havia passado horas escrevendo seu depoimento completo na noite anterior, e tinha levado isso muito a sério. Afinal de contas, sua vida meio que dependia daquilo.

— Este depoimento tem vinte páginas, escritas à mão. — O detetive Kelly fez uma careta.

— É um relato detalhado — Finn respondeu, mas sua boca se contraiu um pouco.

— Pois é. Detalhado. Você gostou de inventar números de placas e de saídas de estrada?

— O senhor checou os números de placas e de saídas? — perguntou Finn.

— E por que diabos eu faria isso?

— Porque eles validam minha linha do tempo.

— Entendo. E você tomou nota de todas essas coisas enquanto dirigia? — perguntou o detetive, os lábios franzidos em dúvida.

— Depende do que o senhor entende por tomar nota. Eu não anotei, se é isso que quer dizer. Mesmo que eu tivesse anotado, não estava com os dados quando escrevi meu depoimento, não é? O cara que ficou olhando para a minha bunda durante a revista íntima pode confirmar isso.

A raiva cintilou no rosto do detetive como resposta à insolência de Finn.

— Então você está me dizendo que simplesmente se lembra de todos esses números?

— Sou bom com números.

A lembrança da última vez que havia dito a mesma frase ecoou em sua cabeça. Havia dito aquilo a Cavaro antes de ter sido espancado e tatuado com cartas do baralho. Esperava que o resultado ali fosse diferente. O detetive passou as páginas novamente.

— Você parou, em 28 de fevereiro, para ajudar um motorista com placa da Virgínia Ocidental, 5BI-676. — O detetive Kelly levantou os olhos da folha de papel e balançou a cabeça como se aquilo fosse altamente duvidoso.

— É isso mesmo.

— Quer me explicar como você se lembra desse detalhe?

— É um jogo que eu faço. Converto as letras em seus correspondentes numéricos do alfabeto. Então 5BI seria 529. E 529 é um quadrado perfeito. Assim como 676. Então, a placa do carro tinha dois quadrados perfeitos. — Finn deu de ombros. — Foi desse jeito que eu memorizei.

— Então por que você simplesmente não se lembrou da parte 529 676? Como você pôde lembrar quais números foram transformados a partir das letras? Como você se lembra de 5BI?

Não era uma pergunta ruim, e Finn poderia ter dito a ele naquele momento que tinha memória fotográfica — o que era verdade quando se tratava de qualquer coisa relacionada a números; em vez disso, apontou para a página.

— O cara que dirigia a van marrom se chamava Bill Isakson: BI. E era a Bonnie quem estava procurando placas de diferentes estados. Tinha uma música para cada estado e ela estava procurando uma da Virgínia Ocidental.

— Ok. Certo. Dois quadrados perfeitos e um cara chamado Bill Isakson.

— O carro não era dele. Era da filha. Mas isso não deve ser difícil de descobrir, agora que o senhor tem o número da placa para trabalhar.

— E vocês dois simplesmente tornaram um hábito ajudar motoristas e caroneiros necessitados em cada esquina? Um casal de benfeitores?

— Eu não teria ajudado nenhum deles. Bonnie é a benfeitora — Finn respondeu.

— Ah, entendi. E você queria se dar bem com a Bonnie? — perguntou o detetive.

Finn sentiu a raiva zumbir e ricochetear em sua cabeça, como se tivesse soltado um balão desamarrado. Respirou fundo várias vezes, deixando a raiva se consumir. Ele olhou para o detetive, que sorria ironicamente, e esperou. Sabia que nem todos os policiais eram cretinos. Mas aquele estava tentando irritá-lo. Ele conhecia o jogo. Finn não fez nenhum comentário, então o detetive prosseguiu.

— Na verdade, liguei para essa Shayna Harris à qual você se refere. Ela não retornou minha ligação. Você diz que ela te deu o número dela no caso de precisarem de alguma coisa. E você o memorizou. Meio assustador, sr. Clyde. Deixe-me adivinhar: outro quadrado perfeito?

— Não. O número de telefone dela é primo.

— Primo?

— Um número primo. Sabe? Divisível apenas por si mesmo e por um?

— E o número de telefone dela é primo?

— É. 3.541.541 é um número primo.

O detetive leu o número da folha de papel.

— 704-354-1541. Como você lembrou do DDD?

— Tem três dígitos. Não era muito difícil de lembrar. — O relógio do micro-ondas na casa de Shayna marcava 7h04 quando Finn atravessou a cozinha para buscar as botas que ela havia lhe dado e encontrou o bilhete de agradecimento com o número dela dentro, enfiado entre os cadarços. Ele havia deixado Cincinnati em busca de Bonnie e sua Blazer alaranjada naquela noite, às 7h04, de acordo com o relógio do carro alugado.

O 704 foi o número do dia. Finn geralmente descobria que um número ficava reaparecendo onde quer que ele olhasse. Tinha prosseguido no dia seguinte também, e no próximo. Foram gastos setenta dólares e quatro centavos para abastecer o carro de Urso e comprar dois sanduíches e várias garrafas de água na loja de conveniência em Pacific. As iniciais de William, G.O.D., também eram 704 — G é a sétima letra do alfabeto; D, a quarta. E, finalmente, 704 era o número do quarto deles no Hotel Bordeaux, o que ele tinha considerado um bom presságio.

— Eu verifiquei: 704 é um código de área da Carolina do Norte. — O detetive lançou a informação irrelevante como se estivesse realmente seguindo alguma pista.

— Ok.

— Mas você diz que Shayna Harris vive em Portsmouth, Ohio.

— E mora. O senhor vai ter de perguntar à Shayna sobre o número de telefone dela, mas os sogros moram na Carolina do Norte.

O detetive pigarreou e voltou ao início.

— O velho que tirou seu carro da vala, em Ohio...

— A placa dele era CAD 159 — disse Finn, não esperando o detetive terminar a pergunta. — Mude as letras para números e o senhor vai ter 3,14159, os primeiros seis dígitos do pi.

— O policial que viu você correndo em Freedom e perguntou o seu nome?

— O número do distintivo dele era 112, três números consecutivos na sequência de Fibonacci. O relógio no painel dele marcava 11h23: quatro números consecutivos na sequência.

Um por um, passaram os números do depoimento de Finn: números de saída, marcadores de quilômetros, placas de carro e placas de estrada. Números que Finn não tinha conscientemente tentado lembrar, mas que poderiam salvá-lo. De novo. O detetive foi ficando mais e mais espantado e cada vez menos cético enquanto conversavam, até que, de repente, ele se levantou da mesa e saiu da sala sem dizer uma palavra, o depoimento de vinte páginas em suas mãos. Poucos minutos depois, Finn foi escoltado de volta para sua cela, onde esperou mais, tentando não contemplar o número de vezes em que havia pensado em Bonnie e nas infinitas maneiras como ele sentia falta dela.

☙

BONNIE NÃO ESTAVA NA AUDIÊNCIA DE ACUSAÇÃO DE FINN. MAS a avó estava. Raena Shelby era magrinha como Bonnie, com as mesmas maçãs do rosto proeminentes e o maxilar quadrado — o queixo quadrado dos Shelby, sobre o qual Bonnie tinha lamentado para ele quando chorou por causa de sua semelhança com Hank.

Quando a viu, Finn soube imediatamente quem era, mesmo que o cabelo fosse de um vermelho tingido em casa, seus olhos fossem de um azul pálido e sua pele fosse vários tons mais clara que a de Bonnie. Bonnie tinha aqueles olhos escuros e aquela pele dourada que a fazia parecer perpetuamente quente e bronzeada. Aquela mulher não tinha sido beijada pelo sol. Era sisuda e austera, e não parava de lançar olhares para Finn como se ele fosse sujeira e estivessem em um episódio de *Law & Order*.

Estava sentada nos fundos com um homem que Finn supunha ser o advogado dela, e os dois sussurravam sem parar. Finn queria chamar a atenção dela e cuspir, para que ela soubesse exatamente o que ele pensava dela; mas, em vez disso, manteve o rosto inexpressivo e o olhar duro, continuamente girando a aliança de casamento no dedo até que fosse ela a desviar o olhar.

Foi uma pequena vitória e proporcionou pouco conforto. O fato era que Bonnie não estava presente. E ele não foi o único a notar sua ausência. A sala estava cheia de jornalistas, embora câmeras não fossem permitidas. O frenesi da mídia não tinha perdido nada de seu fervor.

A audiência de acusação não era muito mais que um selo processual rápido. Finn esperou por sua vez durante mais tempo do que ficou diante do juiz. Nenhuma defesa foi oferecida durante a acusação. Não havia espaço para brincadeiras. As acusações foram lidas, Finn se alegou inocente e um advogado foi indicado para ele. Não falaria com a polícia dali em diante, e seu novo, ainda que temporário — até que ele fosse transferido —, advogado prometeu se encontrar com ele no final do dia. Seria levado ao Missouri na próxima semana, a menos que renunciasse à transferência. Não seria dispensado. Qual o sentido?

— Você tem visita.

Finn não estava surpreso. Estava esperando o novo advogado. Mas não foi levado a uma sala de entrevista. Foi levado por uma longa fileira de banquetas, esparsamente ocupada e de frente para uma divisória de vidro por onde os presos conversavam com seus visitantes, do outro lado, por meio de telefone. Seu coração saltou na garganta, e ele suprimiu o desejo de avançar, esperando que Bonnie estivesse à espera do outro lado do vidro.

Em vez disso, a avó dela estava sentada ali, a mão elegante envolta no receptor do telefone; a boca era uma linha fina, esperando que ele pegasse o telefone em seu lado para falar com ela.

Finn considerou recusar-se a vê-la. Mas sua curiosidade venceu, então ele deslizou para o banco e pegou o telefone nas mãos algemadas, segurando-o no ouvido enquanto esperava que ela falasse. Não perguntou por Bonnie, não perguntou o que ela queria. Apenas esperou.

Ela o considerou brevemente e, em seguida, disse:

— Você não está se perguntando por que ainda está sendo indiciado enquanto Bonnie foi liberada?

Ele não respondeu.

— Quer dizer, se vocês dois estavam juntos... ela não seria culpada também?

Finn não tinha certeza de qual era o propósito da visita, mas Raena Shelby — a vovó — obviamente tinha. "Vovó" não combinava com ela de forma alguma. "Vovó" parecia ser uma mulher de cabelos grisalhos, com permanente e pequenos óculos bifocais.

— A polícia acredita que você ludibriou o Urso com promessas de levar Bonnie até ele. E talvez realmente tenha feito planos de trocar Bonnie por dinheiro. Mas ela passou a perna em você e escapou na sua Blazer. Foi por isso que você teve de alugar o carro, e foi por isso que, quando o Urso apareceu sem o dinheiro, você atirou nele.

— Que dinheiro? — Finn quebrou seu silêncio com incredulidade.

— Os quinhentos mil que você exigiu.

Finn apenas a encarou, perplexo mais uma vez.

— Eu saquei o dinheiro dois dias antes de você atirar no Urso. — Raena Shelby o estava analisando enquanto falava, como se para aferir a eficácia de sua história.

— Por que você está aqui? — perguntou Finn, a cabeça girando, o coração na garganta. Ele nunca havia pedido um maldito centavo.

Ela o ignorou, continuando como um advogado no interrogatório.

— A razão pela qual você está sendo indiciado, e Bonnie não, é porque a polícia tem uma imagem muito clara do que realmente aconteceu. Não é difícil de entender. — Ela fez uma pausa, esperando para se certificar de que ele estava acompanhando suas palavras. Seus olhos azuis eram gelados, e sua mão apertou o telefone. — Você encontrou Bonnie perambulando por Boston. Perdida e com pensamentos suicidas. E, em vez de levá-la a um hospital ou chamar a polícia, você a levou por todo o país.

Pela primeira vez, Finn sentiu uma pontada de culpa.

— Você a reconheceu. Viu cifrões. E a levou. — Os olhos de Raena Shelby se estreitaram, e sua expressão era de desdém. — Existem indícios de que ela tentou se livrar de você. Pegou sua Blazer para escapar, e foi por esse motivo que você precisou alugar um carro. E tudo isso foi bem na época em que o Urso foi baleado.

Finn não se permitiu responder. Cerrou os dentes e esperou que ela continuasse, sabendo que não importava o que dissesse para se defender. Ela havia escrito a narrativa e estava representando suas falas como uma atriz experiente.

— Também existem provas de que ela não é mentalmente estável. Bonnie Rae não está bem. Ela foi diagnosticada com transtorno bipolar. Deveria estar tomando remédios. Sabia disso, Finn?

Ela fez a pergunta com curiosidade e disse o primeiro nome dele como se, de repente, fosse sua amiga.

Finn queria desligar o telefone. Queria sinalizar para o guarda que tinham acabado. Queria quebrar o vidro e estrangular a mulher que estava sentada em sua frente, tentando reduzir a última semana de sua vida — a melhor semana de sua vida — a nada.

— Tive certeza de que ela estava morta quando vi os cabelos espalhados no camarim. Ela teve um colapso nervoso. Essas duas últimas semanas foram isso: um grande colapso nervoso. Ela não está bem, Finn. Você não quer de verdade uma garota como ela, quer? Ah, eu entendo que você pode ficar perturbado com a beleza dela. E com o talento. E com o dinheiro, mais que tudo. Ela é rica. Isso deve ser irresistível para um homem como você.

Um homem como você. Irresistível. Finn lutou contra a vontade de vomitar. Bonnie Rae *era* irresistível. O que havia dito a ela? *Você me faz sentir. E sentir tudo isso às vezes é irresistível. Você às vezes é irresistível.*

Ela disparou um olhar para a aliança que ele usava e encontrou seus olhos mais uma vez.

— Ela não quer te ver. Agora que foi liberada e teve um tempo para pensar, ela só quer colocar tudo isso no passado. O casamento vai ser anulado, obviamente. Vamos cuidar dela.

Raena esperou que Finn respondesse, e, quando não o fez, um lampejo de frustração apertou-lhe os lábios.

— Você achou que estava sendo muito inteligente, não é? Achou que o casamento fosse te salvar.

Raena riu, e Finn captou uma breve sugestão do sorriso amplo e curvado de Bonnie no rosto amargo de sua avó. Mas não havia a luz do sol ou a alegria no sorriso, o que tornava a semelhança superficial e falsa.

— Nada disso foi real, Finn. Você se casou com uma garota que tem fome de atenção e é totalmente incapaz de cuidar de si mesma neste momento. Foi um caso de amor imaginário que nunca sobreviveria a esta semana. Não era real — ela repetiu, inflexível. — Você nunca recebeu o dinheiro que pediu, mas nós vamos lhe dar. Tudo. Você vai precisar dele para se defender. E quem sabe? Acabei de ficar sabendo que o Urso recuperou a consciência. Então talvez você consiga sair. E talvez fique com algum dinheiro para começar de novo. Em troca dos quinhentos mil, você nunca mais vai falar com a Bonnie.

Não vai dar entrevistas, não vai escrever um livro para contar tudo e vai tirar essa aliança de casamento.

Finn baixou o telefone abruptamente e levantou da cadeira. Sinalizou para o guarda, que fez um gesto para que ele seguisse em frente e, sem outro olhar para Raena Shelby, foi embora.

27
arco principal

Temos notícias de última hora de que Hank Shelby, o irmão da sensação da música Bonnie Rae Shelby, acaba de ser preso em Nashville pela tentativa de assassinato de Malcolm "Urso" Johnson. Hank Shelby já esteve em uma clínica de reabilitação e, mais recentemente, tem vivido na casa de sua avó em Nashville.

Acredita-se que Shelby tenha seguido Urso Johnson de Nashville a St. Louis, em 28 de fevereiro, e tenha baleado Malcolm Johnson em um posto de gasolina de St. Louis. A polícia emitiu um comunicado afirmando que Hank Shelby estava atrás de um pedido de resgate de quinhentos mil dólares e que todas as acusações contra Infinity James Clyde foram retiradas. Ele vai ser liberado da prisão do Condado de Los Angeles dentro de uma hora. Bonnie Rae Shelby, presa com marido, Infinity Clyde, foi liberada da prisão do Condado de Los Angeles na segunda-feira, e não houve nenhuma declaração dela ou de seus advogados no contexto da detenção, sua soltura, ou seu envolvimento na investigação em curso, que, como repetimos, agora está focada em Hank Shelby, irmão mais velho de Bonnie Rae Shelby.

Estava livre. Às oito da manhã da quarta-feira, ele foi chamado para uma entrevista e o detetive Kelly o informou, com um pedido de desculpas bem pequeno, que todas as acusações contra ele haviam desmoronado. A promotoria do Missouri havia entrado em contato e comunicado que haviam sido retiradas. De acordo com o detetive, os números de Finn tinham adicionado dúvida razoável ao caso. O mais importante: Urso Johnson foi enfático o bastante sobre falar com a polícia, e tinha confirmado a história de Finn.

Foram necessárias algumas horas para que a papelada fosse processada. Depois devolveram os pertences de Finn — o smoking e a carteira, assim como os sapatos pretos lustrosos —, e ele assinou um monte de formulários. Para sua surpresa, seu pai havia chegado e estava esperando por ele na área de recepção. Pelo visto, tinha esperado por horas. Nenhum deles estava preparado para a multidão do lado de fora.

— Sr. Clyde, o senhor já conversou com sua esposa?
— Bonnie Rae está aqui, Finn?
— Qual é a sensação de ser inocentado de todas as acusações?
— Você vai dar queixa?
— O que acha dos relatos de que o irmão de Bonnie estava por trás da tentativa de assassinato?
— Sua mulher é viciada em drogas como o irmão dela?
— Ouvimos rumores de uma anulação. Pode comentar a respeito?
— Por que Bonnie não está aqui, sr. Clyde?

Uma chuva de perguntas veio de todas as direções, havia microfones na cara de Finn e câmeras à sua volta.

Era como estar no Oscar usando crack. Finn foi empurrado e esbarraram nele, e as perguntas se tornaram mais persistentes quando o pai pegou no braço dele e os dois seguiram para um sedan cinza no estacionamento.

— Nada a declarar — Finn repetia, balançando a cabeça e abrindo caminho por entre os repórteres e curiosos reunidos, movendo-se com determinação até que chegou ao carro.

— O que acontece agora com Bonnie e Clyde? — alguém gritou em seu ouvido direito.

Finn parou, a questão reverberando em sua mente, ricocheteando de paredes vazias e pisos nus como se ele estivesse sozinho em uma sala vazia, em vez de no meio de uma coletiva de imprensa improvisada. Ergueu o rosto para o sol do meio-dia, o sol que era muito brilhante para o início de março. Era o tipo de dia que fazia as pessoas continuarem voltando para a Califórnia. Não dava para deixar de perdoá-la pelo nevoeiro e pela chuva quando a Califórnia se mostrava em toda a sua glória, a luz do sol caindo sobre as pessoas, fazendo-as esquecer que algum dia tinham se sentido com frio e sozinhas. Como Bonnie. Bonnie era exatamente assim.

Finn respirou fundo e fechou os olhos para se proteger dos raios. E ficou em pé, as mãos sobre os olhos, esperando o sofrimento diminuir.

— Sr. Clyde? Está tudo bem? — perguntou alguém.

— O que acontece agora com Bonnie e Clyde? — repetiu a mesma repórter, claramente consciente de que sua pergunta o tinha afetado.

— Bonnie e Clyde morreram já faz muito tempo — disse Finn, e abriu a porta do carro alugado de seu pai, conseguindo criar espaço suficiente para se alavancar para dentro da abertura. Seu pai fez o mesmo, ligou o carro, e foram seguindo devagar para saírem do estacionamento, até que finalmente estavam livres do circo armado pela mídia.

༒

— Isso é tudo o que você tem? — perguntou o pai depois de terem dirigido sem rumo por um tempo. Seu pai tinha certeza de que estavam sendo seguidos, e era provável que estivessem mesmo. Por isso, apenas ficaram rodando.

— Como?

— Suas roupas. Você está usando um smoking. Isso é tudo que você tem? — Jason Clyde apontou para o traje.

Finn puxou as curvas de sua gravata-borboleta suspensa, ainda enrolada no pescoço e mantida no lugar pelo colarinho. Ela se soltou facilmente, e ele a amassou e a colocou no bolso, ao lado da carteira. Estava com a carteira. *Já é alguma coisa*, ele pensou.

— É. Isso é tudo. — Todo o resto de seus pertences ou estava na Blazer ou espalhado por vários estados. Tudo exceto as coisas na suíte 704 do Bordeaux Hotel: sua jaqueta de couro, as botas dadas por Shayna, a calça jeans e a camiseta que Bonnie tinha comprado para ele em Oklahoma. Seu kit de barbear e a escova de dentes também estavam lá. E as coisas de Bonnie... as botas vermelhas e seu casaco rosa fofo. Ele tinha certeza de que tudo havia sido recolhido pelo serviço de limpeza. Talvez a camareira tivesse pegado para ela e talvez tudo estivesse sendo leiloado no eBay naquele exato momento.

— Então você se casou com aquela garota? — Seu pai ficou olhando para a aliança no dedo de Finn. Ele deveria tirar. Tinha acabado. Um caso de amor imaginário. Mas não queria. Ainda não.

— É. Casei.

— Onde ela está?

— Foi embora. Não sei, pai.

Seu pai olhou para ele, a testa enrugada, uma das mãos no volante e a outra coçando o queixo, da maneira que fazia quando estava tentando desvendar algo incrivelmente difícil. Era um olhar que Finn conhecia bem, um olhar que entendia, um olhar que não tinha visto em anos. Ele e seu pai tinham conversado desde que havia sido solto da prisão, mas era tudo. Ele ainda era alto e magro, e sempre tinha curvado os ombros, inclinando-se ligeiramente, como se o peso do seu cérebro fizesse suas costas se curvarem. Tinha olhos azuis brilhantes e o cabelo castanho rareando. Finn tinha os mesmos olhos azuis brilhantes — Fish também —, mas haviam herdado a loirice nórdica do lado da família de sua mãe, e provavelmente o físico avantajado também, considerando que o pai de sua mãe e o irmão dela pareciam vikings.

— Por que você está aqui, pai? — perguntou Finn.

A mão de seu pai caiu do queixo e se juntou à outra no volante.

— A Bonnie me ligou. Ela pensou que você pudesse precisar de mim. Eu achei que você pudesse precisar de mim.

Finn assentiu uma vez, ignorando o modo como seu coração deu um salto ao som do nome dela. Ela havia se importado o suficiente para ligar para o pai dele.

— Precisei de você antes disso.

— Sim, eu sei. Mas eu não tinha nenhuma resposta. Não antes. Desta vez... pensei que poderia ter.

— Ah, é? — Finn riu, mas soou mais como um soluço, e ele se virou para fitar sem enxergar as palmeiras, os arbustos verdes e o comércio que abraçava as ruas pelas quais eles passavam.

— Estou com a Blazer lá em St. Louis. Pensei em vir até aqui com ela, pensando que você pudesse querer o carro logo de cara. Mas teria me custado muito tempo para chegar aqui, e eu queria estar presente quando você fosse liberado. Peguei um avião esta manhã e vim direto pra cá. Só fiquei esperando até você passar pela burocracia.

— Então você veio para me levar de volta a St. Louis? — Finn apertou o botão para abrir a janela. Não conseguia respirar.

— Vim. Se for isso o que você quer.

As sobrancelhas de Finn dispararam para o alto.

— Se for isso o que eu quero? — Ele riu novamente, o mesmo soluço trêmulo que não reconhecia. Doeu quando saiu de seu peito, e ele colocou a mão no coração para fazer parar. — Quando foi que eu já consegui o que eu queria, pai? Não consigo pensar em uma única maldita vez.

Ele queria Bonnie. Queria mais do que qualquer outra coisa. E tinha conseguido ficar com ela por alguns dias preciosos. Por uma noite perfeita. Mas ela não era mais sua. Realmente nunca tinha sido, se fosse para ser sincero consigo mesmo. Mas ele a queria. Queria demais.

— Por quê? — O pai olhou da estrada para o rosto de Finn e vice-versa.

— Por quê? Por que o quê, pai? — Levantou as mãos e as baixou pesadamente no painel. Sua aliança pegou a luz e ele xingou.

— Por que você nunca consegue nada do que quer? — A testa de Jason Clyde enrugou em confusão, e Finn foi lembrado exatamente de como seu pai podia ser irritante. Tão simplório, mas tão inteligente. Tão focado, mas não percebia as coisas. Tão inteligente, mas tonto pra caramba.

— Porque eu fico correndo atrás das coisas... atrás das pessoas... Fico perseguindo as coisas erradas — Finn terminou com inépcia, jogando as mãos para o alto em frustração.

— Então você quer as coisas erradas?

— Isso não é um maldito paradoxo, pai! Não é matemática. É a minha vida. Estou falando de pessoas que eu amo. E não existe nenhuma fórmula mágica nem número desconhecido que possa fazer a equação funcionar.

— Você está certo, Finn; mas, para pessoas como eu e você, tudo é um paradoxo. Nós pensamos demais em tudo. É nisso que somos bons. Mas às vezes a resposta é muito simples. Tanto na matemática como na vida.

— É mesmo? E qual é a resposta, pai? Estou apaixonado por uma garota que foi embora para sempre, assim como o Fish se foi. Isso não parece simples de maneira alguma.

— Tem certeza?

— A avó dela me fez uma visita. Me disse que a Bonnie não queria me ver, que a coisa toda foi um enorme erro. O casamento acabou. Que eu podia chamar de insanidade temporária. Ela disse que a Bonnie está doente. Disse que as duas últimas semanas foram evidências de um colapso nervoso. Ela até me ofereceu dinheiro para ir embora e ficar longe.

Jason Clyde franziu a testa.

— Conversei com a Bonnie. Ela não parecia louca.

— Ah, ela é louca. — Finn tentou rir e não conseguiu; doeu demais. Assim, ele continuou: — Ela é louca... mas não de um jeito ruim. Do melhor jeito. Ela é impulsiva e imprevisível. E está triste. — Finn rangeu os dentes contra a dor em seu peito, pensando na aparência dela naquela noite, na ponte, com o rosto manchado de lágrimas e o cabelo em tufos loiros despontados. Foi incrível que ela fosse tão lúcida quanto era, considerando a família em que havia sido criada.

— Apesar daquela tristeza, ela ainda ri. Ela ainda ama. É gentil e generosa demais para seu próprio bem. — Ele balançou a cabeça, impotente. — Ela também é completamente impossível, e eu quero torcer o pescoço dela metade do tempo.

— Isso não é bipolaridade. Isso é apenas uma mulher complicada. Ela parece ser como a sua mãe.

— É. — O sorriso de Finn era de dor. — Ela é um pouco como o Fish também.

— E isso é difícil pra você, porque você está com medo de que ela vá acabar como o Fish. Tem medo de que você vá perder a sua outra metade, assim como perdeu antes.

— Então eu tenho medo? Essa é a resposta simples? — perguntou Finn, exasperado.

— É. — Seu pai assentiu com a cabeça. — É. Essa é a resposta simples.

Finn sentiu a raiva explodir em seu peito como uma bomba — uma bomba-relógio, acionada e em contagem regressiva desde o dia em que seu pai havia se mudado para muito longe da família, dos filhos que precisavam dele.

— Eu preciso sair, pai.

— Finn...

— Eu preciso sair, pai! — Finn gritou, com a mão na maçaneta da porta.

Jason Clyde parou no estacionamento de um restaurante chinês com um guinchado rápido dos pneus e um toque no freio, e Finn estava fora antes que o carro estivesse completamente parado.

Seu pai o seguiu, largando abertas as portas do carro cinza alugado, estacionado de qualquer jeito, apitando de forma insistente para avisar que a chave ainda estava na ignição. A cena o lembrou da manhã em que tinha beijado Bonnie no estacionamento do Hotel 6, irritado, frustrado, confuso — já apaixonado e incapaz de encontrar uma explicação racional para aquilo. A memória fez suas pernas enfraquecerem, e ele caminhou até o meio-fio e se sentou abruptamente.

Seu pai sentou-se ao lado, deixando poucos metros entre eles, mas estendeu a mão e tocou o ombro de Finn de modo tímido.

— Finn. Você está com medo. Medo não significa fraqueza. Você não é fraco. Não me entenda mal. Você é uma das pessoas mais fortes que eu já conheci. É leal. É estável. E eu estou admirado, filho.

Finn queria sacudir a mão de seu pai dali, mas se manteve imóvel, esperando.

— Estou admirado de você — repetiu o pai, enfaticamente, e Finn lutou com todas as forças contra a inundação crescente dentro dele, sentindo as rachaduras que o percorriam ficarem mais largas, ameaçando parti-lo. — Mas você tem medo, Finn. E, enquanto tiver medo, nunca vai conseguir o que quer. Tome isso como vindo de alguém que teve medo a vida inteira. — A voz de seu pai falhou. — Você está com medo de ser como eu. Está com medo de se perder nos números, de não estar presente para as pessoas que precisam de você. Tem medo de ser quem você é... e está com medo de a pessoa que você é não ser suficiente.

Finn se encolheu, ofegante com o esforço necessário para manter suas defesas no lugar. Queria enterrar a cabeça nas mãos, mas seu pai não tinha acabado de o descascar, embora fizesse com a voz baixa, de modo compreensivo, sem nunca tirar a mão do ombro de Finn.

— Você está com medo de amar Bonnie demais. Está com medo de ela lhe pedir para ir embora, da maneira que sua mãe me disse para ir. A partir do momento em que me casei com sua mãe, tive medo de perdê-la. Alimentei esse medo com o foco de um verdadeiro matemático. Mente sobre a matéria, é o que dizem. Então, quando ela me disse que queria o divórcio, não fiquei nem surpreso. Fiquei quase aliviado por não precisar mais ter medo. — Jason Clyde deu um sorriso. — E, se eu te conheço, Infinity, você estava esperando esse resultado desde o primeiro dia. Você antecipou o fim desde o começo.

Seu pai ficou quieto ao lado dele durante vários segundos, como se estivesse ponderando se diria mais ou não.

— E você deve estar com medo de que ela vá ser como o Fisher, constantemente te colocando em apuros. E, pelo que posso ver, você pode ter razão em temer isso.

O pai de Finn não estava tentando ser engraçado, estava falando muito sério, o que tornava sua declaração final hilária, e Finn viu-se rindo fracamente, conforme os restos de sua fúria diminuíam — a inundação da verdade era ensurdecedora e devastadora, mas rápida de um modo misericordioso e libertadora de um jeito surpreendente.

— Se for pra ser sincero, isso é uma das coisas de que mais gosto a respeito dela — Finn confessou. — É uma das coisas que eu amava no Fish, embora fingisse odiar. Eu nunca me sentia mais vivo, mais consciente, do que me sentia com o Fish. Não até a Bonnie.

— Então o que você quer, Finn?

— Quero correr para longe e nunca olhar pra trás. Quero me perder em fórmulas, equações, padrões e números e nunca ressurgir. Nunca mais quero ver meu rosto em uma revista ou em um programa de televisão novamente. E com certeza não quero voltar para a cadeia.

O maxilar de seu pai afrouxou com a surpresa.

— Mas quero mais a Bonnie. Quero ela mais do que todas essas coisas juntas.

— Então, o que você vai fazer?

— Vou esperar e rezar para que ela ainda acredite em Bonnie e Clyde.

୶ଡ଼

AS ACUSAÇÕES CONTRA FINN TINHAM SIDO RETIRADAS. EU MANtive contato direto com meu advogado desde que fui solta, e sabia que na terça à noite ele ia ser liberado. Liguei para o pai dele. Disse que Finn precisava dele, e pedi que viesse a LA. Acontece que eu não precisava ter ligado. Ele já estava a caminho.

Eu poderia ter aparecido na audiência de Finn e feito uma cena para os repórteres reunidos, apenas para ver o espetáculo se desdobrar. Eu poderia ter ido para a prisão e esperado até que o soltassem, e poderíamos ter nos abraçado e feito uma declaração conjunta para as câmeras. Mas eu não fui. E eu sabia o que algumas pessoas poderiam fazer disso. Eu sabia o que Finn poderia fazer. E isso me assustou.

Mas minha avó estava certa sobre uma coisa. Eu não queria impor minha vida para o Finn, mesmo que o amasse tanto que não pudesse imaginar a vida sem ele. E, porque eu o amava, ia dar a oportunidade para ele se afastar, se fosse isso o que ele queria fazer. Minha avó me disse que Clyde não viria. Ela me disse que ele só estava atrás de uma coisa. Então começou a me contar três outras. Respondi que ele poderia ter todas aquelas coisas — sexo, dinheiro e atenção — e que eu lhe daria tudo aquilo sempre que ele quisesse. De boa vontade. Para o resto da minha vida. E disse para ela se acostumar com isso, porque eu estava casada com ele, sem acordo pré-nupcial, sem condições, e era melhor ela ser agradável ou ele poderia se divorciar de mim e me processar para conseguir até meu último centavo. Aí, onde ela ficaria?

Ela me disse que tinha falado com o Clyde e que ele só queria sair da prisão. Só queria a vida dele de volta. Ela me disse que, se eu o amasse, não ia querer esse tipo de vida para ele.

Eu ri daquilo. Ri para não considerar a verdade no que ela estava dizendo, e então retruquei:

— Ah, é, vovó? Interessante. Então, o que a senhora está me dizendo é que, se a *senhora* me *amasse*, não ia querer esse tipo de vida para mim?

Ela me olhou e depois fez um som irritado, como se eu fosse impossível e ela estivesse "farta de tentar discutir comigo".

Foi quando fiquei louca da vida. E foi aí que eu disse à minha avó que a amava. Disse que sentia muito pela forma como eu tinha ido embora. E disse que a perdoava pelas coisas que ela tinha feito para me motivar a fugir. Disse que ela ia receber uma bela porcentagem de tudo o que eu ganhasse pelo resto da vida. Uma taxa de corretagem, por assim dizer. Ela também podia ficar com a casa, com o carro e com tudo o que tinha enfiado no colchão e na gaveta de calcinhas. Eu supunha que era substancial.

E depois disse a ela que estava tudo terminado. Eu tinha falado sério quando disse da primeira vez, dez dias antes. Ela estava demitida.

Então liguei para meu advogado. De novo. Tive algumas conversas com ele desde que fui solta da prisão do Condado de Los Angeles, na segunda-feira à noite. Com ele no viva-voz e minha avó ouvindo, esbocei o pacote de aposentadoria dela.

Dispensei a empresa de contabilidade que tratava das minhas finanças desde o dia em que eu tinha ganhado o contrato de gravação, no valor de milhões de dólares, no *Nashville Forever*. Eram funcionários da minha avó, não meus. Ameacei processá-los pelo que tinham permitido acontecer. Eu havia sido cortada das minhas próprias contas, colocada em uma situação complicada, e eles iriam se reunir comigo e meu novo contador — recomendado por um convalescente Urso — quando eu voltasse de Los Angeles, para receber um relatório completo das minhas finanças, de como meu dinheiro tinha sido investido, administrado, e onde havia sido gasto ao longo dos últimos seis anos. Eles teriam de fazer isso ou eu os processaria. Pensei que Finn ficaria orgulhoso de mim.

Meu advogado me garantiu que eu ia ganhar. Se tivesse havido qualquer fraude, apropriação indébita ou má gestão grosseira, a minha avó poderia ir para a cadeia. Ela escutou esse detalhe friamente. Eu disse a ela, de modo doce, que a prisão não tinha sido tão ruim. Afinal, tinha sido culpa dela eu ir parar na cadeia, não tinha? Ela havia criado uma tempestade que se transformou em uma caçada humana e em um prato cheio para a mídia. Para quê? Para chamar atenção? Para aumentar as vendas? Para que pudesse me controlar?

Foi nesse ponto que informei, com meu advogado ouvindo, que ela não receberia um centavo de seu pacote de aposentadoria até os meus quinhentos mil estarem de volta no banco, até que minhas contas estivessem todas em meu nome e apenas em meu nome, com Finn listado como meu beneficiário, caso algo acontecesse comigo.

Foi quando ela riu. E então desligou minha chamada com o advogado.

— Por que você acha que eu tirei os quinhentos mil do banco, em primeiro lugar, Bonnie Rae? Era o dinheiro do resgate! Finn Clyde me contatou na última quarta-feira e exigiu quinhentos mil dólares para te soltar. — Devo ter me encolhido, porque ela fez um som de compaixão, como se eu tivesse cinco anos de idade.

Olhei fixo nos olhos dela e tentei lembrar que a mulher de coração frio e manipuladora para quem eu estava olhando não era tudo o que ela era. Havia mais nela do que aquilo, assim como Bonnie, como Clyde... Mas, por mais que eu tentasse, não conseguia enxergar mais. E não ia deixá-la ver como suas palavras tinham me devastado. Não ia deixá-la ver que parte de mim acreditava nela.

— Ele nunca recebeu, mas eu disse que ainda era dele se saísse de cena discretamente. Você vai me agradecer por isso, Bonnie. Quando você esfriar a cabeça e voltar a tomar a sua medicação, você vai me agradecer. Aquele rapaz é um lixo — ela me consolou.

— A senhora não pode pagar para o Finn ficar longe de mim, vovó. Se ele quiser a anulação, isso quem decide é ele. E ele pode ficar com o dinheiro, pois mereceu. Mas o dinheiro é meu, e a senhora não está em posição de fazer contratos com o meu dinheiro. Acredito que o meu advogado vai concordar. Devemos ligar de novo para ele?

Minha avó ficou furiosa naquele momento, e tive de ameaçá-la com minha bota de cowboy vermelha levantada sobre a minha cabeça e com o olhar de Bonnie louca no meu rosto para convencê-la a recuar. Depois disso exigi a carteira dela, peguei seu novo "cartão corporativo", o cartão reservado para o meu uso pessoal, o cartão que o Urso tinha usado para pagar meu quarto de hotel, o único que não havia sido cancelado, e lhe pedi para ir embora. Ela estava com uma passagem de avião e o passaporte para usar como identidade e poder voltar para casa, com qualquer dinheiro que estivesse em seu sutiã. Além disso, ela estava com meus remédios na bolsa, os comprimidos que ela estava tão convencida de que eu precisava. Ela poderia tomar comprimidos para ajudá-la a atravessar os próximos dias. Eu não estava muito preocupada.

E então esperei por Finn.

28
ponto de simetria

Finn tinha enfiado sua chave do quarto na carteira quando saíram para o Oscar. Mesmo naquele momento, com a mão de Bonnie em seu braço, bochechas ainda coradas do beijo que ele soprou em seu pescoço, com o cheiro dela nos lábios, ele estava com medo de que não fossem voltar. Seu pai estava certo. Ele havia esperado o pior, tinha se preparado mentalmente para aquilo.

Na limusine ela havia falado sobre passar duas semanas no Bordeaux. Disse que seria uma verdadeira lua de mel. Fazer planos e fazer bacon, ela disse. Não iriam a lugar nenhum, exceto, talvez, fazer compras. Mas não no Walmart. De novo não. Finn disse a ela que não se importava com onde eles fossem fazer compras, contanto que Bonnie continuasse com as botas vermelhas e as usasse com frequência. Mesmo se não usasse mais nada. Ela respondeu que as usaria todos os dias para o resto da vida se isso o fizesse feliz. E em segredo, talvez até no subconsciente, Finn não acreditou nela. Ele sabia que ia acabar.

Seu pai o tinha levado ao hotel e dito que ficaria a um telefonema de distância. Finn não tinha sido parado ou questionado quando passou pela entrada elegante e se dirigiu diretamente para o elevador. A esperança floresceu quando sua chave o levou direto para o andar da cobertura.

O medo era um hábito difícil de romper, e a esperança era dolorosa, mas doía de uma maneira que prometia um final feliz. Assim, ele ficou parado, do lado de fora da porta do quarto que ele e Bonnie tinham ocupado — suíte 704 —, e esperou uns cinco minutos, sentindo a dor daquela esperança, sem querer trocá-la pela dor do desespero. Respirou fundo e enfiou a chave na abertura. Quando as travas desengataram com um ruído elegante, seu coração disparou, ele puxou a maçaneta e abriu a porta.

A roupa de cama estava jogada no chão, como se o serviço de quarto estivesse no meio de uma limpeza. A TV estava ligada, muito alto, e Finn procurou pelo espaço, entrando mais fundo na suíte, subindo na plataforma que abrigava a enorme cama sob um teto de espelhos. Tinha observado Bonnie naqueles espelhos, tinha venerado a imagem dela. Mesmo quando ela dormiu, com as penas no cabelo, Finn não tinha sido capaz de tirar os olhos do rosto dela, do jeito como ela parecia enrodilhada ao lado dele, da imagem deles juntos daquele jeito. Perfeita, intocável.

Não havia sinal de Bonnie. Ela não tinha chamado quando ele entrou no quarto, ou tinha vindo correndo para ver quem estava lá. A euforia de uma chave que funcionava despencou em seu estômago e afundou como asfalto na barriga. Ele sentiu náusea. Caminhou para a TV, com a necessidade de silenciá-la, para absorver o que restava deles no espaço, e viu a si mesmo, usando o mesmo smoking de agora. Ele estava sorrindo para Bonnie, e ela estava radiante para ele como se não estivessem cercados por flashes de câmeras e rostos chocados. Tinham feito a declaração, e bem-feita. Ele podia ver o fascínio espantado onde quer que olhasse. Bonnie tinha acenado e brilhado, rido e soprado beijos para os fãs que estavam sentados em arquibancadas improvisadas, em áreas designadas para um pequeno número de observadores de estrelas obstinados.

A tela se dividiu, mostrando um vídeo da premiação, bem como a âncora do noticiário sentada no cenário do *Entertainment Buzz*, vestindo uma blusa sem mangas que exibia os braços tonificados e o bronzeado falso. Ela estava falando para a câmera com sobriedade praticada e a cadência profissional de uma jornalista séria, e, quando a imagem na tela se transformou de imagens dele e de Bonnie Rae para uma velha foto em preto e branco de Bonnie e Clyde, a mulher começou a contar a história do casal, como se fossem notícias quentíssimas que não haviam acontecido oitenta e cinco anos antes.

Bonnie Parker conheceu Clyde Barrow no Texas, em janeiro de 1930. Era o auge da Grande Depressão, e as pessoas estavam sem dinheiro, aflitas e sem esperança. Bonnie Parker e Clyde Barrow não foram exceção. Clyde tinha vinte anos; Bonnie, dezenove, e, embora nenhum dos dois tivesse muito a oferecer ao outro, eles se tornaram inseparáveis...

Clyde ouviu, incapaz de desviar o olhar para desligar a TV. Ele ouviu quando a repórter os comparou com o casal fora da lei, distorcendo a história deles até que ficasse quase irreconhecível. Ouviu até que a repórter balançou a cabeça tristemente e perguntou: *O que exatamente aconteceu com Bonnie Rae Shelby?*

Então ele não conseguiu aguentar mais. Talvez porque *não* soubesse o que tinha acontecido com ela. Ele não sabia onde ela estava, e não sabia onde procurar. Como ele ia encontrá-la? Desligou a TV com um gesto violento e se virou para sair. Estava caminhando em direção à porta quando pensou ter ouvido o som de água corrente. Parou de forma abrupta, suspenso entre o medo de ser pego em um lugar onde ele não deveria estar e na esperança de que, finalmente, estivesse no lugar certo e na hora certa. Era o chuveiro. Nesse instante, ele se tornou um crente. A voz de Deus soava mesmo como água corrente.

Finn caminhou em direção ao enorme banheiro com a banheira de imersão em formato de coração e o box gigante. Quando se aproximou da porta, ele a ouviu e sorriu, mesmo que seu peito doesse com o som. Chorando. Ela estava chorando no chuveiro. De novo. E Finn viu-se rindo através das lágrimas que estavam subitamente escorrendo por seu rosto.

A porta não estava trancada. Graças a Deus. Ou graças a Fish — seu anjo da guarda. De alguma forma, ele pensava que Fish pudesse ser quem destrancava portas de banheiros para o irmão. Garotas nuas eram do que Fish mais gostava. Ele girou a maçaneta e silenciosamente pediu a Fish que, por favor, ficasse do lado de fora se ainda estivesse por perto, à espreita. Precisava abraçar a esposa sem uma plateia.

Ele tirou o paletó e o jogou sobre a pia antes de abrir a porta do box e entrar debaixo da água, totalmente vestido, tomando Bonnie nos braços antes que ela tivesse tempo de reagir. Ela teve um sobressalto e se afastou, mas logo percebeu que era ele.

— Finn? Ah, Finn — ela chorou, largando-se, abraçando-o com força e olhando para seu rosto com descrença. Finn afastou o cabelo encharcado de Bonnie dos olhos, porém o seu pingava pesado em suas próprias costas.

— Bonnie. Você não consegue enganar ninguém chorando no chuveiro, querida. A água esconde as lágrimas, mas não esconde o som, e eu não quero que você chore mais. — Ele a beijou conforme a água empapava sua camisa, grudando o algodão branco em sua pele, escorrendo para dentro da calça preta do traje, encharcando os sapatos que tinham custado muito mais do que a aliança de Bonnie. Ela ainda a usava, e ele a beijou também, freneticamente. E Bonnie chorou com mais força.

— Achei que você não fosse voltar. — Ela chorou em seu peito, e Finn a segurou com firmeza, deixando a cascata lavar as palavras. Quase não tinha voltado, e o pensamento fez suas pernas ficarem fracas e seu coração sacudir. Ele segurou Bonnie mais perto, enterrando o rosto em seu pescoço e deixando as mãos acariciarem o comprimento nu de seu corpo, precisando assegurar que ela ainda fosse dele. Bonnie ficou subitamente tão ansiosa quanto ele, puxando os botões de sua camisa, tentando tirá-la do peito, como se precisasse sentir a pele dele da maneira como ele podia sentir a sua. A camisa caiu no chão do chuveiro com um baque pesado e molhado.

— Sua avó me disse que você não queria me ver de novo, Bonnie.

Bonnie fechou os olhos e suas mãos pararam, o rosto se entristeceu com as palavras. Ela negou com a cabeça enfaticamente.

— Não. Isso não é verdade. Nunca foi verdade! Nem por um segundo desde que te conheci. Eu sabia exatamente o que estava fazendo quando me casei. Só estava esperando, apenas rezando, que você soubesse o que estava fazendo.

Bonnie esticou as mãos para ele, colocando as palmas em seu rosto, erguendo o queixo para sustentar o olhar dele, ao mesmo tempo em que a água fluía por entre seus cabelos e por suas faces. Finn beijou sua boca de novo, incapaz de evitar. Os lábios dela tremeram sob os dele, e Finn provou seu calor escorregadio e salgado, uma doce mistura de lágrimas e palavras de carinho.

— Ela me disse que nada daquilo era real — sussurrou ele contra seus lábios.

— Mas... não decidimos que a gente não queria a realidade? — respondeu ela, sem nunca afastar a boca dele.

— É. Decidimos — Finn sussurrou —, mas eu também aceito o real. E aceito o imaginário, e vou querer tudo, Bonnie. — E ele queria levar tudo, queria afundar nela e deixar a fonte infinita de água quente cair pelo corpo deles. Por um momento, foi distraído pelos lábios, pela pele, pela elevação dos seios dela e pelo toque sob seus dedos. Ele queria tudo, mas Bonnie, embora suas mãos e boca estivessem tão ocupadas como as dele, não tinha parado de chorar. Era como se ela não acreditasse que ele estava ali. Como se ela ainda não conseguisse acreditar que ele voltaria.

— Eu quis vir te procurar — disse Bonnie, a boca na pele dele, a voz tão urgente quanto as mãos. — Mas tive que deixar você escolher. Achei que você pudesse ter decidido que tudo isso era demais. Minha família, meu irmão, minha vida. Eu te machuquei, Finn. Muito. É tudo culpa minha. Tudo. O Urso se ferir, você ser jogado na prisão e ser acusado de coisas que não fez. Mesmo as coisas que o Hank fez. As coisas que a minha avó fez. Eu provoquei tudo isso.

— Shhh. Não, Bonnie. Você não pode assumir a responsabilidade pela ganância deles. A ganância provocou tudo isso, e você tem seus defeitos, mas ganância não é um deles — Finn acalmou. — Mas nada disso teria me afastado.

Finn capturou as mãos dela nas suas, apoiando-as na parede do chuveiro para não se distrair com o toque, e encostou a testa na dela, tentando encontrar as palavras certas, as que ele precisava dizer e as que ela precisava ouvir. Assim, ela não gastaria toda a sua vida se perguntando o que ele sentia e por que tinha voltado.

— Eu te amo, Bonnie. Tanto que dói. E eu odeio isso, e adoro, e quero que isso passe, e quero que fique para sempre. E sou péssimo nesse tipo de coisa! — Ele riu de frustração. — Eu sinto como se estivesse pedindo ao Urso para fazer sexo comigo. Porra, deve ter sido horrível.

— Foi — ela engasgou, meio rindo, meio chorando. Finn então roubou um beijo, mas não soltou as mãos dela, embora o corpo balançasse no seu, e ela protestou docemente.

— Essa coisa que a gente tem, isso dói — continuou ele. — Mas a dor é quase doce, porque significa que você aconteceu. *Nós* acontecemos. E eu não posso me arrepender, não importa que seja muito ou pouco o tempo que vou seguir você e fingir que não odeio que as pessoas me reconheçam, ou que tirem fotos minhas, ou que cochichem sobre a minha ficha...

— Sua ficha?

— Minha ficha criminal, Bonnie. Essa parte não é nada bonita. Sou um ex-presidiário e, em vez de recomeçar do zero e construir uma nova vida, em que eu possa deixar tudo isso para trás, estou construindo uma nova vida em que esse fato *nunca* vai ficar para trás. Mas, por você, vale a pena. É uma matemática simples.

— Você faria isso por mim?

— Não. Estou fazendo por mim — ele confessou.

— Gosto de homens egoístas — disse ela, com o rosto dividido em dois por causa do sorriso que ele tanto amava, e Finn sentiu uma onda enorme vindo, crescendo em seu peito, e soltou os pulsos dela para poder segurar seu rosto entre as mãos. — Quanto é infinito mais um? — ela sussurrou e beijou a boca dele sem sorrir, e ele respondeu com o coração, não com a cabeça:

— Não é infinito. Não é nem dois. É um, Bonnie Rae. Você não me disse? Você e eu? Somos duas metades de um todo. Nós somos um. — E a levantou em direção a ele, o vapor formando uma neblina espessa em torno dos corpos, uma neblina que relembrava a noite em que haviam se conhecido na ponte. A noite em que Bonnie conheceu Clyde. E então Finn percebeu uma coisa. Aquela foi a noite em que os dois pularam. A noite em que ambos se soltaram. A noite em que ambos caíram.

E aquele era o maior paradoxo de todos.

EPÍLOGO
comportamento final

Eu tinha tirado todos os lençóis da cama branca enorme e feito uma pilha no chão, porque não conseguia enfrentar os espelhos. Enquanto esperei que Finn voltasse para mim, eu tinha dormido na pilha, longe do meu reflexo solitário e da cama onde Finn tinha me abraçado e me amado como se nunca fosse me soltar.

Finn carregou tudo de volta, arrumando a cama perfeitamente, me fazendo rir com sua frescura. Eu tendia a destruir um quarto mais rápido do que um tornado, algo que Minnie odiava, e algo em que prometi trabalhar para que meu marido exigente tivesse uma coisa a menos que tolerar em sua vida comigo. E eu me certificaria de que tivéssemos empregadas. Muitas delas.

— Os lençóis vão ficar todos bagunçados de novo — apontei. — Você é um amante poderoso, Clyde. Tudo vai acabar no chão novamente. Assim como da primeira vez.

Finn riu e corou, assim como eu pretendia, e eu o ataquei, derrubando-o no centro das almofadas fofas e do edredom estendido. E então nós conversamos sobre o que viria em seguida.

Vegas estava fora. Nashville estava fora. Meu irmão ia ser julgado por tentativa de homicídio em St. Louis, e, por mais que eu desejasse ficar longe de qualquer coisa a respeito da minha família, Finn e eu seríamos envolvidos no julgamento. Hank tinha ficado desesperado. Era viciado em drogas e devia dinheiro a algumas pessoas muito assustadoras. Quando fiquei desaparecida e os boatos começaram a abundar sobre eu estar na companhia de um ex-presidiário, Hank viu uma oportunidade de capitalizar em cima daquilo. Não foi difícil. Ele estava morando com a minha avó e foi tomando conhecimento de tudo conforme as coisas iam acontecendo. Enviou um pedido de resgate para ela, fingindo que era Finn, e indicou um local para a entrega e um horário — quinta-feira à tarde. Mas então eu entrei em contato com o Urso. Hank ficou nervoso que o meu guarda-costas pudesse me trazer de volta antes que ele colocasse as mãos no dinheiro. Assim, ficou vigiando a casa do Urso. Quando o Urso saiu na quinta de manhã para St. Louis, Hank o seguiu. E, quando o Urso saiu da casa do pai de Finn no carro alugado, sem mim, Hank o seguiu até o posto de gasolina e atirou nele — um tiro pelas costas para que o Urso não o identificasse, de modo que Hank pudesse pegar o resgate naquela tarde e assim todo mundo pensasse que Finn tinha sido o autor do disparo. Porém Hank foi burro. Não se certificou de que o Urso estivesse morto e rapidamente vasculhou o carro, passando por cima dele para chegar lá. O Urso viu as botas de pele de cobra do Hank, as que eu tinha lhe dado de presente de Natal alguns anos antes, e soube quem atirou nele ao mesmo tempo em que perdia a consciência. Se eu tivesse voltado para Nashville com o Urso, provavelmente Hank teria atirado em mim também. E o mais triste é que eu não achava difícil acreditar. E, porque não era difícil acreditar, não lamentei por ele, não do jeito que uma irmã devia lamentar por seu irmão. Hank e eu nunca tivemos nada em comum além do nome, e fingir que era diferente não ia mudar o fato.

Mas havia outras razões para nos instalarmos em St. Louis. O pai de Finn implorou que ele considerasse ir trabalhar para um grupo de pesquisa em St. Louis, intimamente associado ao Departamento de Matemática da Universidade de Washington. Isso significaria passar tempo com seu pai e também uma chance de usar sua genialidade. Ele era o meu Clyde, mas havia infinito de sobra, então eu poderia dividir. De acordo com o pai do Finn, a comunidade matemática era pequena e não se preocupava com o nível socioeconômico, a etnia ou mesmo a ficha criminal. Se a pessoa conseguisse trabalhar com matemática, se amasse matemática, era bem-vinda.

St. Louis ficava a apenas quatro horas de Nashville, da minha gravadora e da minha carreira, da qual Finn insistiu que eu tomasse as rédeas. Ele disse que eu era muito brilhante e muito destrutiva para ficar parada. Precisava cantar. Era o que eu havia nascido para fazer. Isso e amá-lo. E, dessa vez, eu não poderia discutir com o infinito.

⁂

Agora ele estava dormindo, relaxado e solto, um grande braço debaixo da cabeça, o outro jogado sobre o meu corpo. Não tínhamos deixado a suíte de forma alguma em dois dias. A comida era trazida, lençóis limpos também, e nós estávamos oficialmente escondidos. Não porque tínhamos de estar, mas porque queríamos. E, no momento, eu não queria dormir. Estava feliz demais. Queria me aconchegar em Finn, mas estava inquieta e sabia que ia acordá-lo, por isso saí de debaixo de seu braço e, na ponta dos pés, fui para a sala de estar e liguei a televisão. A tv tinha me feito companhia enquanto eu esperava por Finn, mas eu não a tinha assistido desde então. Precisava dela para abafar a conversa na minha cabeça e o medo de que ele não fosse voltar, assim eu a deixava ligada, alta demais.

Eu me apressei para baixar o volume, mas parei quando vi um rosto familiar preencher a tela. E dessa vez não era o meu. E também não era o de Finn, felizmente. Era de Shayna, e Katy estava sentada ao seu lado, sorrindo timidamente para a câmera, um chapéu florido bonito na cabeça.

A câmera cortou para uma cena diferente quase imediatamente, e percebi que tinha perdido o motivo da aparição de Shayna. Começou outra entrevista, provavelmente pré-gravada, entre um homem mais velho e um menino e um dos repórteres do *E. Buzz*. O velho disse ao repórter que "Bonnie e Clyde" tinham parado quando ninguém mais tinha. Ele explicou que o tinham seguido para se certificar de que ele e seu neto chegassem em casa com segurança, e engasgou um pouco quando afirmou que eu tinha dado dinheiro ao neto dele para ajudar com reparos na van de sua filha, sem que ele soubesse. Era Ben e seu avô!

Fiquei boquiaberta de espanto quando outra entrevista, dessa vez aparentemente ao vivo, começou.

— *Então você está nos dizendo que Bonnie e Clyde lhe deram carona?* — a correspondente, uma loira bonita, perguntou ao homem de ascendência afro, com a barba grisalha e um enorme casaco de exército.

— *Sim, senhora, eles me deram. E me trataram com gentileza. Com certeza trataram. A srta. Bonnie me deu comida, e o sr. Infinito me deu suas botas.* — A câmera mostrou seus pés, e, como esperado, William exibiu as botas velhas de Finn como se fosse o melhor presente que já tivesse ganhado. — *"Eu estava nu e me vestistes, estava doente e me visitastes, estava na prisão e fostes me ver." Então os justos lhe responderão, dizendo: "Senhor, quando foi que te vimos com fome e te demos de comer, ou com sede e te demos de beber? E quando te vimos peregrino e te recolhemos, ou nu e te vestimos?"*

Dei um gritinho e ri quando William puxou o microfone da mão da repórter e olhou bem para a câmera, pregando seu sermão favorito com uma voz digna de salão lotado. Ele terminou sua escritura com uma espetada de seu dedo sujo na lente.

— *E o Rei lhes responderá: "Em verdade vos digo que, quando fizestes isso a um dos menores dos meus irmãos, fizestes a mim!"* — Os olhos de William estavam firmes na lente quando a repórter conseguiu recuperar o microfone.

— *Obrigada, William. Bem, vocês ouviram, pessoal. Temos recebido relatos de pessoas que dizem ter sido ajudadas, assistidas ou enriquecidas pela fuga de Bonnie e Clyde através do país, desde que todas as acusações foram retiradas e os dois foram liberados, separadamente, da prisão do Condado de Los Angeles.*

— *Louvado seja o Senhor pela libertação deles! Deus protege seus servos!* — William podia ser ouvido gritando ao fundo. Então seu rosto encheu a tela mais uma vez, bloqueando a jovem repórter, que havia perdido completamente o controle da situação. — *Srta. Bonnie? Se estiver assistindo, escute. Eu tive um sonho ontem à noite. Uma garota chamada Minnie e um rapaz chamado Fish, iguaizinhos a você e ao sr. Infinito, me disseram que estão guardando um lugar para vocês no Grand Hotel, mas não tenham pressa. Você tem o Infinito, e eles têm um ao outro. E Fish disse: "Quem é o gênio agora?"*

A matéria foi cortada e a propaganda da nova temporada de *Nashville Forever* entrou com tudo na tela, mas eu estava atordoada demais para me mover.

— Bonnie Rae?

Finn estava atrás de mim, com o rosto vincado de sono, seu corpo gloriosamente descoberto. Havia dito meu nome, mas seus olhos estavam fixos na televisão; sua expressão era incrédula.

Joguei a cabeça para trás e ri. Eu poderia ter saído dançando e dito: "Eu avisei", mas não o fiz. O que William tinha acabado de afirmar era inacreditável. Até mesmo impossível. No entanto, para falar a verdade, ele realmente havia dito tudo com uma mensagem em um pequeno cartaz de papelão.

Eu acredito em Bonnie e Clyde.

⁂

O URSO SE RECUPEROU E ACABOU POR RECEBER SEU CARRO DE VOLTA, embora eu já tivesse comprado um novo. Como prometido, ele recebeu um aumento substancial e um adicional de periculosidade, o que ele achava engraçado, mas Finn disse que era justo, considerando que eu era um acidente em potencial. Também recuperamos nossos pertences do banco de trás, assim como a plaquinha de papelão da qual eu teria odiado me separar.

Eu a impermeabilizei e enquadrei, e ela está pendurada em nossa casa em St. Louis, em uma parede cheia de fotos da câmera descartável que Monique nos deu em nosso casamento. Há fotos nossas na capela em Las Vegas e em pé ao lado do "carro da morte" crivado de balas, em Primm. Até enquadrei recortes de revistas de nós dois no tapete vermelho do Oscar, além de cópias das nossas fotos da prisão, porque elas me faziam rir, e Finn odiava. Eu disse a ele que éramos presidiários e pombinhos, e era engraçado. Foi ele quem tinha dito que "às vezes rir é o melhor remédio".

Mas tivemos muito mais que risos, e eu nunca quis deixar de dar valor. Foi por isso que, no centro de tudo, enquadrei uma foto ampliada, em preto e branco, de Bonnie e Clyde originais, de braços dados, em pé contra o pano de fundo dos tempos de desespero. E enquadrei as palavras de Bonnie Parker, para eu não esquecer nossa própria jornada incrível e os votos que Finn e eu tínhamos feito. Era a versão de Bonnie de "até que a morte nos separe".

A estrada era mal iluminada.
Não havia placas para orientar.
Mas eles tomaram a decisão:
Se nenhuma estrada tinha saída,
Não desistiriam até morrer.

E eu planejava viver um longo, longo tempo.

NOTA DA AUTORA e AGRADECIMENTOS

Acho que cada livro é mais difícil de escrever do que o anterior. É uma profissão solitária, a pressão aumenta, a expectativa cresce, e a cada vez eu sei muito bem quanto trabalho vai exigir, o que por si só já é intimidante. Mas não consigo pensar em mais nada que eu preferiria fazer. Adoro escrever livros que os leitores possam devorar com unhas e dentes. Adoro aprender coisas novas, descobrir significados ocultos e me apaixonar por um novo conjunto de personagens. Mas, por mais solitária que a escrita possa ser, eu não poderia fazê-la sozinha, e preciso reconhecer e agradecer a algumas pessoas.

Antes de mais nada, não sou matemática. Tive de ler e estudar extensivamente para começar a entender de que maneira alguém como Finn pensa. Felizmente, minha mãe é matemática. Ela leu *Infinito + um* antes de qualquer outra pessoa e se certificou de que não houvesse nenhuma matemática esquisita, por assim dizer. Sou muito grata por suas ideias e por seu brilhantismo; o livro é dedicado a ela, porque sem ela não haveria livro.

Também gostaria de agradecer ao cara a quem eu recorro, Andrew Espinoza, sargento da polícia reformado, que pacientemente me contou sobre a lei e os procedimentos policiais e me ajudou a me encontrar por tantas áreas desconhecidas. Usei uma licença poética aqui e ali, e todos os erros ou elaborações são de minha responsabilidade. Andy respondeu às minhas perguntas em meus últimos três romances, e sou muito grata por sua experiência.

Um agradecimento especial a Tamara Debbaut, que tem se provado uma assistente pessoal inestimável. Além disso, um grande obrigada vai para Vilma Gonzalez, pelas excelentes habilidades organizacionais, amizade e profissionalismo. Para Karey White, grande autora e editora, obrigada por fazer *Infinito + um* brilhar. E, como sempre, não sei o que faria sem Julie Titus, da JT Formatting. Ela é o meu braço direito em todas as minhas necessidades de diagramação e se tornou uma grande amiga. À equipe da Dystel e Goderich, especialmente Jane e Lauren, obrigada por tudo. Para Rebecca Berto, da Berto Designs, agradeço pela bela capa. Você faz um trabalho fabuloso! Finalmente, obrigada a Lamine Kacimi pela administração do meu site. Você fez a minha vida muito mais fácil.

A meus leitores beta neste projeto, Alice Landwehr, Emma Corcoran, Cristina Suarez-Munoz, Michelle Cunningham, Shannon McPherson e Vilma Gonzalez, muito obrigada, garotas. Leitura beta é um trabalho duro e, muitas vezes, ingrato. É preciso coragem para dizer a um autor que ele é péssimo. *Pisca, pisca*

A muitos leitores, blogueiros e autores por aí, que me acolheram com bondade e que tornaram tudo isto possível, obrigada, do fundo do meu coração. Eu poderia começar a citar nomes, mas deixaria alguém de fora e odiaria fazer isso. Vocês todos têm minha gratidão sincera e humilde pelo apoio neste novo livro e nos projetos anteriores. Só palavras não bastam. Obrigada.

As letras das canções populares que incluí em *Infinito + um* estão todas em domínio público, bem como os poemas escritos por Bonnie Parker — "Sal suicida" e "A história de Bonnie e Clyde" —, e não se pretendeu nenhuma violação de direitos autorais. A canção "Infinity + One", que Bonnie cantou na boate em Albuquerque, eu escrevi especialmente para o livro. A letra de "Machine" foi escrita por Paul Travis, que permitiu que eu a usasse na história.

Ao meu marido, Travis Harmon, e aos meus filhos — Paul, Hannah, Claire e Sam —, obrigada, meus amores. Obrigada por me dividirem e por me aturarem.

Aos meus pais, irmãos, sogros e amigos, obrigada pelo apoio e entusiasmo.

E, sempre, toda a gratidão a Jesus, que me guia.

Impresso no Brasil pelo Sistema Cameron da Divisão Gráfica da
DISTRIBUIDORA RECORD DE SERVIÇOS DE IMPRENSA S.A.